红血女王 I

［美］维多利亚·艾薇亚德 Victoria Aveyard／著　吴华／译

血红黎明
RED QUEEN

天地出版社｜TIANDI PRESS

图书在版编目（CIP）数据

红血女王.1，血红黎明 /（美）维多利亚·艾薇亚
德著；吴华译. —成都：天地出版社，2018.6
ISBN 978-7-5455-3435-1

Ⅰ.①红… Ⅱ.①维… ②吴… Ⅲ.①长篇小说—美
国—现代 Ⅳ.①I712.45

中国版本图书馆CIP数据核字（2017）第301812号

Red Queen By Victoria Aveyard
Copyright © 2015 by Victoria Aveyard
Published by agreement with New Leaf Literary & Media, Inc.
Through The Grayhawk Agency
Simplified Chinese translation copyright © 2018
By Beijing Huaxia Winshare Books Co., Ltd.
ALL RIGHTS RESERVED

著作权登记号 图字：21-2016-136

红血女王1：血红黎明

HONG XUE NV WANG 1: XUE HONG LIMING

出 品 人	杨 政
著　 者	[美] 维多利亚·艾薇亚德
译　 者	吴 华
责任编辑	杨永龙　朱迪婧
封面设计	思想工社
电脑制作	尚上文化
责任印制	葛红梅

出版发行	天地出版社
	（成都市槐树街2号　邮政编码：610014）
网　 址	http://www.tiandiph.com
	http://www.天地出版社.com
电子邮箱	tiandicbs@vip.163.com
经　 销	新华文轩出版传媒股份有限公司

印　 刷	三河市兴博印务有限公司
版　 次	2018年6月第1版
印　 次	2018年6月第1次印刷
成品尺寸	145mm×210mm　1/32
印　 张	12.75
字　 数	327千字
定　 价	39.00元
书　 号	ISBN 978-7-5455-3435-1

版权所有◆违者必究

咨询电话：（028）87734639（总编室）
购书热线：（010）67693207（市场部）

本版图书凡印刷、装订错误，可及时向我社发行部调换

献给父亲、母亲与摩根，
感谢你们比我更渴盼这个故事的诞生。

RED QUEEN

第一章

我讨厌首星期五（译注：每月第一个星期五是天主教的特敬耶稣圣心之日），整个镇子拥挤不堪、满满当当，而且，现在正是盛夏里最热的时候，没有比这更糟的了。我站在阴凉地里，感觉还凑合，但是人们工作了一个早上汗流浃背所散发出来的臭味，简直足以把牛奶发酵成奶酪。空气又湿又热，就连昨晚暴风雨留下来的水洼都是热的，还闪着不明油脂反射出来的虹状条纹。

　　因为首星期五，人们都关门收摊了，整个市集缩水般地小了一圈，商贩们心不在焉地忙乱着，给了我随心所欲顺手牵羊的好机会。得手之后，我的口袋里鼓鼓囊囊地装满了小玩意儿，还另有一个可以在路上吃的苹果。只是几分钟就搞到了这些东西，成果真不错。我挤在摩肩接踵的人群之中，任由人潮推着往前走，两只手上下翻飞，四处蜻蜓点水。我从一个男人的口袋里摸走几张纸币，从一个女人的手腕上顺走一只手镯——都不过是些小玩意儿。所有人都费劲地踯躅而行，没人注意到旁边的小偷。

第一章

那些又高又细的柱子支撑着房舍戳在四周，伸出泥地十英尺高——干阑镇正是因此得名（挺古老的吧）。春季里，这片低地是在水线以下的，但现在已是八月，干旱和毒日头蒸发了河水，也烤干了整个镇子。几乎所有人都在期待首星期五，还为此提前下班放学，但我对此毫无兴趣。我宁可去上学，坐在满是小屁孩的教室里发呆。

好吧，这并不是说我真能在学校待多久。十八岁的生日即将来临，随之而来的还有兵役。我既不是谁家的学徒，又没有工作，所以只能被送到战场上，像其他闲人一样。所有的工作都饱和了，这也在所难免，因为所有的男人、女人、小孩，都竭尽所能地想远离那支军队。

我的三个哥哥都在服兵役，他们一满十八岁就被送到了对抗湖境人的战场上。只有谢德能写几个字，并且一有机会就给我写信。另外两个哥哥——布里和特里米，一年多来一直杳无音信。不过，没有消息就是最好的消息。只要儿子、女儿还能回来，他们的家人就算好几年什么都打听不到，干等在门廊上，那也是最大的幸福。但是，他们往往会收到一封信，重磅纸上盖着国王的印鉴，底下简短地写着：感谢你们所做的牺牲——有时还会附赠几颗制服上扯下来的扣子。

布里走的时候我十三岁。他吻了我的脸颊，并且留下一对耳环，由我和小妹妹吉萨共享。那是一对玻璃珠子做的耳环，有着晚霞般的朦胧粉色。那天夜里，我们自己动手穿了耳洞。特里米和谢德走的时候也延续了这个传统，所以现在，我和吉萨各有一只耳朵上戴着三个小小的耳环，提醒着我们，哥哥正在某个地方浴血奋战。我一直不觉得他们非得去当兵不可，可那些穿着闪亮胸甲的军团士兵还是出现了，把哥哥们一个个带走。这个秋天，终于轮到我了。我已经开始存钱——有时也偷一点儿——好在离家的时候也送给吉萨一对耳环。

"别去想。"这是老妈常挂在嘴边的话。不管是对于军队，对于哥哥们，对于一切，她都这么说。真是好建议啊老妈。

　　沿着这条路往前，就是米尔街和马尔谢路交叉的路口，人越来越多，更多的镇民加入了行进的人流。有一伙儿孩子，在人群里钻来钻去，手指头蠢蠢欲动，显然是不太熟练的小贼。他们太小了，动作略显笨拙，很快就被警卫发现了。通常，这些被逮住的孩子会被送到拘留所或是边区监狱，但警卫也想看首星期五角斗，所以只是把他们狠揍一顿就放走了。也算是小恩小惠。

　　手腕上传来的极其轻微的压感，让我本能地回手反击——竟然有个笨到家的小贼偷到我头上了——我用力紧抓住他，可定睛一看，映入眼帘的不是哪个骨瘦如柴的孩子，而是个嬉皮笑脸的家伙。

　　奇隆·沃伦。他是一个渔夫的学徒，战争遗孤，大概也是我唯一的真正朋友。我们从小一起长大，可没少打架，但现在大家年岁渐长——他已经比我高出一英尺了——动手什么的还是能免则免吧。他自有他的用武之地，比如能够到高架子之类的。

　　"你出手更快了。"他甩掉我的手，轻声笑着说。

　　"也许是你太慢了呢。"

　　他的眼珠滴溜一转，抢走了我手上的苹果。

　　"我们要等吉萨吗？"他咬了一大口。

　　"吉萨不来，她还得干活。"

　　"那我们别傻站着了，不然会错过好戏的。"

　　"明明是一幕悲情惨剧。"

　　"不不，梅儿，"他冲我摇了摇手指，啧啧有声地说，"那就是一场有趣的好戏。"

　　"那是警告，你这装聋作哑的傻瓜！"

　　但是奇隆已经迈开他的大长腿往前走，我也只好小跑着赶上去。他走起路来左摇右晃，活像在地上画龙，还美其名曰"抗晕船步法"，其实他压根儿没出过海。我想他就是在老板的渔船上，甚至是在河里待得太久，才养成这样的习惯。

我们俩的父亲都被送上了战场。我爸虽然身负重伤，少了一条腿、一个肺，最后好歹回了家，奇隆的父亲却是被装在鞋盒子里送回来的。打那以后，奇隆的母亲就离家出走了，丢下儿子自生自灭。那时候奇隆食不果腹，盘桓在饿死的边缘，竟还能没事找事地跟我打架。我也就送一些吃的给他，这样就不用和瘦麻秆儿对打了。十年过去了，他还好，至少是个学徒，不用面对兵役。

我们来到了山脚下，这儿简直人山人海，大家推推搡搡地挤来挤去。观看首星期五角斗是法定强制的，除非你也像我妹妹一样，是个"精英劳工"。为丝绸刺绣确实够"精英"，银血族就是喜欢丝绸不是吗？即便那些警卫，也会被我妹妹经手的几片绸子收买的。哦，我可什么都不知道。

我们踏着石阶往山顶爬的时候，暗影重重地压了下来，逡巡在四周。奇隆有两次要赶上它们了，但因为我还落在后面，便停下来等我。他低头冲我一笑，暗淡的褐色的头发拂过绿色的眼睛。

"有时我会忘了你的腿还是小孩的腿。"

"总比某人的小孩智商强多了。"我一边不吃亏地反击一边往上走，还顺便在奇隆脸上轻拍了一巴掌。他在我身后大笑起来。

"你今天比往日还要怨声载道。"

"我只是讨厌这些。"

"我知道。"他的低语里闪过片刻庄重。

没多久我们就到达了角斗场，烈日当空，灼灼炙烤。这座角斗场建于十年前，是干阑镇首屈一指的建筑，其宏大壮观令其他亭台楼榭望尘莫及。那耸立冲天的拱形钢筋，几千英尺高的混凝土墙体，足以使一个小镇少女屏住呼吸。

到处都是警卫，黑色与银色相间的制服在人群里特别显眼。这可是首星期五，他们没工夫干站着。他们配备着步枪和手枪，不过这毫无必要，因为按照规矩，警卫都是银血族，而银血族根本不会把我们这些红血族放在眼里。众所周知，这儿没有什么平等。就算你一无所知，也能只看一眼就把我们区分开来：银血族能站直——就这么一个外表上的特点足矣。至于红血族，我们的背是驼的，腰是弯的，为日夜劳作所累，为渺茫无期的希望所累，为命中注定的绝望所累。

角斗场是露天的，里面和外面一样热。奇隆一如既往地机灵，把我拉到了阴凉下面。我们是没有座位的，只有一些长凳，而那些银血族却坐在上层的包厢里，享受着舒适清凉。他们的包厢里有饮料、零食，盛夏里也有冰块，还有加了衬垫的椅子、电灯，和其他我永远无法靠近的享受。他们却看也不看，只管抱怨着"糟透了的环境"。如果有机会，我会叫他们体验一下什么叫"糟透了的环境"——所有红血族人就只有几条硬邦邦的长凳，几张尖声啸叫、亮得刺眼的显示屏，闹哄哄得让人站都不想站一下。

"跟你赌一天的工钱，今天也一定会出现个铁腕人。"奇隆说着把苹果核扔向角斗场。

"不赌。"我回敬道。很多红血族人都会把他们的积蓄押在这场竞技上，指望着多少赢点儿以熬过下一星期。但我不会，奇隆也不会——割开赌徒的钱袋可比真的下注赢钱要容易得多。"你不能那么浪费钱。"

"只要押对了就不叫浪费。铁腕人经常痛扁对手的嘛。"

在所有的对战中，铁腕人出现的概率至少占一半，他们的战斗力超强，比绝大多数银血族人都更适合角斗。他们看上去乐在其中，用超常的猛力把对手当作布娃娃般地扔来扔去。

"那另一方呢？"我猜测着银血族可能派出的阵容：电智人、疾行者、水泉人、万生人、石皮人——看起来都值得一吐。

"不知道哎，希望出现点儿炫酷的，那才有看头。"

对于这场首星期五的盛事，我和奇隆的态度不同。两个角斗士互相厮杀、置对方于死地，我不觉得有什么好看的，但奇隆很喜欢。"让他们自相毁灭吧，"他说，"那不是我们的族人。"

他不懂这场对决的意义。这不是无心的取乐，不是给繁重劳役中的红血族的中场休息，而是蓄意为之、冷酷无情的——示威。他们是在展示力量和权力——只有银血族才能参与角斗，只有银血族才能在角斗中幸存，你们不是银血族的对手，你们配不上，我们高你们一等，我们是神。每个在角斗场上登台的超人，身上都刻着这些话。

银血族也并非自以为是。上个月的首星期五角斗，是由一个疾行者对战电智人。尽管疾行者身手敏捷，移动速度远超目力所及，但电智人还是无情地把他抓住，凭着意念中的强大力量将对手击倒在地。疾行者倒抽着气濒临窒息，大概是电智人用某种我们看不见的手段掐住了他的喉咙。当疾行者的脸变成蓝色时，他们喊停了。奇隆欢呼起来，他押的是电智人赢。

"女士们，先生们，银血族以及红血族，欢迎来到首星期五、八月的盛事！"主持人的开场白在角斗场中回响，经过墙壁的碰撞而放大。他的声音像以往一样干巴巴，这也怪不得他。

在过去，每月一次的"盛事"并不是角斗对战，而是死刑示众。囚犯和战俘被送到首都阿尔贡，在那些围观的银血族的注视下送命。我想银血族一定是很喜欢这一套，所以才有了角斗，用娱乐代替了杀戮。于是这些"盛事"推广到了全国其他地方，不一样的角斗场面向不一样的观众，等级分明。最终，红血族也获准参与其中，并得到了那些便宜的位子。没过多久，银血族建起的角斗场就遍地开花了，就连干阗镇这样的小地方也不例外，而观看角斗比赛，也从一项恩赐变成了强制接受的诅咒。我哥哥谢德曾说过，这些角斗意味着红血族出身的罪犯、异教徒、反抗者的数量急剧减少，那些始作俑者当然乐见其成。现在，银血族要保持态势平定再容易不过，什么死刑、军队，甚至警卫，都一概不用，只需两个角斗士就能把我们吓死。

今天，就又有这么两位登场了。首先步入白沙角斗场的名叫康托·卡洛斯，是从东部哈伯湾来的银血族。大屏幕上清晰地映出了他的样子，谁都看得出来，这就是个铁腕人：他的胳膊有大树那么粗，筋肉紧绷，血管凸出，硬邦邦地撑着皮肤。他咧开嘴笑的时候，我能看见那一口掉得差不多的破牙，仅剩的几颗也状况堪忧，没准儿他小时候曾经和自己的牙刷干过一架。

奇隆在我旁边叫起好来，其他人也跟着嚷嚷，警卫瞅准声音大的扔过去一条面包。左边，一个小孩尖叫着，另一个警卫给了他两张亮黄色的纸——那是额外用电配给的许可。这些都是为了让我们欢呼，让我们尖叫，让我们看——尽管我们不想。

"这就对了！让他听听你们的声音！"主持人拖着长音，声嘶力竭，"下面出场的是他的对手，来自首都的萨姆逊·米兰德斯！"

站在先登场的那坨人形肌肉旁边，这一个显得既苍白无力又病病歪歪，但他的蓝钢胸甲打磨得耀眼夺目，很是不错。他可能是谁家的支脉子孙，想在角斗比赛中一举成名。他明明应该很害怕，看上去却出奇地冷静。

这个人的姓氏听起来很耳熟，但这也没什么好大惊小怪的。很多银血族都出身名门，家族成员多达数十个。在我们这个地区——卡皮塔谷，居于统治地位的家族姓威勒。不过在我有生之年，还从没见过威勒领主一次，因为他一年也不过出巡一两次，而且从未屈尊踏入过我们这些红血族人的村镇。有一回，我看到了他的船，油光锃亮的，挂着绿金相间的旗子。他是个万生人，当他经过的时候，两岸的树一下子枝繁叶茂起来，花也都从地里钻了出来。我觉得这景色挺美，另一个大点儿的男孩却朝船上扔石头。石块落在河里，所有人都毫发无伤，但他们还是把那个男孩抓进了看守所。

"一定是铁腕人赢。"

奇隆皱了皱眉："你怎么知道？萨姆逊的异能是什么？"

"管他呢，反正他必输无疑。"我嘲讽着，准备看比赛。

角斗场里响起了铃声，很多人都站起来，翘首以待，但我坐在那儿，用沉默以示抗议。我有多安静，我的内心就有多愤怒。愤怒，还有嫉恨。"我们是神"这句话一直盘桓在我脑海中。

"角斗士们，动起来吧！"

他们确实动起来了，使劲踩着地面冲向对方。角斗比赛是禁止用枪的，所以康托拿了一把短而宽的剑——我看他未必用得上。萨姆逊则没拿武器，只是动了动两手的手指。

一阵低沉的电流嗡鸣声响彻全场。我厌恶它。这声音让我牙齿打战，骨头发抖，震得我就要碎成粉末了。清脆的鸣音响起，电流声戛然而止。开始了。我松了一口气。

几乎瞬间就血溅当场。康托像一头公牛般地碾压而过，一路带起了地上的白沙。萨姆逊试图闪避，想用肩膀迫使康托打滑。但康托速度很快，他一把抓住了萨姆逊的腿，像丢一片羽毛似的，把对手扔到了角斗场的另一头。萨姆逊重重地撞在水泥墙上，尽管叫好声盖住了吃痛的低吼，可他满脸都写着"痛"。还没等他站起来，康托又来了。萨姆逊被高高地举起，像一堆散架的骨头似的被扔在沙地上，接着又被举了起来。

"那家伙是个沙袋吗？"奇隆大笑道，"让他好看！康托！"

奇隆不在乎警卫的面包，也不在乎多施舍的几分钟用电配额，这些都不是他欢呼雀跃的原因。他真正想看的是血——银血族的，银血——飞溅角斗场。那银血乃是我们触不可及的一切，我们无法成为的一切，我们觊觎不得的一切，可奇隆不在乎。他只需要看到那些血，然后告诉自己，银血族也是人，也是可以被重伤被击败的。但我的理解更深一层：银血族的血是恫吓，是警告，是许诺——我们不同，永远都不同。

今天奇隆不会失望的。即便在包厢里也能看得到，那金属般闪着虹光的液体从萨姆逊的嘴里流了出来，映着夏季的阳光，如同一面流淌着的镜子，沿着他的脖颈流进胸甲，像一条小河。

这是银血族和红血族的终极界限：我们的血液，颜色不同。就是这简单的不同，造就了那个更强壮、更聪明、时时处处高我们一等的族群。

萨姆逊啐了一口，口水混着银血，像细碎阳光似的划过角斗场。十码之外，康托紧紧地握住了剑，准备给对手决定性的一击，了结今天的对战。

"可怜的傻子。"看样子奇隆说的没错，那家伙真是个沙袋。

康托重重地踏在白沙地上，举剑过顶，目露凶光。可就在这时他突然止步不前，猝不及防的停止令他的胸甲叮当作响。在角斗场中央，流着血的萨姆逊指向他，眼神足以断骨销髓。

萨姆逊晃一下手指，康托便往前迈一步，两人的动作节奏严丝合缝。康托大张着嘴巴，像是迟钝了或变傻了，不，像是他的意识消失了。

我简直无法相信眼前的一切。

角斗场中一片死寂，所有人都目瞪口呆，不知道究竟发生了什么。就连奇隆也说不出一句话。

"耳语者！"我倒吸一口冷气。

我从没在角斗场上看见过他们——估计别人也没有。耳语者极其罕见，他们强大且危险，即使和银血族——阿尔贡的银血族相较，也毫不逊色。关于他们的传闻非常多，但万变不离其宗，令人不寒而栗：耳语者能进入你的头脑，读取你的思想，控制你的意识。这就是萨姆逊此刻在做的事，他的轻声耳语穿过康托的胸甲和肌肉，抵达了他的大脑，而那里毫无防备。

康托仍然举着他的剑，双手颤抖着，试图抵抗萨姆逊的魔力。但就算强壮如康托，面对意识层面的敌人，也没有一点儿胜算。

萨姆逊的手指轻轻一捻，康托便举剑刺穿了自己的胸甲，捅进了自己的肚子。银血应声而出，溅落沙地，即便远远地坐在观众席，我也能听见利刃撕裂血肉的咯吱声。

康托的血喷涌而出，恐惧的喘息声回荡在整个角斗场。我们从未在一场角斗比赛中见过这么多的血。

一道蓝光闪过，鬼魅般地笼罩着角斗场，意味着这场角斗比赛结束了。银血族中的愈疗者跑过沙地，冲到倒伏的康托旁边。银血族可不能死在这儿。银血族应该奋勇厮杀，炫耀他们的力量和招数，奉献一场华丽的演出——而不是真的去死。毕竟，他们不是红血族。

警卫们的速度前所未有，其中有不少疾行者像影子似的出出进进，把我们往外轰。万一康托真的死了，他们可不想让我们围着看热闹。与此同时，萨姆逊像个巨人般大步流星地穿过角斗场，居高临下地看着康托。我本以为他会表示点儿歉意，他却僵着一张脸，毫无表情，冷然漠视。对他来说，这比赛没有任何意义，我们也没有任何意义。

在学校里，我们认知着这个世界，学习着住在天上的天使和神，是怎样以爱和慈悲统治人间。有人说那只是故事而已，但我不这么想。

神仍然统治人间。只是他们自群星降下，不再仁慈。

RED QUEEN

第二章

即使仅以干阗镇的标准来看，我家的房子也很小，但胜在景色极佳。在我老爸负伤之前，一次从军队返乡探亲时，他加高了这所房屋，这样我们的视线就可以远及河边。透过夏日的薄雾，能够清晰地看见土地的轮廓，那里曾是一片森林，现在却已荒芜，看上去如同沙漠。但是山峦自北向西曼延，仿佛默默提醒着：远方有无限未知之境——在干阗镇之外，在银血族之外，在我所知所识之外。

我爬上梯子，登上屋顶，日复一日地上上下下，让手扶之处的木头都磨得旧旧的。在这样的高度，我能看见河里有几艘船正逆流而上，船上的旗子骄傲地迎风舒展。银血族，只有他们才足够有钱，用得起私人交通工具。当他们开车、乘船，甚至坐着喷气飞机冲上云霄时，我们却只有自己的两只脚，运气好时顶多拥有一辆自行车。

船是驶向夏宫的，那座小城因国王每个夏天的驾临而复苏。吉萨今天也会到那里去，给她的裁缝师父帮忙。她们经常趁此机会到集市上去，向那些随着王室一起蜂拥而至的银血族商人和贵族兜售绣品。那座行宫叫作映辉厅，据说奇景无双，但我从没有亲眼见过。我不明白为什么贵族们要有第二座房子，尤其是他们在首都的宫殿已经非常宏伟华丽了。不过，所有的银血族都一样，行事并非出于需要。他们只是随心所欲，并且只要想，就能得到。

在打开屋门、走进日常杂务之前，我轻轻拍了拍门廊上挂着的旗子。黄底红星，三颗红星，三个上战场的哥哥，此外还有空余的地方，是留给我的。很多家庭都有这样的旗子，有的上面横亘着黑色条纹，代替了原先的红星，那是在无声地追念着死去的孩子。

在屋子里，老妈正炖着一锅汤，在炉子边汗流浃背，老爸坐在轮椅里，盯着那锅汤。吉萨坐在桌边刺绣，绣品的美轮美奂已经超出了我的理解范畴。

"我回来了。"我泛泛地打招呼。老爸动了一下以示回应，老妈点了点头，吉萨盯着她的绣片，眼皮都没抬一下。

我把偷来的东西往她旁边一丢，让那些硬币叮当作响，动静颇大。"这下我能给老爸的生日买个气派的蛋糕了，还能买不少电池，足够撑过这个月。"

吉萨看了看，厌恶地皱起眉毛。她只有十四岁，却比同龄人敏锐得多。"总有一天，人们也会夺走你的一切。"

"嫉妒可不是你该有的反应。"我嗔怪着拍拍她的脑袋。吉萨立刻抬手拢了拢，把她那柔美光滑的红色头发重新整理成干干净净的小发髻。

我一直都非常渴望拥有这样的头发，但我从没跟吉萨说过。她的头发像火一样红，我的却是那种人称的"河水褐"，发根是深褐色，发梢的颜色逐渐变淡，仿佛在干阑镇的生活重压之下，就连颜色也从头发之中流失掉了。很多同样发色的人会留短发，不让灰褐色的发梢长出来，但我不会。我喜欢我的头发这样提醒自己：就连它们都知道，生活不应该是这个样子。

"我才没有嫉妒。"吉萨气呼呼地继续工作。她正在一块黑色的缎子上绣花，艳红色的花朵在黝黑的绸缎上如同一簇簇燃烧的烈焰。

"真美呀，小吉！"我摸了摸其中一朵花，丝绸的滑润触感令我大为惊讶。吉萨抬起头冲我柔柔地笑了，露出了她的小牙。就算我们时常拌嘴争吵，她也知道自己是我心头上的至宝。

而所有人都知道，我才是嫉妒的那一个。我一无所长，只会从真正劳作的人那里东偷西摸。

等吉萨的学徒期满，她就可以开一家属于自己的店。银血族的有钱人会从四面八方拥来，争相购买吉萨绣制的手帕、旗子和衣服。吉萨将拥有极少数红血族才能获得的成功，过上好日子。她会给老爸老妈，给我，给哥哥们提供一些杂活儿，好叫我们不用再服兵役。到那时，吉萨会拯救我们全家，只凭着她手里的针和线。

"你们真是天壤之别啊……"老妈喃喃自语，用手指捋着花白的头发。这不是责备或讥讽，而是事实。吉萨天分出众，拥有一技之长，又漂亮体贴，我却活像个糙汉子。正如老妈所说，我俩实在是一天一地，唯一的共同之处就是我们戴着同样的耳环，思念着我们的哥哥。

老爸蜷缩在角落里，费劲地喘着粗气，用手狠捶自己的胸膛。这很正常，因为他只有一个肺叶。幸亏红血族的医生救了他，把受损伤的肺叶换成了人造器官，好让他能够呼吸。这是银血族的发明，尽管他们从不需要用到。有些银血族自己就是愈疗者，但他们可不会为红血族浪费工夫，更不用说跑到前线去救死扶伤了。他们中的绝大多数会待在城里，想方设法为银血族延年益寿，比如修复他们被酒精摧残的肝脏之类的。所以我们不得不转而求助于黑市，用那儿的技术和新发明为自己保命。有的疗法很蠢，也没什么效果，但这堆嘀嗒作响的金属玩意儿救了我老爸的命，我时常能听到它们嘀嘀嗒嗒地搏动，维持着老爸的呼吸。

"我不要蛋糕。"老爸说道。我看见他瞥着自己的大腹便便。

"这样啊。那你究竟想要什么呢，老爸？一块新手表？还是——"

"梅儿，在我看来，你从别人手腕上撸下来的不能称之为'新'。"

一场巴罗家的大战已然箭在弦上，正在这时，老妈把汤锅从炉子上端了下来。"晚饭好了。"她把汤往桌上一放，热气扑面而来。

"闻起来不错啊妈妈！"吉萨撒着小谎。老爸就没那么圆滑，直接冲着晚饭做了个鬼脸。

为了不做出嫌弃的表情，我立马坐下来喝汤。还好，不比往日更难吃，这令我很是惊喜。"用了我带回来的胡椒？"

老妈既没点头也没微笑，更不用说对我的味觉心存谢意，她只是洗洗涮涮，没回答我。她知道，胡椒也是我偷的，如同我带回来的所有礼物。

吉萨盯着面前的汤，在闻胡椒的气味。

当然，我对此已经习惯了，但他们的不满还是让我厌倦透了。

老妈长叹一口气，把脸埋在双手中："梅儿，你知道，我得谢谢你，但我还是希望——"

"希望我是吉萨？"我替她说完下半句。

老妈摇了摇头："不，当然不是，我可不是那个意思。"又是一个小谎。

"好吧，"我用那种他们绝对可以感同身受，并且尽量平稳的声音说，"我能为家里做的，除此之外别无其他——在我走之前。"

我话语中暗示的战争立刻让屋子里安静了下来，就连老爸重重的呼吸声也停了。老妈转过头，脸颊通红，怒不可遏。在桌子下面，吉萨拉住了我的手。

"我知道，你做的这些事都是在尽己所能，理由很说的通。"老妈低语道。她费了很大劲才说出口，但这句话于我而言还是很受用。

我强忍着没开口，只是点点头。

吉萨从座位上跳起来，好像突然想起了什么："噢！我差点儿忘了！从夏宫回来的路上我去了邮局，收到了谢德的信！"

简直就像一记重磅炸弹。老爸老妈争着抢过吉萨从口袋里掏出来的脏信封，翻来覆去地抚摩着信纸。我冷眼看着这一幕。因为他们都不识字，所以只能从信封信纸本身去寻找蛛丝马迹了。

老爸嗅了嗅那封信，想要辨别出其中浸染的气味："松木。没有烟味。太好了，他总算远离窒息区了。"

听到这话，我们都松了一口气。窒息区是连接诺尔塔和湖境之地的一块狭长地区，这场战争中的大部分战役都在那里打响，如今已经被轰炸得不成样子。服兵役的人大多会被派到那儿去，不是死守战壕被那些无法躲避的炸弹炸死，就是发起猛烈冲锋进而陷入一场屠杀。除了遥远北方的冻土地区因为冷且贫瘠而不值得一战以外，战线的其他区段都以湖泊为主。几年前，老爸就是在窒息区负的伤，当时，一枚炸弹造访了他所在的分队。现在，经过几十年的连绵争战，窒息区已经面目全非，爆炸散发出的浓烟导致了常年雾霾，什么作物都无法生长。那里已是一片死地，暗淡而绝望，就如这战争的远景。

终于，老爸把信递过来让我读。我打开它，怀着巨大的希望，既热切又害怕看到谢德写的字。

"亲爱的家人们，显而易见，我还活着。"

老爸和我立时笑出了声，就连吉萨也微笑着。老妈却没那么容易哄，因为谢德每封信都这么开头。

"就像爸爸这个神机妙探猜的那样，我们离开前线，被召回了。回到大本营真是太好了，这儿简直是红血族的福地，连银血族的军官都没几个。而且没有了窒息区的那些烟霾，每天还能看见壮美的日出。不过我不会在这儿久留，因为指挥官想要为湖上作战重新编组，把我们编入了新舰队中的一支。我们舰队里有个新来的军医，她认识特里米，说他状况还可以。特里米从窒息区撤离的时候挨了榴散弹，不过据说恢复得不错，没有感染，也没有留下什么永久的后遗症。"

老妈重重地叹了口气，摇摇头冷哼道："没什么永久的后遗症。"

"尽管没有布里的消息，但我不是很担心。他是我们兄弟三人里面最棒的，而且马上就要服满五年役期了。妈妈，布里很快就会回家的，所以不要发愁啦。就写到这儿吧，至少我还能给你们写信呢！吉萨，别老是炫技，虽说你确实才华出众。梅儿，少点儿孩子气吧，别再揍那个沃伦家的小子了。爸爸，我以你为荣。家人啊，所有的家人，我永远爱你们。你们的儿子、哥哥，谢德。"

像每次一样，谢德的字字句句穿透了我们的心，如果我努力倾听，甚至可以听到他写信时内心的声音。这时，头顶的灯突然嘎嘎地响了起来。

"我昨天拿回来的用电配给呢？没人用它吗？"刚说完这话，灯就灭了，把我们丢在一片漆黑里。眼睛适应了之后，我看见老妈摇了摇头。

吉萨低声抱怨道："能不能别总是这样？"她站起来了，椅子剐蹭着地板。"我要去睡了，不然会大喊出来的。"

但我们谁也没大喊。似乎我的世界就是这样——吵架都嫌无力。老爸老妈也回了卧室，只剩我自己坐在桌边。通常情况下，我会偷偷溜出去，但今天，实在找不出比睡觉更好的选择了。

我爬上通往阁楼的梯子，吉萨已经在打呼噜了。她和别人一样，脑袋一挨枕头就能入眠，我却得花上好几小时。

我上了床，躺在那儿，拿着谢德的信。只是如此，就让我心满意足。就像老爸说的，信纸上有松木味，很浓。

今晚的河水也很配合，轻轻拍打着河床上的石头，声音动听，安抚着我平静下来。即便是那台老式冰箱——电池驱动的、嗡嗡作响的、吵得要命的冰箱，今天也没有困扰我。但随即的一声鸟鸣，拉住了即将坠入梦乡的我。是奇隆。

不要，走开。

又是一声，这次的声音更大。吉萨动了动，脑袋扎进枕头里。

我一边喃喃自语地抱怨着，奇隆真是烦人，一边从床上坐起来，溜下了梯子。正常的女孩要是这么干都会被屋里的杂七杂八绊倒吧？我却如履平地的灵活得很，这都是拜那些多年追踪我的警卫所赐。我一秒钟就从柱子上滑下来，踩在了齐脚踝深的泥地里。奇隆从屋子底下的阴影里走出来，他正等着我。

"希望你喜欢乌眼青，因为我现在就得给你——"

我看见了他的脸。

他在哭。奇隆从不哭的。他的手指关节在流血，我能肯定那是在附近的墙上或其他什么硬东西上面撞的。我顾不得自己的事了，也顾不得现在是大半夜，只觉得焦虑万分，为他担惊受怕。

"怎么了？出什么事了？"我想都没想就握住了他的手，血从我的指缝里沁了出来。"到底发生什么了？"

他顿住了，接着像是回过神来似的开了口。他的回答令我惊恐不已。

"我的老板——病了，死了。我不再是学徒了。"

我想要保持呼吸平稳，可急促喘息的声音在四面八方回响，仿佛嘲讽着我们。他不必开口，我也知道他要说什么，但他还是继续说下去。

"我没能做满学徒期，现在——"他语无伦次，"我十八岁了。另一个渔夫已经有好几个学徒。我没有工作了。我找不到工作了。"

奇隆重重地吸着气，他接下来的话像刀子一样刺痛人心，我真希望不必非听不可。

"他们要把我送到战场上去了。"

RED QUEEN

第三章

这场战争从上世纪就开始了，但现在，我觉得这已经不能称为"战争"了，也没有哪个词能形容这种更深层次的毁灭。在学校里，我们听到的说法是，这一切都是为了争地盘。湖境之地丰饶富庶，境内有数不清的湖泊，渔业资源十分了得，而诺尔塔却多山脉森林，农民常常食不果腹，就连银血族也察觉到这种紧缩之态。所以国王发动了战争，把所有人推进了混战。无论是湖境之地还是诺尔塔，都已经没有真正的胜利可言。

湖境之地的国王也是个银血族，他调动了自己所有的王族贵戚做出了得体的回应。他们想要的是诺尔塔的河流，这样他们才能在冬季湖泊封冻时到海边谋生。河边转动的水车也是他们所垂涎的。正是这些水车提供了足够的电力，连红血族都能沾上点儿光，从而使诺尔塔强盛起来。我听人说，在遥远的南部，首都阿尔贡附近，心灵手巧的红血族已经发明了神乎其神的机器，可以在地上跑，在水中漂，在空中飞，还可以当作武器，任由银血族予取予求。老师们曾自豪地说，诺尔塔是世界之光，是由技术和武力共同造就的伟大国度。至于其他地方，比如湖境之地和南方的皮蒙山麓，都尚未开化。生在诺尔塔，我们可是很幸运的。幸运，这个词让我想大叫。

但是，除了电力方面诺尔塔更胜一筹之外，双方在食物供给、武器装备、国民数量方面不相上下，都投入了银血族的军官和红血族的士兵，都以战术相谋、以枪弹相抗，战场上都堆满了成千上万红血族的尸体。本以为上世纪就能画下句号的战争，直到现在看来仍然遥遥无期。我时常觉得，为了争夺食物和水而大打出手，着实可笑——就算是至高无上坚不可摧的银血族也得吃饭。

但现在，一点儿也不可笑了。下一个要离开我的人，是奇隆。他也会送我耳环吗？这样我就能在那些光鲜的军团卫兵带走他的时候留个念想。

"一个星期，梅儿，我只有一个星期了。"他咳了几下，想掩盖嘶哑的声音，"我不要……他们不会来抓我……"

但我看到了奇隆眼睛里一闪而过的反抗之火。

"我们得想想办法！"我脱口而出。

"没人有办法。没有人能活着逃离兵役。"

这不用他告诉我。每一年都有人试图逃跑，但每一年，那些逃走的人又都会被抓回来，在广场上绞刑示众。

"不，我们能。"

都这个时候了他竟然还有心情笑话我："我们？"

我的双颊一下子热辣辣的，像着了火似的："我和你一样得服兵役，但他们也休想抓走我。所以我们跑吧！"

参军服兵役，这是我命中注定的，是我活该的，我对此心知肚明。但这些不是奇隆应受的，战争已经从他那里夺走了太多。

"我们无处可去。"他结结巴巴地说，但至少是在跟我辩论——至少没有放弃，"往北边走，我们扛不过那儿的冬天，东边是大海，西边的战事频繁，南边更是活像地狱——而这些地方，所有的地方，爬满了银血族和警卫。"

我的话像河水一样从嘴边倾泻而出："所以就留在镇子里，和那些银血族、警卫一起爬好了。我们要设法在他们的眼皮底下伸手，然后以智取胜，溜之大吉。"我的头脑飞速地运转着，尽最大努力思考着，搜索着一切可能有用的信息。接着，灵光一闪。"黑市！我们可是那儿的常客，从谷子到灯泡都倒腾过。谁说不能走私一个人？"

奇隆张着嘴，像是要说出成千上万个反驳这主意的理由，但紧接着他笑了，点了点头。

我一向对别人的事不感兴趣，也没工夫去插手。可是此刻，我却听见自己掷地有声地扔下五个字：

"一切交给我。"

那些偷来的、进不了正常店铺的东西，我们都会交给威尔·威斯托。他老迈年高，没力气在贮木场干活，所以白天负责清扫街道。可到了晚上，在他那散发着霉味的货车上，你能买到任何想要的东西，从严格限制供给的咖啡，到阿尔贡的舶来品，什么都有。九岁的时候，我以一把偷来的扣子在威尔那儿找到了生机。他以三枚硬币接收了我的扣子，什么都没问。现在，我不仅是他最好的顾客，没准儿还是他甘愿停留在这么个小地方的原因。心情好的时候，我也视威尔为朋友。几年前，我发现威尔其实是一个庞大组织的一员，人们称之为地下交易，或是黑市。但我只在乎他们能干的——接受赃物。人们喜欢威尔，所有人，所有地方，包括阿尔贡，尽管这听起来很不可思议。威尔他们在全国范围内运送非法货物，而现在我希望他能运送个人。

"门儿都没有。"

八年来,威尔从没跟我说过一个"不"字,但现在,他冷着那张满是皱纹的老脸,"砰"的一声摔门拒客。幸好奇隆待在后面,不必眼看着我辜负了他的期望。

"威尔,求求你。我知道你能做得到——"

他摇了摇头,白胡子抖动着:"就算我能,但我是个商人,耗时费神地帮着一个溜号的人东躲西藏,不是我分内的活儿,我也不跟这样的人打交道。"

我能感觉到,我唯一的希望,奇隆唯一的希望,正从我的指尖一点点地溜走。

威尔一定看到了我眼睛里的绝望,因为他软下话头,靠在板门上,重重地长叹一声,向后瞥了瞥货车深处的一片暗淡。过了一会儿,他转过身来冲我招手,让我进去。我愉快地照做了。

"谢谢你,威尔!"我喋喋不休道,"你不知道这对我有多重要——"

"坐下,安静点儿,姑娘。"一个高嗓门儿说道。

借着威尔唯一一支蓝色蜡烛的暗光,在货车的阴影里,一个女人站了起来。不,应该说是女孩,因为她看起来比我大不了多少。她个子高挑,带着一种久经沙场的战士的风度,胯上佩着枪,上面覆着带有太阳图案的红色绦带,那显然不是许可内的配给。她金发碧眼又白皙,完全不像干阑镇的人,而脸上微微沁出的汗珠儿也说明她不太适应这里湿热的气候。她是个外国人,异乡客,法外之徒——正是我想遇到的人。

她朝我招手,让我坐在和车厢连在一起的长凳上,接着自己也坐了下来。威尔紧紧跟着,拉过一把破椅子,眼神在我和这女孩之间闪烁不已。

"梅儿·巴罗……这是法莱。"他喃喃说道,而那女孩则收紧了下巴。

她的目光在我脸上逡巡:"你想运货?"

"是我自己，还有一个男孩——"

她扬起那宽大、结满老茧的手，打断了我。

"货。"她重复了一遍，眼神里似有千言万语。我的心怦怦直跳：这个法莱，能帮上忙。"想运到哪儿？"她问。

我搜肠刮肚地，试图想出某个安全的地方。教室里那张老地图在我眼前晃悠，上面勾勒出了矿山和河流，标示出了城郭和村庄，以及这个国家的每个角落。从哈伯湾以西到湖境之地，从北方的苔原冻土到废墟之城和污水湾的辐射地域，于我们来说，都是险境。

"只要能逃离银血族，能安全，就足够了。"

法莱眨眨眼睛，用一成不变的语调说："姑娘，得到安全是要付出代价的。"

"不管得到什么都要付出代价，姑娘，"我学着她的腔调反击道，"没有人比我更清楚这一点。"

漫长的静默充斥着货车，我能感觉到黑夜正在一点一滴地流逝，带走奇隆最后一点儿宝贵的时间。法莱一定察觉了我的不安和焦虑，却故意默不作声。不知道过了多久，她总算开口了。

"红血卫队接这一单，梅儿·巴罗。"

我用了全身的劲儿才把自己按在凳子上，没高兴得蹦起来。但接下来的话又瞬间让我僵住，笑容还没跑出来就消失了。

"最好可以付全款，一千克朗（译注：带有国王头像的钱币）或其等价物皆可。"法莱说道。

我的肺差点儿炸了，就连威尔也大吃一惊，毛茸茸的白眉毛都要融到发际线里去了。"一千克朗？"我艰难地挤出这几个字。没人能弄到那么多钱，尤其在干阗镇。这笔钱够我全家人一年的过活。不，是好几年。

但法莱又开口了，我猜她一定特别享受这一套。"付款方式可以是纸币、领主金币，或者以物易物，等价就好。当然，这是一件货的价。"

两千克朗。真是一笔巨款。我们的自由竟然如此值钱。

"后天发货，届时必须付款。"

我简直喘不过气来。我这辈子偷的东西加在一起也值不了这么多钱，更不用说两天内备齐了。这绝对不可能。

可法莱根本不给我拒绝的机会。

"这个价，你接受吗？"

"我需要多一点儿时间。"

她摇摇头，探身过来，我能闻到一股火药味。"这个价，你接受吗？"她又问。

这毫无可能，荒唐愚蠢，但这是我们最好的机会。

"我接受。"

我是怎么蹚着泥地、怎么往家走的，这一切都模糊一片。我的心里像燃着一把火，激动万分，思考着得往哪儿伸手，才能多攒点儿钱，哪怕能和法莱开出的价码接近一点儿呢。但干阗镇什么值钱的东西都没有，这是千真万确的。

奇隆还在暗影里等着我，一副迷路小男孩的模样。唉，我看他确实是。

"坏消息？"他极力控制自己，但声音还是忍不住打战。

"黑市的人可以带我们离开这儿。"因为他很紧张，我便在解释的时候尽量保持冷静。两千克朗，足以打造一顶国王的王冠了，但我轻描淡写。"如果别的客户能筹得出钱，我们也行。我们可以。"

"梅儿。"他的声音充满寒意，比冬天还要冰冷，而他眼睛里的空洞更甚，"结束了。我们失败了。"

"但是我们只要——"

奇隆抓住我的肩膀，将我牢牢地隔绝在一臂距离之外。肩膀不痛，他的话却令我震惊："别这样对我，梅儿。别让我真的以为可以逃出生天。别给我希望。"

他是对的。渺茫无着的希望是残忍的。它只会转化为失望、怨恨、恼怒，让本来就已经很艰难的生活雪上加霜。

"接受吧。也许——也许到时候我就能认清现实，就能好好训练，就能在战场上捡回一条命。"

我摸到他的手腕，死死攥住："说的好像你已经死了似的。"

"也许，是死了。"

"我的哥哥们——"

"他们在入伍之前可是加紧练了好一阵子，个个都壮得像座房子。你老爸肯定对此心知肚明。"他费劲地冲我咧了咧嘴，想逗我笑，可我根本笑不出来。"我游泳不赖，是个好水手。他们在湖上的那些战役会需要我的。"

他张开双臂，把我揽进怀里，这时我才发现自己抖得厉害。"奇隆——"我埋首在他胸前，含混自语，没说出来的半句话是，"上战场的人，该是我。"但那一天也不远了，我现在只希望奇隆能活着坚持到我们再见面的时候，在营地里，或是在战壕中，到那时，也许我就能找到合适的话来说，也会知道自己的感受到底是什么。

"谢谢你，梅儿，谢谢你做的一切。"他向后退了退，有些匆忙地放开我。"加紧存钱吧，在那些军团的人找上门之前离开这儿。"

我点了点头，但我绝不可能让奇隆一个人上战场去送死。

当我重新在小床上躺下来时，我知道这注定是个无眠之夜。我一定能帮上什么忙，就算一整夜想破头，我也得把它想出来。

吉萨在睡梦里咳了几下，压低的声音拘谨而谦恭。即便是睡着了，她也在努力做个淑女。她有着红血族讨人喜欢的所有特质：安静、知足、谦卑，难怪能和银血族相处甚欢，这真是件幸事。她帮着那些银血族的超级傻瓜蛋在丝绸缎帛中挑挑拣拣，裁剪缝制那些只穿一次的精美华服。她常说你得习惯，习惯他们为那些琐碎小事花大钱。而在夏宫的市集——博苑里，那些东西的价格更是十倍十倍地上涨。吉萨跟着她的师父，往衣服上缝制蕾丝、皮草，甚至宝石，好让那些银血族的名流紧跟王室脚步，提升时尚品位。吉萨称他们的争奇斗艳为"大阅兵"，那是数不胜数的孔雀在摆弄羽毛，每一只都比前一只更骄傲自大，更荒谬可笑。所有的银血族都是蠢货，虚荣的蠢货。

现在，我比往日更加憎恨他们。他们丢掉的一双长筒袜都能换到足够的钱，让我，让奇隆，让半个干阗镇的人免受征兵之苦。

灵光一闪——这是今晚的第二次。

"吉萨，醒醒！"我提高了声音，这小姑娘睡得死沉，"快醒醒！"

她翻了个身，脑袋扎在枕头里哼哼唧唧。"有时我真想杀了你。"她抱怨道。

"嗯哼，美好的愿望——快起来！"

她仍然闭着眼，我便像只大猫似的朝她扑了过去。在她大吵大闹、牢骚满腹地把老妈招来之前，我用一只手捂住了她的嘴。"听我说，吉萨。别出声，听我说。"

她不高兴地往我手上呼气，不过同时也点了点头。

"奇隆——"

一提到他，吉萨的脸上立刻就笼上一片红晕，还咯咯笑出声来——淑女可不会这么做。但我没工夫体谅她的少女心，尤其是现在。

"别笑了，吉萨。"我弱弱地吸了口气，"奇隆要被送去服兵役了。"

她的笑容立刻不见了。兵役，不是玩笑——对我们来说不是。

"我想了个办法让他离开这儿，让他不必上战场送死，但这需要你帮忙。"这么说让我痛心，但那些话还是溜了出来，"我需要你，吉萨，你能帮我吗？"

她没有一点儿犹豫，那一刻我对这个妹妹的爱成倍膨胀。

"好。"

幸亏我是个小矮个儿，或者说，幸亏吉萨的备用工作服从没合身过。那衣服又厚重又暗沉，完全不适合夏日的骄阳，上面的纽扣和拉链简直要被烫熟了。我背上的包袱里装满了衣料和缝纫工具，沉甸甸地左右摇晃，几乎要把我向后坠倒。吉萨也穿着工作服，背着她自己的大包袱，但她对此安之若素。她已经习惯了辛苦的工作，艰难的生活。

我们搭上一条运粮的驳船，挤在那些支棱的麦子中间，穿过了大部分上游地区。驳船属于一位农夫，多年来和吉萨关系友善。在这一带，人们都喜欢信任吉萨，正如他们从不相信我。在大路旁，我们下了船，沿着这条路再走一英里，就能到达夏宫的市集。我们向着吉萨所说的"苑门"蹒跚而行，尽管那儿根本不会有什么园林。那实际上是一座用闪耀的玻璃做成的大门，在我们还没能找到机会踏进去的时候就闪瞎了我们的双眼。围墙也是用同样的材料做的，不过我很怀疑银血族的国王会傻到躲在一道玻璃墙后面。

"那不是玻璃，"吉萨告诉我，"至少不完全是。银血族发明了一种把钻石和其他物质混合起来的方法，这种混合物坚不可摧，就算是炸弹也穿不透它。"

钻石做的宫墙。

"那还真是确有必要。"

"把头低下去，我去说话。"她轻声道。

我紧跟着她，盯着脚下的路面从黑色沥青变成了白色砌石。石面光洁平滑，我站在上面几乎要打滑，吉萨抓着我的胳膊，才让我站稳了。奇隆一定不会有什么问题的，他有"抗晕船步法"呢。不过奇隆绝不会到这儿来的，他已经放弃了，但我没有。

离苑门越来越近了，我眯起眼睛，顶着耀目的闪光打量四周。夏宫只是一座季节性的行宫，一到霜降日就会关闭。尽管如此，这里仍是我见过的最大的城市：繁华的街巷、商铺、酒馆、房屋、庭院……但所有的一切都向一座高大建筑俯首低眉。它闪着微光，由刚钻琉玻和大理石筑成，现在我总算知道它名头何来了。映辉厅闪耀夺目如同星辰，纵横交错的尖顶和吊桥向半空中延伸出几百英里，只有一些略微暗淡的地方，似乎是有意给居住者留出的私人空间。农夫是不可能直视国王和他的宫廷的。这里惊艳夺人、宏伟威严、富丽堂皇——而它不过是一座夏日行宫。

"姓名。"一个粗鲁的声音响了起来。吉萨停住了。

"吉萨·巴罗。这是我姐姐梅儿·巴罗，她帮我带一些货物给师父。"吉萨没有退缩，毫无磕绊，语调平稳得甚至有些干巴巴。警卫冲我点头，我便转身把包袱给他看。吉萨递上了我们的身份证件，两张都揉烂了，脏兮兮的，但这也够用了。

这个警卫一定认识我妹妹，因为他只扫了一眼吉萨身份证件上的号码，却细细检查我的那张，看看上面的照片又看看我的脸，盘查了好一阵子。我很怕他也是个耳语者，能读出我心里所想，要是那样的话，这趟短途旅行就算玩儿完了，我的脖子上没准儿还得套上电缆绞索。

"手腕。"他示意，看上去已经有点儿不耐烦了。

一瞬间我有点儿犯迷糊，但吉萨想都没想就伸出了右手，我便也学着她的样子，向警卫伸出了胳膊。"啪"的一声，他在我们手腕上套上了红色的环箍，环箍越收越紧，就像手铐一样——我们是无法自己解开它的。

"走吧。"警卫边说边懒洋洋地挥了挥手。在他眼里，我们根本构不成威胁。

吉萨向他点头致谢，但我没有。他休想从我这儿得到一丢丢谢意或好感。大门徐徐打开，我们步入其中。博苑，这是另一个全然不同的世界，我的耳朵里充斥着自己剧烈的心跳，淹没了其他声音。

这是我从未见过的市集，到处点缀着鲜花、树木和喷泉，红血族的人很少，不是忙着跑腿，就是贩卖货物，但无一例外地，都戴着那红色的环箍。尽管银血族身上没有记号，但要认出他们再容易不过。他们珠光宝气，一掷千金，人人腰缠万贯，只消得手一次，我就能带着我想要的任何东西回家。他们高挑貌美，仪态万方，冷淡而缓慢地移动，以示优雅。红血族不可能这个样子——我们根本没时间"冷淡而缓慢地移动"。

吉萨领着我，经过一家摆着金粉蛋糕的面包坊，一家出售五颜六色奇瓜异果的食品店，还有一座满是珍禽异兽、超乎我的认知范畴的马戏园。一个小女孩——从衣着上看是银血族——正在用苹果丁喂一只奇异的动物：长得像马，身上有斑点，脖子长得不可理喻。又走过几条街，一家珠宝店闪耀着彩虹般的光芒。我想留意记住它，却很难心无旁骛，因为就连周围的空气都如同脉冲般的激情四射。

就在我对珠宝店叹为观止的时候，我近距离地观察了那些银血族，并且记住了他们。那个小女孩是个电智人，她正让苹果丁浮上十英尺高的半空，去喂那只长脖子的动物。一名花商用手拂过一盆白色的花，花便突然疯长盛放，攀上了他的手肘。他是个万生人，植物和土壤的操控者。两个水泉人坐在喷泉边，懒洋洋地用漂浮的水球逗弄着孩子，其中一个一头橘发，即便稚子环绕，眼睛里也充满了恨意。整个广场上，各种各样的银血族展示着他们超凡的生命。他们人数众多，个个高贵显赫、绝技精妙、力强难敌，和我所熟知的那个世界相比，简直是天壤之别。

"这就是另外一半人的活法，"吉萨喃喃道，她感觉到了我的敬畏，"大概足以让你恶心。"

我心里涌起内疚。一直以来我都嫉妒吉萨，嫉妒她的才华，和一切因此而来的特别待遇，但我从未想过那背后的付出。吉萨不怎么去学校，在镇子里也总是形单影只。如果平庸无奇，她会有很多朋友，也能随意地笑。但是，这个十四岁的少女战士，用针和线，一力承担起一家人的未来，在她所憎恨的世界里忍辱苦干。

"小吉，谢谢你。"我在她耳边低语。她知道我指的不是今天的事。

"莎拉的店在那儿，有蓝色顶棚的那个。"她指指街边，两个咖啡馆中间夹着一间小店。"我就在那儿等你，如果你需要——"

"不，"我脱口而出，"哪怕出了岔子，我也不想让你卷进去。"

"好吧。"她拉起我的手，飞速地紧攥了一下。"小心点儿，今天会很拥挤，比往常人还多。"

"可以藏身的地方多着呢。"我冲她笑笑。

她的话却犹如一盆冷水："警卫也多着呢。"

我们一步一步地往前走，离那一刻——把我一个人丢在这怪异陌生的地方的那一刻，越来越近。当吉萨把包袱从我背上拿下来时，我感到了一丝恐慌。我们到了。这里是吉萨工作的店。

为了冷静下来，我暗暗嘀咕着："不要和任何人讲话，不要和任何人对视，不要站住不动。原路返回，穿过苑门，警卫拿下环箍我就继续往前走……"我一边叨叨，吉萨一边点头，她睁大了眼睛，机警而充满希望。"这儿离家只有十英里。"我说。

"只有十英里就到家。"她回应道。

押上全世界我也希望能跟吉萨一起走，但我还是看着她消失在那个蓝色的顶棚下面。她为我做得已经够多了。现在，该我登场了。

RED QUEEN

第四章

在此之前，这样的事我已经做过成百上千遍了。像狼垂涎羊群那样，细细观察，从中找出老弱病残傻。但只有这一刻，我不是猎食者，而是猎物。我没准儿会选中一个疾行者，而他用不了半秒钟就能抓住我，或者更倒霉，选中的是耳语者，在一英里外就被他发觉。就算是那个电智人小女孩，也能在我失手的时候轻而易举打败我。所以，我必须比往日更快，更聪明——或者，说来凄惨——比往日更好运。这真让我恼火！还好，没有人会注意一个红血族的奴仆，没有人会注意一条在众神脚下爬来爬去的虫子。

　　我掉头往广场走，胳膊在身体两侧晃晃荡荡地甩着。这是我的翩翩舞蹈：穿过最拥挤的人群，让手探到皮夹或口袋，就像蜘蛛抓到苍蝇。我没傻到要在吉萨的店里下手，而是跟着人群来到广场上。这会儿，四周那些新奇的玩意儿不再让我头晕目眩了，但视线越过它们，我看见每处暗影里，都一动不动地站着身着黑色制服的警卫。在这不可思议的银血族之国，每一点异动都更显眼。银血族的人很少互相对视，也从来不笑，那个电智人小女孩喂着奇兽却一脸无聊，商贩们甚至都不讨价还价。只有红血族，围着这些锦衣玉食、优雅娴静的男人女人团团转的红血族，看上去反倒是更有活力。除却夏日的热浪和骄阳，除却光彩照人的招牌，再没有什么地方比这儿更寒气逼人了。

最让我焦心的是那些藏在遮篷或走廊里的黑色摄像机。警卫们可能在家、在岗哨、在角斗场待着，却如同全都在这个市集站岗。我都能听见他们嗡嗡嗡地告诫道："有的是人盯着这儿呢！"

人潮推着我来到中央大道，一路经过几家酒馆和咖啡馆。一些银血族坐在室外，一边看着闹哄哄的人流取乐，一边享受着他们的早晨饮品。还有些看着嵌在墙里或悬挂在门廊中的屏幕，从古老的竞技决斗到新闻直播，再到五颜六色的新奇程序，个个自得其乐。屏幕中高亢喧闹的声音、远处电流流动的低鸣，在我耳朵里乱成一团。银血族怎么能在这儿待得下去呢？我都晕头转向了！可他们没觉得困扰，反而怡然自得。

映辉厅微光闪烁的影子笼罩着我，我又傻乎乎心怀敬畏地看呆了。但紧接着，一阵低低的哄闹声让我回过神来。那声音乍一听很像是在角斗场主持人宣布"盛宴开始"的调子，但细细分辨，它更低更沉，和角斗场里的完全不同。毫不犹豫地，我冲着喧闹声跑了过去。

在我旁边的一家酒吧里，所有屏幕都切换成了同样的画面，那不是什么皇家演说，而是一则突发新闻。就连银血族都停下了消遣，全神贯注地默然静听。片头结束后，一个金发碧眼的"花瓶"——当然也是银血族，出现在屏幕上。她读着一张纸条上的字，看上去吓得不轻。

"诺尔塔的银血贵族们，抱歉插播以下新闻：在十三分钟之前，首都阿尔贡遭到了恐怖袭击。"

周围的银血族立即吸着气，惊恐地低语起来。

我却满脑子都是不相信。恐怖袭击？袭击银血族？

有这可能？

"这是一次有组织的爆炸袭击，目标是阿尔贡西部的政府大楼。据报道，皇家法院、财政厅及白焰宫遭到损毁，但法庭和财政部今早并未办公。"画面从女主播切换到了炸毁的建筑物。警卫们正在疏散大楼里的人群，水泉人往火苗上喷水，胳膊上配着红黑十字章的是愈疗者，他们正跑进跑出地忙着。"据悉，王室成员未居住在白焰宫，故尚无人员伤亡情况。提比利亚国王将在一小时内发表全国讲话。"

我旁边的一个银血族攥紧了拳头，一掌掴在吧台上，石质的台面立即像蛛网般开裂。这是个铁腕人。"是湖境人干的！他们丢掉了北方的地盘，就到南边来吓唬我们！"哄声四起，都是在诅咒湖境人。

"我们要把他们赶出去！一直赶到普雷草原上去！"另一个银血族叫道。我费了好大劲儿才压住怒火：这些银血族永远不会见到真正的前线，也不会把他们的孩子送上战场。银血族所谓的荣誉之战，是以红血族的生命为代价的。

一个又一个镜头，展示着法院的大理石墙面是如何被炸个稀烂，刚钻琉玻筑成的围墙是如何抵御着爆炸的火球。我有点儿高兴：原来银血族并非坚不可摧，他们有敌人，也会被敌人所伤。而且这一次，他们无法躲在红血族的人肉盾牌后面了。

镜头切换回女主播，她的脸色更苍白了。似乎有人在幕后对她说了什么，她拿着主播稿，手直发抖。"有组织发表声明，称对此次阿尔贡爆炸袭击负责。"女主播磕磕巴巴地说道。大嚷大叫的人们立刻安静下来，仔细听着屏幕里播报的消息。"一个自称为'红血卫队'的组织早前发布了以下视频。"

"红血卫队？""他妈的什么玩意儿——""开玩笑吗？"质疑和迷惑的声音充斥着酒吧，从来没有人听说过什么红血卫队。

但我知道它。

法莱就是这样称呼自己的，她和威尔都是。但他们只是走私贩，不是恐怖分子，也不是炸弹袭击者，更不是新闻里说的那样。这一定是个巧合。那不可能是他们。

屏幕上的画面让我惊恐。晃动的摄影机前站着一个女人，她的脸上蒙着猩红色的丝巾，只露出一双蓝色的眼睛，炯炯有神。她一只手拿着枪，另一只手擎着一面破破烂烂的红旗，胸前的铜质徽章，是撕碎的太阳图案。

"我们，是红血卫队，为自由和人人平等而战——"那女人说道。我认出了她的声音。

法莱。

"由红血族人发起。"

一家塞满了怒火冲天、狂暴残忍的银血族的酒吧，不是一个红血族女孩应该待的地方，我可不是傻子。但我就是挪动不了，就是无法把目光从法莱脸上移开。

"你们自以为是世界的主宰者，但你们为王为神的统治已经到头了。你们必须承认，红血族也是人，是和你们平等无二的人，否则就等着我们打上门去吧。这不是战场上的战争，而是在你们的城市、你们的街巷、你们的家宅里，全面爆发。你们看不到我们，我们无处不在。"她的声音庄重沉静，不怒自威，"我们将揭竿而起，血红如同黎明！"

血红如同黎明。

视频结束了，镜头切回那个目瞪口呆的金发"花瓶"。吼叫声淹没了接下来的直播，酒吧里的银血族个个怒不可遏。他们叫着法莱的名字，称她为恐怖分子、杀人犯、红血恶魔。在他们发现我之前，我溜到了街上。

但是，从广场到映辉厅，整个中央大道上，每间酒吧和咖啡馆里的银血族都炸了营。我想弄掉手腕上的红色环箍，可这玩意儿死死的，扯也扯不掉。其他红血族的人都躲到小路和门洞里去了，试图逃离这里，我也明智地跟了过去。当我找到一条小巷时，有人叫了起来。

若是以往，我必定头也不回，但此刻，我的视线越过肩膀，看到一个红血族被掐住了脖子。他向那些银血族的攻击者求饶道："求求你们，我不知道，我真不知道那些人到底是谁！"

"红血卫队是什么玩意儿？"那个银血族冲着他大叫道，"他们是谁？"我认出他了。他就是半小时前，陪着孩子在喷泉边玩儿的那个水泉人。

那个可怜的红血族还没来得及开口，脸上就挨了一记水锤。水泉人扬起手来，水柱四处飞溅，又是一击。围观的银血族大声嘲笑着，叫好声此起彼伏。被围攻的红血族人一边呛着水，一边喘着气，努力呼吸着。在每个能说出话的瞬间，他都辩解着自己的无辜，但水柱水锤还是接连而来。水泉人瞪着双眼，满是恨意，毫无停下来的意思。他调动了喷泉里的水，玻璃杯里的水，一次又一次地泼向那个红血族。

他们要溺死他。

蓝色的顶棚是我的指路明灯，引着我穿过恐慌遍地的街巷，躲开银血族，也躲开红血族。在往日，混乱喧闹是我的良友，在它们的帮助下，我更容易得手。没人会在躲避流氓打群架的时候还在意自己少了个钱袋。但现在，奇隆和那两千克朗已经不是我的第一要务了。我只想赶快找到吉萨，赶快逃离这个即将变成监牢的城市。如果他们封锁了城门……我们会被困在这儿，困在这道距离自由只有咫尺之遥的玻璃墙后面——我完全不能去想。

警卫们在街上跑来跑去——他们也不知道该做些什么或是该保护谁。有些在围捕红血族，迫使他们跪下。他们瑟瑟发抖、苦苦恳求，说自己对事件一无所知。我敢打赌，在这座城市里，在今天以前就听说过红血卫队的，我是唯一一人。

这想法让我一个激灵，恐惧更甚。如果我被抓住，说出我所知道的只字片语——他们会对我的家人怎么样？会对奇隆怎么样？会对干阗镇怎么样？

绝对不能被抓住。

我用小货摊做掩护，没命地往前跑。中央大道已经成了战区，但我的两眼只盯着前面，盯着广场那边的蓝色顶棚。经过那家珠宝店的时候，我放慢了脚步——只要一件，就能救奇隆。就在这时，一片玻璃刮破了我的脸。心脏狂跳，万物静止。街上的一个电智人正瞪着眼睛瞄准我。我撒丫子就跑，滑下窗帘、柜台、招牌，重新回到广场上。没等我反应过来，水就兜头兜脑地漫延过我的脚，把我扯进喷泉里。

一条泛着泡沫的蓝色水波从一侧向我袭来，撞击着搅动纠缠的水。水并不深，距离底部还不到两英尺，但它像熔铅似的，让我无法移动，无法游泳，也无法呼吸。我几乎无法思考了，意识里只管尖叫着"水泉人"，然后想起了那个中央大道上的红血族，也是两英尺深的水，就把他活活溺死了。我的头被猛地按下，撞击着石质池底，视野尚未恢复，却看见了星星、火花，每一寸皮肤都像充了电。水又流动起来，变得正常，我浮上喷泉水面，空气冲入了我的肺，灼烧着我的喉咙和鼻腔。但我不在乎。我还活着。

一双小而有力的手抓住了我的衣领，把我使劲往喷泉外面拉。是吉萨。我用脚使劲一蹬池底，和她一起摔在地上。

"我们得离开这儿！"我一边大喊，一边挣扎着站起来。

吉萨已经跑起来了，在我前面，冲着苑门。"所言极是！"她甩过来一句。

我跟在她身后，无法克制地回头去看那广场。大批银血族的暴徒拥了出来，像贪婪的狼群般搜查着一家家商铺。几个落单的红血族蜷缩在地上，乞求着他们高抬贵手。就在那个我刚逃出来的喷泉里，一个橘色头发的人面朝下漂在水上，已经死了。

我浑身抖个不停，每条神经都如同油煎火烤。我们冲向大门，吉萨拉着我，使劲在人群里往前挤。

"只有十英里就到家，"她小声说，"你得手了吗？"

我摇了摇头，沉甸甸的羞愧让我濒临崩溃。没有时间了。那则新闻播出来之前，我都还没走过中央大道。我什么都没做。

吉萨的脸色沉了下来，微微皱着眉。"我们会想别的办法的。"她说。那声音就和我此刻的感受一样绝望。

城门隐隐出现在前方，每一秒每一步地近了。这令我恐惧不已：一旦我穿过这道城门，一旦我离开这儿，奇隆就再无希望，只能入伍送死。

我想，就是因为这个，她才那么做。

吉萨灵巧聪慧的小手伸进了某人的皮包，而我完全来不及制止她、抓住她、推开她。那人不是别人，恰是个正在躲乱的银血族。他长着一双冷硬的眼睛、阴鸷的鼻子、壮硕的肩膀，浑身上下都写满了"别惹我"。吉萨也许是舞针弄线的天才，却不是行窃的行家，那人马上就意识到自己被偷了。接着吉萨就被什么人扔到了地上。

是另一个长得一模一样的银血族。他们两个是……双胞胎？

"掏银血族的兜儿，这可不是时候啊。"那两人齐声说道。然后，三个、四个、五个、六个，很快我们就被包围了。成倍地复制自己，他是个克隆人。

我头晕眼花："她没想冒犯你。她只是个不懂事的小孩——"

"我只是个不懂事的小孩！"吉萨喊着，试图回击那个抓着她的人。

所有复制人一起怪声怪气地笑了起来，阴森可怕。

我冲向吉萨，想把她拽走，但另一个复制人把我按在了地上。坚硬的石板挤压着我的肺，我捯着气儿，无助地看着另外两人走过来，用脚踩住我的肚子，让我动弹不得。

"求你——"我挤出两个字，但已经没人理睬我了。我脑海里的怨恨噌噌暴涨，这时街上所有的摄像机都转过来对着我们。我又感觉到了电流蹿动，这次是为我妹妹恐惧担心。

一个警卫大跨步地走了过来，手里拿着枪——他就是今早放我们进城的那个人。"这都是些什么玩意儿？"他环顾着那些一模一样的复制人，大声吼道。

那些复制人一个个地融合了起来，最后只留下两个，一个抓着吉萨，另一个按着我。

"她是个小偷。"那个银血族揪着我妹妹嚷道。吉萨自知身份，没吭声。

警卫认出了她，死板的脸上转瞬即逝地抽动了一下："你知道规矩，小姑娘。"

吉萨低下头："我知道。"

我拼了命地挣扎，想要阻止接下来发生的一切。四周的乱象仍在继续，附近的摄像机镜头被打碎了，玻璃飞溅。但警卫没理会这些，他抓过我妹妹，把她推倒在地。

我破口尖叫，大声怒吼："是我干的！是我出的主意！你们冲我来啊！"可声音被周围的喧闹掩盖掉了。没有人要听我的话，他们根本不在乎。

吉萨被按在我旁边，警卫举起了枪托。当那双擅长飞针走线的手被砸碎骨头的时候，她的眼睛一直望着我。

RED
QUEEN

第五章

无论我躲到哪儿，奇隆都能找到我，所以我一步不停。我全力飞奔，好像这样就能甩掉我连累吉萨做的那些事，就能甩掉我救不出奇隆的败局，就能甩掉我搞砸了一切这个事实。但即便如此，我也甩不掉老妈的眼神。当我把吉萨带回家，带到门前时，无望的荫翳在她脸上一闪而过。没等老爸转着轮椅过来看到这一幕，我就跑掉了。我无法面对他们，我是个懦夫。

所以我一路狂奔，跑个不停，直到我的思绪暂歇，直到那些骇人的画面渐淡，直到我只能感觉到灼烧疼痛的肌肉——就连那些脸颊上的泪水，我也只当是在下雨。

当我最终慢下步子，缓一口气时，我已经跑出了干阗镇，距那条可怕的北上之路几英里之遥。阳光穿过树的枝叶，影影绰绰地照着一家小客栈。这些路边的老旧客栈都是一个样子，每到夏天就挨挨挤挤的，住满了追随王室而来的仆人和短工。他们不是干阗镇的人，没见过我的脸，对小偷来说是最佳猎物。每个夏季我都如法炮制，屡屡得手，但每一次都有奇隆在身边，一边笑着小酌，一边看我"工作"。也许，我再也不会见到他的笑容了。

一阵笑声推着几个人从客栈里走出来，他们醉醺醺的，心情甚好，钱袋子叮当作响，装着一天的工钱。银血票子，来自小心伺候、强颜赔笑，以及对衣冠禽兽的卑躬屈膝。

今天我已经惹了大祸，陷我最爱的人于痛苦的深渊。我应该回家去，至少拿出点儿勇气，去面对他们……可是最终，我没有拒绝客栈里阴暗的机会，自甘停留在黑暗中。

惹是生非制造痛苦，大概是我唯一所长。

没用多长时间我就偷了个盆满钵满。那些醉鬼毫无警惕，我便从他们身边挤过，用笑容掩饰手上的动作。根本没人注意，也没人在乎，我像鬼影似的溜走，而影子是没人会记得的。

午夜降临，时间流逝，我仍然站在这儿，等待机会。月亮升起，当空闪烁，提醒着我，是时候走人了。最后一个。我对自己说。再一个，我就走。一个钟头之前我就说过这话了。

下一个目标出现的时候，我想都没想。他正仰望着夜空，丝毫没有注意到我。伸出手去，在他的钱袋子上勾勾手指，打开绳结，这简直太容易了。我本该明白，看似手到擒来的机会通常都是张机设阱，但那场暴动和吉萨空洞的眼神让我成了个悲伤的傻瓜。

他扣住了我的手腕，强有力的抓握带着一种奇异的温度，将我拉出了荫翳。当他转过头时，眼睛里闪耀的火焰令我恐惧，正如我今早所经历的那般。不管他要行使什么样的惩罚，我都愿意接受。这是我罪有应得。

"小偷？"他的声音里有一种怪怪的惊异。

我眯眼看着他，使劲忍住笑，几乎没力气表示抗议："显而易见，是小偷没错。"

他瞪着我，从上到下，从我的脸到我的破靴子，打量了个遍——真让我有点儿难为情。过了好半天，他重重地叹了口气，放开了我。我愣住了，惊愕地看着他，以至于一枚银币抛过来时差点儿没接住。那是一枚领主银币，能换整整一克朗。我今晚偷的任何一枚钱币、一张票子，都比不上它的价值。

"这应该足够你渡过难关了。"不等我开口他就说道。映着客栈里的光线，他的眼睛里闪烁着金红色的光彩，那是温暖的颜色。从小到大，察人识人，即便落魄如此刻，我也不会看错。他黑发光泽，皮肤白皙，应该是这儿的服务生。但他肩宽腿长，体格更像个伐木工。他年龄也不大，比我略年长，当然所有十九二十岁的小伙子都不会承认自己"年轻"的。

我应该亲吻他的靴子，感谢他放我一马，而且还给了我这样一份厚礼。但我的好奇心又冒了出来——总是这样。

"为什么？"我艰难地吐出几个字。在经历了这样的一天之后，还有什么可指望的？

这问题令他颇为讶异，他耸耸肩说："你比我更需要这个。"

我真想把银币扔到他脸上，然后告诉他这是我的事他管不着。但另一半的我理智犹在，难道今天的教训还不够吗？"谢谢。"我咬着牙勉强说。

不知为什么，我这不情不愿的感激倒让他笑了起来。"别跟自己过不去。"他转过身，朝我走近了一步。真是个奇怪透顶的家伙。"你住在镇子里，是吗？"

"是。"我指了指自己：褪色的头发、脏兮兮的衣服、挫败的眼神，我还能是哪儿的人？可他站在那儿就是个十足的参照物：衬衫整洁笔挺，鞋子柔软合脚，皮革还闪着光。他动了动，捣鼓起衣领来。我的注视也让他不自在了。

在月光之下，他面色苍白，眼神一暗。"你觉得好吗？"他闪烁其词，"住在镇子里？"

这问题差点儿让我笑出来，他看上去却不像在闹着玩。"谁会觉得好？"我回答说，不知道他到底在要什么把戏。

如果是奇隆，一定会立马反唇相讥，但他陷入了沉默，脸上显出黯然的神色。"你要回去吗？"他突然问道，指着那条路。

"不然呢？怕黑吗？"我拉长调子，把胳膊抱在胸前。但其实我心里一阵紧张，也不知道自己应不应该怕。他强壮而敏捷，你却孤立无援。

他冲我笑了，由此而来的安慰倒让我心神不宁了。"不，我只是想知道，后半夜里你还会不会毛手毛脚。你都快把半个客栈搬回家了，不是吗？啊对了，我叫卡尔。"他伸出了手。

我还记得他皮肤的滚烫温度，所以没去握他的手。我拔腿就走，沿着那条路，步子又轻又快。"梅儿·巴罗。"我丢下一句话，但他迈开长腿，没几步就赶上了我。

"你总是这么讨人喜欢吗？"他挑起话头。不知道为什么，我一直觉得他在考验或检视我。但手里那枚冷冰冰的领主银币让我冷静了下来——他口袋里应该还有。法莱要的银币，刚好。

"你的主子待你不错啊，整个儿的克朗也给你。"我回嘴道，想把话题转移到他身上。这话奏效了。

"我有份不错的工作。"解释就是掩饰。

"看来是自己人喽。"

"可是你才——"

"十七岁。"我替他说完，"离服兵役上战场还有些日子。"

他眯起眼睛，嘴唇紧紧抿成一条线。他的声音里混进了一丝硬冷，言辞也犀利起来："还有多久？"

"过一天少一天。"只是说出这句话都能让我痛彻心扉，奇隆所剩的时间比我更少。

他不说话了，又开始盯着我，一边穿过林子一边研究着，思考着。"你找不到工作，"他小声地自言自语，"所以没法儿逃开兵役。"

他这副困惑的样子倒让我糊涂了。"也许你们那儿的情况不同？"我问。

"所以你偷东西。"

我偷东西。"不然还能怎么样？"我脱口说道。我再次确信，自己最擅长的就是制造痛苦。"我妹妹是有工作的。"话已出口，我才想起来，她已经没有工作了，以后也不会有，这都是因为你。

卡尔看着我为自己说出的话痛苦纠结，不知道该不该等我纠正话里的矛盾之处。我只好使劲板着脸，免得自己在一个陌生人面前崩溃失态。但他一定看出我在掩饰了。"你今天去过映辉厅吗？"我觉得他已经知道答案了。"暴乱很可怕。"他说。

"没错。"我挤出两个字。

"那你……"他以一种最淡然冷静的方式向我施压，仿佛在一座大坝上戳了个洞，然后一切都分崩离析了。我忍不住一股脑儿说个痛快，即使我本来不想。

我没提到法莱、红血卫队，也没提到奇隆。我只说我妹妹带我溜进了博苑，帮我偷了一些为生的钱。然后吉萨选错了目标，受罚受伤，以及这对我们来说意味着什么。我说了我是怎样对待家人的，说了我以前做过的那些事，从邻居们那儿东偷西摸，令老妈失望，令老爸蒙羞。我就这样站在小路上，站在夜色里，对着一个陌生人，诉说着自己是多么不可救药。他没发问，即便我语无伦次的时候也没有，就只是安静地听着。

"不然还能怎么样呢？"我又说了一句，就彻底发不出声音了。

　　角落里有一道微光射向我的眼睛，他拿出了一枚银币。借着月色，我能看到那上面刻着的烈焰王冠，轮廓清晰。他把银币塞进我手里，我本以为能再感受到他的温热，但这次他的手也一样冰冷。

　　我不需要你的怜悯。我想大喊大叫，但那样太傻了。这枚银币多少能弥补吉萨。

　　"我真的非常为你难过，梅儿。本来不该是这样的。"

　　我连皱眉的力气都没有了："还有更惨的日子得过下去，用不着难过。"

　　卡尔把我送到干阑镇边上，让我自己穿过那些柱子走回家去。大概因为烂泥和阴影让他不自在，所以很快他就离开了，而我还没来得及回头道谢，为他陌生的善意。

　　我家的屋子静悄悄的，漆黑一片，即便如此我也恐惧不已，抖个不停。黎明似乎遥遥无期，我期待清晨，那样我就又能成为那个愚蠢的、自私的、没心没肺的自己了。但现在，除了一个要上战场的挚友、一个手骨碎裂的妹妹，我一无所有。

　　"你不用那么担心你妈。"老爸的声音从一根柱子后面传来。我已经很多年没见过他走出屋子了。

　　我又吃惊又害怕："老爸？你在干什么？你是怎么——"

　　他用大拇指往身后一指，那是从屋子里吊下来的一个滑轮。今天，他第一次用了它。

　　"停电了，我得出来看看。"老爸一如既往地粗声粗气。他转动着轮椅，绕过我，停在那个埋在管道里的电箱前面。每家都有这么一个电箱，用来调节配给的电量，好让灯亮起来。

　　老爸自己往人工肺叶里打气，呼哧呼哧地，每喘一口气，胸口就嘀嗒作响。也许吉萨以后也会变成这样，手骨装着一堆金属零件，一想到它们曾经灵巧的样子我就陷入痛苦的癫狂。

"怎么不用那张我拿来的电量配给单呢?"

老爸没回答,只是从衬衫口袋里掏出那张单子,插进了电箱。本来这东西可以一下子就点亮四周,但这次没有。坏掉了。

"没用。"老爸叹着气,陷回了轮椅里。我们盯着电箱,无言以对,不想动,也不想上楼去。老爸和我一样选择了逃避,逃避我们的家。在那里,老妈一定正在为吉萨、为无望的未来哭天抹泪,而我妹妹正强忍着不和她一起号啕。

老爸拍打着电箱,好像这么做就能让光明、温暖和希望重新回到我们身边。他的动作越来越快,越来越绝望,周身散发着怒火。那不是冲着我或吉萨,而是冲着这个世界。他曾称我们为蚂蚁,在银血的骄阳下炙烤着的红血蚂蚁。我们被那个伟大的种族所毁伤,输掉了争夺生存权利的战争,而这仅仅因为我们平庸无奇。我们没有像他们一样进化出超乎想象的才智和力量,这副躯体还是原来的样子。世界翻天覆地,我们却停滞不前。

我同样怒火中烧,暗暗诅咒着法莱、奇隆、兵役,以及我能想到的所有琐碎小事。金属电箱久久没有电流通过,已经毫无热度,变得冰凉。但在它里面似乎还是有一丝振动,仿佛等着谁在拨动开关。我疯了一样地寻找电流,把它翻过来掉过去地折腾,想在这荒谬的世界里找到哪怕一丁点儿的正常。突然,我的手指感到了刺痛,身体也抖了一抖。一条裸露的电线,或是坏掉的开关,我对自己说。那感觉就像针刺,像针扎进了我的神经,疼痛却迟迟未来。

头顶门廊上,亮光重回人间。

"唔,真想不到。"老爸咕哝着。

他在泥地里掉转方向,转着轮椅回到滑轮那里。我安静地跟在后面,完全不想提我们为何如此惧怕那个称作"家"的地方。

"别再逃避了。"他深吸一口气，把自己的轮椅扣在绳索上。

"不再逃避了。"我说的其实是自己。

绳子带动滑轮，嘎嘎作响，老爸把自己往上拉。我赶忙爬上梯子，跑到门廊上去接应，默不作声地帮他把轮椅从滑轮上解下来。"你这家伙。"打开最后一个扣锁时，老爸嘀咕道。

"你总算出屋了，老妈会很高兴的。"我说。

他抬起头，目光锐利地看着我，抓住了我的手。尽管老爸现在已经几乎不做工了，不再修理大小物件或给小孩们削木头了，但他的双手仍然粗糙，长满老茧，就像他刚从前线回来时一样。战争从未远离。

"别告诉你妈。"

"呃，可是——"

"我知道这没什么，但多一事不如少一事。你妈一定会把这当作万里长征第一步的，你说是吧？一开始我只是夜里出屋走走，然后白天也要出来，接着我就得像二十年前那样，陪着她逛市集，最后一切都回到原点。"他说着眼神黯淡下来，努力把声音压得又低又小，"我不会好起来了，梅儿，我也从来没觉得自己还能好起来。我不能让她抱有希望，为根本不可能发生的事抱有希望。你明白吗？"

明白极了，老爸。

他知道我所谓的"希望"是什么，于是放缓了语气："但愿事情还有转机。"

"我们也这么想。"

我爬上了阁楼，即使四周漆黑，也能看见吉萨受伤的手。以前，她喜欢团成个球儿，蜷缩在薄毯子里睡觉，但现在，她直挺挺地仰躺着，把手架在一摞衣服上。老妈已经为她打好了夹板，换好了绷带，让我打消了想要帮忙的微薄念头。不用开灯我都知道，那可怜的小手肿得发黑。她睡得很不安稳，身体瑟瑟发抖，胳膊却一直僵着。即使在睡梦里，伤害和痛苦也不曾放过她。

我想抱住她，可我要怎样才能弥补白天发生的惨剧呢？

我拿出谢德的信——我有个小盒子，专门存放他的信。即使全然无助，这些信也能帮我平静下来。他的玩笑话，他的字字句句，他的埋藏在信纸里的声音，总能安慰我。但当我再次细读这些信的时候，一股恐惧感攫住了我。

"血红如同黎明……"信里明明白白地写着，明白得就像我脸上有个鼻子这一事实。法莱在视频里的宣言，红血卫队的振臂高呼，出现在我哥哥的亲笔信里。这句话太怪异，太特别了，让我无法坐视不理。而接下来，他写道，"看日出之辉更甚……"我哥哥很聪明，但也很务实。他不会管什么日出黎明，也不会玩那些机巧的双关语。日出，起义（译注：英语中的rise 同时有"日出"和"起义"的含义）。这字眼在我脑海里回荡，不是法莱的呼号，而是我哥哥的声音！起义，血红如同黎明！

谢德一定心知肚明。在好几个星期以前，在爆炸发生之前，在法莱的视频播出来之前，他就已经知道了红血卫队，并且试图告诉我们。为什么？

因为他是其中的一员。

RED QUEEN

第六章

拂晓时，门"哐当"一声被撞开了。这并没吓到我，安检搜查再平常不过了，一年总有个一两次。不过，今天是第三次。

"来，小吉。"我扶着她从小床上站起来，走下梯子。她用那只没受伤的胳膊撑着自己，小心翼翼。老妈在客厅里等着我们，她抱紧了吉萨，眼睛却看着我。令我奇怪的是，她既没生气，也没抱怨失望，就只是柔和地凝视着我。

门口站着两个警卫，肩上都挎着枪，我认得他们是镇口岗哨的人。但除了他们之外，还有一个年轻的女人，胸前佩着三色王冠徽章——王室侍从，服侍国王的红血族。我开始意识到，这不是一次普通的搜查。

"我们服从搜查和扣押……"老爸小声道。每当类似的事情发生，他就得这么说。但那些警卫并没有四散开翻，而是还在原地站着。

那个年轻的王室侍从往前迈了一步，骇人地点了我的名："梅儿·巴罗，夏宫召你即刻前往。"

吉萨用那只没受伤的手拉着我，好像能护住我似的。

"什么？"我结结巴巴地说。

"夏宫召你即刻前往，"她重复了一遍，往门外一伸手，"我们负责护送，请吧。"

传召。传召一个红血族。我活了这么大，还从没听过这种事。为什么是我？我做了什么能获此"殊荣"？

转念一想，我是个小偷，没准还会因为跟法莱的牵连而被当成恐怖分子。我的身体神经质地刺痛起来，每块肌肉都绷得紧紧的。我得跑，就算警卫把门锁上。如果能夺窗而出，算不算个奇迹？

"别怕，现在一切都已经安定下来了。"那王室侍从轻声笑道，她误解了我的恐惧，"映辉厅和市集都已在我们掌控之中。请吧。"另外两名警卫握紧了枪，她却冲我笑了笑，这着实令我吃惊，也令我背后发毛。

然而，拒绝警卫的命令，拒绝王室的传召，意味着小命休矣，而且还不只是我自己。

"好吧。"我咕哝着，挣脱了吉萨的手。她赶上来又拉住我，但老妈拦住了她。"我会再见到你的，对吧？"她问。

这问题飘在半空中，没人能答。老爸温暖的手扶住了我的胳膊——他在跟我告别。老妈眼含热泪，吉萨则瞪大眼睛一眨不眨，仿佛要记住我在这里的最后一刻。可我连能留给她的纪念品都没有。我没能拖延磨蹭，也没来得及哭，一个警卫就抓住我的胳膊，把我往外推。

有一句话哽在我的喉咙里，好不容易冲破了双唇的阻隔，却低得几乎听不见："我爱你们。"

门在我背后重重关上，将我从我的家、我的家人身边，连根拔起。

他们催着我穿过镇子，沿着小路往市集广场走。我们经过了奇隆的那间破屋子。在以前，这个时候他早就起床了，趁着清晨的凉爽到河上去，准备开工。但那样的日子一去不复返了，现在，我倒希望他能睡到日上三竿，在入伍之前多享受一点儿。我想大声跟他说声"再见"，但还是没有。他很快就会四处找我，然后吉萨会把所有事情告诉他。我突然想起，法莱还等着我今天付款呢，那可是一大笔钱。她要失望了。我无声地笑了。

广场上，一辆黑色的车正等在那里。四个轮子，玻璃车窗，趴在地上活像一头想要吃掉我的怪兽。一个警卫坐在驾驶舱里，见我们到了就发动了引擎，烟一下子喷出来，染黑了清晨的空气。他们不由分说地把我塞进后座，那女侍从往我旁边一坐，车子就立即开动了。车子沿路飞驰，速度超出了我的想象，这是我第一次——也是最后一次——乘此座驾。

我很想说点儿什么，问问接下来会怎样，以及他们会如何惩罚我。但我知道他们会置若罔闻的，所以只能盯着窗外，看着干阑镇向后消失。森林出现在前头，还有那条熟悉的、通向北方的路。路上已经不像昨天那么拥挤了，沿途布满了岗哨。那个女侍从说过，"映辉厅已在控制之中。"我反复思考着，她这话是什么意思。

远处，那道刚钻琉玻墙反射着林中日出，闪闪发光，照得人直想眯眼。但我努力睁大眼睛，非得好好看看这儿不可。

大门那里挤满了穿着黑色制服的警卫，他们拦住每一个想要进城的人，查了又查。我们停车之后，那女侍从便带着我越过警戒线，径直穿过大门。没人觉得不妥，甚至都没人来查我的身份证件。看样子，她对这里了如指掌。

一进门，她就回头瞥着我说："忘了说，我是安，但在这儿大家都以姓氏相称，所以叫我沃尔什就好。"

沃尔什。听起来有点儿耳熟。再加上她那暗淡的头发和黝黑的皮肤，我只想到了一种可能。"你是……"

"干阑镇，和你一样。我认识你哥哥特里米，很不幸也认识布里——那个狼心狗肺的家伙。"布里入伍之前在镇子里很受欢迎，他曾跟我说过，他并不像其他人一样那么害怕服兵役，因为那些被他甩掉的张牙舞爪的姑娘更可怕。"我不认识你，但应该很快就会认识了。"

我汗毛倒竖："你这是什么意思？"

"我是说，你会在这儿干很长一段时间。我不知道是谁雇了你，又是怎么对你描述这工作的，反正现在你就得开始了。这可不是换换床单、刷刷碟子那么简单，你得眼观六路、耳听八方。我们在这儿就是件东西，是随时听候召唤的活雕像。"她叹了口气，猛地拉开一道嵌在城门侧截面上的小门。"特别是现在，红血卫队闹事的节骨眼儿上。身为红血族，从来就没什么好事，但如今更糟。"

她走进那道小门，看上去就像走进了城墙里面似的，我愣了好一会儿才反应过来，她是沿着一段楼梯消失在半明半昧里了。

"工作？"我紧张极了，"什么工作？那是什么？"

她在楼梯上转过身，冲我翻翻眼睛："你被传召并委以侍从这一职位。"说的好像这是世界上最显而易见的事似的。

工作，职位。想到这些字眼我差点儿一踉跄跌倒。

是卡尔。他说他有份不错的工作——现在他找门路拉关系地把我也弄了来。没准儿我还能跟他一起工作。想到由此而来的一切，我兴奋得心跳都漏了一拍。我不会死了，不用上战场了。我有了工作，可以活下来了。过一阵儿，等我找到卡尔，我就说服他把奇隆也弄来。

"快跟上，我可没工夫牵着你的手。"

我慌忙赶上，没入一条黑暗的隧道。这真叫人惊讶。墙壁上亮着一些小灯，让人勉强能看见四周，头顶上管道纵横，轰鸣地运输着水和电。

"我们这是要去哪儿？"我好不容易才缓过一口气。

沃尔什转过身，我都能听见她的无奈："当然是映辉厅。"

有一瞬间，我觉得我的心脏都不跳了："什、什么？皇宫？你说那座皇宫？"

她拍了拍自己制服上的徽章，那王冠图案在隧道的暗影里闪了闪。

"现在，你是王室侍从了。"

他们为我准备好了制服，但我完全顾不上看，因为四周的一切——就连褐色的石砖和马赛克地面都让我呆若木鸡。身着红色制服的侍从们光彩照人地走来走去，忙忙碌碌。我在他们中间搜寻着卡尔的脸，想对他说声谢谢，可是他一直没有出现。

沃尔什在我旁边，轻声给我忠告："别乱说乱听，也别对别人讲话，因为他们都不会理你。"

我有点儿迟钝，没法儿迅速理解她的话。刚刚过去的两天让我备受煎熬、身心俱疲，生活的洪流就像开了闸，一波三折地把我冲得晕头转向。

"你来得不巧，赶上了我们最忙的时候。"

"我看见了船和飞艇——银血贵族们往上游去，已经好几周了，"我说，"虽说是度假旺季，这也比往年多多了。"

沃尔什一边催着我，一边往我手上塞了一托盘亮晶晶的茶杯。这些东西显然足够值钱，能买到我和奇隆的自由，但这里每扇门每扇窗都有警卫把守，我就算使出浑身解数也别想溜出去。

"今晚会有什么事吗？"我张了张嘴，没发出声音。一绺头发滑进了我的眼睛里，我还没伸手撩开，沃尔什就掏出个小卡子，把它往后别住了，动作又快又精准。"这问题傻吗？"

"不算傻。我也是直到开始准备了才明白是怎么回事。毕竟，这是伊拉王后加冕二十年来的第一次。"沃尔什语速飞快，字词都要挤在一起了，"今天是王妃大选日，名门大户、家世显赫的银血贵族都会把女儿送来，以期获得王子的青睐。晚上会举办盛大宴会，不过这会儿她们正在迷旋花园为出场做准备，以期中选。被选中的女孩会成为新国王的王后，所以她们可得傻乎乎地经历一番恶斗呢。"

我的脑海里闪过一群争奇斗艳的孔雀："那她们会怎么做？转个圈，说两句话，抖抖眼睫毛吗？"

沃尔什轻哼一声，摇了摇头。"才不是，"她眼神一闪，"你已经是侍从了，自己去看个清楚吧。"

大门就在前面，由光滑圆润的玻璃和木雕制成。门卫将它推开，一队身着红衣的侍从鱼贯而入，然后便轮到我了。

"你不来吗？"我的声音里满是绝望，几乎是乞求着沃尔什能陪我一起去。但她退了下去，只留下我一个人。在搞出其他岔子或是把那整齐的侍从队伍搅得乱七八糟之前，我强迫自己迈步向前，走进那座沃尔什口中的迷旋花园，置身于阳光之中。

有一瞬间我还以为自己来到了另一座角斗场，就像干阑镇那儿的一样。这里也是四壁弯曲向下，收拢成一个巨大的"碗"，但没有石质长凳，桌子和带坐垫儿的椅子一级级地螺旋排列，犹如梯田。花草树木和喷泉安插在阶梯之间，层层向下，隔出了一个个包厢。花木和流水汇聚到底部的中央场地，装饰着石像林立的环形草坪。在我的正前方，一个包厢装点着红黑两色的丝绸，里面的四个座位都由冷硬的钢铁铸成，居高临下地向下凝视。

这到底是什么鬼地方？

我迷迷糊糊地开始工作了，跟着其他红血族的侍从，有样学样。我是个厨房侍应，就是说我得打扫卫生，准备餐点，目前的任务是为即将到来的大场面准备角斗所需。为什么王室也需要角斗，这一点我不得而知。在干阑镇，角斗是一场"盛宴"，是为了让人们观摩银血族之争。但角斗在这儿又有什么意义呢？这里是皇宫，绝不可能血溅当场。然而，这不知所名的"角斗"却让我有种恐惧的预感。触电般的刺痛感又来了，在我的皮肤里面一波一波地涌动。等我忙完手里的活儿，又回到侍从入口时，选妃大典已经万事俱备，只欠东风了。

侍从们纷纷开始回避，退到一个围着薄纱帘的升降台上。我连忙跟上他们，挤进队伍里。就在这时，在那座至尊包厢和侍从入口之间，另一扇门打开了。

开始了。

我的思绪一下子跳回了博苑，回想起那些漂亮的、残忍的、自称为"人"的生物。他们一个个光鲜靓丽、自负虚荣，眼神冷硬且脾气暴戾。而这里的银血族——沃尔什口中的显赫名门，也没什么不同。他们只可能更胜一筹。

达官显贵们成群结队地进门，在迷旋花园里像一团团颜色似的散开，带着冷冰冰的优雅。家族门庭之间很好区分，因为同一家族的人都穿着同样颜色的华服。紫色、绿色、黑色、黄色……五颜六色的葱翳移向各自的包厢，我很快就数晕了头。到底有多少个家族？越来越多的人拥了进来，有些正站住寒暄，有些则僵硬地互相拥抱。我突然意识到，这是他们的狂欢，绝大多数人对中选王妃没抱太大希望，而只当是度了个假。

但有些人看起来没什么欢庆的模样。有一个满头银发的家族，身着黑色绸缎，安静而专注地坐在国王包厢的右侧。他们的族长留着山羊胡，有一双黑色的眼睛。离他们不远，另一个家族穿着海军蓝和白色相间的礼服，正互相窃窃私语。令我惊讶的是，我竟然认出了他们中的一个——萨姆逊·米兰德斯，前几天角斗比赛中的那个耳语者。他没像其他亲戚一样低语，而是阴郁地盯着中央场地，思绪似乎飘到了别处。我暗暗提醒自己离他远点儿，至少是离他可怕的特异功能远点儿。

不过，我倒是没看见任何一个堪与王子婚配的适龄女孩，这真奇怪。也许她们正在别的地方梳妆打扮，热切地等待着赢得未来后冠的机会。

这些贵客会时不时地按下桌子上的金属方钮，"咔嗒"一声亮起灯，以示他们需要侍从。我们排着队，谁离门最近，谁就会应下这个差事，前往伺候，其他人便慢慢往前挪，等着轮到自己。好巧不巧，我刚挪到门边，那个讨人厌的黑眼睛族长就按了他桌上的按钮。

谢天谢地我的两只脚从未令我失望。我几乎是跳着穿过人群，舞蹈般穿梭在那些动来动去的宾客之间，紧张得心怦怦跳。我现在可不是要东偷西摸，而是要服侍他们。真不知上个礼拜的梅儿·巴罗看到这个版本的自己时到底会笑还是会哭。那是个傻丫头，而我正在为此付出代价。

"先生？"我面向那个喊人伺候的族长，脑子里不断地诅咒自己。别乱说话，这是第一准则，我已经坏了规矩。

但他并未在意，只是举起空玻璃杯，一脸无聊。"他们在耍我们，托勒密。"他冲着身边的一个肌肉男抱怨着。我想他被称为托勒密可真是够倒霉的。

"这不过是在宣示权威，父亲。"托勒密喝干了杯子里的水，抬手一举，我马上接了过来。"他们就想让我们等着，他们有这个能耐。"

"他们"是指那些还没露面的王室成员。我听着银血贵族如此鄙夷地议论他们，着实觉得费解。只要能不惹事，我们红血族总是骂国王、骂贵族，但这是我们才会做的事。这些贵族没过过一天苦日子，他们之间能有什么深仇大恨？

我真想留下来听听，但这绝对是违背准则的。我转身爬上包厢外面的一段平台，它们隐蔽在缤纷花木之间，免得侍从们还得穿过整个花园去满上一杯水。就在这时，一种金属般尖厉的声音骤然响起，回荡在半空，就像首星期五盛宴的开场白一样。几个短音谱成一段骄傲的旋律，毫无疑问这是宣告着国王即将现身。情愿也罢不甘也罢，所有的达官贵族全都站了起来。我留意到那个托勒密又在跟他老爸嘀嘀咕咕。

我躲在花木中那个放酒水的平台上，刚好和国王包厢的高度一致且稍稍靠后。梅儿·巴罗，离国王只有几步之遥。我的家人会对此做何感想？奇隆呢？这个男人让我们上战场送死，我却欣然成为他的仆人。这真叫我恶心。

国王挺胸抬头、步履轻快地入了场。就算从后面看，他也比银币上、电视里的模样胖得多，但也高得多。他的礼服红黑相间，是军装制式，但我十分怀疑他是否曾在红血族送命的战壕里待过一天。他胸前的徽章、勋章闪闪发亮，褒扬着他从未做过的事。他被卫兵围得水泄不通，竟然还佩了一把镀金的剑。那顶王冠我再熟悉不过了，红色的金、黑色的铁交相缠绕，每一个尖角都如同盘旋燃烧的火焰，像是要把他掺杂着灰色的一头乌发点着了似的。多么般配啊，国王是个燃火者，他老爸、他老爸的老爸，全都是。他们控制着火和热，强有力的，毁灭性的。在过去，国王们就是用火把来烧死那些反抗者的。现在，这位国王不再对红血族用火刑了，却仍然用战争和废墟置我们于死地。当我还是小女孩、坐在教室里渴求知识的时候，他的名号就仿佛能令我魂飞天外：北境烈焰、诺尔塔之王、卡洛雷的提比利亚六世国王。如果可以，我会冲着这个一口气念不完的名字吐唾沫。

王后随后到来，向众人点头致意。不同于国王剪裁修身的黑色礼服，王后的海军蓝和白色的衣裙蓬松而明快。她只向萨姆逊的家族鞠了躬，我这才注意到他们的衣服颜色相同。从长相上推断，王后一定也属于这一家族。银灰色的头发、蓝色的眼睛、锐利的笑容，让她看起来像一只掠夺成性的野猫。

但是，若论吓人的程度，王室成员远比不上他们身后的警卫。即便我是烂泥里出生的红血族，也知道这一点。所有人都知道禁卫军是什么模样，因为没人想见到他们。每次电视节目，或演讲、宣判，他们都站在国王两边。今天，他们也一如往常，穿着那似红似橙的火般的制服，在令人恐惧的黑色面具后目光灼灼。他们都背着枪，上着寒光闪闪的刺刀，能一下砍断骨头。这些禁卫军的战斗力比他们的外表更可怕——他们都是从银血家族中选出的精英，从小就接受训练，发誓对国王和王室尽忠终身。禁卫军令我不寒而栗，但那些贵族可完全不把他们放在眼里。

在那些包厢里，不知谁开始嚷嚷："跟红血卫队死磕去吧！"其他人立即跟着哄闹起来。昨天的事我想起来还会瑟瑟发抖，他们却用来起哄，这变得也太快了……

国王对四周的闹腾很是气恼，他颇不寻常地冲着他们大吼起来。

"红血卫队——以及我们所有的敌人——正在剿灭之中！"提比利亚国王低沉的声音在贵族中间回荡，就像鞭子抽过似的让他们闭了嘴，"但那不是我们齐聚于此的目的。今天是我们继承传统的日子，没有哪个红血恶人能阻碍。这是选妃大典，将选出最多才的少女，嫁与最高贵的青年。以此，我们寻找力量，彼此支持，团结贵族，将银血族的统治永恒延续，战胜敌人，越过边境，把它们并入版图！"

"力量！强大！"众人呐喊着回应，呼声震天，实在太吓人了。

"光阴荏苒，又是举行这一仪典的时候，我的儿子们将沿袭这一庄严的传统。"国王一挥手，两个年轻人向前一步，站在父亲的两边。我看不见正脸，但他们的个子挺高，像国王般一头黑发，也都穿着军装。"我与爱妻、伊拉王后之子，卡洛雷与米兰德斯家族之光，梅温王子。"

小王子比起哥哥来更为苍白、瘦削。他抬起手，冷冷地示意，向左右转身时，我瞥到了他的侧脸。尽管他满脸都写着王室尊严，但肯定超不过十七岁。棱角分明的五官和蓝色的眼睛，再加上冷得能扑灭火焰的笑容——他对这场华丽盛典嗤之以鼻。我得表示赞同。

"我们的王储，我与前妻、柯丽王后之子，卡洛雷与雅各家族之光，烈焰王冠和诺尔塔王国的继承人，提比利亚七世。"

我正忙着嘲笑这十足荒唐的一长串名字，没注意看那年轻人挥手微笑。当我终于抬起眼睛，心想自己竟然和未来的国王如此靠近时，眼前的一切却让我始料未及。

玻璃酒杯从我手里滑落，悄无声息地没入了水池。

我记得这个微笑，也记得那双眼睛。就在昨夜，它们在我心里留下了深深的印痕。他给我这份工作，免我兵役之苦，他是自己人……这怎么可能？

此刻，他完全转过身来，向四周挥手致意。绝不会看错。

王储，就是卡尔。

RED QUEEN

第七章

我回到了侍从平台，心里空落落的，之前感受到的星点儿快乐消失殆尽。我无法回头去看，看他锦罗玉衣地站在那儿，佩着绶带和勋章，散发着我所憎恨的皇族风度。沃尔什也戴着闪亮的王冠徽章，但他的是用黑玉、钻石和红宝石镶嵌而成，映着礼服墨黑的颜色熠熠生辉。昨晚他曾穿着褐色布衣，和我这样的凡人混在一起，而那身衣服现在早已不见踪影。他此刻从头到脚每一寸都是未来国王的模样，从里到外每一寸也都是地道的银血族。我竟然信任他。

其他侍从往前移动，我慢吞吞地挪到最后面，只觉得天旋地转。是他给了我这份工作，救了我和我的家人，可他属于银血族，甚至比他们更胜一筹。王子，他是王子，是聚集于这诡异石碗中的每个人都想见到的那个王子。

"你们到此向我的儿子和我的王国致敬，我也将赐荣耀于你们。"提比利亚国王低沉的声音让我的思绪像玻璃杯般爆裂粉碎。他挥动双臂，向包厢里的人们致意。我用尽全力只盯着国王一人，却不受控似的瞥见了卡尔。他正在微笑，可那双眼睛无动于衷。

"我赐你选择的权利。未来的国王，世世代代，都须与你同属银血贵族，就像你我血脉相承。谁还有这样的血统，得选为王储妃？"

那个银发族长大声回应道："我等血纯如斯，中选势在必得！"

整个迷旋花园里，所有家族的族长齐声高叫："我等血纯如斯，中选势在必得！"他们的声音渺渺回荡，支持着某种我无法理解的传统。

提比利亚国王笑着点点头："那么开始吧。普罗沃勋爵，请。"

国王即刻转身，无疑是在往普罗沃家族那边看。所有人都循着他的视线，将目光集中于那穿着黑金条纹礼服的极贵之家。一个年长的男人站了起来，向前迈了一步。他的灰头发里点染着丝丝白霜，搭配上那颜色怪异的衣服，活像一只要叮人的黄蜂。他的双手抽动起来，我茫然无措地看着，不知会发生什么。

突然，我们所在的平台倏地倾斜，沿着一条看不见的轨道往旁边移动。我吓得跳了起来，差点儿撞到其他侍从。迷旋花园的其他部分也一起翻转倾侧，我的一颗心提到了嗓子眼儿。普罗沃勋爵是个电智人，能随意控制这儿的所有部件，让它们在各种机关上挪来挪去。

整个迷旋花园都依着普罗沃勋爵的意思改头换面了，原先的中央场地扩张成了一个巨大的圆形舞台。低层的阶梯被向后拉动，并入那些高层的，刚才的螺旋座席就变成了一个直指向天的柱形看台。当这些座席移动时，其间的花木也向下降，直降到比最低一层座椅还低二十英尺。喷泉汇聚成水幕，从柱形看台顶端倾泻而下，注满了一个窄而深的水池。我们的平台最后停在了国王包厢的上面，场内一切尽收眼底，连最下面的舞台都看得见。普罗沃勋爵用了一分钟都不到，就把迷旋花园变成了一个更加凶险难测的所在。

他入了座，可动静还没完。电流的嗡鸣响起来，在四周噼啪作响，让我胳膊上的汗毛都竖起来了。一道紫白色的光在地面上闪着，能量冲击到那些看不见的石材顶端，爆出细小火花。但是，这与刚才普罗沃勋爵改造迷旋花园不同，因为并没有哪个银血族站起来发号施令。我突然明白了，这不是他们谁干的，而是电力技术本身的奇观。没有雷鸣的闪电。光柱纵横交错，编织成一道灿烂炫目的网。光是看着这些就让我的眼睛不舒服，脑袋上活像有匕首在戳着。真不知道其他人怎么忍得住。

那些银血族看起来颇为动容，似是为了某种他们无法控制的能量而兴致盎然。至于我们红血族，则是满怀敬畏地目瞪口呆。

电流扩张延展，纹理交织，一张光网逐渐成形。接着，同样是在一瞬间，嗡鸣消失了。光网像结晶般凝固在半空中，成了一张紫色的屏障，将舞台和观众隔离开来，将我们和即将上场的一切隔离开来。

我天马行空地想着，究竟什么东西会用得着光和电做的屏障。不会是熊或者狼群，也不会是森林里的其他猛兽。哪怕是神话里的怪物，尼密阿巨狮、深海巨鲨，或是恶龙，也不会对这些银血族造成什么伤害。而且，为什么选妃大典会出现猛兽呢？这是为了选出未来王后的仪典，而不是跟怪物对决。

之前石像围绕的中央场地，现在已经缩小成柱形看台底部的舞台，就像要回答我似的，它突然打开了。我想都没想就挤到前面，要好好地眼见为实一番，其他侍从也拥了上来，都想看看到底放出了什么恐怖的怪物。

从黑暗中升上舞台的是个女孩，我所见过的个子最小的女孩。

"罗尔！罗翰波茨家族的罗尔！"那一大家子大喊大叫起来，向全世界介绍着他们家的姑娘。

那女孩顶多也就十四岁，她仰脸冲着自己的家族笑了笑，矮小的身影和巨大的石像形成了强烈对比。她看起来一阵风都能吹走，双手却出奇地大。她绕着石像走了一圈,一直昂首微笑,目光最后定格在卡尔——我是说王储——的脸上,想用自己母鹿般的眼睛和时时拂动的金发吸引他。简而言之,她看起来傻透了,直到她单手轻拍就削掉了一尊石像的脑袋,我才有所改观。

罗翰波茨家族的人又喊起来了:"铁腕人!"

座席之下的舞台上,小个子罗尔旋风般地将一切毁个稀烂,石像变成了一堆粉末,地面也在她脚下裂开口子。她就像人形地震,让所到之处、所见之物都分崩离析。

所以这是一场选美盛会。

一场暴虐的、展示姑娘们美貌、姿仪和力量的盛会。在这场比试力量的盛会上,最为天赋异禀的女孩将与王储结合,于是他们的后代便更是强中之强。而这已经延续了几百年。

我有点儿不太敢想象卡尔的小拇指有多大力量。

他礼貌地鼓了鼓掌。罗翰波茨家族的候选人完成了她有组织有规划的毁灭表演,退回到升降台上消失了。她的族人再次欢呼起来。

下一个登场的是赫伦,来自威勒家族——我的领主威勒家族。她个子很高,人如其名地长着一张鸟脸(译注:赫伦 Heron 意为苍鹭),一出场就让刚才开裂的地面重新融合了起来。"绿意守护者。"她的族人吟诵道。万生人。在她的命令下,树木眨眼间便越长越高,树冠蹭着那道光网屏障,枝丫的触碰激起了火花,点着了新生的树叶。接下来是奥萨诺家族的姑娘,一个水泉人。她指挥喷泉水幕,兜头兜脑地给正燃烧的树木来了一场暴风雨,留下一堆焦木和烧黑了的地面。

这样的表演持续了好几小时。女孩们逐一登台,展示着自己的力量和价值,也逐一接手前一候选人留下的稀烂场地。但她们早就被训练好,能搞定各种情况了。她们的年龄和相貌各不相同,但无一例外全都威震全场。有一个将将十二岁的小姑娘，能炸掉她触摸到的每件东西，活像一枚会走路的炸弹。湮灭者，她家族的观众们高叫着宣示她的异能。当她把最后一尊石像也炸得不见踪影时，坚固的光网屏障噬噬作响，压制住了爆炸带来的大火，四周尖叫声一片。

水泉人、万生人、疾行者、铁腕人、电智人……上百种不同的银血族在那屏障之下展示炫技。我看着她们，脑子里乱七八糟地塞满了各式各样的银血族和叫好欢呼，犹如过电。女孩把自己的皮肤变成石头，或是大喊一声击碎玻璃幕墙……我做梦都想象不到的事正在眼前真实发生着。银血族所具备的异能，在我看来简直天方夜谭，我一直惧怕着的他们，因此显得更强大，更骇人。这样的人类怎么可能真实存在？

我好不容易到了这儿，却仿佛瞬间回到了干阑镇的角斗场，看着银血族展示他们的无所不能，我们的一无所能。

当一个能控制动物的兽灵人召唤来上千只鸽子从天而降时，我从心里感到敬畏惊叹。但当鸽群俯冲向那道光网时，致命的电流霎时令血肉四溅，羽毛横飞，把敬畏变成了恶心。电火花又闪了起来，直到鸽子们的残骸被烧个干净，光网洁净如新。当观众们为冷血兽灵人的谢幕鼓掌时，我差点儿要冲着他们干呕。

又一个女孩——有望是最后一个——登上了快变成齑粉的舞台。

"伊万杰琳，来自萨默斯家族！"那个银发家族的族长兀自大叫起来，声音回荡在迷旋花园里。

从我这最佳地势看过去，我注意到国王和王后略略坐直了一点儿，伊万杰琳显然引起了他们的注意。形成鲜明对比的是，卡尔只是低头看着自己的手。

其他女孩大多穿着绫罗绸缎，也有不少佩着奇形怪状的镀金胸甲，伊万杰琳却身着黑色的皮装登场。夹克、长裤、靴子，都镶满了坚硬的银。

啊，不对，不是银，是铁。银是不会有铁那么钝、那么硬的。她的族人全都站了起来，为她大声欢呼。伊万杰琳属于萨默斯家族，属于那个托勒密和银发族长，但其他人、其他家族也全都欢声雷动。他们希望伊万杰琳成为未来的王后。她简直是众望所归。她用两个手指顶在额头，先向自己的家族，接着向国王的包厢行了礼。王室回应了她，公然表达了对这个伊万杰琳的偏爱。

我全神贯注地看着这场较量，差点儿没注意到又轮到我出去干活了。不等别人用胳膊肘推我，我就自己往按铃的包厢跑去，只隐约听见萨默斯的族长的单人发言："磁控者。"我反复思量他的话，不明白那是什么意思。

之前宽敞的走道变成了狭窄的长廊，我穿梭其间，一路向下，往需要服侍的银血族那里赶。这个包厢位于看台底层，但我动作很快，没花什么工夫就顺利到达。包厢里坐着特别胖的一大家子，他们穿着花哨的黄色丝绸衣服，戴着难看的羽毛装饰，正团团享用着一个特大号蛋糕。盘子和空杯丢得到处都是，我立刻手脚麻利地把它们清整归位。包厢里有个转播屏，上面正是伊万杰琳，看上去，她还站在原地没动。

"真是瞎胡闹，"一只黄色的"大肥鸟"一边往嘴里塞吃的一边咕哝道，"萨默斯家的已经胜券在握了。"

真是奇怪，她看起来是最弱的那一个。

我手里收拾着碟子，眼睛却盯着转播屏，看着伊万杰琳在狼藉的场地上徘徊。大概她是觉得，那儿没有什么可用的道具以展示她的超能力，不过她好像也没把这些放在眼里。她骇人地笑着，仿佛对自己的卓然耀目极有信心。但在我看来，她没什么好卓然耀目的。

接着，镶在她夹克上的铁移动起来。它们浮在半空，像一枚枚坚硬的金属子弹。突然，如同扣动扳机一般，圆形的子弹呼啸而出，揳进了地上、墙里，甚至那道光网中。

她能控制金属。

不少包厢里响起了掌声，但伊万杰琳并没打算就此谢幕。低沉的轰鸣和金属碰撞的声音从整座迷旋花园内里涌出，回旋反复笼罩在四周。即使是包厢里的胖子们也停止了吃喝，左顾右盼，不知所措。他们困惑而茫然，我却感受得到脚下大地深处的震动。我是知道害怕的。

伴随着惊天动地的巨响，金属管从幽深地底汇聚而来，破土而出。它们冲破了围墙，在伊万杰琳身边环绕，犹如一顶交织着灰色和银色的金属后冠。碰撞剐蹭的声音震耳欲聋，淹没了她的似笑非笑。电火花从光网屏障洒下，她用废铁护住自己，轻巧得不费吹灰之力。最后，她让那些金属混合着粉末坠落，自己则抬眼向上，仰望着那些包厢。她的嘴巴大张着，露出锋利的小小牙齿。看上去饥肠辘辘。

不知不觉之间，包厢失去了平衡，整个歪向一边，盘子掉到地上，玻璃酒杯滚出了栏杆，在光网上摔得粉碎。伊万杰琳正在把包厢往前拉，让它向前弯折，让里面的人跌得乱七八糟。我旁边的银血族一边乱摸乱爬一边大声抱怨，掌声变成了慌乱。并不是只有他们如此，我们打头的这一排包厢都如此。而在舞台中央，伊万杰琳用一只手指点着方向，她全神贯注，眉头紧皱，就像正在角斗的银血族。她要给全世界看看，她到底有多厉害。

我正想着，一个裹着丝绸和羽毛的黄色"肥球"一头撞了过来，把我连同那些银质杯盘一起撞出了包厢栏杆。

我一路下坠，眼前只有一片紫色，光网离我越来越近。电流啦啦作响，烧焦了四周的空气。我没法儿去思考什么，只知道自己会被这紫色的网施以电刑，活活烤熟，还穿着红色的制服。但愿那些银血族能找人把我弄下去收拾干净。

我的脑袋"砰"的一声撞上了光网，顿时眼冒金星。哦不，不是金星，是火花。这屏障功效甚佳，闪烁的电流把我照个透亮。我的制服烧着了，焦黑地冒着烟，估计身上的皮肤也是这么个模样。我的尸体应该闻起来味道很赞。可是，不知道为什么，我没什么感觉。我明明应该觉得剧痛难忍才对。

然而——我能感知到别的。我感知到了那些电火花的热度，它们在我身上上蹿下跳，让每条神经都如置火烤。倒也没什么难受的感觉。那么，呃，我还活着。这感觉就像我之前的十几年全都白活了，直到今天才睁开眼睛看个明白。有什么东西在我皮肤下面游走，但那不是电火花。我看着自己的手、自己的胳膊，对那些流动的电光惊奇不已。衣服烧掉了，热度让它变得黑乎乎，可我的皮肤完好无损。光网屏障想置我于死地，却没能成功。

一切都不对头了。

我还活着。

光网屏障冒着黑烟，残骸碎片四散，噼啪作响。电火花越发明亮逼人，气势汹汹，却越来越小。我试着挣脱，想站起来，但光网在我脚下分崩离析，让我飞身而下。

也不知道怎么搞的，满场只有一堆土块上没有布满锋利参差的废铁，我就刚好落在那上面。我浑身青紫，软弱无力，但好歹还是囫囵个儿。制服就没那么幸运了，它已经变成焦黑的布条，披挂在我身上。

我费劲地站起来，破烂制服零零落落。整座迷旋花园里回荡着窃窃私语和惊讶喘息的声音，我能感到所有的目光都集中在我——这个没被烧死的红血族女孩、这个人形避雷针的身上。

伊万杰琳盯着我，眼睛瞪得大大的。她既恼怒又困惑，还有一丝惧怕。

怕我。在某一层面上，她怕我。

"哈喽。"我傻了吧唧地说。

伊万杰琳鼓起一阵金属碎片的旋风以回应我的问候。那些碎片锋利坚硬，片片致命，它们劈开空气，直冲着我的心脏而来。

顾不上思考，我连忙抬起手遮挡，想在这必死的境地里捡回条命。然而，我并没感觉到碎片穿掌而过的疼痛，而是像刚才被电火花围攻一样，我的神经们载歌载舞，因着某种内在的烈焰而生机勃勃。它在我的身体里面、在我的眼睛后边、在我的皮肤底下流动穿梭，好像那不仅仅是我的身躯，而是某种积蓄着的精纯能量。

光，哦不，是闪电，从我的双手中喷薄而出，席卷了那些金属片。它们吱吱尖响，冒着烟，在高温里猛然爆裂，毫无攻击力地落在地上。对面的墙也被闪电劈中，留下一个浓烟滚滚的、四英尺宽的大洞，差点儿把伊万杰琳一口吞没。

她吃惊得下巴都要掉了。我盯着自己双手时的表情也一定跟她差不多。我真想知道到底发生了什么。而高高在上的包厢里，几百个最有权势的银血族也想弄个清楚。我抬头一看，他们全都死盯着我。

就连国王也从包厢里探出了身子，头上的烈焰王冠在天空的映衬下犹如剪影。卡尔就在他旁边，大睁着眼睛朝下望着我。

"禁卫军！"

国王的声音像刀子般锋利，充满了恫吓。刹那间，身着红橙制服的禁卫军从各个包厢间冲了出来。这些精英中的精英，正等待着下一句话，下一个命令。

我是个称职的贼，因为我知道什么时候逃跑最合适。现在就正是时机。

不等国王发话，我就跳起来，推开发呆的伊万杰琳，跑向舞台上那个仍敞开着的升降台口，溜了进去。

"抓住她！"国王的怒吼回荡在身后。我坠入了舞台下面半明半暗的密室之中，伊万杰琳的金属表演秀把地面戳得满是大窟窿，所以我仍然可以仰头看到迷旋花园。令我恐惧的是，花园的框架已然岌岌可危，身着制服的禁卫军正从看台间拥出，朝我追来。

没时间左思右想了，我所能做的就只有赶紧跑。

舞台之下的这个暗室连接着一道漆黑空旷的走廊。我用尽全速奔跑，拐进一个又一个的长廊，这都被那些方形的黑色摄像机拍了下来。我能感觉到它们就像禁卫军似的，在离我不远的地方搜寻围捕。跑。这个字眼在我脑海里重复着。跑，跑，跑。

我必须得找到一扇门，一扇窗，或其他什么出口让我歇口气。如果我能从这儿冲出去，冲到市场里，我就能有机会脱身。应该能。

我先是找到了一段楼梯，它通向一个装有镜子的狭长大厅。但那里，在天花板的角落里，也藏着摄像机，活像一只只臭虫趴在那里。

爆裂的枪声在脑袋旁边响起，我不得不扑倒在地。两个禁卫军穿着火焰般的制服，撞翻了一面镜子，朝我瞄准。他们和普通警卫差不多，我对自己说。就像那些根本不认识你的警卫似的，笨手笨脚，装模作样。他们根本不知道你能干什么。

我也不知道我能干什么。

他们希望我站起来接着跑，但我偏不，这令他们恼怒不已。他们的枪又大又猛，却也十分笨重。当他们调整好姿势射击、刺戳，或又射又戳之前，我用膝盖使劲一蹬光滑的大理石地面，从那两个大块头中间滑了过去。他们中的一个大喊大叫起来，声音之大震碎了另一面镜子。趁着他们掉转方向的当儿，我已经爬起来跑开了。

最后我总算看见了一扇窗，却是祸福参半。我收住脚步，透过这巨大的刚钻琉玻窗格，能见一望无际的森林。就是那儿，就在这扇窗的另一边，就在这穿不透的围墙的外面。

好吧，我的手们，现在是时候故技重演了，来啊。可什么都没发生，当然了，在我需要的时候总是什么都不会发生。

突然，一股热流包围了我。一转身我就看见了一堵红橙色的墙，是的——禁卫军发现我了。但这堵墙炽热而闪动，几乎是固体的——火。它正朝我逼近。

我的声音胆怯无力，灰心丧气，如同对着窘境的自嘲："噢，超酷的。"

我转身就跑，那堵墙却没有冲上来围攻。取而代之的是一双有力的臂膀，在我扭动挣扎的时候紧紧地箍住了我。打他，用闪电劈死他。我在心里大喊着。但是无济于事，那魔法没能再救我一次。

温度越来越高，逼迫着要挤掉我肺里的氧气。今天，我已幸存于闪电之中，现在不想在火堆里试运气了。

但仅仅是那些烟就能要我的命。浓黑的烟太厉害了，几乎要把我活活呛死。眼前天旋地转，眼皮越来越沉，我听见脚步声、叫喊声，还有火焰熊熊燃烧的声音。然后整个世界坠入了黑暗。

"我很抱歉。"是卡尔的声音。我一定是在做梦。

RED QUEEN

第八章

我站在走廊上，看着老妈和哥哥布里道别。她泪流满面地紧抱着他，摩挲着他刚剪短的头发。谢德和特里米站在两旁，准备着在老妈支撑不住的时候搀住她。我知道，看着哥哥被带走，他俩一样想哭，只不过是为了不让妈妈更伤心才勉强忍住罢了。老爸在我旁边，一言不发地盯着那些军团的人。他们就算穿着防弹胸甲，往布里边上一站也只能算是个小不点儿。布里生吞了他们都没问题，但是他没那么做，而是听之任之地被军团士兵抓住胳膊，推推搡搡地带走了。可怕的巨大黑翼如同一团荫翳包围着他，盘桓不去。四周天旋地转，我失去了意识……

　　时隔一年，又是同样的情景。我的双脚踩在屋子前的泥地里咯吱作响，而老妈正抱住特里米，哀求着军团的人。谢德只好把她拉开。吉萨哭着，想留住她最喜欢的哥哥。爸爸和我还是一样紧闭嘴巴，死死忍住眼泪。那个黑影，那可怕的荫翳又来了，这次它停在了我的面前，挡住了天空和太阳。我紧紧闭上眼睛，希望它赶快滚开……

再睁开眼睛时，我正扑在谢德的怀里，死命地抱着他。他还没有按规矩理发，齐颌长的棕色头发刚好拂过我的头顶。贴近他的胸膛时，耳朵上的刺痛让我往后退了退，几滴殷红的血染红了我哥哥的衬衫。吉萨和我都新穿了耳洞，好戴上谢德留给我们的礼物。我想我一定是没戴好，就像我总会搞砸一切一样。这一次，我在黑影出现之前就感知到了它——它似乎怒火中烧。

我沉溺在回忆的深渊里，旧伤新痛仍未愈合，有些就像一场大梦——不，是噩梦，最恐怖的噩梦。

一个新的世界重塑而成，遍野都是昏暗的烟雾和灰烬——窒息区——尽管我从没到过那里，但听来的一切也足够我想象它的样子。那是一片开阔平原，布满了成千上万的炮弹砸出来的坑，士兵们穿着被血污染得脏兮兮的制服，蜷缩在一起，远远望去犹如伤口中的血痕。我飘浮穿梭在他们中间，检视着一张张面孔，寻找着我的哥哥们，我的困在硝烟中的哥哥们。

先出现的是布里，他正和一个身着蓝衣的湖境人在泥塘里缠斗。我想去帮他，却还是飘浮在他的视野之外。接着，是特里米，他正俯身为一个负伤的士兵止血，免得他因为失血过多死去。他的面庞以前像小吉一样平和沉静，如今却因为极度痛苦而扭曲着。我永远也不会忘记那撕心裂肺的叫声和遍地狼藉。布里还在继续死扛，而我无能为力。

谢德正在火线前沿待命，比那些最勇敢的战士站得还靠前。他昂首立在战壕顶端，全然不顾枪林弹雨和另一边伺机而动的湖境人，甚至还冲我笑了一下。突然，他脚下的战壕被炸开了花，霎时浓烟滚滚，灰尘漫天，我就这么看着他倒了下去。

"不要！"我大喊着，试图冲向那团烟雾——我哥哥刚才就站在那儿。

烟雾汇聚成形，重新变成了那个黑影。它包围了我，四周一团黑暗，直到一波波的记忆如浪袭来：爸爸回家了，奄奄一息只剩半口气；征兵令轮到了奇隆；吉萨的手……一切都模糊不清地混杂在一起，艳丽得诡异的彩色旋涡刺痛了我的眼睛。一定有哪里不对。十几年来的记忆片段向前推进，就像看着时光倒流，其中有很多是我根本不可能自己想起来的，比如学说话、学走路，还有老妈动怒时年少的哥哥们和我传递眼色的一幕。这不可能是我自己回忆起来的。

"不可能。"那个黑影对我说。它的声音尖刻锐利，如同在我的头骨上狠狠划过。我跪坐下来，膝盖磕在水泥地上。

接着，他们消失了——我的哥哥们、我的老爸老妈、我的妹妹、我的那些记忆，还有噩梦，统统不见了。钢筋水泥拔地而起，筑成了一个——笼子。

我强撑着站起来，一只手抵着剧痛的头，好让眼前的景象清晰起来。有人站在外面，透过笼子的围栏盯着我，一顶王冠正在她头上闪烁着。

"我本应鞠躬，但是不成，我要晕菜了……"那是伊拉王后。我蓦然觉得应该收回刚才那些话。她是银血贵族，我怎么能那样跟她讲话呢。她会把我丢进监狱，剥夺我的定量配给，然后惩罚我，惩罚我们全家。不！我意识到了正疯狂滋长的恐惧。她是王后，她随便就能杀了我，杀了我们所有人。

但是她似乎并没有生气，反而哧哧笑了起来。一阵晕眩袭来，让人浑身难受，当我再看到她的眼神时，又是一波难受。

"这就跟鞠躬一样！"她从嗓子眼儿里挤出一句话，满意地欣赏着我的痛苦。

我强忍着才没吐出来。抓着笼子上的栏杆，手掌握住的是一片冰冷钢铁，可也因此攥成了拳头。"你要把我怎么样？"

"不会再怎么样了。不过，这个——"她的手穿过笼子的栏杆，碰到了我的太阳穴。她手指触碰的地方，疼痛翻了三倍，我痛得靠在栏杆上，用最后一点儿意识死撑着。"免得你做傻事。"

泪水刺痛了双眼，但我硬是把它憋了回去。"傻事？是指像这样用自己的双脚站起来？"我挤出几个字。剧痛让我难以思考，更不用说什么保持礼貌了。但是，好歹我忍住了，没有破口大骂。看在老天的分儿上，梅儿·巴罗，管好你的嘴巴。

"是指弄出闪电之类的！"她厉声道。

剧痛退去了一点儿，总算能让我坐在金属长凳上喘口气。我把头抵在冰冷的石墙上回回神，这时才反应过来她说了什么。闪电。

记忆的碎片如电光石火般涌来：闪电、光网屏障、四溅的电火花，还有我。这不可能。

"你不是银血族。你的父母是红血族，你也是红血族，你们的血液都是红色的。"伊拉王后一边喃喃自语，一边在笼子前面踱着步子，"你是个异象，梅儿·巴罗，一个不可能存在的东西，连我都弄不懂的东西，当然我已经查过你了。"

"是你？"我用手支着头，几乎声嘶力竭，"你侵入了我的思维，我的记忆？我的……噩梦？"

"了解了某人的恐惧，也就彻底看透了他。"她冲我翻了翻眼睛，好像我是个蠢货。"而我至少得知道，我们在和什么东西打交道。"

"我是个人，不是件'东西'。"

"至于你是什么，以待后效。不过，闪电女孩，你就感恩吧。"她冷笑着，把脸凑近笼子的栏杆。突然间，我的双腿失去了所有知觉，它们就像完全不属于我似的，如同瘫痪。剧痛蹿上胸口，我发现自己连脚指头都动不了一下了。这一定是老爸曾经历过的那种感觉：痛苦毁伤而无能为力。不过，我也并不算是彻底失去了腿脚，因为它们自己动了起来，把我带到了栏杆前。在笼子外面，王后盯着我，眼神随着我的步子而闪动。

她是个耳语者，正以我取乐。当我靠近她时，她用双手狠抓住我的脸。头上的剧痛倏然翻倍，我忍不住叫出了声。生不如死，这大概就是逃脱兵役的代价。

"就因为你在几百名银血贵族面前那么做了。他们会就此质疑，而他们又权倾半朝，"她在我耳边啮啮低语，病态的甜腻气息扑过我的脸颊，"这是你活到现在的唯一理由。"

我紧紧握住双手，期待着能再召唤来闪电，可是并没有。王后看透了我的心思，毫无顾忌地大笑起来。我眼冒金星，什么都看不见了，但是能听到她走开时丝绸衣服发出的沙沙声。视力重新恢复的时候，我刚好瞥见她的裙摆消失在角落里。现在，屋里再没别人了，我坐了下来，好不容易才克制住把这凳子扔出去的冲动。

精疲力竭的乏力感蔓延过来，先是肌肉，然后是骨头。我只是个普通人啊，普通人可不该像今天这么过日子。突然，我心里一惊，意识到手腕上的红色腕带不见了。被人拿走了？这是什么意思？泪水又泛上眼眶，摇摇欲坠，但我硬是没有哭。我的骄傲和尊严还有的是呢。

我能忍着不哭，却忍不住不发问。疑虑正在我心里滋长。

我身上到底发生了什么？

我是……什么？

我睁开眼睛，看见警卫正在笼子栏杆外面盯着我。他衣服上的银色扣子发出暗暗的光，远不如他光秃秃的脑壳耀目。

"你必须得通知我的家人，告诉他们我在这儿。"我脱口而出，坐得笔直。至少，我说过我爱他们。我还记得，记得我离家的最后时刻。

"我必须做的只有带你上楼。"他回答道，完全没有仗势欺人，平静得像根柱子，"先换身衣服。"

我才突然想起身上的衣服已经烧成破布条了。那警卫指了指栏杆边上的一堆衣服，背过身去，给我留下点儿私人空间。

那些衣服朴实无华，但质地很好，比我穿过的任何衣服都要柔软。白色的长袖衬衫和黑色长裤，两侧都装饰有一道银色条纹，还有一双黑色的骑士靴，长及膝盖。但有点儿奇怪的是，衣服上没有哪怕一丝红色。这是为什么呢，真想不通。茫然无知正在成为我的主旋律。

"穿好了。"我一边嘟囔，一边使劲蹬进靴子。当我完成最后一道工序，警卫立即转过身来。我既没听见钥匙碰撞的声音，也没看见锁，他打算如何把我从这座没有门的笼子里弄出去呢？

但他根本没去找什么隐蔽的门，而是抖了抖手，笼子上的金属栏杆就弯出了一个"门"。显然，这警卫是个——

"磁控者，没错。"他摇了摇手指头，"估计你要吃惊的，那个差点儿被你炸熟了的女孩是我的表亲。"

我一口气差点儿呛着自己，不知道怎么回答才好。"真是抱歉。"这话听起来像个问句。

"为你没成功而道歉吧，"他完全没有开玩笑的意思，"伊万杰琳是个混蛋。"

"家风如此？"我的嘴巴总是比脑子快。等我反应过来自己说了什么，就只有吸气的份儿了。

他没有为我的口不择言而动手揍我——虽然他有这权力，那张一本正经的警卫脸上反而闪过一丝笑意。"你会得出结论的，"他说，黑色的眼睛十分柔和，"我叫卢卡斯·萨默斯。跟我来。"

不用问，我只能照他说的做。

他带我离开那只"笼子"，爬上一座旋梯，来到十二个警卫面前。他们一言不发，按照排练好的队形围着我往前走。卢卡斯在我旁边，和那些人步调一致地齐步走。他们的手里都拿着枪，好像要随时投入战斗似的。那阵势似乎在说，他们不是要防备我，而是要保护其他人。

我们来到上层，这里更漂亮，玻璃幕墙是奇异的黑色。上色了，我在心里念叨着，想起了吉萨讲过的映辉厅的事。这些刚钻琉玻可以随心所欲地调暗，以挡住那些见不得人的东西。显然，我就属于这一类。

突然，我发现这些玻璃改变颜色并非是由什么机器操控，而是由一个红头发的女警卫控制。我们一路经过，她一路在幕墙前面挥手，手到之处就如同锁住了阳光，让那些玻璃的表面蒙上一层薄薄的阴影。

"那是荫翳人，能使光线弯曲。"卢卡斯注意到我的惊讶，低声解释道。

这里也有摄像机。我的皮肤下面又开始难受了，好像它们带电的"目光"侵入了骨髓似的。一般来说，承受着这么多的电流，我的脑袋应该感觉到痛，但是疼痛迟迟没有出现。那个光网屏障里一定有什么东西让我起了变化，或者，也许是它释放出了什么，释放出了我身体中隐藏已久的某种东西。我是……什么？疑问回荡在脑海，令我越发惊恐。

我们穿过重重叠叠的门，电流的感觉终于消失了。监视总算告一段落。这座殿堂有十个我家屋子那么大，还包括那些柱子。我往正对面看去，迎上了国王暴躁恼怒的目光。他所端坐的刚钻琉玻宝座雕琢如地狱烈火，背后一扇盛满明朗天色的窗子倏地暗淡下来，漆黑一片——这也许是我最后一次看见阳光。

卢卡斯和警卫们把我送到前面，却没有停留。他只回头看了我一眼，就带着其他人一起退了出去。

国王就在我面前坐着，他左边站着王后，右边站着王子。我故意不去看卡尔，但我知道他一定正呆望着我。我把目光集中到我的新靴子上面，盯着脚指头，这样我才不至于吓得转身就跑。

"跪下。"王后喃喃说道，她的声音就像天鹅绒似的柔软。

我应该跪下，但我的骄傲自尊不许我那么做。即使是在这儿，在银血族、在国王面前，我也不会屈膝。"不跪。"我说，鼓足勇气抬起头。

"被关起来的滋味怎么样，姑娘？"提比利亚国王说道，他的声音充溢着整个厅堂，语调里的威胁恫吓就像白天时一样毫无遮掩。但我还是直直站着。他昂首睥睨着我，好像我是个未解之谜。

"你要在我身上打什么主意？"我试图抗争。

王后俯身对国王说："我告诉过您了，她是个彻头彻尾的红血族——"国王却像轰苍蝇似的一挥手。她抿了抿嘴唇，重新站好，两只手紧紧地攥在一起。活该。

"我要你做的乃是天方夜谭……"提比利亚国王咬牙切齿地说。他目光灼灼，像要把我活活烧死。

我想起了王后之前说的话："是啊，你杀不了我，对此我丝毫不感到遗憾。"

国王冷笑道："他们可没说你脑子还挺快。"

一阵轻松袭来，就像清风穿过树林。死神没在这儿等我。暂时没有。

国王扔下一沓纸，上面写满了字，最上面的一张上有我的个人信息，包括姓名、出生日期、父母，还有一滴棕色的斑点，那是我的血。我的照片也在上面，和身份证件上是同一张。我低头看着自己那双因为排队等候拍照而备显无聊的眼睛，真想跳进照片里，变回那个只为兵役和饿肚子发愁的女孩。

"梅儿·莫莉·巴罗，新纪302年11月17日出生，父母是丹尼尔·巴罗和露丝·巴罗。"国王复述着我的过往，将我的历史其事直陈，"你没有正业，下次生日时须应征入伍。你不怎么上学，成绩垫底，干过的违法之事在绝大多数城市足以银铐入狱。盗窃、走私、拒捕等，不一而足。和你物以类聚的都是些贫穷、粗鲁、败坏、无知、空洞、尖刻、顽劣的人，是你的村镇和我的王国里的害群之马。"

他的话过于直白生硬，让我颇为震惊，以至于费了会儿工夫才听进去。但听懂他在说什么之后，我没有反驳。他字字正确。

"然而，"他继续说着站了起来。我是如此靠近，能看见他的王冠确实锋利，那些尖角全都可以杀人。"你还是另一种东西，一种我尚不能了悟的东西。你既是红血族，也是银血族，你的怪异将引发你所不能理解的致命后果。我应该拿你怎么办呢？"

他是在问我吗？"你可以放了我。我什么都不会说出去。"

王后尖厉的笑声打断了我："那些贵族名门怎么办？他们也能不闻不问吗？还是说他们会忘了那个穿红色制服的闪电女孩？"

不会，谁也不会忘。

"您知道我的建议，提比利亚，"王后看着国王，继续说，"这样我们的问题都能迎刃而解。"

肯定不会是什么好主意，对我而言更甚，因为卡尔握紧了拳头。这动作引得我一瞥，继而干脆把他看了个遍。他还是那样一动不动、隐忍而冷静，我想他一定是从小被这样要求习惯了。可他的眼睛里有怒火在燃烧。有一瞬间，他捕捉到了我的目光，但我马上回避了，不然我大概会大喊大叫地求他救我。

"是的，伊拉。"国王冲着他的太太点点头。"我们不能杀掉你，梅儿·巴罗。暂时不能，因为一切悬而未决。所以显然得把你藏起来，藏在我们能监管到的地方，保护你，然后弄明白你到底是怎么回事。"

他打量我的眼神就如同我是一道等着人来吃的大菜。

"父亲！"卡尔脱口说道。但他的弟弟——更苍白清瘦的那个王子，抓住了他的胳膊，不让他继续抗议。他似乎自带镇静效果，让卡尔忍了回去。

提比利亚国王没理会儿子，继续说："你不再是干阑镇的红血族女孩梅儿·巴罗了。"

"那我是谁?"我想象着他们最狠的毒手,声音直发抖。

"你的父亲是钢铁军团的将军——伊桑·提坦诺斯。你还是婴儿的时候他就过世了。一个当兵的——红血族,出于个人原因把你带走抚养,从未对你说过你的真实身世。你渐渐长大,一直以为自己微不足道,但是现在,多亏这个机会让你正位了。你是银血族人,一个中落名门的小姐,一个有着过人能力的贵族后裔,而未来的某一天,还会成为诺尔塔王国的王妃。"

虽然我尽力忍着,但还是惊叫出声:"银血族的——王妃?"

我的眼神不听使唤地飘向了卡尔。王妃必须嫁给王子。

"你将和我的次子梅温结婚,只要乖乖照做就好,别想要花招儿。"

我的下巴都要掉到地上了。我期期艾艾地想说点儿什么,可完全找不到合适的词,只能发出些既可怜又尴尬的声音。梅温王子也是满脸困惑,和我一样张口结舌,语无伦次。这次稳住局面的是卡尔,但他的眼睛看着我。

梅温王子好不容易才说出整句。"我不明白——"他甩开卡尔,朝着国王紧走几步。"她可是——为什么?"要是以往,我一定会觉得遭人冒犯,可现在,我完全同意他没说出来的那些话。

"闭嘴,"他老妈小声说,"你只需要服从。"

梅温王子瞪着她,小儿子对父母的忤逆表露无遗。但他老妈更强势,唯有让步退缩。王后的暴怒和权威不会给我们好果子吃,这一点王子和我一样心知肚明。

我哆哆嗦嗦地用几乎听不见的声音说:"这个有点儿……过分……"也没什么其他词能形容了。"你没法儿让我变成什么小姐,更不用说王妃。"

提比利亚国王的脸上裂开一道阴森森的笑,他的牙齿也像王后一样白得刺眼。"噢，我有办法，亲爱的姑娘。在你愚顽卑微的生命里，这是第一次有了目标。"刺痛划过脸颊，像挨了一记耳光。"你看，现在一场叛乱正在抬头。恐怖组织，或是自由卫士，或者管那些红血族白痴怎么称呼自己，正打着平等权利的旗号要把事闹大。"

"红血卫队。"法莱。谢德。我默默祈祷这些名字划过脑海时没被王后盯上。"他们炸了——"

"首都，是啊。"国王耸了耸肩，抓了下脖子。

过去的那些艰难时日教会了我很多东西，比如谁带的钱最多，谁没有注意你，以及骗子长什么模样。现在，我看着他刻意地再次耸肩，就知道，国王在撒谎。他努力做出一副不屑一顾的样子，但没有奏效。在法莱、在红血卫队身上，一定有什么东西让他害怕了。那是比新式炸弹更厉害的东西。

"而你呢，"他往前倾着身子，继续说，"你也许能帮助我们控制住事态发展。"

如果不是吓得要死，我一定会大笑出来的："为此我就得嫁给——抱歉，你叫什么来着？"

他的脸唰地白了——大概银血族脸红就是这个模样，毕竟他们的血是银色的嘛。"我叫梅温。"他的声音又柔和又平静。像卡尔和国王一样，梅温的头发也是闪亮的浓黑色，但他们之间的相像之处大概仅止于此。前两者魁梧强壮，他却很是清瘦，眼神干净得像水。"我还是不能理解。"他说。

"父亲的意思大概是，她于我们来说是一个机会。"卡尔插嘴解释。和弟弟不同，他的声音是有力的、权威的、命令式的——是未来国王的声音。"如果红血族看见她——一个有着银血族血统、但生性如红血族的女孩和我们在一起，他们就会接受和解。这是个老套的童话故事，麻雀变凤凰，而她就是红血族之光。那些人将会拥护她，而不是拥护恐怖分子。"接着，他的语调更柔和，但说出的话正中要害，"她是缓和剂。"

但这不是童话故事，连幻想也不是。这是个噩梦。我的后半辈子将就此与世隔绝，成为另一个人。成为他们中的一员，一个傀儡，一场哄得人自满、沉默、任人宰割的假戏。

"而如果我们把故事编得好一点儿，那些名门贵族也会满意的。你成了英雄的遗孤，还有比这更荣耀的吗？"

我望着他的眼睛，无声地求助。他救了我一次，也许还能有第二次。但他向左边、右边微微偏了偏头，这是在摇头。他不能在这儿帮我。

"这不是个请求，提坦诺斯小姐。"国王用了我的新名字，新的身份，"你要从命，并且行事得宜。"

伊拉王后用黯淡冷漠的眼神看着我："以王室新娘的规矩，你就住在这里。每天的日程表由我决定，会有人来教你各种大事小情，好让你——"她寻找着合适的词，嘴唇里挤出几个字，"堪可配称。"我不懂她这是什么意思。"你将受到严密的监察，从现在起就在刀尖上活命吧。一步走错、一字说错，都会让你付出代价。"

我的喉咙一阵发紧，好像感受到了国王和王后缠上来的枷锁："那我的生活怎么办——"

"什么生活？"伊拉王后提高声调，"姑娘，你可别敬酒不吃吃罚酒。"

卡尔紧闭了一下眼睛，好像王后的笑声刺痛了他。"她是指她的家庭。梅儿——这女孩是有家人的。"他说。

吉萨、老妈、老爸、哥哥们、奇隆——我被剥夺了的生活。

"哦，那个，"国王呼了口气，"扑通"一声坐回他的宝座，"我建议给些补偿，让他们别乱说话。"

"我希望让我的哥哥们退伍回家。"我总算说了一句正确的话，"还有我的朋友奇隆·沃伦，别让军团带他去服役。"

几个红血族的士兵对他来说无足轻重，提比利亚国王想都没想就同意了："可以。"

听起来不像宽宥施恩，倒更像死刑判决。

RED QUEEN

第九章

梅瑞娜·提坦诺斯女士，诺拉·诺勒·提坦诺斯夫人与钢铁军团将军、伊桑·提坦诺斯勋爵之女，提坦诺斯家族继承人。梅瑞娜·提坦诺斯，提坦诺斯……

　　新名字一直在我脑海里打转，而红血族的侍女们正忙着为接下来的大工程做准备。这三个女孩勤快又麻利，彼此之间一言不发，也没向我发问，尽管她们一定很想。别乱说话，我想起来了。跟我讲话是严令禁止的，跟其他人谈论我也是严令禁止的，哪怕说说那些红血族的痕迹也不行。但我肯定她们都看得到。

　　为了让我堪可配称，漫长而难熬的洗澡、穿衣、化妆，正在把我打造成一个他们要的傻瓜。化妆是最讨人恨的，特别是那些糊在皮肤上的又厚又白的底霜。侍女们用了三大盆闪亮的湿粉，糊住我的脸、脖子、锁骨和胳膊。镜子里的我，温度正渐渐被抽走，好像那些湿粉底霜盖住了我皮肤的热度。我吸了口气，突然意识到这正是为了掩盖住我天生的热情与炽烈，掩盖住我皮肤之下勃勃焕发的红色，掩盖住我身体里奔流的红色血液。要假扮成银血族，新妆如我，还真像他们中的一员。苍白的脸色、黯淡的眼睛和嘴唇，让我看起来冷漠、残忍，仿佛一把行走的刀子。很像银血族，很美。我恨它。

和王子的订婚仪式要多长时间？就连脑海里的声音听起来都如此疯狂。因为这确实疯狂。但凡心智正常的银血族都不会和你结婚，更不用说诺尔塔的王子。这不是为了平息叛乱，也不是为了掩饰你的身份，都不是。

那他们为什么要这么做？

侍女们推来捏去地给我穿上长裙，我却觉得自己像一具准备移往葬礼现场的尸体。真相不远了，我知道。红血族女孩不会嫁给银血族王子，我也不会穿着礼服坐在宝座上。一定会出什么事，也许是突发意外。谎言把我推上高峰，总有一天会有另一个谎言把我拉下来。

裙子是暗紫色的，点缀着银色，用丝绸和透薄的蕾丝制成。我回想起那些穿得五颜六色的名门贵族，记起来所有的家族都有自己的专属色。至于提坦诺斯家族——我的家族——专属色应该就是紫色和银色。

这时，一名侍女拿起了我的耳环，要把我旧日人生的最后一点儿痕迹也拿走。一股恐惧席卷了全身，我脱口而出："别碰它们！"

那女孩吓了一跳，飞快地眨了眨眼睛，其他侍女也都被我的怒喝吓呆住了。

"对不起，我——"银血族是不会道歉的。我清清嗓子，重新说道，"把耳环放下。"我的声音听起来有力、坚硬，而且——富有王室风范。"你们可以收拾其他东西，但是不要碰这些耳环。"

三只廉价的小金属片，三个哥哥，绝不会离我而去。

"这颜色很适合你。"

我回转身，看见侍女们都在弯腰鞠躬，她们面前站着的是——卡尔。

突然间，我很庆幸自己化了妆，遮住了脸上的阵阵红晕。

他飞快地示意，就像用手掸了一下似的，那三个侍女就连忙退出了房间，活像老鼠躲猫。

"对于这种种王室事务，我是初来乍到。但你是否应该待在这儿，待在我的房间，我可就不确定了。"我尽可能多地在声音里表达蔑视，好像自己可以一呼百应似的。毕竟，让我陷入这种乱七八糟的境地，是他的错。

他朝我走近几步，我则本能地往后退，一脚踩住了裙摆，要么摔倒要么止步，进退两难。

"我是来道歉的。以我所处的位置，确实无能为力，只能旁观。"他顿了顿，注意到了我的局促。他上下打量着我，脸颊的肌肉微微抽动，大概是想到，就在前一天晚上，这还是个想从他口袋里偷点儿钱的无助女孩。可现在，我身上已经没有一点儿那个女孩的痕迹了。"很抱歉让你卷进来，梅儿。"

"梅瑞娜，"这名字念起来都不对味，"这才是我的名字，你忘了吗？"

"好吧，'梅儿'是很相称的小名，这总可以吧。"

"跟我有关的任何东西都算不上'配称'。"

卡尔几乎要用眼神吃了我，他的目光让我皮肤发烫："你觉得卢卡斯怎么样？"他总算体贴地向后退了几步。

那个萨默斯家的警卫，是我到这儿以后遇见的第一个宽和的银血族。"还好吧，我想。"要是我说这警卫对我多温和有礼，没准王后会把他带走。

"卢卡斯是个好人，他的家族却认为，这种善意是他的弱点。"卡尔的目光黯淡下去，似乎感同身受，"他会把你服侍得很好的，会平和地待你。这点我可以肯定。"

真是深思熟虑啊，他给我找了个好脾气的监狱看守！我忍住没反驳，因为讥讽他的仁慈于我没有任何好处。"多谢，殿下。"

他的眼睛又亮了起来，唇边掠过一抹冷笑："你知道我的名字是卡尔。"

"你也知道我的名字，不是吗？"我心酸道，"你知道我是从哪儿来的。"

他勉强点了头，似乎很是惭愧。

"你必须关照他们。"我的家人。他们的面孔在我眼前——浮现，却又那样遥远。"关照他们所有人，直到尽你所能的那天。"

"当然，我会的。"他向前一步，拉近了和我的距离。"我很抱歉。"他又说道。这句话盘桓在脑海，唤起了回忆。

烈焰围墙，窒息浓烟。我很抱歉。我很抱歉。我很抱歉。

最先抓住我的是卡尔，是他阻止我逃离这鬼地方。

"因为挡住了我逃走的机会而道歉？"

"你以为只要甩掉禁卫军，甩掉警卫，翻墙爬树，回到你的镇子里去，王后就不会穷追不舍地把你再抓回来吗？"他从容地应对着我的控诉，"对你和你的家人而言，拦住你，是最好的选择。"

"我原本可以脱身的，你不了解我。"

"可我了解王后。她会把整个世界翻个底朝天，最后找到那个闪电女孩的。"

"别那么叫我。"这绰号比那个我还不习惯的假名字更让我难受。闪电女孩。"那是你老妈的叫法。"

他苦笑着说："她不是我老妈。是梅温的，不是我的。"听话听音，我知道不该继续这话题。

我只能回应："哦。"这声音极小，只在拱形天花板上留下一丝听不见的回音，就消失殆尽了。我仰起脖子，自我踏进这间新屋子以来，这还是第一次好好看它。这里是我所见过的最精致的屋子——到处是大理石和玻璃、丝绸和羽毛。光线渐变，转为黄昏的橘色。夜晚来了，新的命运，也

RED QUEEN
—血 红 黎 明—

将就此展开。

"今早起床，我还是梅儿，"我喃喃自语，"但现在，我即将变成另一个人。"

"你做得到。"他走近我，身上的温热充溢着整个房间，让我的皮肤都刺痛了起来。但我没有抬头看他。我不要。

"你怎么知道？"

"因为你必须做到。"他咬住嘴唇，仔细地看着我，"这个世界危机四伏，如同它美艳精致。没有用的人，犯了错的人，他们都会除掉。你也不例外。"

确实，我会被除掉，早晚的事。但那并不是我要面对的唯一威胁："所以，一旦搞砸就算完蛋了？"

他没回答，但我从他的眼睛里看到了答案：没错。

我用手指拽着手腕上的银腕带，把它拉得更紧。如果这是梦，我就可以醒过来了。但是没用，一切都是真实的，正在发生。"那我怎么办呢？还有这个——"我抬起手，怒气冲冲地看着这个该死的玩意儿。

卡尔笑了："我想你会熟能生巧的。"

接着他伸出自己的手，给我看他手腕上那个奇怪的装置。它就像一只手环，两端饰以金属，金属碰撞，擦出火花。那火花并非一闪而逝，反而发着光燃成了红色的火苗，热度四射。他是个燃火者，控制着热和火，我想起来了。他是王子，危险人物。但火光来去匆匆，迅速消失了，只留下卡尔充满鼓励的笑容，还有某处藏着的摄像机的低鸣。它们监视着一切。

戴着面具的禁卫军出现在视野中，他们提醒着我的新身份。我是个王妃，和整个国家第二尊贵的单身汉订了婚。但我同时也是个弥天大谎。卡尔早就离开了，这儿只有我和我的警卫。卢卡斯还不错，但其他人就严厉而沉默，看都不看我一眼。所有的警卫，包括卢卡斯，其实都是监狱看守，把我囚禁在我的皮囊之下，把红血天性囚禁在永远不会掀开的银血面纱之下。一旦我倒下，或稍有闪失，就会有人因我的过失而死。

当警卫们护送我前往宴席时，我复习着王后硬塞给我的故事，那个她在宫廷中公之于众的故事。它简单、易记，却令我退避三舍。

我出生在战区，双亲死于一次营地保卫战。一个红血族士兵在废墟里救出了我，把我带回了家，而刚好他的妻子一直想生个女孩。在一个名叫干阑镇的地方，他们把我抚养成人。我对自己的身世和超能力一无所知，直到今天早上。现在，我终于回归正位了。

这些想法让我恶心。我该回归的地方是我家，是和老爸老妈、和吉萨、和奇隆在一起，而不是这儿。

禁卫军领着我走在王宫的上层，穿过迷宫一样的走廊。这里也是由石头、玻璃、金属雕琢而成，它们渐渐向下弯曲，就像迷旋花园那样。每一个角落都有刚钻琉玻，透映出外面那些令人窒息的景物：市集、河谷、森林。站在这样的高度，我看见了远处的山峦高耸入云，落日余晖勾勒出它的轮廓。而在以前，我完全不知道还有这样的山。

"最上面两层是王室成员的寝宫。"卢卡斯边说边向上指指那倾斜的旋转廊厅。阳光洒在我们身上，就像大爆炸洒下了火花。"我们要乘电梯到楼下的宴会厅去，就在这儿。"卢卡斯停下来。一堵金属墙面映出了我们的模糊影子，他一挥手，墙面就向两边滑开了。

禁卫军把我带进这个既没有窗户也没有亮光的盒子里。我使劲地吸气呼吸，忍不住想冲出这个大号的金属棺材。

电梯突然动起来的时候吓了我一跳。我脉搏加速，呼吸急促，惊恐地睁大眼睛看着周围的人，指望他们能和我有一样的反应。这个盒子正在坠落，但是没人大惊小怪。只有卢卡斯看出了我的不适，放慢了一点儿下降的速度。

"电梯上下移动，免得我们自己走路。这座宫殿非常大，提坦诺斯小姐。"他诡异地一笑。

我一路既好奇又害怕，直到卢卡斯打开电梯门的时候，才终于呼吸正常，放松下来。我们走进了一座满是镜子的大厅——正是我今早逃开的那座。那扇打破的镜子已经修好了，仿佛什么都没发生过。

伊拉王后出现了，带着她自己的禁卫军。卢卡斯马上向她鞠躬行礼，没有半点儿迟疑。王后穿着黑色、红色和银色相间的礼服，和她的丈夫一样。衬着金发雪肤，王后高高在上地往下扫了一眼，令人毛骨悚然。

我们经过时，她抓住我的胳膊，把我拉过去。虽然嘴唇没动，可她的声音还是侵入了我的脑袋。这次她没有让我受伤或瘫痪，但那感觉仍然恶心不舒服。我想大叫，想把她从我意识中挖走，但是除了憎恨，我拿她毫无办法。

"提坦诺斯家族都是湮灭者，"她的声音无所不在，"他们只需触碰就能引发爆炸，就像来洛兰家族的姑娘在选妃大典上表演的那样。"当我试着回忆起那女孩的模样时，伊拉王后直接把图像塞进了我的脑袋。图像一闪而过，但我仍能看见那个女孩站在炸飞的碎石沙砾间，如同炸弹。"你的母亲诺拉·诺勒，继承了诺勒家族风暴者的能力。风暴者可以在某种程度上控制天气。这两个家族的结合造就了你控制闪电的本事——虽然这并不多见。如果有人问，你就照此回答。"

"你到底想让我干什么？"即便只是在意识中，我的声音也在发抖。

大笑声冲撞着我的头骨，这就是她的回答。

"记住你要成为谁，而且，记好了，"她略过我的问题，"你要假装自己被当成红血族抚养，但流的仍是银色的血。现在，从里到外都扮作银血族吧，但脑子里别忘了你红血族的卑微。"

我浑身上下都浸透了恐惧的战栗。

"从现在起，直到你死，你必须圆这个谎。你的命以此为继，闪电女孩。"

RED
QUEEN
第十章

伊拉王后走了，留下我独自站在大厅里，咀嚼着她的话。

我曾一直以为，银血族和红血族、富有和贫穷、国王和奴隶，一切泾渭分明。但现在我才知道二者之间还有很多我无法理解的东西，而我自己正站在模糊的界限中央。从小到大我都在为晚饭有没有吃的而发愁，可现在我在皇宫里，等着被人生吞活剥。

从里到外扮作银血族，但记住自己红血族的卑微。这句话笼罩着我，让我言行谨慎。我的眼睛大睁着，打量着这座无论是梅儿还是梅瑞娜都不曾想象过的宫殿，但我的嘴巴紧紧地抿成了一条线。梅瑞娜十分惊讶，但她会控制住情绪。她是冷漠无情的。

大厅尽头的门打开了，通向一间我见所未见的巨大房间，甚至比正殿还要大。我大概还没习惯这里的规模和排场。穿过那些门，踏上一个平台，台阶向下直通地面，那些名门望族坐在那儿，波澜不惊地看着前面。他们仍然身着各自的专属色，间或有些窃窃私语，可能是在谈论我和我的小小表演。提比利亚国王和伊拉王后站在一个高于地面几英尺的台子上，面向他们的臣民。真是绝不放过任何摆架子的机会。他们要么就是自负虚荣，要么就是深谙此道：看起来强大就会真的强大。

两个王子穿着式样不同的制服，但和父母一样，都是红黑两色，也都佩着军功勋章。卡尔站在国王的右边，面无表情，冷漠淡然。如果是他知道自己要娶谁，估计也不会面露喜色。梅温在王后的左边，神情阴云密布，脸上写满了不高兴。他不像哥哥卡尔那样善于掩饰自己的情绪。

还好，我要与之周旋的至少不是个撒谎高手。

"选妃大典这一传统是如此令人愉悦，它代表着我们王国的未来，代表着我们得以直面敌人的强大联合。"国王正在向贵族们演讲。他们还没看到我，而我就站在房间一边的台阶上，俯视着他们。"但正如你们今日所见，选妃大典带来的并非仅是未来的王后。"

国王转向王后，后者一直握着他的手，驯顺地笑着。她在残暴恶棍和羞涩王后之间的自如切换还真是令人吃惊。"我们一直怀念着抵御战争阴影的光明希望，我们的军界领袖，我们的朋友，伊桑·提坦诺斯将军。"她说。

人们马上交头接耳起来，有人欢喜，有人伤感。即使是萨默斯家族的族长、伊万杰琳的残忍老爸，也低下了头。"他带领钢铁军团走向了胜利，推进了僵持百年的战线。湖境人惧怕他，我们的士兵爱戴他。"红血族士兵会爱戴银血族将军？我对此表示强烈怀疑。"湖境人的密探杀死了我们挚爱的朋友伊桑，潜入我们的阵地，破坏了我们期待已久的和平。伊桑的太太诺拉夫人，是一位完美而体面的女士，她也随着丈夫去了。在十六年前那决定性的一天，提坦诺斯家族陨落了。我们失去了朋友，银血族血溅沙场。"

屋里一片静默，王后停下来擦了擦眼睛。我知道那眼泪是假的，是硬挤出来的。不少参加了选妃大典的少女也在场，坐在位子上焦躁不已。她们才不在乎那个死掉的将军呢，王后也不在乎。这一套假模假样都是为了我，为了让一个红血族的女孩神不知鬼不觉地戴上王冠。这是一场奇幻的戏法，王后就是游刃有余的魔术师。

她用目光搜寻，最终锁定了正站在楼梯上的我。其他人也循着望过来，有的一脸困惑，有的则已经因为今早的选妃大典认出了我。还有不少人盯着我的礼服，他们比我更了解这颜色所代表的意义，更了解我——至少是我假扮的那位——是谁。

"今天上午，我们见证了一场奇迹。一个红血族的女孩坠入迷旋花园，犹如一道闪电，而这超能力是她所不可能拥有的。"窃窃私语的声音越来越大，有几个银血族竟然站了起来，萨默斯家的姑娘怒不可遏，恶狠狠地用她的黑眼睛死盯着我。

"国王和我对这个女孩进行了全面的访谈，试图弄清她的来历。"用"访谈"这个词来形容在我脑子里乱翻一气的行为实在可笑。"她并非红血族，但仍然堪称奇迹。朋友们，让我们欢迎伊桑·提坦诺斯之女、梅瑞娜·提坦诺斯小姐的回归。她曾一度流落他乡，如今重归其位。"

她猛地扬手，要我靠前。我照做了。

我走下楼梯，步入那些不太自然的掌声之中。我心里一直嘀咕着千万不要绊倒，但表面上步履坚定，神情自若，被几百张或惊奇、或讶异、或怀疑的脸团团包围。卢卡斯和我的警卫站在一边，没有跟上来。又一次，我独个儿面对这些人，并且前所未有地感觉自己犹如赤裸示众，尽管披挂着层层蕾丝和绸缎。我再次庆幸自己化了妆，这妆容就像一张面具，横亘于真实的我和这些人之间，而那真相我尚不了解。

王后示意我坐到最前排的空位上去，我又照做了。那些参加选妃大典的女孩看着我，想知道我是谁，以及为什么我一下子就这么举足轻重了。

但她们只是好奇，倒并不气恼。她们满怀同情地看着我，很努力地想为我悲惨的身世感同身受，只有伊万杰琳·萨默斯例外。当我走到空位前面的时候，她正坐在旁边，直直地望着我。她没穿皮装和铁甲，但戴着一套链饰交错的金属戒指，紧紧攥着双手。我看她这会儿最想做的就是一掌呼断我的脖子。

"梅瑞娜小姐在其父母的厄运中幸存，被带离了前线，并在距此十几英里的一个红血族村镇长大成人。"国王接过话茬儿，这样他就能好好描述我命运的大逆转了，"她由红血族养父母抚养，也像红血族奴仆那样过活，在今早之前，她一直认为自己就是红血族。"观众席里一片啧啧之声，我听得牙都快咬碎了。"梅瑞娜就如同一块璞玉，在我的王宫里工作。我已逝的朋友的女儿，竟然远在天边，近在眼前。现在，她再也不会受苦了。为了弥补我的无心之失，也为了报答她的父亲和家族对王国的贡献，我荣幸地宣布，卡洛雷家族将与复兴的提坦诺斯家族联姻。"

又是一阵吸气，那些参与选妃的女孩以为我要把她们的卡尔带走了，以为我是她们的情敌。我抬眼看了看国王，默默地请求他赶紧把话说完，免得我被那些女孩杀之后快。

而伊万杰琳的金属寒光几乎要欺身而上。她的双手紧紧扭在一起，努力克制着把我当众痛扁一顿的冲动，关节都变白了。她的父亲则默然沉思着坐在旁边，把手搭在她的胳膊上，让她保持平静。

当梅温向前一步时，整个大厅里紧张的气氛瞬间瓦解了。他有点儿迟疑，磕磕绊绊地说起了那些别人教的话："梅瑞娜小姐。"

我尽了全力让自己不至于发抖，站起身来看着他。

"蒙父王和王室的福泽，我向你求婚，并承诺忠贞以待。梅瑞娜·提坦诺斯，你愿意吗？"

他说这话的时候，我的心脏狂跳不止。虽然这是个问句，但我知道自己没有选择。无论我有多么想要移开目光，还是得看着梅温，但他给了我一个极小的鼓励的微笑。我真想知道，原本他们给梅温选的女孩是谁。

而我本应选择的又是谁？如果这一切都没有发生——如果奇隆的老板还活着，如果吉萨的手没受伤，如果一切都还是原样……"如果"真是世界上最糟糕的词。

服兵役，活着返乡，对我的行窃身手眼红的小孩们，奇隆的姓氏……这样的未来，曾经遥不可及，而现在，是彻底不可能了。

"我誓将忠贞待你，"我为自己的棺材敲下了最后一根钉子，声音颤抖着，却没有停顿，"我愿意。"

门关上了，我余下的人生就此终局。我觉得自己要土崩瓦解了，可不知道怎么回事，竟然还能保持优雅坐回了位子。

梅温也退了回去，淡出人们的视线让他自在多了。他老妈拍拍他的胳膊，让他安心。王后也会温和微笑，但仅限于对自己的儿子。原来银血族也有骨肉亲情啊。不过当卡尔走上前的时候，她又冷了下来，笑容瞬间消失了。

姑娘们屏息以待，等他宣布决定，整个屋子里的空气活像被抽空了似的。我猜，在选择王后这件事上，卡尔未必有发言权，但他很尽心地扮演着自己的角色，就像梅温一样，就像我努力要做到的那样。他明快地笑着，露出洁白的牙齿，令姑娘们倾心不已，但他温暖的眼睛里有着令人心惊的孤独。

"我是父王的继任者，生就高位，享有权力和力量，诸位对我尽忠，而我以生命为报。服务于你们和王国，是我的义务，我必将尽己所能——不惜一切代价。"这演讲是事先演练过的，卡尔的赤诚却做不了假。他非常自信，相信自己能成为一个好国王——哪怕拼了命。"我未来的王后，应与我一样愿意献身，维护王国的秩序、公正与平衡。"

参与选妃的姑娘们往前探着身子，期待着他接下来的话。伊万杰琳一动不动，脸上闪过不易察觉的冷笑。整个萨默斯家族也都十分冷静，她哥哥托勒密甚至还打了个哈欠。他们知道谁会中选。

"伊万杰琳小姐。"

没人发出惊奇的声音，人们既不惊讶，也不兴奋，就连那些心碎的姑娘也只是沮丧地耸耸肩膀而已。对于这个结果，所有人都心知肚明。我想起了迷旋花园里那个胖乎乎的家族，他们那时抱怨着伊万杰琳·萨默斯还没比试就已经赢了。他们是对的。

伊万杰琳以一种流畅而冷漠的优雅站了起来。她没怎么看卡尔，反而回头瞥了那些垂头丧气的姑娘一眼。她要她们陪衬自己的荣耀时刻，她要所有人都知道她伊万杰琳是谁。她居高临下地看着我，抛下一丝鬼魅的冷笑，而我记起了她寒光锐利的牙齿。

她回过头时，卡尔开始复述他弟弟说过的求婚誓词："蒙父王和王室的福泽，我向你求婚，并承诺忠贞以待。伊万杰琳·萨默斯，你愿意吗？"

"我誓将忠贞待你，提比利亚王储，"她的声音又高又带着点儿喘息声，与她冷硬的外表相比有些古怪，"我愿意。"

伊万杰琳带着胜利者的笑容坐下了，卡尔也退回了原来的位置。他得体的假笑犹如盔甲，她却全然没有发觉。

突然一只手碰到了我的胳膊，指甲戳进了皮肤。我几乎要从椅子上跳起来，可伊万杰琳若无其事地仰着头，看着那未来属于她的位置。如果这事发生在干阐镇，我肯定会打得她满地找牙。她的手指死掐着我的皮肉，如果让她掐出了血，红色的血，那么我们的游戏就会立马结束，连开始的机会都没有。但她只是掐破了皮就罢手了，留下的伤痕恰是侍女们能遮得住的。

"别挡我的道，否则让你生不如死，闪电女孩。"闪电女孩。这个绰号已经让我烦忧不已了。

为了强调她的话，她手上原本光滑的金属手环变成了一圈锋利的尖刺，每一个尖角都闪着寒光，伺机伤人。我重重地咽了下口水，努力静止不动。但她迅速地恢复原状，把手放回膝盖上，又是一副端庄娴静的银血族少女的模样。如果有人讨打、活该横遭肘击，那一定是伊万杰琳·萨默斯。

我飞快地扫了眼四周，发现整个厅堂陷入一片愁云惨雾，有些姑娘含着泪，冲着伊万杰琳、甚至也冲着我鹬视狼顾。她们从小到大可能就是为了等待这一天，却只等来了失败。我真想把我的未婚夫拱手奉上，把她们如此渴望得到的拱手奉上。但是不行。我必须欢欣愉悦，必须假装欢欣愉悦。

"在这个美妙而幸福的日子里，"提比利亚国王完全无视四下的气氛，"我必须提醒各位我们这一决议的理由。萨默斯家族与我儿的结合，以及其子嗣所继的强大力量，将有助于领导我们的国家。诸位都很清楚我们王国目前的危急形势，不但北方战事未平，愚蠢的叛乱者又与我们的生活方式作对，妄图从内部瓦解我们。红血卫队虽然看似微不足道，但他们代表着我们红血族兄弟的危险苗头。"在座的不少人——包括我，对"兄弟"二字嗤之以鼻。

微不足道。那么他们何以需要我？如果红血卫队根本不值一提，他们又要我做什么？国王是个骗子。但他到底在掩藏什么，我还不太清楚。也许是红血卫队的强大，也许是我。

也许二者兼而有之。

"这股反叛的势头如不加以遏制，"国王继续说，"将以血流成河、国家分裂收场，这是我绝不能忍受的。我们必须保持各方平衡。为了我们所有人的利益，伊万杰琳和梅瑞娜也将助一臂之力。"

众人交头接耳，议论着国王的话。有些人点头赞同，有些人对选妃结果不满，但没有人表示异议，也没有人站起来发言——就算有人讲话也没人会听。

提比利亚国王微笑着低了低头。他赢了，正如他所预料。"要强大，要权力。"他又说道。这句箴言被他一遍又一遍地重复，每个人都跟着他一起说着。

我却如鲠在喉，这句话在我念来如同外语。卡尔俯视着我，看着我随同他人一起唱诵赞美这句话。在这一刻，我真恨自己。

"要强大，要权力。"

我勉强撑过了宴会，看着一切却什么都没有入眼，听着一切却什么都没有入耳。就算是食物，比我所曾见的多得多的食物，吃起来也是味同嚼蜡。我应该把嘴巴塞满，享用可能是这辈子最好的一顿盛宴，但我做不到。梅温向我低声讲话的时候，我甚至都无法出声。

"你做的不错。"他的声音听起来平静而笃定。梅温像他哥哥一样，也戴着能制造出烈焰的金属手环。这提醒了我他的身份——有超能力的、危险的、燃火者、银血族。

坐在水晶桌子旁边，喝着起泡的金色饮料，我的脑袋一阵眩晕，觉得自己就像个叛徒。老爸老妈今晚吃什么？他们知道我在哪儿吗？老妈是不是坐在门廊上，等着我回家？

而我却深陷在这儿，屋里的每个人一旦知道真相都能杀掉我。至于王室，更是随时都能处置我，而且在某天他们确实会那么做。他们会揭露我，说我是梅儿不是梅瑞娜，说我是窃取王冠的贼，说我假名托姓，说我以红血之身冒银血之名。今天早上我还是个奴仆，晚上却成了王妃。还有多少变数？我还会失去什么？

"喝得够多了。"梅温的声音潜过了宴会的喧闹。他拿走我手里花哨的高脚杯，代之以一杯水。

"我喜欢喝那个。"不过我还是灌下一整杯水，感觉脑袋清醒多了。

梅温耸耸肩："你会感谢我的。"

"感谢你。"我咬牙切齿，极尽讥讽之能事。我还记得今早他看我的样子，就好像我是他鞋底的一块泥，应该被抠下来甩掉似的。但现在他的目光温和了，也平静了，更像卡尔了。

"对于之前的事，我向你道歉，梅瑞娜。"

我的名字是梅儿。但我说出来的却是："你当然应该道歉。"

"真的。"他说着向我靠了靠。我们比邻而坐，和其他王室成员一起，座席更高一层。"那个只是——通常年少的王子选择更多，比如不用当王储之类的。"他惨兮兮地挤出一个笑容。

噢。"我不懂那些。"我回答道，其实也不知道说什么才好。我应该为他感到遗憾，但我也不能接受自己对一位王子心怀同情。

"是啊，你不懂。这不是你的错。"他说。

他扭头看了看宴会大厅，目光就像一条鱼线似的抛了出去。我很好奇他在找谁。"她在这儿吗？"我小声说道，努力表达些许歉意，"你原本想要选的那个女孩？"

他犹豫片刻，摇了摇头："不，我心里并没有什么人选。但是有的可选总是更好点儿，你明白吧？"

不，我不明白。选择于我而言是奢侈品，现在没有，以前也不曾有过。

"我和我哥哥不一样。他从小就知道，自己的未来永远都是身不由己。现在我算是感同身受了。"

"你和你的哥哥已经拥有一切了，梅温王子。"我热切地低语，听起来像一段祝祷，"你生在王宫里，有的是优势，还身怀超能力。你不知道被那东西打断牙齿有多痛——相信我,痛得要命。所以,如果我不为你们二位感到遗憾,也请原谅我。"

又来了,脑袋怎么想嘴巴就怎么说。我喝掉杯子里的水,试图安抚一下坏脾气,而梅温只是看着我,神色清冷。但是那道冰墙正在消融,让他的眼神变得柔和。

"你说的对,梅儿,不该有人为我感到遗憾。"我能听到他声音里的苦涩。他向卡尔投去一瞥,这让我不禁打了个寒噤。他的哥哥正像太阳似的闪着光,和他们的父亲谈笑风生。回过头来的时候,梅温勉强笑了笑,但是他的眼睛里竟然含着悲伤,很是令我吃惊。

面对这位被遗忘的王子,我的心里有一瞬间闪过同情。我已尽力但还是无法忽略这感觉。可是当我想起他是谁、我是谁,同情便消失殆尽了。

作为置身于银血族汪洋中的红血族女孩,我无力承担对任何人的同情,尤其是恶狼之子。

RED QUEEN

第十一章

宴席将近尾声，众人向着王室的座席举杯，轮流敬酒致意。穿得五颜六色的王公贵妇们都努力以最得体的姿态极尽讨好之能事。我必须尽快把他们记清楚：哪个家族穿什么颜色，哪个人又是哪个家族的。梅温在我耳边低声叨叨着那些人的名字，可我大概第二天就会忘个干净。一开始这些事听起来烦人，但很快我就发现自己开始往心里去了。

萨默斯勋爵最后一个敬酒，他一站起来，整个屋子里就一片静默。这个人不怒自威，即使是在极权阶层。他身着简洁的黑色长袍，上面只有银色条纹点缀，也没戴昂贵的珠宝或是勋章以自抬身价，但尽管如此，他强大而威严的气场还是显而易见。不用梅温说，我就知道他是所有贵族中地位最高的，每个人都对他心怀敬畏。

"沃洛·萨默斯，"梅温低语道，"萨默斯家族的族长，他掌握着铁矿，战场上的每一支枪都要经他的手。"

那么他就不只是个贵族，他的位高权重并非仅来自头衔。

沃洛的敬酒词简短且直中要害。"致敬我的女儿，"他的声音低沉、坚定、极其强势，"致敬未来的王后。"

"致敬！伊万杰琳！"托勒密大喊着跳起来，站在他父亲旁边，环顾四周，用眼神警示着某些人。有几位脸上的表情就不大好看，甚至恼羞成怒。但最后他们还是和其他人一样，举起了杯子，为新王妃致敬。他们手里的玻璃酒杯反射着灯光，就像神手里的星星。

沃洛结束敬酒后，伊拉王后和提比利亚国王站了起来，冲着满座宾朋微笑。卡尔也站了起来，接着是伊万杰琳，然后是梅温，傻了一秒之后，我也站起来了。王宫贵族们全都忙着起身，椅子蹭着大理石地面的声音就像指甲刮着石头。国王和王后微微点头，以示谢意，之后就走下了王室的高层座席。结束了。我撑过了第一晚。

卡尔牵起伊万杰琳的手，领着她紧随国王、王后之后，我和梅温则走在最后。拉起手的时候，他皮肤上的寒意令我惊异。

银血贵族们向两边闪开，静静地看着我们走过。他们的脸上有好奇，有狡诈，还有残忍，而每一张假笑的背后，都在提醒着我：他们盯着呢。每一道扫向我的目光都在搜寻着破绽和缺陷，这让我别扭极了，可是又必须绷住。

我可不能滑倒，现在不能，以后也永远不能。我是他们中的一员了。我是如此特别，是个意外，是个谎言。而我能不能活下去，取决于这场戏能不能演下去。

梅温的手指用力拉紧了我，让我往前走。"快结束了，"他低声说，我们向大厅的尽头靠近，"就快到了。"

宴会被抛在后头，压抑的窒息感总算消散了。但还有那些摄像机呢，它们的"电眼"追踪着我们。我越是在意它们，它们扫视就越密集，电流就越大，以至于我还没看见它们在哪儿，就先感受到了它们。也许我的

"身份"就是附带着这些副作用，也许这只是因为之前的摄像机还没这么多，也许所有人都能感受得到。或者，也许我哪里有点儿怪。

来到走廊上，一队禁卫军守候在那里，等着送我们上楼。可是，这些人能面临什么危险啊？卡尔、梅温、国王能控制火，王后能控制你的意识，他们到底有什么好怕的？

我们将揭竿而起，血红如同黎明。法莱的声音，哥哥信里的字句，红血卫队的信仰，我又想起了这些。他们已经袭击了首都，下一个目标就是这里了。

我就是个靶子。法莱会拖着我录制下一个蒙面视频，向全世界揭露我的真面目，以瓦解银血族。她会说："看看他们的谎言，看看这个弥天大谎。"然后把我的脸撞向摄影机，让所有人都看看流出来的血，到底是什么颜色。

我脑海里的各种想法越来越疯狂，一个比一个更恐怖，更离奇。只一天，这个地方就把我弄疯了。

走到寝宫一层时，伊拉王后突兀地把手从国王胳膊下抽了回来，但国王全不在意。"把小姐们送到卧室去。"

她的命令没有明确针对谁，但四名禁卫军从队伍中站了出来，黑色面具背后眼神闪烁。

"我来吧。"卡尔和梅温异口同声。他俩互相看了一眼，自己也吓了一跳。

伊拉王后扬起眉毛："那可不太得体。"

"我送梅瑞娜，小梅送伊万杰琳。"卡尔迅速地回应道，梅温则因为被叫了小名而咬起了嘴唇。小梅，也许这是孩提时代卡尔对弟弟的称呼，如今却变成了一根刺，变成了总是在哥哥的阴影里、总是位列第二的梅温的代号。

国王耸耸肩膀："让他们去吧，伊拉。姑娘们需要睡个好觉，禁卫军可是会让他们做噩梦的。"他嘎嘎笑起来，玩笑似的冲着禁卫军点点头。但那些禁卫军全无回应，安静地站着，像石头一样。我猜他们是不是根本不允许讲话。

紧张寂静的片刻之后，伊拉王后转过身："好吧。"像所有妻子一样，她也讨厌丈夫的挑衅，而如同所有王后一样，她也憎恨国王的权力大过自己。真是糟糕的结合。

"去睡吧。"国王的声音更有力，更具权威。禁卫军跟随在他身后，护送他向着和妻子相反的方向走去。我猜他俩并不同床共枕，这倒也是意料之中的事。

"我的房间到底在哪？"伊万杰琳瞪着梅温问道。羞涩的未来王后转眼不见了，取而代之的是我所认识的犀利女魔头。

梅温被噎了个跟头："呃，这边，小姐——啊不，太太——呃，女士。"他向她弯起胳膊，可她一阵风地朝前走去。"晚安，卡尔，梅瑞娜。"梅温轻叹着朝我看了一眼。

我只能冲着这位一直退让的王子点点头。我的未婚夫。这几个字简直让我想吐。尽管他看起来有礼又和善，但他是银血族，而且是伊拉王后的儿子——这更糟。他的微笑和善意的话语，全都无法遮掩这一点。卡尔也是半斤八两，他生来就是要继任统治的，就是要把血族分化延续到永远的。

他看着伊万杰琳离开，他盯着她退下的方式让我莫名地觉得厌恶。

"你挑了个真正的胜利者。"一走到她耳力不及的地方我就低声咕哝。

卡尔的嘴角向下一抽，笑容立刻消失了。他朝着我的房间走去，登上了旋转的楼梯。我得很努力地迈着小短腿才能赶上他的大步流星，但他似乎沉浸在思考中，完全没注意到。

最后他转过身来，眼神像是燃烧的炭火："我什么都没挑，人尽皆知。"

"至少你知道这事会发生，可我今早起床的时候还连男朋友都没有呢。"卡尔被我的话击中了，退缩了，但我不在乎，我才管不着他的自怜。"而且你也知道'将来会成为国王'这件事。这一定让你提气不少。"

他自顾自地咯咯发声，但那并不是在笑。他的眼神黯淡下来，往前一步，从头到脚地把我打量了一遍。他并非在品头论足，反而神色伤感。他的眼睛犹如金红色的深渊，满含着沉沉的悲哀，就像一个迷了路的小男孩在寻找着什么人来救他。

就这么待了好一阵子，弄得我都心跳过速了，终于他开口说："你和梅温很像。"

"你是指对陌生人很热情吗？那我们倒确实相像。"

"你们都很聪明。"我听了忍不住冷哼一声：卡尔一定不知道，我连初二的数学考试都搞不定。"你了解人心，你懂得他们，能看透他们。"他说。

"嗯，昨天晚上我就是这么做的。其实我早就知道你是王储了。"我仍然无法相信，只是昨晚到现在，一夕之间什么都变了。"你知道我不属于这里。"

他的伤感蔓延着，传递来一股痛感："这一点你和我倒是感同身受。"

突然，宫殿不那么漂亮也不那么华丽了。坚硬的金属和石头变得太过尖利，太过刺眼，极其不自然地包围着我。在它们之下，摄像机的电流又嗡嗡嗡地响了起来。那甚至不能算是声音，而是在我皮肤之下、骨髓之内、血液之中的一种感觉。我的思绪被电流牵动着，犹如本能。停下来。我对自己说，停下来。胳膊上的汗毛竖起来了，皮肤之下有什么在吱吱作响，像是某种正在裂变的、我不能控制的能量。它们又来了，现在，真是怕什么来什么。

但这种感觉来得迅猛，去得也快，电流转弱，世界又恢复正常了。

"你还好吗？"卡尔看着我，满脸疑惑。

"对不起，"我含混不清地摇摇头，"只是在思考。"

他点点头，看起来面带歉意："是关于你的家人吗？"

这个词像一记耳光。在过去的几小时里，我根本没想过他们。这太让我难受了。只是几小时的绫罗华服和王室特权就已经改变了我。

"我已经向你的哥哥和朋友发出了兵役解除令，也派了官员到你家去，告诉你父母你在哪里。"卡尔继续说，以为这些话能让我平静下来，"但是，我们不能把所有事都告诉他们。"

我都能想象得到那一幕。哦，二位，你们的女儿现在是银血族，并且要嫁给王子了。你们以后再也不能见到她，但我们会掏些钱作为补偿的。挺划算的是不是？

"他们知道你在为我们工作，必须住在这里，但他们仍然以为你是仆人——至少现在是这么以为的。当你的生活渐渐公之于众时，我们就得想个别的说辞了。"

"我能给他们写信吗？"在那些黑暗的日子里，谢德的信是全家唯一的亮点。说不定我的信也是。

但是卡尔摇摇头："很抱歉，那是绝对不行的。"

"我想也是。"

他把我带到房间里，这个地方让我一下子又感觉到了电流。我想是因为那些动作感应灯。就像在走廊上那样，我的感官再次变得敏感起来，所有带电的物件都让我觉得自己的意识正在燃烧奔流。我立即判断出房间里至少有四台摄像机，正是它们让我浑身难受。

"这么做是为了保护你，万一有人截住了信件，发现你其实是——"

"这里的摄像机也是为了保护我吗？"我指着墙壁问道。那些摄像机剖开了我的皮肤，扫视着我的每一分每一寸。这让人发疯，要是再这么过一天，我真不知道自己还能不能撑得下去。"我被困在这噩梦一样的宫殿里，四周都是围墙、警卫，还有随时能把我撕烂的人。就算在我自己的房间里也不让我安宁片刻。"

卡尔没有反驳我，反而十分困惑。他看了看四周，墙壁上空无一物，但他一定也能感受得到。怎么会有人对这些逼视的电眼无动于衷呢？

"梅儿，这里没有摄像机。"

我不屑地冲他摆摆手，电流仍然刺痛着我的皮肤呢。"别哄我，我能感觉到它们。"

但他更茫然了："感觉到它们？这是什么意思？"

"我——"话没说出来，我已经意识到了：他感觉不到。他甚至不明白我到底在说什么。如果他对此一无所知，我又该怎么跟他解释呢？我要怎么告诉他，空气里的电能如同脉搏跳动？如同另一个我？如同另一种感官？他能听得懂？

有人能听得懂？

"这个——不正常吗？"我问。

他犹豫了一下，眼睛里闪过一丝异样，搜寻着合适措辞，好告诉我我是如何特别——即便在银血族之中，我也与众不同。

"据我所知，并不。"他终于说道。

我声如蚊呐，连自己都快听不见了："我觉得我身上已经没什么正常的了。"

他张了张嘴，想要说些什么，但最终还是没说。不管他说什么都不会让我感觉安慰，对于我，他根本没什么能做的。

在童话里，灰姑娘变成公主的时候总会微笑，但此刻，我不知道以后还能否笑得出来。

RED QUEEN

第十二章

你的作息如下：7：30，早餐；8：00，礼法；11：30，午宴；13：00，课程；18：00，晚餐。卢卡斯会全程护送。此作息不接受任何协商。米兰德斯的伊拉王后殿下。

字条简洁明了，毫无冒犯意味。想到以前上学时的糟糕模样，我的思绪深深陷入了对那五小时的课程的忧虑中。我抱怨着长叹一声，把字条往后丢到了床头柜上。它静静躺在一片晨曦之中，对我冷嘲热讽。

像昨天一样，那三个侍女飘了进来，安静得活像耳语者。十五分钟之后，我被塞进一条紧身皮质打底裤，裹上一条直筒长袍，还穿戴上其他奇怪且毫不实用的衣服。最后，这趟"奇幻衣橱之旅"总算停在了最简朴的一站：有弹性且挺括的黑色长裤，缀着银纽扣的紫色夹克，还有一双锃亮的灰色靴子。除了有光泽的头发和暂时伪装油彩一样的化妆品，我差不多又是原来的样子了。

卢卡斯等在门外，一只脚在石头地面上打着拍子。"超过预定时间表一分钟。"他刚说完这句话我就站在了大厅里。

"你每天都要像看孩子一样跟着我吗？还是只要我学会这些就告一段落？"

他跟上我的步子，温和地帮我指着方向："你认为呢？"

"为我们悠长而欢乐的友谊干杯，萨默斯军官。"

"您也是，小姐。"

"别那么叫我。"

"这可不由你，小姐。"

和昨天晚上的盛大宴会相比，今天的早餐可谓乏善可陈，"小餐室"还是很大，有着高高的天花板，能看见河流的窗子。但长桌上只摆了三份餐具——很不幸，另外两人是伊拉王后和伊万杰琳。我蹭进来的时候，她们已经开始吃碗里的水果了。王后瞥都不瞥我一眼，但伊万杰琳恶狠狠的眼神也已经足够代表她俩了。阳光反射着她的金属衣服，让她犹如闪亮的星星。

"你得快点儿吃，"伊拉王后头也不抬地说，"博洛诺斯夫人可忍不了拖拖拉拉。"

伊万杰琳坐在我对面，捂着嘴笑道："你还在学礼法课？"

"你是说你不用？"当我明白不用和她坐在一起上课的时候，心跳都漏了一拍，"太好了。"

伊万杰琳哼了一声，反击道："只有小孩才学礼法。"

令我吃惊的是，王后竟然站在我这边。"梅瑞娜在艰苦的环境中长大，对我们的生活方式、对她所要满足的期许还一无所知。想必你对此十分清楚，伊万杰琳？"

这几句训示既冷静又平和，但震慑力十足。伊万杰琳马上就不笑了，她点点头，不敢看王后的眼睛。

"今天的午宴在玻璃露台举行，出席的还有那些参加选妃大典的女孩和她们的母亲，别一脸幸灾乐祸。"王后补充道。显然这不是说我，伊万杰琳的脸则一下子煞白。

"她们还在这儿？"我问，"即使——没中选？"

伊拉王后点头说道："我们的宾客会在这里住几个星期，向王子和他们的未婚妻致敬，直到舞会之后才会离开。"

我的心一直往下掉，砸到脚指头又弹了回来——还有那么多夜晚都会像昨晚一样啊，被逼迫的人群和上千只眼睛盯着。他们还会发问，而我不得不答："真不错。"

"舞会之后，我们会和她们一起离开这里，"王后手里转着刀子，"回首都。"

首都。阿尔贡。我知道每当夏天步入尾声，王室成员都会回到白焰宫去，现在我也得去。我会被迫离开，然后这个难以理解的世界将会成为我唯一赖以生存的现实。你已经知道这个了。我对自己说。你已经同意了。但痛苦丝毫没有减轻。

我逃回大厅的时候，卢卡斯领着我沿着长廊走，边走边冲我笑道："你是往自己脸上扔了个西瓜吗？"

"当然如此。"我嘀咕着，用袖子擦了擦嘴。

"博洛诺斯夫人就在那里。"他指着大厅的尽头。

"她有什么传奇吗？她会飞，还是耳朵里能开出花儿？"

卢卡斯笑开了，顺着我说："都不是。她是个愈疗者。愈疗者有两种，血液愈疗者和皮肤愈疗者。博洛诺斯家族的所有人都是血液愈疗者，也就是说，他们可以自愈。如果我把她从这大殿尖儿上扔下去，她不会有丝毫擦伤，站起来就能走开。"

我倒很想看看这试验，不过我没说出来："我从没听说过血液愈疗者。"

"你当然不会听说，因为他们从不参加角斗比赛，看他们表演这些毫无意义。"

哇哦！所以这是一个难得一见的银血族。"那，如果我弄出什么，呃，小插曲——"

卢卡斯更温和了，他明白我想说什么："她会没事的，不过，至于那些窗帘——"

"所以他们才选了她来教我。因为我很危险。"

卢卡斯却摇摇头说："提坦诺斯小姐，他们选了她来教你，是因为你的举止实在太糟，而且吃饭像狗一样。贝丝·博洛诺斯是要教你如何做一位淑女，就算你把她点着了几次，也不会有人怪你。"

如何做一位淑女……太可怕了。

他用指关节敲了敲门，吓了我一跳。门寂静无声地打开了，是一间洒满阳光的屋子。

"我会回来送你去午宴。"他说。我一动不动，脚好像长在地板上了。但卢卡斯一把就把我推进了这吓人的屋子。

门在我背后关上了，挡住了大厅和能令我冷静的一切事物。这屋子还好，只是空荡荡的，只有墙壁和窗子。但摄像机、光、电的嗡鸣声非常强烈，它们的能量几乎要点燃我周围的空气。我想王后一定在监视着，等着嘲笑我努力学习言行得体的样子。

"有人吗？"我期待能听到回答。但是没有。

我走到窗前，望向外面的庭院。令我惊讶的是，那并不是另一座漂亮的花园。窗子不是对着外面的，而是正对着下面巨大的白色房间。

我往下看着地面，那儿立着很多层墙壁，外层是一条环形轨道，中间有一个奇怪的机器，伸着两只金属触手，一圈圈地转个不停。身着制服的男男女女，正躲避着不停扇过来的触手。机器越转越快，被撂倒的人越来越多，最后只剩下了两个。他们敏捷灵巧，上下翻飞，动作迅速而优雅。机器一圈圈地不停加速，终于渐渐慢了下来，停住了。他们赢了它。

这一定是某种训练，训练警卫和禁卫军的。

当那两个受训者往射击训练场走的时候，我却意识到他们根本就不是警卫。他们向半空中射出一个个亮红色的火球，把那些忽上忽下的靶子轰得粉碎。他们都是完美的射手，即使是站在这房间里，我也认得出那样的微笑——卡尔和梅温。

那么，这就是他们在这里每日所做的事情。不是学习统治国家，学习做国王，学习做个称职的领主，而是为了战争而受训。卡尔和梅温是令人胆战心惊的生物，是战士，但他们的战场不在前线，在这里，在王宫里，在电视节目中，在他们所统治的每个人的心里。他们的统治，并非仅仅来自王冠之下的权力，更来自强大的力量。要强大，要权力。这是所有银血族所尊崇的信仰，也是他们奴役其他人的资本。伊万杰琳站在旁边，靶子飞过时，她便射出薄而锋利的金属飞镖，把它们一个一个劈下去。难怪她会为了礼法课而嘲笑我——当我学习如何得体地吃饭时，她正在学习杀戮。

"表演好看吗，梅瑞娜小姐？"一个声音在背后响起。我转过身，觉得神经一阵发麻，眼前所见让我无法冷静。

博洛诺斯夫人诡状殊形，我使尽全力才没让下巴掉下来。血液愈疗者，可以治愈自己。现在我算是知道那是什么意思了。

她的年纪一定过了五十岁，比我老妈大，但她的皮肤极其光滑，紧紧地包覆在骨头上。她鬓发全白，往后梳着大背头，光溜溜的额头上一条皱纹都没有，浮着两条眉毛，看起来异常突兀。超级厚的嘴唇，尖尖的角度怪异的鼻子，她浑身上下哪儿都不对劲。只有一双灰色的眼睛看起来有点儿活力，至于其他地方嘛，我猜是假的。大概她就是这样"治愈"自己的，把自己变成这副鬼样子，可以看上去更年轻，更漂亮，更好一点儿。

"抱歉，"我勉强说道，"我进来的时候你不——"

"让我看看，"她打断我，已是恨意满满，"你的站姿就像暴风雨里的树。"

她抓住我的肩膀，把它们往后拉，迫使我站得直挺挺的："我是贝丝·博洛诺斯，来教你怎么做个淑女。有朝一日你会成为王妃，我们不能让你像个野人一样，对吧？"

野人。有那么灵光闪现的一瞬间，我想对着这位蠢到家的博洛诺斯夫人啐她一脸。但那能给我换来什么？又会如何收场？那只会证明她的话是对的。而最糟糕的是，我意识到自己需要她。她的训练课程能让我免于打滑摔跤，还能让我——活着。

"是的，"我的声音如同罩了个空洞的壳子，"不能像个野人。"

三小时又三十分钟之后，我总算从博洛诺斯夫人的爪子里解脱出来，重回卢卡斯的护卫之下。这礼法课要学习怎么坐，怎么站，怎么走路，怎么睡觉（平躺着，胳膊放在两侧，一动不动），让我的背痛得要命。但和那些让我吃够苦头的精神训练相比，这些就全都不是事了。她往我的脑袋里灌输宫廷风范，把那些人名、礼仪、规矩一股脑儿地塞进去。这几小时就是一节速成课，我应该知道的一切的一切都在其中。贵族豪门的等级阶层渐渐清晰起来，但我肯定会在不知哪天把什么又弄混了。这才仅仅是宫廷礼节的冰山一角，不过在王后的愚蠢功能这方面，我倒是对她们如何行止有了点儿概念。

玻璃露台相对比较近，只需要下一层楼，再穿过一座大厅。所以我只有很少的时间收敛心神，再次面对伊拉王后和伊万杰琳。这一次步入门廊时，迎接我的是令人心旷神怡的清新空气。这是我第一次以梅瑞娜之名来到户外，但沁人心脾的风、扑面而来的阳光，又让我觉得自己更像梅儿。如果闭上眼睛，这一切就像从未发生过。但它发生了。

博洛诺斯的教室有多空荡荡，玻璃露台就有多华丽丽。这里就像它的名字一样，玻璃篷盖延展舒张，由晶莹剔透、精雕细刻的柱子支撑着，将阳光散射成无数舞动的色彩，配着那些到处逛游的女宾正合适。从艺术的角度来说，它确实美轮美奂，像银血族世界的所有事物一样。

我还没来得及喘口气，两个女孩就走到了面前。她们的笑容又假又冷，眼神也是。根据她们裙袍的颜色（一个是深蓝和红色，另一个是纯黑色），她们分别属于艾若家族和哈文家族。闪锦人和荫翳人，我记起了博洛诺斯课上提过的那些异能。

"梅瑞娜小姐。"她俩同时说道，并僵硬地鞠了一躬。我像博洛诺斯夫人示范的那样微微颔首。

"我是艾若家族的桑娅。"其中一个女孩说着高傲地仰起头。她的动作很轻盈，像猫一样。闪锦人动起来快且无声，平衡且机敏，完美。

"我是哈文家族的伊兰。"另一个女孩的声音很轻，就像悄悄话。艾若家的那位姑娘皮肤黝黑，一头黑发，而伊兰肤色白皙，有一头闪耀的红色鬈发。跳跃的阳光映着她的皮肤，宛若一圈光环，让她看起来完美无瑕。荫翳人，能将光线弯曲折绕。"我们向你表示欢迎。"

但她们尖刻的微笑和眯缝的眼睛可没有什么欢迎的意思。

"谢谢你们的好意。"我清了清嗓子，尽量让声音听起来正常，但她俩没放过这个小动作，彼此交换了眼神。"你们也参加了选妃大典？"我飞快地问，希望她们能别纠结在我可怜的社交礼仪上。

可是这话似乎激怒了她们。桑娅抱着胳膊，亮出银灰色的锋利指甲。"参加了。但显然没有你和伊万杰琳那么好运气。"

"抱歉——"话一出口就收不回来了，梅瑞娜可是不能道歉的。"我的意思是，你们知道我无意——"

"你的意图我们拭目以待。"桑娅咕噜咕噜地说着，更像一只猫了。她转过身，打了个响指，指甲简直能把她自己的手指头割成片，我不禁缩了缩身子。"祖母，快来见见梅瑞娜小姐。"

祖母。我松了一口气，指望着一位和蔼的老太太蹒跚而来，把我从这些咄咄逼人的女孩中间解救出来。但我大错特错了。

那并不是什么干瘪的老太婆，而是一位披挂着钢铁和暗影的令人敬畏的女人。她像桑娅一样有着深棕色的皮肤和黑色的头发，只不过她的短发里夹杂着些许银丝。尽管她年岁已高，褐色的眼睛里仍然生气勃勃。

"梅瑞娜小姐，这是我的祖母，艾若家族的族长，艾尔拉夫人。"桑娅一边介绍，一边刻薄地假笑。那位上了岁数的女人则看着我，那凝视的目光直刺向我，比任何一架摄像机都让我难受。"也许你知道她是'黑豹'的一员？"

"黑豹？我不——"

但桑娅似乎乐于看我发窘，自顾自地继续说道："很多年以前，战事平缓的时候，情报组织要比当兵的重要得多。'黑豹'就是所有情报组织中最厉害的一个。"

间谍。我正站在一个间谍面前。

我强迫自己微笑，试图掩盖住恐惧，但手心里冒出了汗，真希望这会儿不用跟谁握手。"很荣幸认识您，夫人。"

艾尔拉只是点点头："我认识你的父亲，还有母亲。"

"我非常想念他们。"我答道，想用这话跟她和解。

这位"黑豹"却一脸困惑，偏了偏头。刹那间，我在她眼睛里看到了成千上万的秘密——在战争阴云中得来不易的秘密。"你记得他们？"她向我的谎言发起进攻。

我噎住了，但必须继续说话，继续说谎："不记得。但我很想念拥有双亲的感觉。"老爸和老妈出现在脑海中，但我把他们推开了。身为红血族的过往，是我绝对不能再去想的。"我希望他们能在这里，帮助我了解这一切。"

"唔……"她继续研究着，那怀疑和探究让我想从这阳台上跳下去。"你父亲的眼睛是蓝色的，你母亲的也是。"

而我的眼睛是褐色的。"我确实有很多地方与众不同，我自己也弄不清到底为什么。"除此之外我再没什么能说的了，但愿这样解释就够了。

王后的声音突然响了起来，第一次成了我的救星。"我们坐下好吗，女士们？"她的声音回荡在宾客之间。这足以让我躲开艾尔拉、桑娅，还有沉默的伊兰，到我自己的座位上去喘口气了。

进行到一半时，我重新冷静下来。我和每个人都得体地打过了招呼，并且一如指示，尽可能地少说话。伊万杰琳一个人就能顶上我俩该说的话了，她对那些女宾诉说着她对卡尔的"不朽的爱"，以及雀屏中选的万分荣耀。我觉得那些参加选妃大典的姑娘应该联合起来把她宰了，可她们没有，这真让我失望。看起来只有艾若家族的老祖母和桑娅注意到我还在一旁待着，不过她们没有继续审我——当然，她们很想那么做。

当梅温出现在露台一角时，我飘飘然觉得这场午宴的救星总算到了，以至于都没顾上讨厌他。好吧，我确实放松了一点儿，生冷的言行也软化了一点儿，真奇怪。他咧开嘴一笑，大步流星地冲我走来。

"还活着哪？"和艾尔拉相比，他就像只友好的小狗狗。

我忍不住笑起来："你们该把艾尔拉夫人送回湖境之地去，她一个礼拜就能让敌人投降。"

他干笑几声，说："她可是一柄战斧，真不知道她怎么不再上战场了。她对你刨根问底了？"

"更像审讯。我想她是恨我让她孙女出局了。"

梅温的眼睛里闪过一丝恐惧，我也心知肚明：如果那只"黑豹"嗅出了这把戏的蛛丝马迹……

"她不会介意那个的，"他低声说，"我会告知母亲，她会谨慎处理的。"

虽然我不想让他这么帮我，但我也想不出什么其他办法了。艾尔拉那样的人很容易就能找出我身世的破绽，那样的话一切就都玩儿完了。"谢谢，这很——很有帮助。"

梅温已经换下了制服，取而代之的是功能与形式并举、较为休闲的衣服。这让我略感轻松，至少有一个人不是那么一板一眼的。但我无法接受他所带来的安慰：他是他们中的一员，我不能忘记这个。

"你今天的事情完成了吗？"他的脸上浮起期待的微笑，"如果你愿意，我带你四处逛逛怎么样？"

"不。"我脱口而出。微笑消失了，可他皱眉的样子就像他的笑容一样让我心神不定。"接下来我还要上课。"我加上一句，希望这样的拒绝可以柔和点儿。我干吗要在意梅温的感受呢？真是不明白。"你老妈喜欢严守日程表。"我说。

他点点头，看起来好点儿了："她确实如此。好吧，我不缠着你了。"

他轻轻地拉了一下我的手，指尖曾经的凉意不见了，代之以令人愉悦的温暖。在我躲开他之前，他就离开了，只留下我一个人站在原地。

卢卡斯闪了进来，在别人发现之前给了我一点儿收敛心思的时间。"你要知道，一旦你真的心动了，我们会来得更快。"他说。

"闭嘴，卢卡斯。"

RED QUEEN

第十三章

我的下一位教官在一间塞满书的屋子里等着我。从地板到屋顶，我见所未见，甚至从没想过世界上会有如此之多的书存在。它们看上去老旧不堪，全无用处。尽管我对学校和各类书籍都没什么好感，但这些书令我颇为好奇。书封和内页是用一种我不认识的文字写的，看起来就像杂乱的符号，完全猜不出来。

像这些书一样令人着迷的，是沿着墙壁铺展开来的地图：整个王国的、其他地域的、古老的、崭新的……在远处的墙上，一道玻璃罩子后面，镶嵌着一张用碎纸片拼成的巨大彩色地图，它有两个我那么高，傲视着屋子里的一切。这地图已然褪色，多处修补过，红色的国境线和蓝色的海岸线、绿色的森林边界、黄色的城市轮廓混杂虬结在一起。那是旧世界，从前的世界，有着我们已久不使用的名称和疆域。

"看着世界曾经的模样，实在是种奇怪的感觉。"教官在书堆里现身了。他的黄色长袍颜色暗淡，满是岁月痕迹，看起来就像一张人形的旧书页。"你能找到我们此刻所在的地方吗？"

这地图的硕大尺寸让我倒抽了一口冷气，不过别的事物也都如此离奇，我肯定这也是个考验。"我试试看。"

诺尔塔在东北部，干阗镇比邻卡皮塔河，而卡皮塔河是入海的。经过好一阵痛苦的寻觅，我总算找到了卡皮塔河，以及我们镇子边的入海口。"在那儿。"我指了指略靠北的地方，夏宫应该就在那儿。

教官点点头，似乎很高兴我不是个彻头彻尾的傻瓜。"还能认出别的地方吗？"他问。

但是，地图也像那些书一样，写满了陌生的语言。"我不认识那些字。"

"我没问你认不认识那些字，"他回答道，仍然挺乐呵的，"再说，文字和语言是会撒谎的。别管它们。"

我耸耸肩，只好又看了起来。上学的时候我从来就不是个好学生，而这位很快也会发现这一点。不过出乎我意料的是，我还挺喜欢这个游戏：在地图上寻觅，找到我熟悉的参照物。"那个可能是哈伯湾。"我小声咕哝着，用手比画着那个钩状的岬角。

"正确。"他笑起来，眼睛周围的皱纹更深了，说明他年岁不小。"这个地方现在是德尔菲，"他指着更靠南的一个城市，"这儿是阿尔贡。"

他用手指沿着卡皮塔河往北指，几英里之外，就是这张地图上、就是那个从前的世界里，最大的城市——废墟之城。我从大孩子的悄悄话里、也从我哥哥谢德那儿听说过这个地方。他称之为尘霾地、残骸堆。看着那一大片土地，我的脊骨直发凉：一千多年前的战争所遗留下来的烟尘仍然笼罩着这些地方，那么如果现在的战争一直不停歇，我们的世界，是否最终也会变成这样？

教官站在我身后，任由我胡思乱想。他的教学方法可真够奇特的，没准儿我们可以这样盯着墙壁玩游戏耗完四小时的课程。

但是，我突然意识到房间里的嗡鸣在减少。今天一整天，我都能感觉到摄影机的电流，它们的声音大且持久，以至于我都不去注意了。但现在，我感觉不到它了。它消失了。我仍能感知到灯光带来的脉冲，但摄像机的电流不见了。没人监视了。在这里，王后看不到我。

"为什么没人监视我了？"

他只是冲我眨眨眼睛："这里就是不同嘛。"

我听不懂他的意思，这令我勃然大怒："为什么？"

"梅儿，我是来教你历史的，你自己的历史。我要教你如何当一个银血族，如何当个——啊，有用的人。"他说道，措辞十分酸楚。

我瞪着他，困惑不已，一股冰凉的恐惧感袭来："我的名字是梅瑞娜。"

但他只是摆摆手，完全没理睬我心虚的自我声明："我也要试着研究你到底从何而来，以及你的超能力究竟是如何运转的。"

"我的超能力是因为——因为我是银血族。我父母的超能力混合起来了——我父亲是个湮灭者，母亲是个风暴者。"我磕磕巴巴地背完了王后教给我的话，想让他听明白，"我是个银血族，先生。"

令我大为惊恐的是，他摇了摇头说道："不，你不是银血族。梅儿·巴罗，你绝不会忘记这一点。"

他知道了。我完蛋了。一切都完了。我应该求他，求他保守我的秘密，但我的嗓子眼儿堵住了，什么都说不出来。结局就在眼前，可我竟然都张不开嘴阻止它。

"你不必如此，"他注意到了我的恐惧，"我并不打算向任何人质疑你的继承权。"

轻松感转瞬即逝，我的恐惧滑向了另一个方向："为什么？你想从我身上得到什么？"

"我嘛，首先是个好奇的人。选妃大典开始时你还是个红血族仆人，可仪典结束时你成了遗落他乡的银血贵族小姐。不得不说，我真是太好奇了。"

"所以这儿没有摄影机？"我全身戒备，往后退了几步，握紧拳头，希望闪电能出现保护我。"所以你检查我都不必记录在案？"

"这儿没有摄影机，因为我有能力把它们关掉。"

一丝希望照亮了我，就像全然的黑暗里射进了一道光。"你的能力是什么？"我哆哆嗦嗦地问道。也许他喜欢我。

"梅儿，当银血族使用'能力（Power）'这个词时，他们表达的是'强势''权力'的意思。至于'本事（Ability）'，指的才是那些我们常做的傻乎乎的小把戏。"傻乎乎的小把戏——比如把一个人撕成两半，或是让他在广场上淹死。"我的意思是，我妹妹曾经是王后，至今仍然有她的地位。"他补充说。

"博洛诺斯夫人没教过我这个。"

他自顾自地笑了起来："那是因为博洛诺斯夫人教你的都是些无用之物，而我却不会那么做。"

"呃，既然你妹妹曾经是王后，那么你就是——"

"朱利安·雅各，乐意为您效劳，"他逗趣地深深鞠了一躬，"雅各家族族长，除了一堆旧书以外什么都没继承。我妹妹是上一任王后柯丽，而王储提比利亚七世，也就是卡尔，是我的外甥。"

他这么一说，我倒发现了一些相像之处。卡尔的肤色和发色继承自父亲，但平易的神情、眼底的温暖，一定来自他的母亲。

"所以，你不是王后派来的，要拿我做什么科学实验了？"我仍然很谨慎。

朱利安丝毫没觉得被冒犯，反而笑得更大声了："我亲爱的，王后恨不得你就此消失呢。让你了解自己，让你理解这一切，是她最不想做的。"

"你却要这么做？"

他的眼睛里闪过些什么，也许是愤怒："王后的爪子伸不了那么长，她无法控制你思考什么。我想弄清楚你究竟是什么，而且我相信你自己也想知道。"

刚才我还怕得要死，现在却已经全然被迷住了："是的，我想知道。"

"正合我意，"他越过书堆冲我笑道，"但不得不说，我也得做那些他们安排的事，为你面向大众的那天做准备。"

我垂下头，想起了卡尔那天在正殿里说的话。你将是他们拥戴的人，一个红血族抚养长大的银血族。"他们想用我来平息叛乱，大概。"

"是的，我亲爱的妹夫和他的现任王后认为你可以——如果使用得当的话。"他的一字一句里都是苦楚。

"这是个馊主意，而且根本不可能奏效，他们想要的事情我全都做不到，然后……"我的声音弱掉了。然后他们就会杀了我。

朱利安知道我在想什么。"你错了，梅儿。你不了解你现在所拥有的能力，你不知道你能掌控什么。"他把双手背到背后，古怪地紧握着。"对大多数人来说，红血卫队来势汹汹，人多势众，席卷速度极快。但你是可控的变数，那些人愿意相信你。就像小火慢炖，你可以用几次演讲，几个微笑，瓦解掉一场革命。你可以对红血族发表讲话，说国王和银血族们是多么高贵，多么仁慈，多么正确。你还可以把你的父老乡亲劝回枷锁之中。即便是质疑国王、心怀困惑的银血族，也会相信你。然后一切就能维持原样了。"

他看起来十分沮丧，这令我很惊讶。房间里不再有摄像机的嗡嗡声，让我忘了自己的角色，脸上浮起冷笑。"难道你不希望这样？你是个银血族，你应该憎恨红血卫队——以及我。"

"认为所有银血族都是恶魔，就像认为所有红血族都低人一等一样，同样是不对的。"他的声音里透出威严,"从人性的最深层次来说,我的族人们对你和你的族人们所做的,确实是错误的。但压迫你们、把你们诱进贫穷和死亡的恶性循环,只是因为我们认为你们不同吗?事实并非如此。任何一个历史系的学生都能告诉你,这是为了终结贫穷。"

"可是我们的确不同,"在这个世界生活的一日已然教会了我,"你和我并不平等。"

朱利安弯下腰,盯着我:"我正看着的这位就是个佐证,证明你错了。"

你正看着的是个怪胎,朱利安。

"让我证明你是错的如何,梅儿?"

"那有什么好处?一切都不会改变。"

朱利安大为恼怒地叹了口气,把手胡乱插进他稀疏的栗色头发里:"几百年来,银血族在这片土地上行走,就像世间的神一般,而红血族只是他们脚下的蚂蚁,直到你出现。如果这还不算改变,我不知道还有什么是改变。"

"所以我要怎么做?"

日复一日,我按着日程表生活:上午学习礼法,下午上课,伊拉王后则在午餐和晚餐的时候随时抽检。那位"黑豹"和桑娅看上去仍对我心怀戒备,但在那天的午宴之后,她们再没对我说过什么话。梅温出手相助确实奏效,虽然我很不乐意承认这一点。

接下来的一次大的聚会在王后的私人餐厅举行,艾尔拉家的人完全漠视了我的存在。尽管在上礼法课,可午宴仍然让我难以招架,因为我总得努力回想博洛诺斯教我的那些东西。奥萨诺家族,水泉人,蓝色和绿色。威勒家族,万生人,绿色和金色。来洛兰家族,湮灭者,橙色和红色。罗翰波茨家族、泰尔斯家族、诺纳斯家族、艾若家族……怎么能有人对此条分缕析了如指掌，我真是百思不得其解。

像往常一样，我坐在伊万杰琳旁边，并且痛苦地发现桌上有很多金属餐具——在伊万杰琳残忍的手中，这些可都是能索命的武器。每次她举起刀子割向她的食物，我都浑身紧绷，像等着挨打似的。伊拉王后也像往常一样对此心知肚明，却仍然面带微笑地用她的餐。这比伊万杰琳的折磨还让我难受，因为她明摆着以旁观我们的无声战争为乐。

"你觉得映辉厅怎么样，提坦诺斯小姐？"坐在我对面的姑娘问道。阿塔拉，身着维佩尔家族的绿色和黑色衣服，选妃大殿上杀死鸽子的那个兽灵人就是她。"我猜，这一定比不上你曾经住过的那个——镇子。"她说出"镇子"二字时就仿佛那是一句诅咒，那假笑全落进我眼里了。

另一个女人和她一起笑了起来，四周一阵八卦中伤的窃窃私语。

我隔了几分钟才回答，因为我得先让快开锅的热血冷静一下。"映辉厅和夏宫都和我以前住的地方大不相同。"我勉强说道。

"这是显而易见的。"另一个女人向前倾着身子，加入到谈话中。从她绿色和金色相间的束腰长裙，我断定她是威勒家族的。"我曾经到卡皮塔河谷一带出游，不得不说，红血族的村镇真是惨不忍睹，他们连条像样的路都没有。"

我们吃都吃不饱，还修什么路。我紧紧绷住下巴，牙齿都快咬碎了。其他人纷纷附和，我努力想微笑，却比做鬼脸还难看。

"至于那些红血族嘛，我看以他们的能耐，现在这样已经是最好的了，"威勒家族的那个女人一边回想一边皱着鼻子，"他们就只配这样的生活。"

"他们生来就是奴仆，这可不是我们的错，"一个穿棕色袍子、罗翰波茨家族的女孩轻快地说道，仿佛谈论的不过是天气和餐点，"那是他们的本性。"

愤怒席卷而来，但王后投来的一瞥提醒我不能轻举妄动。我必须履行我的职责，我必须说谎。"确实如此。"我听见自己这么说。我的双手在桌子下面死死攥着，觉得心都要碎了。

整桌都听得十分专注。当我重复着、肯定着她们对我的族人的看法时，她们报之以更多微笑和点头，那一张张面孔简直让我想大喊大叫。

"当然。"我不受控地继续说道，"被迫过着那样的日子，不得停歇，不得喘息，不得逃脱，任何人都能变成奴仆。"

那些笑容消失了，慢慢变成了困惑。

"提坦诺斯小姐将受到最好的引导教育和帮助，以保证她适应新生活，"伊拉王后飞快地说，"她已经开始向博洛诺斯夫人学习了。"

那些女人颇为赞许地低语着，而女孩们则互相翻翻白眼。这点儿空当足够我重整心境、找回那可堪支撑我吃完饭的自控力了。

"国王陛下准备如何应对叛军？"一个女人问道。她粗哑的声音让席间一阵静默，转移了聚焦在我身上的注意力。

所有人都看着发问的那个女人。虽然也有不少女人身着军装，她的那身却佩着最多的奖章和绶带，闪耀夺目。她长着雀斑的脸上横亘一道丑陋的伤疤，说明那些嘉奖实至名归。在王宫之中，人们很容易忘记战事仍在继续，她眼神中的纠结却仿佛在说，她不会也不能忘。

伊拉王后以一种训练有素的优雅姿势放下勺子，配合着同样训练有素的微笑说道："麦肯瑟斯上校，我很难把那些人称作叛军——"

"但他们所发起的进攻确实堪称此名。"上校打断了王后的话，反驳道，"否则，哈伯湾的爆炸，还有德尔菲空军基地的事，又该怎么算呢？三艘喷气飞机受损，还有两艘以上飞机在我们自己的基地被人偷走！"

我睁大了眼睛，不禁和其他小姐太太们一样吸了口气。更多的袭击？当其他人面露惊恐、用手紧捂住嘴巴的时候，我却强忍着笑出来的冲动。

法莱可真能折腾。

"您是工程师吗，上校？"伊拉王后的声音尖锐、冷漠、斩钉截铁。她没等麦肯瑟斯摇头，就说道："那么您可能也不太明白，哈伯湾里的瓦斯泄漏是如何导致爆炸的。另外，我有点儿忘了，您是否是负责指挥空中部队的呢？哦不，您不是，您只精专于地面力量。所谓空军基地的事件是由总司令拉里斯勋爵亲自督导的例行训练，而他也向陛下亲口保证过德尔菲基地的最高安全级别。"

如果是公平对决，麦肯瑟斯绝对可以徒手把王后撕成两半，现在却反过来了，王后仅凭言语就把上校给"撕"了。而且这还不算完，朱利安的话在我脑海里回响——文字和语言是会撒谎的。

"他们的目标是伤害无辜平民——包括银血族和红血族——以煽动恐慌和情绪动荡。他们微不足道，已在控制之中，并且怯懦地逃避着我丈夫的审判。将我们国家中所有的不幸事故和误会都当作这些恶人的所为，只会助长他们的威风，徒增我们的恐慌。请不要让这些魔鬼称心快意。"

几位女宾鼓着掌，点着头，赞同着王后彻头彻尾的谎言。伊万杰琳也加入了她们，表态迅速蔓延，直到只剩下上校和我还保持沉默。我能肯定她绝对不相信王后说的任何一个字，可她也不可能管王后叫骗子——至少在这儿、在她的角斗场，不行。

尽管我非常想保持一动不动的姿势，但我知道不能那么做。我是梅瑞娜，不是梅儿，我必须得支持王后和她的鬼话。我的双手碰触到一起，为伊拉王后的谎言鼓起了掌，而挨了训斥的上校也低下了头。

即使我身边总是围着侍从和银血族，孤独感还是溜了进来。我不常见到卡尔，因为他的日程表也排得满满的，除了训练，就是更多的训练。他甚至开始离开映辉厅，到附近的军事基地去，向士兵们发表演说，或是陪同他的父亲处理一些政务。也许我可以和梅温说说话，看着他的蓝眼睛和半真半假的笑容，但我仍对他怀有戒心。所幸的是我们根本不可能单独待在一起。这是一种傻透了的宫廷传统，按照博洛诺斯的解释，是为了避免贵族少男少女们误入歧途。我很怀疑这规矩适用于我。

说真的，有一半的时间我都会忘记自己有朝一日要嫁给他这回事。梅温会成为我的丈夫，这看起来太不真实了。我们甚至连朋友都不是，更不用说伴侣了。虽然他人还不错，但我的直觉告诉我，不能对伊拉王后的儿子全然不理，因为他隐藏着什么秘密。至于那到底是什么，我还不得而知。

而朱利安的教导让这一切显得不那么难以忍受，我曾经那么畏惧的上学上课，现在反而成了茫茫黑暗中的一点儿光亮。躲开了摄像机和伊拉王后的监视，我们就可以把时间花在研究"我到底是什么"这个课题上面。但进展极其缓慢，这让我俩都很沮丧。

"我想我知道你的问题是什么了。"第一周课程的尾声，朱利安这么说。而我正在离他几码开外的地方，伸着胳膊，看起来像个彻头彻尾的傻子。我的脚上戴着一种奇怪的电流装置，时不时地爆出火花。朱利安想让我控制它们，使用它们，但一次又一次地，我总是失败，再也没能制造出闪电——正是那次的闪电把我卷进了如今的混乱。

"也许只有在我性命攸关的时候才奏效，"我气哼哼地说，"我们能问卢卡斯要他的枪吗？"

朱利安一般都会被我的笑话逗乐，但这会儿他正忙着思考。

"你就像个孩子。"他说。我自觉受到侮辱，皱起了鼻子，但他自顾自地继续说道，"当小孩最初无法控制自己时，他们就是这个样子。他们的能力会在压力或恐惧之下显露出来，直到他们最终学会控制情绪，利用自己的能力，让它变成自己的优势。那个开关，你得想法找到。"

我记得在迷旋花园里那决定性、毁灭性的一跃的感觉。但当我撞向光网的时候，我的血管里并没有恐惧，反而十分平静。仿佛已知我的命运就要揭晓，而我也无力阻拦，于是便全盘接受——那是一种放任。

"至少值得一试。"朱利安催促道。

我长叹一声，重新面向墙壁。朱利安在那排列了一些石头书架——当然都是空的，这样我就有了瞄准的靶子。我用眼角的余光看见他向后退了几步，目不转睛地看着我。

放下吧，随它去，放下你自己，这几句话在我脑海里低语着。我闭上了眼睛，全神贯注，让自己的思绪沉淀下来，这样意识才能蔓延出去，感受它渴望捕捉到的电流。能量的涟波在皮肤之下生成了，它贯穿全身，直到每一寸肌肉和神经都在应和。通常，在我感觉不到的地方，它就会消失，但这次没有。我没有去刻意抓住它，没有把自己推出去控制它，而是放任它。我坠入了一种难以言说的境界，它包罗万象却又四大皆空，是明亮也是黑暗，是酷热也是寒冷，是生存也是死亡。很快我的头脑之中便只有能量，它席卷覆盖了我的灵魂和记忆，就连朱利安和那些书也不复存在了。我的意识一片澄明，黑色空幻的嘶鸣强力奏响。而此刻，当我驱动这知觉的时候，它没有消失，而是从眼睛到指尖，随着我的意识流动。在我左边，朱利安大声地吸了一口气。

我睁开眼睛，看见脚上的那个装置和手指中间正闪着白紫色的火花，就像电线上的电流。

这一次，朱利安什么都没说。我也是。

我没动，生怕小小的动作就会让闪电消失。但它没有减弱，而是仍然在我手指间跳动着，闪烁着，就像小猫玩的纱线球。它看起来全然无害，但我可没忘了它曾经怎么对待过伊万杰琳。这股能量可以是破坏性的，只要我想。

"试着动一动。"朱利安提着气，睁大眼睛一脸兴奋地看着我。

似乎有什么告诉我，闪电会听从我的意愿，因为它是我的一部分，是存在于这世上的、我的灵魂的一部分。

我紧紧地握住了拳头，火花随着绷紧的肌肉越来越大，越来越亮，闪动得也越来越快。它吞没了我衬衫的袖子，几秒钟就烧光了织物的纤维。像小孩扔球那样，我朝着石头书架甩动胳膊，并在最后一瞬间松开了拳头。闪电夹着耀眼的火花，在半空中划出一道弧线，冲向了书架。

随之而来的爆炸让我尖叫起来，向后一跤摔向书堆里。当我倒在地上时，心脏在胸膛里狂跳不止——石头书架颓然倒塌，激起一股厚重的烟尘。火花在碎石头上闪了一下就无影无踪了，只留下一堆废墟。

"可惜了你的书架。"我在一堆掉落的书底下说道。我袖子上的线头仍然冒着烟，但这和我手上的嗞嗞嗡鸣相比根本不值一提。我的神经在歌唱，能量的麻麻刺刺的感觉——很棒。

朱利安的身影在烟雾中穿梭，他检查着我的杰作，发自肺腑地溢出了笑声。透过灰尘，我看见了他咧嘴大笑的白牙。

"我们需要更大点儿的教室了。"

他说的没错，我们必须得找一个新的、更大的教室用来每天练习，最后花了一个星期，才在王宫地下找到一个合适的地方。这儿的墙壁是金属和水泥筑成的，可比楼上那些装饰用的石头、木头结实多了。那些靶子应该都挺郁闷的，朱利安则会在我练习时很小心地避开，而我每次想要唤起闪电，也越来越容易了。

朱利安全程都在做记录，从我的心跳速度到新近使用的电气杯的温度，全都被他飞速记下。每当多写下一条数据，他就会浮现出神秘但愉悦的笑容，可是一直也不告诉我他笑什么——我想就算他告诉我，我也不会懂。

"真是迷人啊……"他一边喃喃自语，一边读着某种我不认识的金属仪器上的数据。据说这东西可以测量电流的能量，但我也不知道到底怎么个测量法儿。

我擦了擦双手，看着它们"掉电"——这是朱利安起的名字。这回，得益于新衣服，我的袖子完好如初。卡尔和梅温也穿着这种用防火纤维制成的衣服——不过我觉得我的这身应该称为"防电击"。"什么真迷人？"我问。

朱利安犹犹豫豫的，看起来不想告诉我——不应该告诉我，但最终还是耸耸肩说："在你'充电'轰击那可怜的雕像之前……"他指着一堆冒烟的碎石头，那原本是一尊国王的半身像。"我测量了屋里的电流总量，比如电灯、电线，诸如此类。然后现在我测出了你身上的电量。"

"如何？"

"你发出的电量是它们的两倍。"他颇为自豪地说。但我不明白这有什么问题。他轻巧地关掉了熄弧器（译注：熄灭电弧的仪器。当电压超过一定值时，一般是750伏，就会发生电弧放电，电路会继续连通，很危险，所以要熄弧），我能感觉到那里面的电流消失了。"再来一次。"

我气呼呼地再次集中精力，不多一会儿，火花就又出现了，强度和之前一样。但这次，我觉得它们是从我身体内部生发的。

这次朱利安笑得嘴巴都咧到耳朵边了。

"所以呢……"

"所以这印证了我的推测，"有时候我会忘记朱利安是个学者，是个科学家，但他总会及时提醒我这一点。"你制造出了电能。"

我完全被弄糊涂了："对啊，这是我的能力嘛，朱利安。"

"不，我之前认为你的能力是操控电流，而不是创造电流。"他的声音严肃地低沉下来，"没有谁能创造，梅儿。"

"可这有什么意义呢，那些水泉人不就是——"

"他们只是操控存在的水。如果水不在那儿，他们什么都做不了。"

"好吧，那么卡尔呢？梅温呢？我可没看见他们身边有什么地狱鬼火可拿来玩儿的。"

朱利安笑着摇摇头说："你见过他们的手环，对吧？"

"他们一直戴着。"

"手环能激出火花，只要一点儿小小的火苗，男孩们就可以操控它。但如果没有什么先打火的话，他们也是无能为力的。所有的物质都一样，不论是操控金属、水，或是植物，总要这些物质先存在。他们的强弱，依赖于周围的环境，不像你，梅儿。"

不像我。我和别人都不一样。"所以这到底是什么意思？"

"我还不太确定。你是完全不同的，既不是红血族，也不是银血族。你是另一种，更厉害的东西。"

"和别人不一样的东西。"我本来指望着朱利安的试验能带我接近答案，但它们现在带来了越来越多的谜团。"我是谁，朱利安？我到底哪儿有问题？"

突然我就喘不过气来了，眼前也弥漫着一层水雾。我必须眨着眼睛把眼泪憋回去，不让朱利安看到。一切席卷上心头：课程，礼法，这个我不能相信任何人，甚至不能做自己的地方，一切都让我窒息，想崩溃地大叫。但我知道，不能那么做。

"与众不同是完全没有问题的。"我听见朱利安说。但他的话像是回声。我自己的思绪、对家的回忆、对吉萨和奇隆的想念，淹没了他的声音。

"梅儿？"他朝我走近一步，脸上的神情很温和，却和我保持着一段距离。不是我推开了他，是他自己要这么做——他要保护自己。我倒吸一口冷气，惊觉那电流又回来了，它在我的前臂上跳跃着，伺机掀起一场光电风暴。"梅儿,看着我。梅儿,控制住它。"

他的话语轻柔而平静,却同时有着坚定的力量。他看上去甚至被我吓到了。

"控制,梅儿。"

但我什么都控制不了。控制不了我的未来,控制不了我的思绪,甚至控制不了我的能力——它正是一切麻烦的罪魁祸首。

到现在为止,我就只剩一样东西还能控制了——我的双脚。

就像一个糟透了的懦夫那样,我撒腿就逃。

我疯狂冲上走廊,这里空无一人,却有几千架看不见的摄像机在向我施压。事不宜迟,我不能等卢卡斯——或者更惨,禁卫军,找到我。我只是想透口气,只是想抬头看看天空,而不是玻璃屋顶。

我在露台上站了十几秒,才发现外面下雨了。雨水冲净了我沸腾的愤怒,电火花也消失了,汹涌而丑陋的泪水濡湿了脸颊。遥遥不知何方,雷声隆隆,空气温热。但潮湿的季节已经过去了,暑热正在消退,夏天也很快就会结束。时间一刻不停,我的生活还得继续——不管我有多希望一切就此静止。

突然,一只强壮的手拉住了我的胳膊,我差点儿叫起来。两个禁卫军环伺着我,面具后面的眼睛阴沉着。他们俩比我高大一倍,而且冷酷无情,正要把我拉回到那牢狱里面去。

"小姐。"其中一个咆哮着,声音里毫无半点儿尊敬之意。

"放开我。"我嗫嚅着下命令,低得快听不见了。我大口大口地呼吸着,像是要溺死了似的。"让我待几分钟,求你——"

"我未婚妻的话,你们听到了。"另一个声音响了起来。他的话语严厉而强硬,那是王室的声音。梅温。"放开她。"

当王子走到露台上来的时候,我不禁觉得一阵轻松。两个禁卫军立正站好，向他低头行礼。抓着我的那个说道："我们必须保证提坦诺斯小姐遵守她的日程表。"但他的手松开了。"我们只是奉命，殿下。"

"那么现在照新命令去做，"梅温冷冰冰地说，"我会陪梅瑞娜回去上课的。"

"好的，殿下。"两个禁卫军一起说道。他们不能拒绝王子的命令。

当他们重重地踏着步子走开时，那火红的披风甩下了雨滴，我长长地呼了一口气。我这才意识到，自己的手抖得厉害，非得攥紧拳头才能掩饰住。但在梅温面前不礼貌是不要紧的，而且他也假装没注意到这个。

"里面有工作浴室，你知道的。"

我用手擦着眼睛，不过那些眼泪早就随着雨水而去了，只留下尴尬的鼻涕和一些黑乎乎的妆痕。幸好那些银粉还在，看来它们的制作材料比我坚强得多。

"这个季节的第一场雨，"我勉强开口，努力让声音听起来正常点儿，"我得亲自看一看。"

"是啊。"他说，上前几步站在我身旁。我则扭过头，希望能多遮掩哪怕一小会儿。"我理解的，你知道。"他说。

是吗，王子殿下？你能理解被迫和所爱的一切硬生生地分离、被迫成为别的什么东西是什么感觉吗？你能理解在余生的每一天每一刻都要背负谎言是什么感觉吗？你能理解自己的某个地方不正常是什么感觉吗？

我没有力气去面对他理解体贴的微笑："你不用假装理解我或是我的感觉。"

他的表情垮了下来，微笑的嘴巴也挂上了一副苦相："你觉得，我不知道在这儿生活有多艰难吗？和这些人在一起？"他向后瞥了一眼，好像担心有人会听到。但是除了雨声和雷声，没有人在偷听。"我不能说想说的话，不能做想做的事——如果母亲在旁边，我甚至都不能随意地动一动心神。

而我哥哥——"

"你哥哥怎么了？"

他话到嘴边哽住了。他不想说，可是他的真实感受是哽不住的："他强壮，有才华，能力卓著——而我只是他的影子，烈焰做的影子。"

慢慢地，他长呼了一口气，我意识到周围的空气热得离奇。"抱歉。"他走开几步，让空气冷却下来。在我面前，他仿佛重新熔炼成了银血族的王子，更切合宴会和军礼服所需。"我不该说那些话。"

"没关系。"我小声说，"知道不是只有我自己感觉格格不入、孑然孤独，就好多了。"

"这正是你该了解的。我们银血族通常都是孑然孤独的。这里是，这里也是，"他指了指自己的头和心，"孤独使人强壮。"

头顶闪过一道闪电，照亮了他蓝色的眼睛，看起来就像燃烧着一般。

"真蠢。"我说。他却阴郁地咯咯笑了起来。

"你最好藏起你的真心，提坦诺斯小姐。它无法带你去你所希望的任何地方。"

他的话让我不寒而栗。最后我终于想起了此刻正在下雨，也想起了自己看起来有多难看。"我得回去上课了。"我低声说，准备把他一个人丢在露台上。但他抓住了我的胳膊。

"我想，我能解决你的难题。"

我扬起眉毛："什么难题？"

"你看着不像是那种随便抛泪珠的女孩，你在想家，"不等我抗议他就抓着我的手说，"我有办法。"

RED QUEEN

第十四章

警卫两两一队地在我房间前的门廊巡逻，但因为我挽着梅温的胳膊，所以没人来阻止我。尽管现在已是深夜，早就过了我该上床睡觉的点儿，也没人说一个"不"字。没人会拦住一位王子。我不知道他要带我到哪儿去，但他答应过我，要送我去那里——回家。

他沉默不语，却心意坚决，还忍不住挂着一丝笑容。我也忍不住对着他笑了起来。也许他还没那么坏。没多久他就停下了——我本以为还要多走一会儿的，可现在，我们都还没离开寝宫这一层。

"到了。"他说着敲敲门。

等了一会儿，门开了，是卡尔。我一看见他就往后退了一步。他身上的奇怪盔甲散开着，露出了胸膛。金属板编织而成的衣服，上面带着星星点点的凹痕。我无法忽视他左胸口上的紫色擦伤，还有脸颊上的细小胡楂儿。一个星期以来，这是我第一次见到他，而且显然还选了个他正狼狈的时候。他一开始没注意到我，只是自顾自地脱着盔甲。我噎了口气。

"棋盘摆好了，小梅——"他说着一眼看见我站在他弟弟旁边，"梅儿，你怎么，呃，我能为你做些什么？"他磕磕巴巴地说，有一瞬间的困惑。

"我也不太确定。"我看看他，又看看梅温。我的未婚夫却得意一笑，挑起了眉毛。

"为了当个好儿子，我哥哥是有自由裁量权的。"他说，似乎在开玩笑，这真让我吃惊。而卡尔竟然也微微一笑，眼珠转了转。梅温继续说："梅儿，你想要回家，而我已经帮你找了个曾经去过那儿的家伙。"

我愣了一下，这才明白了梅温说的是什么意思。我可真够笨的，以前一直没想到这个：卡尔能带我离开王宫。卡尔去过那个小酒馆……他自己能出去，也就同样能带我一起出去。

"梅温，"卡尔的笑容不见了，他咬着牙齿说，"你知道她不能那么做。这可不是个好主意——"

我不得不发声了，为了得到我想要的："骗人。"

他看着我，目光灼热，那凝视仿佛要穿透我的身体。我希望他能看见我的决心，我的绝望，我的需要。

"我们夺走了她的一切，哥哥。"梅温嗫嚅着，靠近说，"就给她这一样，总可以啊。"

卡尔犹豫着，慢慢地点点头，向我招招手，让我到他的房间里去。我兴奋得一阵眼花，几乎是踩着他的步子，立刻就进去了。

我要回家了。

可是梅温还站在门边，我从他身旁走开时，他的笑容黯淡了下来。"你不来。"这不是个问句。

他摇摇头："没有我跟着，你都有的是要担心的事了。"

就算我不是个天才，也能听得出他话里的意思。但正是因为他不一起来，我更不会忘记他已经为我做的那些事。我想都没想就抱住了梅温。他迟疑了一下，慢慢地环住了我的肩膀。我退开时，看见他的脸上有一抹银光——银血族的脸红。而我的皮肤之下，红色的血滚烫奔流着，重击声在耳边响个不停。

"别太久。"他移开视线，看向卡尔。

卡尔只干笑了一声："好像我以前没干过这事似的。"

兄弟两人咯咯轻哂，笑着嘲弄对方——我曾见过我的哥哥们无数次这么做。门关上了，屋里只有我和卡尔，我不禁减轻了对两个王子的敌意。

卡尔的房间比我的大一倍，但是乱糟糟的反而显得更小。沿着墙有一道壁龛，里面都是些盔甲、制服、格斗服，它们挂在模特身上——我猜是照着卡尔的身材做的。它们居高临下的，像是没有脸的鬼魂，用隐形的眼睛瞪着我。那些盔甲大多是轻型的，由钢板和厚织物制成，但有几件是重型的，是用来穿着上战场的，不是训练用的。其中有一身还带有耀眼的金属头盔，配着彩色玻璃做的面罩。袖子上闪烁的徽章紧紧地缝在深灰色的衣料上——黑色的烈焰王冠和银色翅膀，那代表着什么，这些制服有什么用，卡尔会穿着盔甲做什么，我不想去思考。

像朱利安一样，卡尔也有一屋子的书，四处堆着，像一条纸张和墨水汇成的小河。但这些书可不像朱利安的那么古老——它们大多封面崭新，是新印的或是再版的，上面还带有保护字迹的塑料封套。它们也是用普通的语言写的，比如诺尔塔语、湖境语、皮蒙语。卡尔钻进换衣间，去处理他没脱完的盔甲，而我则偷偷看了看他的书。书里满是地图、图形、表格——它们全都指向残酷的战争兵法，一个比一个更凶暴，详细地描述着近几年乃至更早的军事行动。重大的胜利、血腥的溃败、武器、演习……这些已经足以让我头晕目眩。可是卡尔的笔记更让我心惊。他重点勾出了他喜欢的战术策略，而那些都要以生命为代价。在那些地图上，他用小方块代表士兵，可我仿佛看见了我的哥哥们，看见了奇隆，看见了每一个红血族。

除了书之外，窗边还有一张桌子和两把椅子。桌面上已经摆好了棋盘，棋子也都放好了。虽然我不知道这种游戏怎么玩，但我能肯定这是给梅温准备的。他们俩一定常在晚上见面，像普通兄弟一样一起玩，一起笑。

"我们不能去太久。"卡尔的声音吓了我一跳。我瞥向衣橱，看见他正在穿衬衫，高大精壮的背上有更多擦伤，甚至还有伤疤。我想，只要他愿意，他有权带上一整队愈疗者。但不知为了什么原因，他选择留着那些伤疤。

"我只要看一眼家人就行。"我回答着走开了，这样就不用一直盯着他看。

卡尔从换衣间走出来了，穿着一整套朴素的粗衣。那一刻，我意识到就是这身衣服——我第一次见到他的那个晚上，他就是穿成这样。真无法置信，那时候我竟然没看出他的本来面目：打扮成羊的模样的狼。而现在，我却成了要假扮成狼的羊。

我们离开寝宫的时候，没一个人来制止。看来身为王储还是有好处的。

卡尔转了个弯，把我带到一间很大的、混凝土筑成的屋子里："到了。"

这儿看起来像是某种仓储设施，一排排奇形怪状的东西，有的大，有的小，但上面都盖着帆布。

"这是条死路啊。"我抗议道。除了我们来的入口，没别的路了。

"是啊，梅儿，我把你带到了死路上。"卡尔叹了口气，沿着某一排往前走。他经过的时候，带起了帆布，我瞥见那下面是亮闪闪的金属。

"都是盔甲？"我轻轻翻动着，"我刚才就想说，你可能需要更多的盔甲，楼上那些看起来可不太够。真的，你可能得穿上几件，我的哥哥们人高马大，都挺喜欢揍人的。"但是，鉴于卡尔的那些藏书和结实的肌肉，他完全堪可匹敌。更何况，他还能控制火。

他只是摇摇头说："我想就算不穿也不会怎么样。再说，我披盔戴甲的样子很像警卫。我们可不想让你家人想到别处去，对吧？"

"那么我们要让他们怎么想？我猜也不能介绍你的真实身份吧。"

"我和你在一起工作，偷溜出来过夜，就这么简单。"他耸耸肩膀。对这些人来说，瞎话简直就是信手拈来。

"那，为什么你会跟我一起出来呢？还得编个故事？"

卡尔狡黠地一笑，指了指旁边盖着帆布的一堆："我是你的骑士啊。"

他把帆布往后一扔，露出一架隐隐闪着微光的装置，金属质地，刷着黑色涂料，有两个带纹路的轮子，镜面镀铬，还有照明灯和一张长皮椅——我从没见过这样的交通工具。

"这是一辆车。"卡尔说，伸出一只手搭在银质车把上，活像个骄傲的父亲，了解并深爱着这头金属怪兽的每一寸。"快速，敏捷，而且能到达那些普通车子到不了的地方。"

"它看着像——像个死亡陷阱。"我掩盖不了自己的恐惧。

卡尔大笑着，从后座上拿过一个头盔。我求天告地地希望他不要让我戴上这玩意儿，更不要骑上这车子。"父亲和麦肯瑟斯上校都说过，他们不会为部队大规模配备这车。但我会让他们改主意的。我改进了车轮之后，可还一次都没撞过呢。"

"这车是你造的？"我惊讶且怀疑，但他只是不当回事地耸耸肩。"哇哦！"

"等你骑上来就知道了。"他说着把头盔递给我。接着，就像得到了暗号一般，远处的墙壁振动起来，那金属的装置低鸣着，慢慢滑动，启幕一般露出了外面的夜空。

我笑起来，向后退了一步，躲开那"死亡陷阱"："什么都没发生嘛。"

　　但卡尔只是一笑，飞腿跨上他的坐骑，坐在驾驶座上。发动机仿佛活过来一般隆隆作响，充满能量地低声轰鸣。我能感觉到这机器内部的电池，正在为它充电。如同箭在弦上，它已等不及想要冲出去，享受从这儿到我家的一段长路。我家。

　　"这很安全，我保证。"卡尔的声音盖过引擎。车灯亮了，映出外面的黑夜。卡尔金红色的眼睛看着我，向我伸出了手。"梅儿？"

　　虽然我怕得肚子都不舒服了，但还是戴上了头盔。

　　我从未坐过飞艇，但我知道那感觉就像飞翔，就像自由。卡尔的车子沿着我熟悉的路，以优雅的弧线向前飞驰。我得说，他是个好骑士。那条老路到处坑坑洼洼，我的心都提到嗓子眼儿了，他却轻松地闪避开每个坑洞。在距离镇子半英里的地方，车子停了，我这才发现自己一路都紧紧地死抱着卡尔，以至于他不得不掰开我的手。离开他温暖的身体，我突然觉得一阵冰冷，但我把这念头甩开了。

　　"有趣吧？"他说着熄灭了引擎。我的腿和背都让那奇怪的小座椅弄得有点儿酸了，但他跳下车，步子虎虎生风。

　　我费了点儿劲才下了车，膝盖颤颤巍巍的，强烈的心跳声还在耳朵里回荡着，但我想我还好。

　　"这不会成为我的首选交通工具。"

　　"提醒我哪天带你坐一次喷射机，然后你就会爱上这辆车了。"他把车子推到主路下面的树丛中，用一些带树叶的枝子盖在上面，一通忙活之后退了几步，欣赏着自己的杰作。如果不知道要刻意去看哪儿的话，我根本注意不到这儿藏了一辆车。

　　"熟门熟路了，我看得出。"

　　卡尔转过身来看着我，一手插在口袋里："皇宫会让人……觉得闷。"

"那拥挤的酒吧呢？红血族的酒吧呢？不会闷吗？"我想继续这个话题。他却向镇子走去，步子特别快，好像要逃开我的问题似的。

"我不是出来喝酒的，梅儿。"

"那你是来干什么的？捉小偷，然后不管三七二十一就硬塞个工作给她？"

他突然停住转过身来，我来不及止步，一头撞上他的胸膛，有一瞬间，我感觉到了他身体实实在在的触感。接着我就意识到他正笑得颇有深意。

"你刚才说不管三七二十一？"他笑着说。

我化着妆的脸红了，轻轻推了他一下。太不得体了，我心里骂道。"快回答问题。"

他仍然微笑着，但笑声渐渐低落了。"我不是为了自己做这些，"他说，"你必须明白，梅儿，我没有——有朝一日我会成为国王，我没有'自私'这种奢侈品。"

"我以为国王是唯一拥有那种奢侈品的人。"

他摇了摇头，越过我往前走，眼神里满是孤独和绝望："希望如此。"

卡尔的拳头张开又握紧，我几乎能看见他皮肤上缭绕的火焰，正随着他的愤怒升温腾起。但它们转瞬即逝，只在他眼睛里留下悲哀的灰烬。当他终于继续往前走的时候，他的脚步里似乎有了更多宽容和原宥。

"国王应该了解他的人民，这就是我溜出来的原因。"他小声说，"我在首都也这么做过，战场前线也是。我想亲眼看看这个王国里的一切到底是什么样子，而不是只听那些顾问和外交官的话。好国王就应该这么做。"

他说话的样子，就好像他想成为一个好的领袖是令人羞耻的。也许，在他的父亲和其他傻瓜们看来，就是那么回事。要强大，要权力，这才是卡尔从小到大被灌输的字眼。不是善良，不是仁慈，不是同情或勇气或平等，也不是统治者该努力争取的别的什么。

"那么你看到什么了，卡尔？"我指向前面，树木夹道，镇子已经映入眼帘。我的心狂跳不止——已经很近了。

"我看到一个刀锋边缘上的世界，一旦打破平衡，它就会万劫不复。"他叹了口气，知道这不是我想听的，"你不知道这世界是如何岌岌可危，它离彻底毁灭只有一步之遥。我的父亲已经竭尽所能保护我们所有人的安全，我也会这么做。"

"我的世界已经毁灭了。"我说着踢了踢脚下脏兮兮的路。四周，树丛仿佛向两边拨开，露出了那个我称为"家"的一片泥泞。和映辉厅相比，这里就是贫民窟，就是地狱。为什么他看不到这些？"你的父亲只是保护你们族人的安全，不是我们。"

"改变世界是要付出代价的，梅儿，"他说，"会死很多人，尤其是红血族。到最后，根本没有胜利可言，输的不仅是你们。你不知道更大的图景。"

"那么告诉我，"我生气了，他的话让我憎恶，"告诉我更大的图景。"

"湖境之地，和我们一样，是君主国家，有国王，有贵族，由银血族精英统治其他人。皮蒙山麓的王子们，是我们的同盟，他们绝不会退回到与红血族平等相待的政体。普雷草原和蒂拉克斯也一样。就算诺尔塔改变了，其他地方也不会允许这种改变持续。他们会入侵，割据，把我们的国家弄得四分五裂。更多的战火，更多的死亡。"

我想起了朱利安的地图，那上面勾勒出了这个国家之外的宽广大地，可它们都在银血族的控制之下，没有我们可转圜的空隙。"如果你想得不对呢？如果诺尔塔可以作为改变的开端呢？如果其他人也需要改变呢？你不知道自由会将人们带往何处。"

卡尔没有回答，我们就这样陷入难受的静默，直到我喃喃低语："到了。"面前已是我再熟悉不过的房屋的轮廓。

我的双脚踏上门廊，寂静无声，但卡尔重重的步子走在上面，把木板踩得咯吱作响。他身上散发出热量，有一刹那，我想象着他把我们的房子烧了。他发觉了我的不安，把一只温暖的手放在我的肩头，但这无济于事。

"如果你希望的话，我可以在下面等，"他低声说道，让我吃了一惊，"我们不能给他们认出我的机会。"

"不会的。就算我的哥哥们服过兵役，他们也不会在睡眼迷离的时候认出你。"谢德会的，我想，但谢德足够聪明，会严守秘密。"再说，你不是想知道为什么非得改变不可吗？"

说着，我拉开门走了进去——这里已不再是我自己的家。那感觉就像在时间里穿梭，回到从前。

屋里此起彼伏的鼾声一波接着一波，不光是从父亲的房间传来，起居室里的大块头也有份儿。布里蜷在挨挨挤挤的椅子里，一床薄毯子盖在身上。他的黑头发仍然保持着军队里的发型，胳膊上、脸上，都有伤痕，那是曾上场作战的明证。他一定是打赌输给特里米了，赢的那个人占领了我的小床。我没看见谢德在哪儿，但他不是贪睡的人，没准儿正在镇子里闲逛，看望他的历任女朋友。

"起床喜洋洋！"我笑着，轻轻一拉扯掉了布里身上的毯子。

他"咚"的一声翻身摔下地，地板大概比他还痛。他滚了两下停在我的脚边，有一秒钟，我以为他就要那么接着睡了。

他惊愕地看着我，迷迷糊糊，一脸困惑，但很快就回过神来："梅儿？"

"快闭嘴，布里！大家要睡觉！"特里米在黑暗里吼道。

"你们两个臭小子，安静！"老爸在他的卧室里嚷嚷着，吓了我们一跳。

我从未意识到，自己有多想念这一切。布里擦掉了眼睛里的睡意，紧紧抱住我，发自内心地笑了起来。接着是一声巨响，特里米从阁楼上跳下来，敏捷地落在我们旁边。

"是梅儿!"他把我拉过去一把抱住。特里米比布里瘦,现在却已不是我记忆中的豆芽菜了。我的手掌之下,是他虬结凸起的肌肉——这几年他一定过得很不容易。

"见到你真好,特里米。"我冲他喘着气,感觉自己要炸裂了似的。

卧室门"咣当"一声打开了,老妈穿着一件破破烂烂的睡袍走出来。她刚要开口训斥儿子们,就一眼看见了我。她马上笑了起来,拍着手说:"噢!你终于来看我们了!"

老爸跟在她后面,粗重地呼吸着,转着轮椅来到了客厅。吉萨是最后一个醒来的,但她只是从阁楼的窗户探出头来,看着下面。

特里米终于松开了手,让我重新站在卡尔身旁。而卡尔则表现出尴尬和不知所措的样子,表演得很称职。

"听说你投降了于是乎得到一份工作。"特里米逗我,但这正戳到了我的痛处。

布里咯咯笑起来,胡乱拨着我的头发说:"部队不想要她了,她把营地洗劫一空。"

我笑着打了他一下:"看起来部队也不要你了,被开除了,嗯?"

老爸说话了,他转着轮椅往前挪了挪:"据信上说是一种抽奖。巴罗家的男孩们可以光荣退役了,还能拿到全额津贴。"我敢肯定老爸一个字儿都不会相信,但他没再继续这个话题。老妈却立即接了话茬儿。

"很棒啊,不是吗?政府总算为我们做了点儿好事。"她说着亲了亲布里的脸,"而你,现在也有工作啦。"我从未见过她浑身散发出自豪的样子,大概以前这些只属于吉萨。她正为一个谎言而自豪。"我们家总算也挨到好运降临了。"

在阁楼上,吉萨冷笑一声。我不会怪她,因为我的好运弄伤了她的手,打破了她的未来。"是啊,我们真是太幸运了。"她气呼呼地说,最终还是下楼来加入我们了。

她的动作很慢，用一只手扶着走下梯子。她走过来的时候，我看见她的夹板用彩色的衣料包着。我心头一阵悲伤：那是一件她再也无法完成的美丽绣品。

我向她伸出手想抱抱她，但她推开了我。她看着卡尔，似乎是这屋里唯一注意到他的人。"那是谁？"

我一阵脸红，意识到自己把他忘了个干净："噢，这是卡尔。他也是宫里的侍从，和我一块儿工作。"

"嗨。"卡尔勉强地招招手，样子傻透了。

老妈像个少女似的笑了起来，目光落在卡尔结实的胳膊上，也向他招了招手。但老爸和哥哥们没那么兴高采烈。

"你不是这一带的人，"老爸阴沉地说，他盯着卡尔，好像那是某种故障似的。"我闻得出来。"

"那只是宫里的气味吧，老爸——"我抗议着，但卡尔打断了我。

"我是从哈伯湾来的，"他说，谨慎地去掉了辅音 r，模仿哈伯湾那一带的方言发音，"一开始我在海岭工作，当时王室成员住在那里。现在我跟着他们来到了这边。"他侧目瞥了我一眼，话里有话地说，"很多侍从都是这样的。"

老妈慌乱地喘息着，拉住我的胳膊："你也会吗？这些人离开的时候你也要跟着一起走？"

我想告诉他们这不是我的选择，不是我想要离开。但正是为了他们，我不得不撒谎。"这是仅有的职位了，再说薪水也不错。"

"我想我明白到底发生什么事了。"布里低声威胁着，面对面地盯着卡尔。可卡尔是何种身份，他眼睛都没眨一下。

"什么都没发生。"卡尔冷冷地说。他的目光和布里的短兵相接，一样燃着怒火。"梅儿选择留在王宫里工作，她签了一年侍从的合约，就是这样。"

布里咕哝了一声，退开了。"我更喜欢沃伦家那小子。"他嘀咕着。

"别孩子气了，布里。"我厉声说。老妈被我苛刻粗糙的声音吓着了，好像已经忘了我原本的声音，而这才仅仅过了三个星期。突然，她的眼睛里浮起了泪水。她正在慢慢忘记我。这就是她希望我留在家里的原因。这样她就不会忘记了。

"老妈，别哭了。"我走上前抱住她。一抱之下我才发觉她是那么瘦小，比我记忆中瘦小得多。也有可能是因为我从没意识到她越来越脆弱吧。

"不只是你，亲爱的，是——"她看向老爸，眼睛里满是痛苦，我不理解的痛苦。其他人也不敢看她，就连老爸也低下头，看着自己残废的脚。屋子里一下坠满了无情的重负。

我明白出什么事了，明白他们避而不提、想护着我免于承受的事了。

我的声音颤抖着，问出了那个我不想听到答案的问题："谢德在哪儿？"

老妈一下子崩溃了，倒在餐桌旁的椅子里啜泣着。布里和特里米不忍心，转过身去。吉萨一动不动，死盯着地板，好像要沉下去似的。没有人说话，只有老妈哭泣的声音，老爸的呼吸器的声音。我的心里破了一个大洞，怎么也填不上了，那儿原本属于我哥哥。我的哥哥，我最亲近的哥哥。

我向后倒去，痛苦之中忘记了台阶，但卡尔扶住了我。我真希望他没有，真希望自己倒下去，让硬的、真实的东西来赶走我脑袋里的剧痛。我胡乱摸着自己的耳朵，摸着那三颗我如此珍视的石头耳环。第三颗，谢德的，冰凉地贴着我的皮肤。

"我们不想在信里告诉你，"吉萨扶了扶夹板，轻声说，"免除兵役之前，他就死了。"

想要放电攻击的冲动，想要在一击之中发泄狂怒和悲痛的冲动，从来没有像此刻这样强烈。控制它。我对自己说。我不能相信,刚才自己还在担心卡尔会烧掉这房子;闪电和烈焰一样,能轻而易举地毁掉这里。

吉萨忍着泪,勉强继续说道:"他想逃跑,被判了死刑。"

我动作极快,卡尔都没能拦住我。我听不见,也看不见了,我只剩下了感觉:悲伤、震惊、痛苦,整个世界天旋地转。灯泡里的电流吱吱作响,冲着我尖叫,声音大得我的头都要裂开了。角落里的电冰箱咔吱咔吱的,老旧渗水的电池一下下地发出脉冲,犹如垂死的心脏。它们在奚落我,嘲笑我,想要逼我崩溃。但我不会崩溃。我不会。

"梅儿,"耳边是卡尔的呼吸,肩上是他温暖的手臂,但他的声音听起来像隔着整个海洋,"梅儿!"

我痛苦地窒息着,努力想喘一口气。我的脸颊湿漉漉的,是哭过了吗?死刑。我的血液愤怒地在皮肤之下奔流。谎言。他没有逃跑。他参加了红血卫队,他们发现了。于是他们杀了他。这是谋杀。

我从未如此愤怒,即使是男孩们上了战场,奇隆走投无路,即使是他们弄断了吉萨的手。

震耳欲聋的轰鸣声响彻整个屋子。冰箱、灯泡、墙上的电线都咔吱作响,像是开到了高速挡。电流嗡鸣着,让我觉得自己还活着,愤怒且危险。此刻,我正在创造能量,让我自己的力量穿过这间屋子,就像朱利安教我的那样。

卡尔大叫着,摇晃着我,想让我停下来。但他做不到。能量已经在我身体之中,我不想放弃。这总比痛苦好受多了。

吉萨向我们泼水,而灯泡炸裂开来,就像平底锅上的玉米粒,砰砰砰的,几乎盖过了老妈的尖叫声。

有人以一股蛮力把我拉起来,一双手捧着我的脸,接着他开始说话。没有安慰,没有同情,而是斥责。而那个声音,无论我身在何地都能认得出。

"梅儿,振作点儿!"

我抬起头,渐渐看清了一双绿色的眼睛,还有他满是忧虑的脸。

"奇隆。"

"就知道你准会跌倒,"他喃喃道,"我留神着呢。"

他的手很粗糙,却能让我平静。他把我带回了现实,带回了这个我哥哥已经不在的世界。仅存的灯泡在我们头顶半明半昧,勉强能照亮屋子和我目瞪口呆的家人。

但照亮黑暗的,不是只有灯泡。

白紫色的火花在我手上跳跃,它们此刻已然渐渐暗淡,却还是显而易见。我的闪电。要解释这个,我可没法儿再信口撒谎了。

奇隆拉着我坐在椅子上,脸上疑云密布,而其他人只是凝视着。剧痛悲伤之中,我意识到他们在害怕。奇隆却没一点儿恐惧——他有的只是愤怒。

"他们对你做了什么?"他低声问。他的手离我的有几英尺,这会儿火花已经完全消失了,只剩下普普通通的皮肤和颤抖的手指。

"他们什么都没做。"我很希望这是他们的错,希望能责备别的什么人。我的视线越过奇隆,看向卡尔,和他目光相交。他的眼神里释放出某种信号,并且点了点头。这无声的话,我听懂了:这件事我不必说谎。

"我原本就这样。"

奇隆紧皱着眉头:"你是他们的人?"我从来没有听过哪一句话里凝聚着如此浓重的愤怒和嫌恶。这让我觉得生不如死。"你是吗?"

老妈最先缓过来了,她没有一丝恐惧地拉起我的手。"梅儿是我的女儿,奇隆。"她用一种我从没见过的,令人恐惧的眼神盯着他说,"我们都清楚得很。"

我的家人们小声地表示赞同，向我围拢过来。但奇隆仍然心怀疑虑，他盯着我，就像看一个陌生人，就像我们这辈子从来不认识彼此。

"给我一把刀，我马上就能证明，"我也瞪着他，"你来看看我的血是什么颜色。"

这话让他平静了一点儿，他往后退了退："我只是——我不明白。"

彼此彼此。

"我想，在这个问题上我和奇隆一样。我们都知道你是谁，梅儿，但是——"布里踌躇着，搜寻着最贴切的措辞，但他总是笨嘴笨舌的，"到底怎么回事？"

我也不知道该说什么，但我想尽可能解释清楚。我再次痛苦地意识到卡尔正看着我，一直听着呢。所以我避开红血卫队，也避开朱利安发现的那些，尽可能简单直白地把这三个星期发生的事说了一遍：假扮成银血族，假装和王子订婚，学习控制自己——这些简直荒谬无稽，但他们听得很认真。

"我不知道怎么搞的，也不知道为什么，但事情就是这样。"说完了，我抬起一只手，特里米向后缩了一下。"我们可能永远也不会知道这到底怎么回事。"

老妈紧紧地握住了我的手，这是她的支持。这小小的安慰产生了奇迹般的效果。我仍然愤怒，绝望而悲伤，但那种想要毁坏什么东西的冲动消失了。我重拾某种类似控制的能力，至少能管住自己。

"我想那是一种魔法吧……"老妈喃喃说着，硬挤出一个笑脸，"我们总是希望你好，现在算是做到了。布里和特里米安全回家了，吉萨也不必发愁，我们会活得很开心的。而你——"她抬起泪汪汪的眼睛看着我，"你，我亲爱的孩子，将成为与众不同的人。当妈妈的还能多问什么呢？"

我希望她说的是真心话，但我还是点点头，对着老妈，对着家人笑了笑。我越来越会撒谎了，而他们看起来也相信了。只有奇隆例外，他仍然愤懑不平，强忍着不让自己又一次爆发。

"他怎么样，那个王子？"老妈又拾起话茬儿，"是梅温吗？"

危险的话题。我知道卡尔正竖起耳朵，等着听我如何评价他的弟弟。我能怎么说？说他很温和？说我已经开始喜欢他？说我仍然不知道能不能相信他？还是更糟的，我再也不能相信任何人了？"他不是我所期待的。"

吉萨看出我不自在了，她转向卡尔："那么这位是谁？你的保镖？"她轻轻眨眨眼睛，转换了话题。

"是的。"卡尔替我回答了。他知道我不愿意对家人撒谎，能少一句是一句。"抱歉，我们很快就得离开。"

他的话像一把转动的刀子，但我必须服从。"对。"我说。

老妈站在我旁边，使劲握着我的手，都快捏碎了："我们什么都不会说的，这是自然。"

"一个字都不说。"老爸也说道。我的哥哥们和妹妹都点头了，发誓保持沉默。

可是奇隆一脸愁云惨雾，阴沉黯然。他突然怒不可遏，我就算想破头也不知他这是怎么了。但我同样愤怒。谢德的死，就像一块可怕的石头压着我。"奇隆？"

"好，我不会说的。"他吐了口唾沫，从椅子上跳起来，一阵风似的跑出了屋子，我都没能拦住他。门在他身后重重地摔上了，震得墙板都颤了。我习惯了奇隆的臭脾气，但绝望在他身上不常见，暴怒更是种新情绪，我还不知道如何面对。

"你会回来的，是吧？"布里问道，吉萨却走开了。自他应征入伍以来，这是我第一次在他眼中看到恐惧。"现在你是王妃了，你可以制定新规矩。"他说。

但愿。

卡尔和我对视一眼，无声地交流着。看他紧闭的嘴巴和阴郁的眼神，我就明白自己应该如何回答。

"我试试看。"我哑着嗓子小声说。多一句谎言，也不会怎么样。

当我们快要走出干阑镇的时候，吉萨的告别还萦绕在我耳边。她的眼睛里没有责备，尽管我害得她一无所有。她最后的话语在风中回响着，淹没了一切——不要浪费它。

"你哥哥的事，我非常遗憾，"卡尔突然说，"我不知道他——"

"已经死了？"被处死刑的逃兵？又一个谎言。我的怒火又蹿了起来，我也不想控制它。但我能做什么？我要怎样才能给我哥哥报仇？怎样才能保护其他家人？

不要浪费它。

"我还需要再待一会儿，"我摆出最好看的微笑，不容卡尔拒绝，"不会太久的，我保证。"

出乎意料的是，他在夜色里慢慢地点了点头。

"在皇宫里工作，真是流芳百世啊。"威尔咯咯笑着，而我在他的货车里坐了下来。他还是点着那种旧旧的蓝色蜡烛，影影绰绰的光照亮了四周。我猜，法莱已经走远了。

我又确认了下门和窗子是不是关着，然后压低声音说："我不是在那儿工作，威尔，他们——"

可威尔冲我摆摆手，让我大吃一惊："噢，我一清二楚。要茶吗？"

"呃，不，"我的声音因震惊而颤抖着，"你是怎么——"

"上星期，那些王室的跳梁小丑选了王后，他们当然要在银血族的城市里广播了。"一个声音在窗帘后面响了起来。走出来的不是法莱，而是人形竹竿般的瘦子。他个子很高，头擦着货车顶，不得不笨拙地撇着腿。他的长头发是深红色的，和那从肩膀垂到屁股的红色饰带相配。饰带上也挂着太阳徽章，和法莱在电视演讲里戴的一样。我也注意到他腰上系着枪弹带，装满了闪烁的子弹，还挎着一对手枪。他也是红血卫队的人。

"你已经在银血族所有的荧幕上露过面了，提坦诺斯小姐。"他像下诅咒一样念着我的名头，"你和萨默斯家的女孩。跟我说说，她本人也长得那般讨人厌吗？"

"这是特里斯坦，法莱的一个副官。"威尔插了进来，他责备地瞪了一眼。"绅士一点儿，特里斯坦。"

"讨人厌？"我嘲笑道，"伊万杰琳·萨默斯就是个嗜血的蠢货。"

特里斯坦笑了，扬扬自得地看了威尔一眼。

"但他们不都是跳梁小丑。"我静下来，想起了今天梅温说过的友善的话。

"你是指你有点儿喜欢的那个王子，还是指等在外面树林里的那个？"威尔随意地问着，就像在问面粉的价格。

特里斯坦却正相反，他一下子从椅子上跳了起来。我把他压到门上，伸开了双手。谢天谢地我还能控制自己，我绝没有必要对着一个红血卫队的人放电。

"你把银血族带到这儿来了？"他嘘了一声要我安静，"那个王子？你知道我们一旦抓住他会怎么做吗？知道我们会如何喊价？"

尽管他咄咄逼人，可我也毫不退缩："别碰他。"

"在奢侈的好日子里卑躬屈膝了几个星期，你就和银血族穿一条裤子了。"他吐了口唾沫，看着我的样子像要杀人。"你也想电死我？"

这刺痛了我，而他心知肚明。我放下手，生怕它们违背我的意思："我不是在保护他，而是在保护你。你这个傻瓜。卡尔生来就是个战士，他能把整个镇子烧成灰，只要他真想那么干。"他不会的，我希望。

特里斯坦的手摸向他的枪："我倒想看他试一下。"

但威尔满是皱纹的手压住了他的胳膊，这足以让叛逆的冲动平静。"够了。"他低声说，"你来这儿想做什么，梅儿？奇隆安全了，你的家人也都没事了。"

我回过一口气，仍紧盯着特里斯坦。他刚刚威胁着要绑架卡尔，跟王室讨要赎金。不知道为什么，一想到这种事，我就对自己的目的有点儿动摇。

"我的——"只说出一个词就让我心痛难忍，"谢德也是红血卫队的人。"这已经不是疑问了，而是真相。威尔挪开了目光，充满歉意，特里斯坦也垂下了头。"于是他们杀了他。他们杀了我哥哥，现在还要我假作同意。"

"你要拒绝就是死路一条。"威尔说的这个我早就知道了。

"我不打算死。他们让我说什么我都会说，但是——"我的声音哽了一下，似乎是触到了这条新道路的边缘，"我在王宫里，在银血族世界的中心，我动作很快，很轻，我能帮你们。"

特里斯坦粗粗地吸了口气，整个人都站直了。他刚才还火冒三丈呢，现在却一脸骄傲，两眼直放光。"你想加入？"他问。

"我想加入。"

威尔把牙齿咬得咯咯响，他的目光像要穿透我似的："我希望你知道自己在承诺什么。这不是我的战争，也不是法莱的或红血卫队的——那是你自己的战争。直至尽头，那不是为你哥哥复仇，而是为我们所有人复仇，不仅为了过去而战，也是为了未来而战。"

他粗糙虬结的手第一次握住了我的，我看见他的手腕上刺着刺青：一条红色带子。就像银血族要我们戴上的那种腕带。不同的是他将永永远远戴着它，那是他的一部分，正如我们血管里奔流的血液。

"你愿意加入我们吗，梅儿·巴罗？"他说着握紧了我的手。更多战争，更多死亡，卡尔这样说过。但也许他是错的，也许我们有做出改变的机会。

我收紧手指，紧握着威尔的手。我能感觉到此举的分量和这背后非同小可的意义。

"我愿意加入你们。"

"我们揭竿而起，"他和特里斯坦沉沉呼吸着，而我记得那句话，"血红如同黎明。"

在摇曳的烛光里，我们的影子映在货车壁上，形同百鬼众魅。

在镇子边找到卡尔时，我觉得自己轻松了一点儿，我的决定和即将到来的前景给我壮了胆。卡尔走在旁边，时不时地看我一眼，但是什么都没说。如果是我，一定会旁敲侧击地刺探对方，但卡尔正相反。也许这就是他在某本书上标注过的一种战术：让敌人自己露馅。

那就是现在的我，他的敌人。

他和他弟弟一样，令我困扰。他们知道我是红血族，却仍然很友善，即便他们本不该正眼看我。可是卡尔带我回家，梅温对我很好，想帮我。他俩真是奇怪的男生。

当我们再次钻进树丛时，卡尔的举止变了，变得生硬且严肃起来："我要和王后谈谈，改一改你的日程表。"

"为什么？"

"你差点儿把这儿炸了，"他温和地说，"你应该和我们一起训练，不能让类似的事情再发生了。"

朱利安正在训练我。但即便是脑袋里最细小的声音，也知道朱利安无法取代卡尔、梅温、伊万杰琳所接受的那些训练。要是我能学到哪怕一半他们会的东西，谁知道我会对红血卫队有何助益呢？还有谢德的遗愿？

"好吧，如果能不让我学那些礼法课，我不反对。"

突然，卡尔从车上跳了下来，他的手心里燃起了火焰，眼睛里也灼烧着炽热的光。

"有人盯着我们。"

我完全不想质疑他，卡尔的战士直觉非常敏锐，但这儿有什么能威胁到他的？在这个昏睡的穷镇子旁的树丛里，他有什么好怕的？可这镇子里潜伏着起义军呢，我提醒自己。

但那既不是法莱也不是革命军，而是奇隆从枝叶之间跳了出来。我忘了他有多狡猾，能在黑夜里悄无声息地潜行。

卡尔熄灭了手里的火，只余一阵黑烟："噢，是你。"

奇隆瞥了我一眼，紧接着把视线移到卡尔身上，紧盯着他。他偏偏头，谦逊地鞠了一躬："打扰了，殿下。"

卡尔没有否认，而是站得更直，仿佛已然继位为王。他既没有回答，也没有回到树丛里去推车。但我能感觉到他在看着我，看着我和奇隆僵持不下的一分一寸。

"你真要这么做？"奇隆就像一只受伤的小动物。"你真的要离开？要成为他们的人？"

他的话比一记耳光更痛。别无选择，我想告诉他。

"你看到刚才发生什么了，看到我的能力了，他们能帮助我。"撒谎如此轻而易举，我自己都吃了一惊。总有一天我可以骗过自己，糊弄自己说我很幸福开心。"我只是去我该去的地方。"

他摇着头，一只手抓住我的胳膊，仿佛要把我拉回过去——在那里，我们发的愁都特别简单。"你应该待在这儿。"他说。

"梅儿。"卡尔耐心地等着，他倚在车座上，但声音里是严厉的警告。

"我必须去。"我努力想推开奇隆，把他甩在后面，但他不让我走。他一直都比我强壮，比我有劲儿。我多想让他留住我啊，可我不能那么做。

"梅儿，求你——"

一股热浪袭来，就像一道强烈的阳光。

"放开她。"卡尔低声说着站在我身后。他周身腾起高温，几乎让空气泛起涟漪。我能看出他极力自持，控制着减弱热度，不让那危险真的降临。

奇隆嘲笑着，渴望着打一架。但他和我一样，我们是贼，老鼠一样的贼。我们知道什么时候该进攻，什么时候该撤退。勉勉强强地，他松手了，在我胳膊上留下一个指甲印，而这也许就是我们的最后一面。

空气冷了下来，但卡尔没有退后。我是他弟弟的未婚妻，他必须保护我。

"这交易里也有我的份儿，为了免掉我的兵役，"奇隆柔声说道，他终于明白了我付出的代价，"你的坏毛病就是总想着救我。"

连点头都不能，我不得不戴上头盔，掩盖住夺眶而出的眼泪。我麻木地跟着卡尔走向车子，坐上了后座。

奇隆退了几步，车子发动的时候瑟缩了一下。接着，他冲我僵硬地假笑起来。要是在以前，他摆出这副嘴脸只能换我一顿揍。

"我会替你跟法莱问好的。"

车子像野兽般低吼起来，带着我疾驰而去，远离了奇隆，远离了干阑镇，远离了我的过去。恐惧像毒药一样蔓延，从头到脚，但那不是为我自己。我已经没什么好怕的了。我是在担心奇隆，担心那个白痴要做的事。

他要去找法莱。加入他们。

RED QUEEN

第十五章

第二天早上，我一睁眼就看见一个黑乎乎的身影站在床边。来了。我溜出去，违反了禁令，他们要杀掉我了。

但绝不束手待毙。

我没给那人留任何机会，就从床上蹿起来，准备保护自己。我的肌肉绷紧了，令人愉悦的电流脉冲也在我身体中苏醒。但看清那身红色的制服时，我便知道这不是什么杀手。我认识她。

沃尔什熟门熟路，似乎经常做这样的事，而我显然不是。她站在一辆金属推车旁边，车上满是茶、面包和其他我可能想要的早餐。她像个驯顺的侍从那样紧闭着嘴巴，眼睛却仿佛在冲我嚷嚷。她盯着我的手，那上面盘旋着我已然习惯的火花。我甩甩手，蹭了蹭流动着光电的血管，直到它们缩回皮肤里去。

"真是对不起，"我躲远一点儿，她仍然没说话，"沃尔什——"

但她只管准备着早餐，然后说出了让我无比震惊的几个字。这几个字如今在我听来如同祷告——或是诅咒。"揭竿而起，血红如同黎明。"

我震惊得呆住了，都没能答上话，她就往我手里塞了一杯茶。

"等等——"我想拉住她，但她躲开了，深鞠一躬。

"慢用。"她突兀地结束了对话。

我呆呆地盯着她的背影消失，房间里静默一片，只回响着她没说出口的话。

沃尔什也是红血卫队的人。

我手里的茶杯出奇地冰冷。

我低头一看，茶杯里装的不是茶，而是清水。杯底有一张纸条，上面的字迹正在晕开。墨水分解成细小颗粒，打着旋儿溶化在水中，没留下一点儿痕迹，最后只余一杯浑浊的水和一张皱巴巴的纸。我的第一次反抗行动，毫无证据可循。

纸条上的讯息不难记，只有一个词。

午夜。

我意识到自己和红血卫队的联系相当紧密，这让我很安慰。但不知为什么，我发起抖来。也许，盯着我一举一动的，不只是那些摄像机。

而这也不是仅有的纸条，另有一张躺在床头柜上。我的新日程表由王后亲笔写成，那完美的字体真令人恼火。

你的作息有所更改：06：30，早餐；07：00，训练；10：00，礼法；11：30，午宴；13：00，礼法；14：00，课程；18：00，晚餐。卢卡斯会全程护送。此作息不接受任何协商。伊拉王后殿下。

"所以他们终于让你进阶参与训练了？"卢卡斯冲我咧嘴一笑，似乎因为带着我通过了第一阶段的试炼而颇为自豪。"你的表现要么特别优秀，要么就是糟透了。"

"好像两者都沾点边儿。"

更糟了。我回想着昨晚在家里发生的事情，知道这新日程表是拜卡尔所赐，但我没想到他动作会这么快。说真的，要参加训练我很兴奋。如果就是我曾看到的、卡尔和梅温所做的那种训练，个人能力的特训，我肯定会跟不上进度的，但至少有人能跟我聊聊超能力什么的。如果我真正够好运的话，我会把伊万杰琳揍得爬不起来，后半辈子都凄惨地卧床度日。

卢卡斯咯咯笑着摇头说："做好准备吧。众所周知，那些教官能击倒最强壮的战士，他们可不会喜欢你的无礼。"

"我也不喜欢被打趴下。"我反驳道，"你的训练是什么样的？"

"唔，我九岁的时候就直接入伍了，所以我的经历和别人不太一样。"他说，似是回忆起过去，眼神黯淡下去。

"九岁？"在我听来这简直天方夜谭，不管有没有超能力，这年纪怎么可能入伍呢。

但卢卡斯若无其事地耸耸肩说："前线是最好的训练场，即使是王子们，也会到前线去训练一段时间。"

"但你现在在这里，"我打量着卢卡斯的制服，黑银相间，是警卫的制服。"你不再是战士了。"

卢卡斯的笑容第一次消失得无影无踪。"这令你备感纠结吧，"他更像是在扪心自问，"人不该命中注定就要上战场。"

"那红血族呢？"我听见自己反问。布里、特里米、谢德、老爸、奇隆的父亲，还有几千几万其他红血族人。"他们比银血族更善战吗？"

我们一直走到训练大厅的门前，卢卡斯才终于开口回答，他看起来有点儿不自在："世界就是如此运转。红血族服务、工作、作战，这是他们擅长的事，他们生来就该如此。并非人人都与众不同。"我必须得咬住舌头才能忍住不冲他大喊。

我怒火中烧，但没说一句反驳他的话。发脾气，即便是对着卢卡斯，也不会换来好脸色。"要不是在这儿，我绝对忍不了。"我生硬地说。

卢卡斯看到我不高兴，微微皱眉。他放低声音，语速极快，仿佛不想被别人听到似的。"我没有提问这种奢侈的权利，"他低语道，一双黑眼睛紧盯着我，里面有千言万语，"你也没有。"

我的心紧缩了一下，他的话和那些隐藏的内涵让我惊恐。卢卡斯知道我身上有更多隐情，但他们没有全都告诉他。"卢卡斯——"

"我没有立场提出质疑，"他眉头紧皱，尽力让我理解他的意思，让我安心。"提坦诺斯小姐。"这称呼比以往听起来更坚硬，它已经成了我的盾牌，王后的武器。

卢卡斯不能问。就算他有黑色的眼睛，有银血族的血统，有萨默斯家族的背景，他都不能在事关我身份的问题上越雷池一步。

"照日程表去做吧，小姐。"他以我从未见过的庄重姿态向后退了几步，轻轻点头，向门边打了个手势，而那里站着一位红血族的随从。"训练结束后我会来接你。"

"谢谢你，卢卡斯。"除此之外，别无他言。他自己都不知道已经为我付出了多少。

那个随从递过来一件有弹性的、装饰着紫色和银色条纹的黑色衣服，然后指了指一间小屋子。我很快就换装完毕。脱下日常穿的裙子，换上连身衣裤，这让我想起了那些旧衣服，那些过去在干阑镇穿的旧衣服。它们穿得久了，磨得破了，但仍然轻便利落，不会拖慢我的速度。

当我走进训练大厅时，所有人都齐刷刷地看着我，让我别扭极了，更不用说这儿还有几十架摄像机。脚下的地板柔软有弹性，每走一步都能得到缓冲。头顶上是一扇巨大的天窗，飘着云彩的夏日蓝天仿佛在嘲笑我。墙上伸出很多层平台，由旋梯相连，每一层都配有不同的装置器械。四周也有很多窗子，其中一扇，应该就属于博洛诺斯夫人的房间。至于其他窗子通向哪里，又会有什么人躲在后面，我就不得而知了。

这大厅里到处都是十几岁的战士，每个人都比我练得更好，置身此地，我本该感到紧张，然而，我却满脑子都是那个令人厌恶的、身穿铁甲的冷血骷髅——伊万杰琳·萨默斯。我正穿过大厅，还没走到一半就听见她张开嘴巴开始放毒了。

"你的礼法课结业了？并腿而坐的艺术总算掌握了是吗？"她嘲笑着，从举重器械上跳了下来。她的银色长发梳到脑后，编成一条繁复的辫子，我真想把它剪断。但是鉴于她腕上锋利致命的金属手环，还是算了。像我和其他人一样，她也穿着一件家族色的连身裤，黑色和银色让她看起来更具杀伤力。

桑娅和伊兰站在她旁边，配合着做出一脸嘲讽的表情。看来她们不能吓唬我了，就跑到未来的王后那儿去拍马屁了。

我努力不理睬她们，同时意识到自己正在寻找梅温。他正坐在角落里，和其他人离得很远。至少我们一样孤独。背后响起了一阵窃窃私语。一大帮贵族少年看着我向梅温走去。有几个低下头，想做出礼貌的样子，但看起来更像心怀戒备。女孩们尤为关注，毕竟，我夺走了她们倾心的王子之一。

"你可拖得够久的。"我一在他身边坐下，梅温就笑了起来。他看起来和其他人格格不入，也不想融入他们。"要不是知道实情，我还以为你是故意要躲着我们呢。"

"我就是搞特殊嘛。"我说着回头看了一眼伊万杰琳。她正霸着靶子墙，给她的密友们显示自己的本事，看得人眼花缭乱。她的金属刀子在空中嗖嗖飞过，不偏不斜地揳入靶心。

梅温见我看着伊万杰琳，眼睛里颇有深意。"我们回到首都之后，你就不用总跟她见面了。"他小声说，"她和卡尔会忙着全国巡游，以尽他们的义务。当然我们也有我们的事要做。"

想到要躲开伊万杰琳我就高兴，但这也提醒了我，时间一刻不停，那一天就要来临。我很快就得离开映辉厅，离开卡皮塔河谷，离开我的家。

"你知不知道你们什么时候——"我磕巴了一下，纠正道，"我是说，我们什么时候回首都？"

"舞会结束之后。他们跟你提过了吗？"

"是的，你老妈说过——博洛诺斯夫人正在试着教我跳舞……"我的声音弱掉了，尴尬极了。她昨天教了我几个舞步，但我以绊倒自己告终。小偷小摸我能做得很好，但跳舞，显然超出了我的能力范围。"关键字，试着……"

"别担心，我们不用面对最棘手的事。"

想到要跳舞就已经够吓人的了，我咽下恐惧问："那是谁要面对？"

"卡尔。"他干脆地说，"身为长兄，他得忍受数不清的愚蠢交谈，还得跟一大堆烦人的女孩跳舞。我还记得去年……"他回想着笑了起来。

"桑娅·艾若整场都围着他转，打断他和别人的舞，要把他拉走找些乐子。我不得不挺身而出，忍着陪她跳了两支曲子，好让卡尔喘口气。"

想到兄弟二人联手对付那些来势汹汹的姑娘军团，还得算计着怎样才能两人都全身而退，我就笑得不行。梅温的笑容却淡了。

"这一次，至少他能挽着萨默斯了。那些姑娘可不敢围着她转悠。"

想到她的尖刻，我哼了一声，抱着胳膊叹道："可怜的卡尔。"

"你昨天的出访怎么样？"他是指我溜回家的事。可见卡尔没有告诉他。

"不怎么样。"我实在想不出别的话来回答。现在我的家人已经知道了我的真实面目，奇隆也去以身犯险了，还有，谢德死了。"我的一个哥哥被处了死刑，在退伍令到达之前。"

他转身看我，我希望他能多少有些不安，毕竟，这是他们银血族干的。但他握住我的手说："我很遗憾，梅儿，我想他一定不该受到那种惩罚。"

"是的，不该。"我不会忘记我哥哥是为什么死的，而现在我也正步他后尘。

梅温仔细地盯着我看，似乎想从我的眼睛里读出什么秘密。有一瞬间我很感激博洛诺斯的礼法课，否则我一定会担心梅温和王后一样也能读出人的所想。但他是燃火者，只是燃火者。

只有极少数银血族会继承母系的能力，而且谁也不可能拥有一种以上的超能力。所以我的秘密，我誓忠红血卫队的事，只属于我一个人。

他伸出手要拉我站起来，我接受了。这时，其他人都开始热身了，他们大多在拉伸肌肉或绕圈慢跑，有几个却引人注目。伊兰时隐时现，她控制弯折身边的光线，直至整个人都无影无踪。拉里斯家族的奥利弗是个织风人，他在两手之间造出了一个迷你龙卷风，掀起四周的微尘。桑娅懒洋洋地和一个十八岁的壮硕男孩安德罗斯·伊格对打。桑娅技巧娴熟，狡猾而残忍，动作灵巧迅速，就像绸缎一般。她本可以把他打趴下，但安德罗斯见招拆招，每一击都更暴烈。伊格家族都是鹰眼，这意味着他们能预知最近的未来，安德罗斯可把这项异能运用得十分充分。

想想他们真铆起劲儿来能做什么吧。他们太强壮，太强大了，而这些还都是小孩。我的希望消失殆尽，全都转化为恐惧了。

"列队。"一个几乎听不见的声音。

我们的教官悄无声息地走进了大厅，卡尔跟在旁边，后面还有一个普罗沃家的电智人。就像一个优秀的战士那样，卡尔亦步亦趋地跟着教官，而后者和卡尔的大块头相比，显得瘦小且低调。他苍白的皮肤上刻着不少皱纹，头发和衣服一样都是白色的，这佐证着他的年纪和家族——亚尔文家族，静默者。我回想着礼法课上讲的：亚尔文家族举足轻重，强大有力者辈出，深得银血族人信任。在还没成为梅瑞娜·提坦诺斯、还是个小孩子的时候，我就知道他了。那时每当首都转播死刑示众，他都是监刑官，对红血族甚至银血族都有生杀予夺的权利。而现在，我终于明白他们为什么让他来做这种事了。

伊兰重新现出了身形，奥利弗手里的龙卷风消失了，伊万杰琳投出去的刀子直接从半空中掉落，即便是我，也感受到仿佛有一床冷静而虚空的毯子兜头盖下，摁住了我对电流的感知。

他就是瑞恩·亚尔文，教官，刽子手，静默者。他能把银血族降格为他们最憎恶的：红血族。他可以剥除银血族的超能力，把他们变成普通人。

我正发呆，梅温把我拉到了他身后，卡尔站在我们这一列的最前面。伊万杰琳站在旁边另一列打头的位置，一时完全没注意到我。她看着卡尔站定，对他颇具权威的地位习以为常。

亚尔文没有浪费时间向大家介绍我，事实上，他好像根本没发现我已经开始参加训练了。

"跑圈。"他的声音又低沉又粗哑。

还好。是我能办到的事。

我们排着队，绕着大厅跑了起来，步履轻松，气氛和谐。我加快了速度，享受着期待已久的训练，不知不觉超过了伊万杰琳。卡尔跑在我旁边，控制着整条队列的速度。他有点儿怪异地朝我一笑，看着我跑。这是我能做到的，甚至很愿意享受其中的事情。

我的双脚踏在带有衬垫的地板上，一步一弹，但血液在耳朵里鼓噪的感觉、流汗的感觉，还有这样的步速，都是如此熟悉。如果闭上眼睛，我都能假装自己还在干阑镇，和奇隆、和哥哥们在一起，或是我独自一人。总之自由自在。

突然，墙上的一层器械旋转而出，打到了我的肚子。

它一下把我掀翻在地，四仰八叉，但真正受伤的是我的骄傲自尊。其他人往两边避开，伊万杰琳回过头冷笑一声，看着我落在后面。只有梅温放慢步子，等我赶上去。

"欢迎加入训练。"梅温咯咯笑着，看我自己爬起来。

整座训练厅里，墙上的机关都转了起来，为跑动的受训者设下障碍。其他人都泰然自若，他们早就习惯了。卡尔和伊万杰琳带着队伍，上下腾挪，躲开了一个个障碍物。而我的余光瞥见普罗沃家族的电智人，正瞄准墙壁让它们动起来，甚至还冲我轻蔑地一笑。

我忍住了冲他破口大骂的冲动，重新回到队列里。梅温跑在我旁边，距离还不到一步，这倒让我生气起来。我加快了脚步，尽己所能地使出了短跑和跨栏的本事。但梅温可不像那些走廊里的警卫——想把他甩开太难了。

到跑圈训练结束时，卡尔是唯一一个汗都没流的人。就连伊万杰琳都累得要散架了，尽管她极力掩饰。我重重地喘着气，但很自豪，虽然开始时不太顺，我还是坚持下来了。

亚尔文教官检视着我们，目光停留在我身上，接着就转向电智人："放靶子，提奥。"他的命令仍然低得像是耳语，却如同拉开窗帘、露出阳光似的，让我全身的能力又回来了。

那个电智人助教挥了挥手，地板滑开，一把怪模怪样的枪就出现了，和我在博洛诺斯夫人的窗子后看见的一样。我这才意识到那不是什么枪，而是一个液压泵，只有电智人才能挪动它。这不是什么了不起的超能力，所有电智人都有这本事。

"提坦诺斯小姐，"亚尔文的低语让我浑身发抖，"我明白，你有一种有趣的能力。"

他想到的是闪电，是能造成破坏和杀伤的白紫色电光，我的脑海中却盘旋着朱利安昨天说过的话。我并非仅是控制，而是可以创造，我和别人不同。

所有人都盯着我，我咬紧牙关，决意自强。"是很有趣，但也不是闻所未闻。"我说，"我等不及要学习运用它呢，先生。"

"你现在就开始吧。"教官说道，他身后的电智人绷紧了身子。

一个球形靶子立即飞上了半空，快得不可思议，远超我的想象。

控制。我暗自复述着朱利安的话。集中精神。

这回，我能感受到一股拉力，仿佛吸收着空气中——以及我身体内某处的电能，它们在我手中汇聚，以小火花的模样闪耀显形。但没等我把它甩出去，靶子就掉下来了。火花坠落在地上，消失得无影无踪。伊万杰琳在我背后窃窃嘲笑，当我转身瞪她的时候，却看见梅温点点头，鼓励我再试一次。在他旁边，是卡尔，他双手抱着肩，面色阴沉，写满了我读不懂的情绪。

又一个靶子飞起来，在半空中翻转着。火花汇聚得更快，并且在靶子飞到最高点时成形闪烁。就像之前在朱利安的教室里那样，我挥出了拳头，任由能量席卷肆虐，把火花甩了出去。

火花带着渐弱的光芒，划出了一道漂亮的弧线，击中了正往下落的靶子的一侧。它在我的威力之下四分五裂，冒着烟掉在地上摔了个粉碎。

我不禁咧嘴笑了起来，为自己而高兴。在我身后，卡尔和梅温鼓起掌来。有几个孩子也拍了拍手，但伊万杰琳和她的朋友们显然不会那么做——她们的模样看起来简直像受了奇耻大辱，就因为我击中了靶子。

教官亚尔文却什么都没说，也没费心祝贺我。他只是看了我一眼，对其他人说："下一环节。"

教官把所有人折磨得精疲力竭，他驱赶着我们一轮又一轮地练习，以调整优化我们的各种能力。当然，我的水平远远落后于其他人，但我能感觉到自己正在进步。训练结束时，我已经大汗淋漓，浑身酸痛。朱利安的课简直就是福音，可以让我坐下来恢复恢复体力。不过，即便是上午的训练也没能把我榨干——午夜正在降临。时间走得越快，我就离午夜越近，离下一步行动越来越近，离掌控自己的命运越来越近。

朱利安没有注意到我的心神不宁，也许是因为他正埋首于一大堆新捆扎好的书堆中。这些书每本都有一英寸那么厚，而且只标着一个年份，别无名号。这都是什么书，我一点儿头绪都没有。

"这些是什么东西？"我拿起其中的一本问道。书里都是各种清单：姓名、日期、地点——死亡原因。大多数都简单地标明"失血过多"，但也有的写着疾病、窒息、溺亡等更为具体可怕的细节。我的血液一片寒凉，终于明白过来自己正在读什么。"死亡名单。"

朱利安点点头："在与湖境之地的战争中，每个亡者都记录在此。"

谢德。我想着，只觉得一阵反胃。不知怎的，我认定他的名字不会被记录在这里面——逃兵不配得到载入史册的荣耀。我愤怒地让思绪向外伸展，触到了照着我阅读的那盏灯。灯里的电流声声呼唤，犹如我自己的脉搏。我只是想了想，就让那盏灯关上又打开，随着我紊乱的心跳时明时灭。

朱利安注意到闪烁的灯光，抿紧了嘴唇。"哪里不对劲，梅儿？"他干巴巴地问。

一切都不对劲。

"我并不是新日程表的拥趸。"我丢下那盏灯说道。这不是谎言，可也不是真话。"我们不能再练习了。"

朱利安只是耸耸肩，那羊皮纸色的衣服随着他的动作起皱，看起来更脏，简直要和那堆旧书融为一体了。"据我所知，你需要的引导已经超过了我能提供的。"他说。

我把牙齿咬得咯咯响，话还没出口就已经被我嚼烂了："卡尔告诉你那些事了？"

"是的。"朱利安坦然答道，"他做的没错，你不要怪他。"

"我有的是可以怪他的理由，"我轻哼一声，想到他满屋子的战争书籍和杀人指南。"他和其他人没两样。"

朱利安张了张嘴想说什么，但最终还是咽了下去，重新扎到了书堆里。"梅儿，我们之前做的那些，算不上真正的练习。啊对了，你今天参加训练表现得很不错。"

"你看见了？怎么办到的？"

"我要求旁听。"

"什——"

"那不重要。"他直直地看着我，声音突然韵律悠然起来，如同深沉、舒缓的低低絮语。我叹了口气，承认他是对的。

"那不重要。"我重复道。尽管静默不语，他的声音仍然盘旋在空气中使人平静。"那么，我们今天的课题是什么呢？"

朱利安自鸣得意地笑了："梅儿。"

他的声音又正常了，简单而熟悉。那回音般的韵律被打破了，如同一朵上浮的云彩飘走了。"那是——那到底是什么玩意儿？"我惊异地问。

"我请博洛诺斯夫人不要在她的课上讲太多雅各家族的事，"他仍然狡黠地笑着，"你竟然一句都没问过，真让我惊讶。"

确实，我从来没对朱利安的超能力有过好奇心，总觉得那应该是某种比较弱的能力，因为他不像其他人那样自命不凡——现在看来，我大错特错了。他比我想象的要强大得多，也危险得多。

"你能控制人心，像她一样。"我想到朱利安这样一个有同情心的人，一个好人，竟然和王后一样，就不寒而栗。

他没理会我的指责，而是把注意力重新集中到那些书上面。"不，不一样。我远远比不上她的力量，或者说她的残忍。"他叹了口气，解释说，"我们是心音人——如果还有这类人的话，应当会被如此冠名，至少。我是我们家族的最后一个人，也是——没错，最后一个心音人。我不能读到人的心思，不能控制人的思想，也不能在你的脑袋里说话。但我能唱歌——只要人们能听到我的歌声，只要我能看着人们的眼睛——我就能让他们照我的意思行动。"

恐惧蔓延了我的全身。即便那是朱利安。

我慢慢地向后挪，想在他和我自己之间拉开点儿距离。他当然注意到了，但是没有生气。

"你不信任我，这是对的，"他喃喃自语，"没有人信任我。所以我仅有的朋友就是那些写在纸上的字句。但除非确有必要，我不会使用这种能力，而且我也从没有出于恶意去使用它。"他轻蔑地冷哼一声，阴郁地笑了起来："如果我真的想要，王位也是囊中之物。"

"但你不想。"

"是的，我妹妹也不想，不论其他人怎么说。"

卡尔的母亲。"好像没有人说过她什么——反正没人跟我说过。"

"人们不喜欢谈论死去的前任王后，"他紧紧咬着字眼，淡然地看向别处，"但她在世的时候，人们可没少议论。柯丽·雅各，心音王后。"我没见过这样的朱利安，一次都没有。他总是安静平和的，也许有点儿钻牛角尖，但从不生气愤怒，从不伤心痛苦。"她不是在选妃大典上被选中的，你知道，不是像伊拉或伊万杰琳那样，甚至也跟你不一样。提比娶了我妹妹是因为他爱她——而她也爱他。"

提比。用少于八个音节的词来称呼"北境烈焰、诺尔塔之王、卡洛雷的提比利亚六世国王"，听起来还真是怪怪的。但他也曾经年轻过，也像卡尔一样，生来就注定成为国王。

"人们讨厌她，因为我们出身于低等的家族，因为我们没有强力、超能，或其他人所拥有的那些蠢东西。"朱利安一股脑儿地说着，眼睛仍然看着别处，肩膀随着呼吸起伏。"当我妹妹成为王后，她扬言要改变这一切。她和善、慈悲，能将卡尔培养成一个王国需要的、能团结大众的国王，一个不惧怕改变的国王。但那终究没能实现。"

"我知道失去兄弟姐妹是什么感觉……"我喃喃说着。此刻想起谢德仍然觉得一切极不真实，好像所有人都在说谎，而他其实已经回家了，快乐且安逸。但我知道那就是真的，某个地方，我哥哥身首异处的尸身就是证明。"我昨天晚上才知道，我哥哥死在前线了。"

朱利安终于转回了视线，眼睛里闪着幽光："很抱歉，梅儿，我没注意到。"

"不必，这些书里不会记录那些死刑犯。"

"死刑？"

"逃兵。"这个字眼念起来像是血的味道，像是谎言。"但他绝不可能那么做。"

沉默了好一会儿，朱利安把一只手放在我的肩膀上："看来，我们的共同之处，可比你想象的多。"

"什么意思？"

"我妹妹也是被他们杀死的。她挡了他们的路，所以被除掉了。而且——"他的声音低了下去，"同样的事还会发生，只要他们觉得有必要，甚至对卡尔和梅温也不会手软。还有，尤其是你。"

尤其是我，闪电女孩。

"我想，你是希望做些改变的吧，朱利安。"

"确实如此。但这些需要时间谋划，而且太过依赖运气。"他低头盯着我，好像知道我已经在一条黑暗的路上迈出了第一步。"我不希望你做什么自不量力的事。"

太晚了。

RED QUEEN

第十六章

我瞪着钟表，等待午夜的到来，像是等了一个星期那么漫长，最后都有点儿绝望了。法莱当然不会来这儿找我们，即使她没那么才智过人，也不会以身犯险。但今晚，当指针嘀嗒一声，我只觉得一片虚空——这是选妃大典以后的第一次。没有摄影机，没有电流，什么都没有。能量似乎完全被放空了。我以前经历过停电，次数多得数都数不过来，但这次不同。这不是偶发意外，是专为我而来。

我立即行动起来，穿上那双几个星期来已经有点儿破的靴子，溜到了门口。我一来到走廊就听见了沃尔什的声音。她一边拉着我在黑暗里穿梭，一边在我耳边轻且快地说着。

"我们时间不多。"她低语着，把我推进了侍从专用的楼梯间。这里伸手不见五指，但她很清楚我们要去哪儿，我也就信任地跟着她。"他们会在十五分钟后恢复电力，如果我们够走运的话。"

"如果不走运呢？"我在黑暗里喘着气。

她把我推下楼梯，用肩膀顶开了一道门："那我就希望你别太留恋你的脑袋了。"

先是一股泥土和水的气味袭来，这勾起了我在树林里生活的回忆。这里看起来像一座森林，有很多粗糙多瘤的老树，成百棵树木花草在月光下如同蓝色和黑色的剪影，但即便如此，上方也有一道玻璃屋顶。花房。扭曲的黑影映在地上，爬来爬去，一个比一个更吓人。每个暗角里都有警卫和禁卫军，等着一拥而上，然后像杀死我哥哥那样杀死我们。但那恐怖的黑色面具和红色制服并没有出现，只有玻璃屋顶之下，遥映着星星盛放的花朵。

"我就不行屈膝礼了。"闪动着星点白色的玉兰树丛之中闪出一个人影。她蓝色的眼睛映着月色，在暗夜里闪烁着冷酷的火光。在戏剧效果方面，法莱确实颇为在行。

就像在电视直播里一样，她的脸上围着一条红色的纱巾，遮住了面容。她的脖子上有一道蔓延至衣领的可怕伤疤，看起来才刚刚开始愈合，这是纱巾遮不住的。看来，自从上次见面之后她一直没闲着。以后我也会如此。

"法莱。"我点点头，向她打招呼。

她没理我。好吧，这早在意料之中，只是例行公事。"另一个呢？"她小声问。另一个？

"霍兰德带他来，马上到。"沃尔什屏住呼吸，甚至有些兴奋。我们到底在等谁？就连法莱的眼睛也亮起来了。

"是谁？还有谁会加入我们？"她们没回答我，只是互相交换了眼神。我想到几个名字，都是侍从或者帮厨，他们可能会支持这件事。

但那个加入我们的人并不是侍从，甚至不是红血族。

"梅温。"

我看着我的未婚夫从暗影中走出来，一时不知道该大叫还是该落跑。他是王子，是银血族，是敌人，他却站在这儿，站在红血卫队的领袖面前。陪着他的是霍兰德，那是个上了年纪的红血族，他服侍他多年，看上去满脸傲气。

"我跟你说过，你不孤单，梅儿。"梅温对我说道，但是他没有微笑，垂在身旁的一只手抽动着——他太紧张了。法莱吓到他了。

我看见法莱正拿着枪走向他，但她也和梅温一样紧张。不过，她还是保持着平稳的声音说："我想听你亲口说，小王子。你跟他说过的话，再跟我说一遍。"她说着朝霍兰德点点头。

梅温听到"小王子"的说法满脸蔑视，不高兴地撇着嘴，但他没有反击。"我想加入红血卫队。"他的声音十分坚定。

法莱迅速地举起手枪瞄准了目标。当她用枪筒抵着梅温的额头时，我的心都快要停跳了，可梅温毫不退缩。"为什么？"她轻蔑地问。

"因为这个世界有问题。我父亲做的，我哥哥即将做的，都是错的。"即使被枪指着，他还是尽量保持平静，只是脖子上流下了一滴汗。法莱没有收回手枪，她在等待更好的答案。我发现我也在等。

他的眼睛看向我，费力地咽了口唾沫："我十二岁的时候，父亲把我送到前线去锻炼，好让我更像我哥哥。卡尔很完美，你知道，那么为什么我就不能像他一样呢？"

我忍不住想躲开他的话，因为那里面的痛苦是我所熟知的。我活在吉萨的阴影里，他活在卡尔的阴影里，我知道那是什么感觉。

法莱哼了一声，几乎嘲笑起来："一个嫉妒的小男孩对我毫无用处。"

"我倒希望真是嫉妒把我推到这儿来的，"梅温喃喃说道，"我在营地里待了三年，跟在卡尔、官员和将军们后面，眼睁睁地看着士兵们为一场无望的战争拼杀、送命。卡尔看到了荣耀和忠诚，我却只看到愚蠢和不值。

战争双方皆血流成河，而你们的伤亡比我们更为惨重。"

我想起了卡尔房间里的那些书，战术和演习图四处横陈，如同儿戏。这样的回忆令我不禁瑟缩，但梅温接下来的话，更让我不寒而栗。

"曾经有个男孩，才十七岁，是个北方冻土地区来的红血族。他不像其他人那样一见我就知道我的身份，可是也对我非常好。他把我当作一个真正的人。我想，他是我第一个真正的朋友。"不知道是不是月光在故弄玄虚，梅温的眼睛有些亮晶晶的。"他叫托马斯，我眼睁睁地看着他死掉。我本可以去救他，卫兵们却阻拦我，说他的命不值得我拼命。"泪水不见了，代之以紧握的拳头和铁一般的决心。"银血族凌驾于红血族之上，卡尔称之为'平衡'。他是个好人，也会是个公平的统治者，但他觉得为了改变而付出代价是不值得的。"他说，"我要告诉你的是，我和其他人不同，我认为我的生命和你们的同样珍贵，而我也愿意将它双手奉上，如果那意味着改变。"

他是王子，而且更糟的是，是伊拉王后的儿子。我之前一直不肯信任他，就是因为这个原因，因为他保留着某些秘密。或许，这就是他一直隐藏着的——他的真心。

尽管他竭力保持面色冷静，后背挺直，嘴唇紧闭，可我还是能透过那面具，看到一个真实的男孩。我有点儿想去抱住他，安慰他，但法莱肯定会阻止我那么做的。当她慢慢地、但也是毫无疑义地放下了枪，我长长呼了一口气——我甚至都没留意到自己一直屏着呼吸。

"这孩子说的是真话。"那个叫霍兰德的男仆说道。他转身走到梅温身旁，摆出一副要保护王子的姿态。"自打从前线回来，他就有这想法了，已经好几个月了。"

"于是在几次泪流满面的夜谈之后，你就把我们的事告诉他了？"法莱揶揄着，把令人胆战的目光投向霍兰德。但那老仆人不为所动。

"王子还小的时候我就认识他了，每个接近他的人都能感觉到他心境的变化。"霍兰德瞥了一眼身旁的梅温，好像回忆着这男孩往昔的模样。"想想看，他能成为何种的同盟，能带来何种的改变。"

梅温是不同的。这一点我亲有所感。但我的话显然不能影响到法莱，眼下只有梅温自己做得到。

"以你的颜色起誓。"她低声说。

拜博洛诺斯夫人所赐，我知道这是一种古老的誓约，就如同指着你的生命、你的家族、你未来的子孙后代和所有的一切起誓。而梅温想都没想就照做了。

"我以我的颜色起誓，"他低下头说，"献身于红血卫队。"听起来和他的订婚誓言很像，但这远远重要得多，也致命得多。

"欢迎加入红血卫队。"法莱终于说道，拉下了遮面的纱巾。

我悄悄地在瓷砖地板上挪动，直到拉住梅温的手。此刻，它又有了熟悉的温度。"谢谢你，梅温。"我轻声说，"你不知道这对我们——对我，意味着什么。"

我们竟然策反了一个银血族，甚至还是王室成员，想到前景乐观，人人都露出了笑容，只有法莱无动于衷。"你打算为我们做些什么？"

"我能给你信息、情报，以及你推进行动所需的任何东西。我现在列席税务委员会，和我父亲一起——"

"我们对税务没兴趣。"法莱咬着牙，怒气冲冲地瞪了我一眼，好像她不喜欢梅温提供的东西是我的错。"我们需要名字、位置、目标。攻击哪里以及什么时候攻击才能造成最大的伤亡，你能告诉我这个吗？"

梅温转过身子，有点儿不自在。"我更倾向于不那么敌意的方式，"他小声说，"暴力的方法不会为你赢得伙伴的。"

法莱的冷笑声回荡在整个花房："你们的人要比我们红血族暴力残忍几

千倍。过去几百年里，我们都被踩在银血族的脚下，现在也不想以什么平和的方式推翻压迫。"

"我想也是。"梅温喃喃说道。他一定想到了托马斯，还有他眼看着送命的每一个人。他往后动了动，肩膀擦着我的肩膀，仿佛在向我求助。法莱没漏掉这细节，几乎要大笑起来。

"小王子和闪电小女孩！"她笑道，"你们俩真是太般配了！一个是懦夫，另一个，你——"她转身看着我，蓝色的眼睛燃着怒火。"上次来见我时，还在烂泥里趴着找魔法呢！"

"可我找到了。"我对她说着，为了证实这一点，在手里亮起了电火花。跳跃的白紫色微光照亮了大家。

黑暗似乎渐渐散开，红血卫队的成员一个个从林木树丛中走了出来，带着威胁的意味。他们的脸上都蒙着围巾或大手帕，但总有些遮掩不住的。那个个子最高、手长脚长的一定是特里斯坦。从他们站的方式、紧张且做好准备进攻的样子，我能肯定，他们心存畏惧。但法莱始终面不改色。她知道这些人虽是保护她的，却不会对梅温做什么，甚至也不能拿我怎么样，但她看起来一点儿都不害怕。让我大为惊奇的是，她最后还笑了起来。她咧开嘴巴，露出牙齿，像一头饥饿的野兽。

"我们可以把这个国家炸得烧得一渣不剩，"她一边说，一边看着我和梅温，带着一种类似骄傲的东西，"但那永远比不上你们俩能带来的破坏力。"

"一个背叛了顶上王冠的银血王子，一个身怀异能的红血女孩，当人们看到你们和我们站在一起，又会如何评议呢？"

"我以为你是想——"梅温一开口，就被法莱挥手打断了。

"爆炸只是获得关注的方法。一旦我们得手了，一旦这个无望国家的银血族开始观望，我们就得拿出些什么给他们看。"她上下打量着，好像在拿我们和她脑海中的什么相比较，衡量我们够不够格。"我想你们能做得很好。"

我的声音颤抖着，为她即将说出的话感到恐惧："做什么？"

"我们光荣革命的亮相之作，"她向后昂着头，骄傲地说道，金色的头发映着月光，有一刹那恍若戴上了王冠，"冲垮千里之堤的第一滴水。"

梅温热切地点了点头："那么，我们如何开始？"

"唔，我想，是时候借用一下梅儿的这出谎言大戏了。"

"这是什么意思？"我听不懂，梅温却轻而易举地跟上了法莱的思路。

"我父亲一直在掩饰红血卫队发起的其他袭击。"梅温小声地解释着法莱的计划。

我立刻想到了午宴时麦肯瑟斯上校忍不住发难的那些话："空军基地，德尔菲，哈伯湾。"

梅温点头道："他说那些是意外事故，是训练演习，但都是谎言。可是当你在选妃大典上一电成名，就连我母亲也不能几句话遮掩了事。我们需要这样一个人，任何人都无法隐瞒无视她，而她能告诉世界红血卫队极其危险且真实不虚。"

"但那不会造成更糟糕的后果吗？"我想到了暴乱，想到了那些被暴徒折磨残杀的无辜人。"银血族会以牙还牙，那就更惨了。"

法莱移开目光，躲避着我的凝视："那样才会有更多的人加入我们，才会有更多人意识到现在的活法是错的，想要改变就必须采取行动。我们已经花了太多时间停滞不前，现在到做出牺牲、推进革命的时候了。"

"你所谓的牺牲也包括我哥哥吗？"我咬牙切齿地说，只觉得一股怒火在身体里燃烧，"对你来说他可算死得其所？"

以法莱的性子是不打算撒谎的："谢德明白他所投身的是什么样的事。"

"那么其他人呢？那些孩子、老人、所有名列你的'光荣革命'之中的人，他们也明白吗？当他们被禁卫军围捕严惩而你又不见踪影的时候，会发生什么样的惨剧？"

梅温的声音在我耳边响起，温暖而柔和："想想你们的历史，梅儿，朱利安都教过你什么？"

他教过我死亡、昔日、战争。但除此之外，当改变发生时，往往伴随着革命。人民崛起，帝国坠落，改变就此完成。自由的曲线，随着时间的潮汐而起落。

"革命需要火种。"我小声重复着朱利安曾教过我的话。

法莱笑了："你本应该比其他人更明白。"

但我仍然犹疑不决。我失去谢德之痛，父母失去子女之痛，都将因为我们所做的事而加倍。又有多少个"谢德"会因此丧命？

奇怪的是，极力试图说服我的人是梅温，而不是法莱。

"卡尔相信为改变付出代价是不值得的，"他的声音因为紧张和决绝而颤抖着，"有朝一日他会成为统治这个国家的人——你希望他成为未来吗？"

我的答案第一次轻易出口："不。"

法莱点点头，十分满意。"沃尔什和霍兰德，"她朝着他俩努努嘴，"告诉过我这里要举办个小聚会。"

"舞会。"梅温说。

"那个不可能当作目标啊，"我嗫嚅着，"每个人都会带着一堆警卫，而且一旦哪儿有问题，王后就会*知道*——"

"她不会。"梅温打断我，几乎是在嘲笑自己的主意，"我母亲并不像她吓唬你的那样全知全能，她的能力也是有限的。"

有限？王后？单是想想都能让我的思绪乱成一团："你怎么能这么说？你明明知道她——"

"我知道在舞会之中，过多的声音和思想交织围绕着她，会让她的能力失效。只要我们躲开她的搜寻路径，不让她刺中切入，她就什么都不会知道。对于那些鹰眼，也是同样的道理，在乱糟糟的环境之中他们无法做出预判，也就失效了。"他转向法莱，脊背挺得直直的，像一支箭。"银血族确实强大，但并非不可战胜。这是可以做到的。"

法莱慢慢地点点头，露出牙齿笑了："计划启动后，我们会再次联络。"

"我能问个问题作为回报吗？"我脱口而出，急切地抓住她的胳膊，"我的朋友——我上次找你就是为了他——他想加入红血卫队。你不能让他加入。请你保证他不要卷到这些事情里来。"

她慢慢地扒开我的手，眼里升起了歉意。

"我想你说的不是我吧。"

我大为惊恐地看着法莱的那些阴影般的护卫之中走出一人。他脸上蒙着红布，可是那宽阔的肩膀、破破烂烂的衬衫，都是我曾经见过几千次的。然而，他的眼神如同钢铁，那里面的决绝远超他这个年龄所能负荷的，让我根本认不出来了。奇隆，仿佛已多年未见。他已将红血卫队刻入骨髓，决意斗争且慷慨赴死。他就是血红色的黎明。

"不。"我向后退躲开法莱，眼里只能看到奇隆正全速扑向注定的厄运。"你知道谢德是怎么死的，你不能这么做。"

他拉下那块遮面的红布，伸出双手想拥抱我，但我走开了。他的触碰，如今犹如背叛。"梅儿，你不必总是想要保护我。"他说。

"只要你不那么做，我就答应你。"他怎能甘当人肉盾牌和炮灰呢？他怎么能这么做？！在远处，一阵嗡鸣响起，声音越来越大，但我几乎没注意到。当着法莱、红血卫队和梅温的面，我正拼命忍住眼泪。

"奇隆，求你。"

他听到我的话，眼神黯淡下去，仿佛那是什么辱骂，而不是少女的恳求。

"你选择了你的路，我也选择了我的。"

"我选择这条路是为了你，为了护你周全。"我咬着牙说。我们又陷入了老套，彼此争吵不休，就像过去一样，这还真是令人惊奇。现在，争执的焦点却复杂得多，我也再不能把他推倒在烂泥塘里一走了之。"为了你，我押上了自己。"

"你做了你认为能保护我的事，梅儿，"他轻颤着低声说道，"所以我也要尽我所能保护你。"

我紧紧闭上眼睛，忍着一阵心痛。自从奇隆的妈妈过世，他差点儿饿死在我家门廊上，我就一直在保护他。现在他不再要我保护了，无论他面对的是多么危险的未来。

慢慢地，我睁开了眼睛。

"随你的便吧，奇隆。"我的声音冷硬如同机械，就像那些蠢蠢欲动的电线电路，"电力很快就会恢复，我们得走了。"

其他人马上行动起来，消失在花房里，沃尔什也拉着我的胳膊准备带我走。奇隆转过身，跟着他们向阴影中走去，眼睛却仍然看着我。

"梅儿，"他在我身后喊道，"至少说句再见。"

但我已经朝前走去，梅温在我身边，沃尔什在前面带路。我不会回头去看的，现在他已然背叛了我为他所做的一切。

当你等着什么好事发生的时候，时间总是过得特别慢，而当那些可怕的节点步步逼近时，时间却快得像飞。一个星期过去了，没有任何人来联系我们，梅温和我在黑暗里静待那一刻到来。更多的训练，礼法课，愚蠢的午餐会。每一次我都不得不撒谎，赞美银血族，贬低我自己的族人，我几乎要哭出来，只有红血卫队能让我坚强。

博洛诺斯夫人责骂我上课心不在焉。我没勇气告诉她，她费心尽力教我的、舞会上要用的那种舞步，我永远也学不会。我这个样子就该鬼鬼祟祟地潜行，那充满韵律的动作只会令我惊恐。然而，曾经吓人的训练却成了我释放愤怒和压力的出口，奔跑，或放出电火花，倒能让我把心里埋藏的一切发泄出来。

就在我终于进入状态时，训练的气氛却来了个大逆转。伊万杰琳和她的跟班们不再中伤我了，而是专注于热身。就连梅温也更仔细地做着拉伸运动，好像在为什么做准备。

"这是怎么了？"我朝其他人努努嘴，眼睛却盯着卡尔，他正以完美的姿势做着俯卧撑。

"你马上就会知道了。"梅温回答道。他的声音里有一种怪怪的沉闷。

亚尔文带着普罗沃来了，就连他的步子也仿佛带着一种雀跃。他没有低吼着让我们跑圈，而是走近了大家。

"蒂亚娜。"亚尔文教官低声点名。

一个身穿蓝色条纹训练服的女孩站了出来，她来自奥萨诺家族，是个水泉人。她径直走向训练场中央，等待着什么，脸上的表情一半是兴奋，一半是恐惧。

亚尔文转过身来，检视着这些学员，有一瞬间盯上了我，不过谢天谢地最终他转向了梅温。

"梅温王子，请。"他朝着蒂亚娜所在的地方打了个手势。

梅温点点头，走过去和她站在一起。他们俩都十分紧张，手指紧紧扭着，等着接下来发生的事。

突然，训练场围绕着他们动起来了，墙壁也挪了出来。普罗沃伸出手臂，用他的能力改变着整座训练厅的结构。当一切成形时，我的心狂跳起来，认出了那到底是什么——

角斗场。

卡尔取代了梅温的位置站在我旁边，他的动作又快又轻。"他们不会打伤对方的，"他解释道，"亚尔文会在造成真正损伤之前喊停，而且愈疗者就在这里待命。"

"令人欣慰。"我哽着声音说道。

在这座快速建好的角斗场中央，梅温和蒂亚娜准备好了对决。梅温的手环激起了火花，他的手掌中燃起了火焰，而湿乎乎的水蛭鬼魅般地环绕着蒂亚娜。大战一触即发。

我的不安似乎令卡尔有些不自在："你只是担心梅温吗？"

相去甚远。"现在礼法课没那么容易了，"我可不是在说谎，只不过在我的困难清单上，学跳舞排名垫底。"看样子，跳舞和宫廷礼仪比起来，前者我做得更糟。"

令我惊讶的是，卡尔大笑了起来："你一定跳得难看极了。"

"没错，连个舞伴都没有当然练不好。"我不高兴地反唇相讥。

"确实。"

最后两块零件拼合起来了，训练场和围墙改建完毕。梅温和他的对手被围在厚厚的玻璃幕墙里面，深陷在这缩小版的角斗场之中，而其他人则隔墙相望。上一次我观看的那场银血族决斗比赛，可是有人差点儿送命。

"谁占上风？"亚尔文向全体学员发问。大家都举起了手，只有我例外。"伊兰，你说。"

那个哈文家的女孩仰着下巴，高傲地说："蒂亚娜占上风，因为她年纪大，更有经验。"她说话的样子，就好像这是明摆着的、全世界都知道的事一样。梅温的脸唰地白了，尽管他想要掩饰。"而且水能灭火。"

"很好。"亚尔文回身看着梅温，鼓励他反驳。但梅温缄口不言，只是用燃烧的火焰替自己作答。"不错。"

冲击碰撞犹如狂风暴雨，水火两重的巅峰对决就此拉开。蒂亚娜用水作为屏障，抵挡着梅温的猛烈进攻，顽固而难以穿透。每当梅温靠近她，挥出火球的时候，最后都只能落个一团蒸汽。战事看似胶着，但梅温略胜一筹，他节节进攻，把蒂亚娜逼到了墙边。

在我们四周，所有的学员都欢呼起来，为战士们叫好鼓劲。我曾经非常厌恶这些，但此刻我很难保持安静。每一次梅温发起攻击，压制住蒂亚娜的时候，我都忍不住和其他人一起大呼小叫。

"那是陷阱，小梅。"卡尔压低声音，似乎是自言自语。

"什么？她要怎么做？"

卡尔摇了摇头："看着吧，她就要得手了。"

但蒂亚娜怎么看都不像有胜算的样子，她被困在墙边，在水盾后面强撑着，一波弱似一波。

说时迟那时快，逆转在一瞬间发生了。蒂亚娜向梅温掀起水潮，并抓住他的胳膊一拉一甩，两人的位置转眼互换了。现在是梅温被罩在水盾之下，困在水和墙之间。他无法控制压下来的水，尽管想要用火反击却还是被压制得死死的。水劈头盖脸地浇下来，在他灼热的皮肤上变成了一个个气泡。

蒂亚娜退后一步，面带微笑地看着对手挣扎："投降吗？"

一串泡沫从梅温嘴唇里挤了出来："投降。"

水流回撤，在空中蒸发消失了，周遭一片掌声。普罗沃又举起了手，让角斗场恢复成开始时的样子。蒂亚娜轻鞠一躬，而梅温挣脱了那湿乎乎的一片狼藉。

"我挑战伊兰·哈文。"桑娅·艾若尖厉地说道。她要在教官开口挑选对手之前自己选择。亚尔文点头同意了，瞥了一眼伊兰。令我惊讶的是，伊兰笑了笑，悠然走向角斗场，长长的红头发飘摇着。

"我接受你的挑战，"伊兰在场地中央站定，"希望你这次拿出点儿新花招儿。"

桑娅紧随其后，几乎笑出声来："你觉得我能事先告诉你吗？"

她们正嬉皮笑脸地闹着，突然伊兰整个人隐身不见了，并且扼住了桑娅的喉咙。她呛了几口，稍稍扭动就从看不见的对手胳膊下面溜走了。她俩的对决很快就变得紧张而致命，那是一只猫追捕一只隐形老鼠的残暴游戏。

梅温无心观战，他正为自己的表现恼怒不已："说吧。"他看着卡尔，而他哥哥则探头过去，开始了一场静悄悄的战术讲座。我想他俩一定经常这样。

"不要把那些比你强的人迫至一隅，那只会徒增他们对你的危险。"他说着把胳膊搭在弟弟肩膀上，"不能靠能力取胜的话，就要靠你的头脑。"

"我记住了。"梅温嘀咕着，虽然有点儿嫉妒但还是接受了哥哥的建议。

"不过你还是有进步。"卡尔拍了拍弟弟的肩膀。他本是好意，但表现出来总是显得有点儿屈尊降贵、要人领情似的。梅温竟然没翻脸，我还挺惊讶——不过他应该习惯了吧，就像我以前也习惯了吉萨那样。

"谢谢，卡尔，我想他已经明白了。"我替梅温打圆场。

卡尔可不傻，他听懂了我的弦外之音便皱起眉头，向后瞥了我一眼，接着丢下我俩，走回伊万杰琳旁边。我本来不希望他走开的，那样就不必看着伊万杰琳的冷笑嘲讽和幸灾乐祸了。再说，每次卡尔看着她，我肚子里都会泛起一阵奇怪的绞痛。

当卡尔走远，听不到我们说话了，我就用肩膀碰碰梅温："他是对的，你明白，那种人必须以智取胜啊。"

在我们眼前，桑娅正抓着一团"空气"把它摔在墙上。银色的液体四溅开来，伊兰显出了形，一道银色的血从她鼻子里流了出来。

"事关角斗，他永远是对的。"梅温抱怨着，没来由地心烦意乱起来，

"等着看。"

在角斗场的另一头，伊万杰琳正微笑着欣赏这场残酷的厮杀。她怎么能看着自己的朋友血洒当场，我真是不能理解。银血族是不同的，我提醒自己。他们的伤疤不会久留，他们也不会记得疼痛的感觉。皮肤愈疗者等在一旁，暴力便因此有了新的意义。断掉的脊骨、破开的肚子，一切全都没关系，因为总会有人来使它们复原。他们不知道危险、恐惧、痛苦这些字眼的真正意义，受伤，只不过是他们自豪的由来。

你是银血族，你是梅瑞娜·提坦诺斯，你要享受这些。

卡尔冷眼看着场上的两个女孩，仿佛她们是一本书或一幅画，而不是活动的血肉之躯。在他黑色的训练服之下，肌肉紧绷着，已准备好上场。

轮到他时，我才明白梅温的话。

亚尔文教官安排卡尔和两个人对阵：织风人奥利弗和席琳·麦肯瑟斯——这个女孩能把自己的皮肤变成石头。这只是一场名义上的势均力敌：尽管卡尔在人数上不占上风，却仍然能把两个对手耍得团团转。他用烈焰旋风困住了奥利弗，同时向席琳猛击，一招儿便同时压制住两个人。席琳变成了一座喘气的雕像，如同坚硬的石头而不是人的躯体，但卡尔要比她强壮。他的攻击让席琳的石头皮肤渐渐开裂，抛出的每一击都让那蛛网般的裂缝越来越密。而这对于卡尔来说只是练习，他已经有点儿不耐烦了。他最终以一次剧烈的爆炸结束了角斗，整个场地活像被翻了个儿的地狱，连梅温都往后退了几步。当浓烟和火焰消散后，奥利弗和席琳都举白旗了，他们身上伤痕累累，血肉模糊，但谁也没叫痛。

卡尔把两个对手丢在身后，甚至都没看看皮肤愈疗者为他们施治。是这个人救了我，带我回家，还为我打破了规矩。但他同时是无情的战士，血染王冠的继承人。

卡尔的血液是银色的，他的心却像那些焦煳的皮肤一样，是黑色的。

当他的目光与我的相遇，我连忙看向别处。我不能让他的温暖，让他的奇怪的善意迷惑我。我记住了角斗场上的惨状。卡尔比其他所有人加起来都要危险，我不能忘记这一点。

"伊万杰琳，安德罗斯。"亚尔文又点名了。他冲着两人点点头，但安德罗斯一副泄气的样子，对即将到来的恶战——和失败——颇为烦恼。不过他还是本分地往角斗场中央慢慢走去，令人惊讶的反倒是伊万杰琳一动不动。

"不。"她大胆地拒绝着，脚下如同生了根。

亚尔文转向她，声音比往常提高了，活像一把剃刀："你说什么，萨默斯小姐？"

她的黑眼睛盯着我，目光如刀子般锋利：

"我要挑战梅瑞娜·提坦诺斯。"

RED

QUEEN

第十七章

"绝对不行，"梅温低声说道，"她参加训练才只有两个星期，你会直接把她撕碎的。"

伊万杰琳只是耸了耸肩作为回答，脸上浮起懒洋洋的轻蔑笑意。她用手指头在腿上敲着玩，我却仿若被那爪子狠狠挠着皮肤一般。

"就算被撕碎又怎么样嘛？"桑娅插嘴道，她的眼睛里闪着怀疑的微光，就像她祖母一样，"愈疗者就在这儿待命，她不会真受伤的。再说，如果要和我们一起训练，早晚都得有这一天啊，对吧？"

不会真受伤。我在心里冷哼一声。不会受伤但是我的血会流出来让所有人都看个清楚。心跳声回荡在脑海，随着时间一分一秒过去越来越快。头顶上，灯光明晃晃地照着环形的角斗场，我的血一旦流出来可就藏也藏不住了，然后他们就会知道我到底是什么：红血族、骗子、小偷。

"在亲自踏上角斗场之前，我希望多观摩几次，你不会介意吧。"我极力表现得像一个银血族，声音却还是抖了抖。伊万杰琳马上抓住了这一点。

"是吓得不敢应战吧？"她讽刺道，慵懒地甩甩手，一只银牙样的小刀子环上了她的手腕，咄咄逼人。"可怜的闪电女孩。"

是，没错。我真想大喊。是啊，我就是害怕。但银血族可不会承认这种事。银血族有他们的尊严，以及强大——但也仅此而已。"我应战就是为了赢，"我回敬道，"我不是傻子，伊万杰琳，现在我还赢不了。"

"躲着角斗场训练你就更别想赢了，梅瑞娜。"桑娅发出喉音，抓着我的敷衍不放，"您说是不是，教官？如果她连试都不试一下，又怎能指望会赢？"

亚尔文知道我身上有些不同之处，事关异能和力量，但那究竟是什么，他并不了解。此刻，他的眼睛里满是好奇，也想看我站到角斗场上去。我唯一的同盟——卡尔和梅温，则交换了忧虑的眼神，思考着怎样才能跨过这一劫。难道他们没料到这种事？难道他们没想到有这种可能？

还是说，一直以来我就是奔着这结局而来？在训练中意外身亡，这是王后的另一个谎言，一个不好处置的女孩最合适的死法莫过于此。这是个陷阱，而我自己一头撞了进来。

完蛋了，我爱的每一个人，永别了。

"提坦诺斯小姐是战争英雄的遗孤，无论如何你都不能取笑她。"卡尔怒吼着，狠狠地瞪了那些女孩一眼。可她们几乎没注意到，反而笑话起他可怜的防卫了。卡尔可能是个生来的斗士，但若论斗嘴他可就不在行了。

桑娅更生气，她狡猾的本性毕露。卡尔是角斗场上的战士，而她恰恰是吵架的高手，抓住卡尔的话进行回击："将军的女儿会在角斗场上表现出色的，要说害怕，那也该是伊万杰琳害怕呀。"

"她不是将军抚养长大，别蠢了——"梅温讥讽道。他在这种事上比他哥哥要好点儿，但还是无法赢得这场嘴战，特别是跟这些女孩。

"我不接受挑战，"我重申，"去找别人吧。"

伊万杰琳笑了，牙齿又白又尖，我旧有的本能像铃铛一样在脑袋里响了起来。当她的利刃划向半空，不等我倒下，脖子就会被削断。

"我要挑战你。"她咬牙切齿地说着，向我脸上飞出了刀子。她的腰带上竖起了更多匕首，准备把我切成条。

"伊万杰琳，住手——"梅温大喊着，而卡尔把我拉到一边，眼睛里满是担忧。我的血液开始歌唱，带着肾上腺素奔流，脉搏跳动的声音大得差点儿听不见他的低语：

"你比她动作快，让她一直跑动。别怕。"又一只刀子飞了过来，这次直插进我脚边的地板。"别让她看见你流的血。"

越过卡尔的肩膀，我看见伊万杰琳正像一头捕猎的大猫般潜行，紧握的拳头里反射出匕首的光芒，犹如排山倒海。那一刻我就知道，谁也阻止不了她了，哪怕是王子。而我不能给她赢的机会。我不能输。

一道闪电射出，依着我的命令劈开空气，击中了伊万杰琳的胸口。她踉跄着后退，撞上了角斗场的围栏。但她没有生气，反而挺高兴地打量着我。

"不会拖太久的，闪电女孩！"她尖叫着，抹掉一道银色的血。

周围的学员们都往后退开，来来回回地看着我俩，大概觉得这是他们最后一次见到活着的我。不，我提醒自己，不能输。我集中精力，凝神于我的能量，让它不断强大，以至于都没注意到四周的墙壁移动了。普罗沃轻轻一点，重置了角斗场，把我和伊万杰琳——一个红血族女孩和一个狞笑着的银血恶魔——锁在了一起。

她朝我冷笑着，薄如刀刃的金属片狠狠刮着地面，在她的授意下连接成形。它们卷曲着，抖动着，拼成了一个活生生的噩梦。她没用随常的刀片，而是用了新的战术。那些金属拼接成的东西，乃是她意念的产物，它们掠过地面，停在了她的脚边。这些玩意儿每个都有着八条匕首一样锋利而弯曲的腿，蠢蠢欲动，等着冲过来把我撕烂。蜘蛛。一种可怕的感觉袭来，仿佛它们已经爬上我的身体，刺得皮肤生疼。

而我手中的电火花苏醒了，在手指间跳跃舞动着，电光闪烁，仿佛大厅里的能量都被我吸了过来，就像海绵吸水。这能量在我身体中穿梭，驱动着它的是我自己的力量和需要。我不要死在这儿。

围栏的外面，梅温笑着，却脸色煞白，恐惧不已。在他旁边，卡尔一动不动。在战斗胜利之前，战士是连眼睛都不会眨一下的。

"谁占上风？"亚尔文教官问，"梅瑞娜还是伊万杰琳？"

没人举手，就连伊万杰琳的朋友们也没动。他们左右打量着，目睹着我俩的力量不断增加。

这时，电光再次闪烁起来，我的身体也嗡嗡低鸣，仿佛过载的电线。在一瞬间的黑暗里，伊万杰琳的蜘蛛扒拉着地面，金属的腿脚以一种骇人的和谐发出叮叮咣咣的声音。

我能感知的只有恐惧、能量和血管里电能的潮涌。

黑暗和光照交替着，让对决双方置身于奇异的摇曳色彩中。我的闪电冲破黑暗，每每击中那些蜘蛛，就会反射出紫色和白色的光带。卡尔的忠告在脑海中回响，我不停地移动着，绝不在地板上的某一个点久留，不给伊万杰琳出招的机会。她在蜘蛛群中穿梭，尽力躲开我放出的电火花。金属锯齿擦过我的胳膊，所幸皮质的训练服够结实。她动作敏捷，但我比她更快，即便蜘蛛在脚边乱爬。说时迟那时快，她怒气冲冲的银色发辫甩向我的指尖又闪开了，但我脚步不停，一把抓住了她。我就要赢了。

在一片刺耳的金属响声里，我听见了梅温和欢呼的学员们，他们都在为我战胜了伊万杰琳而叫好。电光半明半昧，让我看不清她的位置，但就在这样的时刻，我体味到了身为银血族一员的感觉——绝对的强大和极权，几百万人都做不到的事，你却能做到。伊万杰琳每天都如此，现在轮到我了。我要教教你恐惧的感觉是什么样。

突然，我的后腰上挨了重重一击，疼痛传遍了全身。膝盖痛苦地弯曲着，把我压向了地面。伊万杰琳居高临下地暂时停手，乱蓬蓬的银发掩着狞笑。

"如我所说，"她咆哮着，"不会拖太久。"

我的两条腿本能似的动了起来，向外侧甩着。这一招儿我在干阑镇的后巷里用过几百次了，就连奇隆也挨过一两回。我的脚平蹚扫过她的腿，直接把她从我身上掀翻在地。一秒钟我就反身骑在她身上，也不顾腰背上的剧痛了。灼热的能量在我手中噼啪爆裂，猛击着她的脸，就算指关节很痛我也不住手，真想看看可爱的银色血液啊。

"不会拖太久是不是！"我吼着，死死压着她。

然而，伊万杰琳咧着擦伤的嘴角，硬是要笑。金属擦碰的尖厉声音又出现了，那些已经倒下的蜘蛛又抽动起来，金属的身体残骸重新拼合扭结成了一个有着毁灭性破坏力的怪兽。

怪兽以惊人的速度冲过来，把我从伊万杰琳身上撞了下来。现在，被压住的是我，仰面看着那令人作呕、挥动扭曲的金属蜘蛛脚。由于恐惧和精疲力竭，电火花也在我手中消失了。这下，连愈疗者也救不了我了。

一条刺刀般的蜘蛛脚削过我的脸，温热的、红色的血流了出来。我听见自己尖叫出声，不是出于疼痛，而是出于挫败。结束了。

这时，一只燃着烈焰的胳膊挥过来，把那金属怪兽打翻，烧成了一堆焦黑的残骸。接着，一双有力的手把我拉起来，又拨乱我的头发挡住脸，免得那上面的红色痕迹出卖我。我紧依着梅温，任由他带我离开训练厅。我浑身上下的每一寸都在发抖，但他支撑着我一直往前走。一个愈疗者朝我走过来，卡尔止住了他，没让他看见我的脸。在大门轰然关闭之前，我听见伊万杰琳正大吵大闹，而卡尔一贯平静的声音也提高了音量，狂风暴雨般地冲着她咆哮。

我好不容易才能结结巴巴地说出话来："摄像机，摄像机能看见。"

"禁卫军是对我母亲宣誓效忠的，他们处理摄像机，不需要我们担心。"梅温几乎是咬着牙说道。他紧紧地钳住我的胳膊，像生怕我会被拉走似的。他抚着我的脸，用袖子擦掉了上面的血迹。一旦有人看见……

"带我去朱利安那儿。"

"朱利安是个傻瓜。"他低声说。

远处走廊的尽头显出人影，那是两个闲逛的贵族。梅温推着我躲到一条侍从走道里，避开了他们。

"朱利安知道我是谁。"我低声回应着，抓住了他的胳膊。他的手上加了劲儿，我的也是。"朱利安知道该做什么。"

梅温低头看着我，十分困惑，但最终还是点了点头。到达朱利安的住处时，血已经止住了，但我的大花脸还是很狼狈。

门一敲就开了，朱利安还是老样子。但让我奇怪的是，他冲着梅温皱起了眉头。

"梅温王子。"他生硬，甚至是有些无礼地鞠了一躬。梅温没理他，把我径直推进了朱利安的客厅。

朱利安的房间不大，再加上昏暗的光线和陈腐的空气，就显得更局促了。窗帘是拉下来的，隔绝了午后的阳光，地上堆着拆散的纸页，滑溜溜的。屋子的一角烧着一只壶，插电的金属板看来是代替了炉子。难怪我从没在课堂以外的地方见过他，原来这里足以满足他一切所需。

"怎么了？"他招招手，把我们往一对脏兮兮的椅子上面让，显然没打算好好招待。我坐下了，但梅温仍然站着。

我把乱糟糟的头发撩到一边，露出了那自证身份的闪耀红旗："伊万杰琳可要得意忘形了。"

朱利安扭过头，不自在地蹭着两只脚，但这不是因为我，而是因为梅温。他们俩瞪着对方，好像有什么我不知道的过节。最终他还是重新看向我说："我不是皮肤愈疗者，梅儿，顶多也只能帮你擦洗干净。"

"我告诉过你，"梅温说，"他什么都做不了。"

朱利安抿着嘴唇怒道："去找莎拉·斯克诺斯。"他的下巴紧绷着，等着梅温动弹。我从来没见过梅温这样愠怒，即便是对卡尔也没有。但现在，他和朱利安之间迸发出来的已远不止愤怒，而是——恨意。他们彻彻底底地憎恨对方。

"请照做，王子殿下。"这头衔从朱利安嘴里说出来听着就像是诅咒。

梅温最终还是让步了，悄悄溜出门去。

"你俩怎么回事？"我指了指朱利安，又指了指门。

"也不是一两天了。"他丢给我一件白色的衣服让我自己擦脸。血迹浸染着纤维，成了暗红色的一团。

"莎拉·斯克诺斯是谁？"

朱利安又一次迟疑起来。"一个皮肤愈疗者，她会照顾你的。"他叹了口气说道，"她是我的朋友，一个小心谨慎的朋友。"

除了我和书之外，朱利安竟然还有别的朋友，这我还真不知道。不过我什么都没问。

过了一会儿，梅温溜回了房间，这时我已经勉强把脸擦干净了，就是还有些黏糊糊的，有些肿。明天我得想法子遮住这些擦伤，至于后背怎么样，我都不想知道。我小心翼翼地摸了摸，这些肿块都是拜伊万杰琳所赐。

"莎拉不是……"梅温顿了顿，考虑着他要说的话，"她不是我会找的合适人选。"

还没来得及问为什么，门就开了，我猜这个人就是莎拉。她安静地走进屋子，眼皮都不抬一抬。不同于博洛诺斯那种血液愈疗者，她的年纪骄傲地写在了脸上，写在每一道皱纹和凹坑、塌陷的两颊上。她看上去和朱利安年纪差不多，双肩下垂的样子却说明她其实要年长得多。

"你好，斯克诺斯夫人。"我的声音很平静，仿佛在谈论天气。看来礼法课的作用是潜移默化的。

但莎拉没有回答，而是在我的椅子前面双膝跪地，用粗糙的手捧住了我的脸。这触碰冰凉冰凉的，就像晒伤的皮肤冲着水。她的手指摸索着我脸颊上的伤口，出奇地温柔。她很尽责，那几道擦伤渐渐愈合了。我正要提到我的背，她的一只手已经滑向了伤处，有种冰块一样的东西渗了进去，缓解了疼痛。这一切只花了一小会儿，我就好得像第一次到这儿来时一样了。更赞的是，我那些旧有的小伤小痛也都好了。

"谢谢。"我说。但她还是没回答。

"谢谢你，莎拉。"朱利安低声说道。莎拉飞速地看了他一眼，眼神里闪过灰色的微光。她略微低一下头，像是最轻微的颔首。朱利安伸出手，拂过她的胳膊，帮她站了起来。他俩的样子就像是在跳舞的一对搭档，只不过那音乐没有别人能听见。

梅温的声音打破了静默："这已经可以了，斯克诺斯。"

莎拉挣脱了朱利安的手，沉默和冷静化为难以掩盖的愤怒，她像一只受伤的动物那样夺门而出，狠狠甩上的门震得那些地图都在玻璃裱框里抖了起来。朱利安的手也颤抖着，仿佛即便莎拉已经离开了也能感受得到自己。

朱利安极力掩饰，但显然并不成功：他曾经爱过她，也许现在仍然爱着。他心神不宁地看着那扇门，好像在等着她回来。

"朱利安？"

"你们离开的时间越长，就会有越多的人开始议论纷纷。"他咕哝着，挥手让我们走。

"同意。"梅温准备拉开门把我推出去。

"你确定没人看见？"我摸了摸脸，现在已经又光滑又干净了。

梅温停下来想了想："不会有人说什么的。"

"在这儿，秘密难以长久。"朱利安的声音少见地因为愤怒而颤抖，"你很清楚这一点，殿下。"

"你更应该明白这两者的区别，"梅温咬牙切齿地说，"秘密和谎言。"

我还没来得及问个究竟，就被他抓着手腕拉出了屋。没走多远就撞见了一个熟悉的身影。

"遇到麻烦了，亲爱的？"

遍身绫罗的伊拉王后盘问着梅温。奇怪的是，她没带禁卫军，而是独自一人。梅温仍然拉着我，而她的目光逡巡其上。这一回，我没有感觉到她侵入我的思维。现在，她在梅温的脑袋里。

"不是什么我解决不了的事。"梅温更紧地攥着我的手腕，好像我能给他某种支持。

王后挑起眉毛，这番说辞她一个字儿都不信，但也没再发问。我怀疑她根本用不着向任何人发问，因为所有的答案她都知道。

"你最好快一点儿，梅瑞娜小姐，否则午宴就要迟到了。"她终于转向我，目色鬼魅地发出喉音。这会儿换我抓着梅温了。"另外，训练时要多加注意，红色的血清理起来很麻烦。"

"这你早就知道了，"我想起了谢德，"不论你有多想掩盖，我都能看见它沾满了你的双手。"

她睁大了眼睛，惊讶于我的顶撞。我猜不会有人敢这样跟她讲话，而这让我有种征服的快感。不过这快感没持续多久。

突然间我的身体向后猛退，自己捧向走廊的墙壁，发出了响亮的撞击声。她让我手舞足蹈，如同一只被残忍地扯着线的木偶。我的每块骨头都咔咔直响，颈骨也像要裂开似的，脑袋撞得七晕八素时看见了冰冷的蓝色星星。

不，那不是星星，是眼睛。她的眼睛。

"母亲！"梅温的声音听起来十分遥远，"母亲，请住手！"

一只手扼住了我的喉咙，让我渐渐失去了对身体的控制力。她的气息扑面而来，甜腻得让我无法忍受。

"不准你再那样跟我讲话。"伊拉王后怒不可遏，都忘了要侵入我的思维。她的手攥紧了，我就算想答应也出不了声。

她何不直接杀了我了事呢？我揣着气儿想。既然我是如此累赘，麻烦而棘手，她干吗不杀了我算了？

"够了！"梅温吼着，怒火带着高温席卷了整个走廊。尽管眼前发黑，我还是能看见他以令人吃惊的力量和胆量把王后拉开了。

她的力气一松，让我缓了一口气，顺着墙就瘫了下去。王后震惊不已，踉跄着往后退了几步。现在，她的目光凝聚在梅温身上——她自己的儿子如今倒戈相向。

"继续完成你的日程，梅儿。"梅温有些激动，看都没看王后一眼。我敢肯定她此刻正在儿子的脑袋里大喊大叫，责备他竟然敢护着我，"快去！"

高温从他的皮肤辐射而出，在四周噼啪作响，一瞬间我想起了卡尔那隐忍的性子。看来，梅温的烈焰也一直隐而不用，而且威力更强，我可不想在边上等着爆炸。

于是我爬着溜开了，离王后能有多远就躲多远，不过还是忍不住回头看了一眼。他们瞪着对方，仿佛摆好了架势准备开打，但那对决是我无法理解的。

我回到房间，侍女们已经等在那儿了，其中一个胳膊上还搭着一条裙子。她给我换上一堆丝绸华服，戴上紫色宝石，其他人则帮我整理头发和化妆。像往常一样，她们一言不发，即便这个上午让我变得疯疯癫癫如惊弓之鸟。

午宴一般是乱糟糟的，女人们一起吃饭，讨论着即将举行的婚礼以及有钱人热衷的其他蠢事，今天却大不相同。我们回到那个能远眺河流的露台，穿着红色制服的侍从在人群中穿梭，而穿军装的人要比以往多得多，活像在跟整个军团共进午餐。

卡尔和梅温也在，两人都佩着亮闪闪的勋章，谈笑风生，国王也正在和战士们握手。这些战士都很年轻，灰色的军装上嵌着银色徽章。我哥哥和其他红血族年轻人入伍时配发的红色制服破破烂烂，和他们相比简直天壤之别。是的，这些银血族是要参战的，但不必真的上阵厮杀。他们都是王公贵族的儿子和女儿，对于他们来说，战场不过是另一个到此一游的地方，不过是训练的一个阶段。可是对我们——对曾经的我来说，那是穷途末路，是死亡判决。

但我还是得履行义务，保持微笑，和他们握手，对他们勇敢的献身表示感谢。每一个字都如此苦涩，以至于我不得不躲开人群，藏到一个半掩着植物的壁龛里去。人声依然鼎沸，仿佛与正午的骄阳争辉，不过在这儿好歹能松一口气，哪怕只有一秒呢。

"一切都还好？"

卡尔站在面前，看起来有些担心，还有些怪异的放松。他喜欢被军人武士环绕，我想他在这儿应该如鱼得水。

虽然我很想就此消失，但还是挺直了背说："我可不是选美比赛的粉丝。"

他皱起了眉头："梅儿，他们就要到前线去了。我觉得大家都该得体地为他们送行。"

我没忍住的笑容就像一发炮弹："这些乳臭未干的小孩上战场就像度假，我人生里的哪一部分让你觉得我该为此劳神？"

"他们是被挑选入伍的，但这并不意味着他们勇气不足。"

"是啊，希望他们能好好享受他们的营房、给养、缓刑令，以及我的哥哥们永远得不到的那些东西。"我十分怀疑这些神气活现的新兵蛋子会有如许渴望。

卡尔看上去很想冲我大声嚷嚷，但他还是把这冲动生生吞回去了。我对他的脾气早有了解，却没想到他竟然能如此约束自己，真让我惊讶。

"这是开赴前线的第一支完整编制的银血军团，"他最终说道，"他们会和红血族一起作战，吃穿用度也都和红血族一样。当他们抵达窒息区时，湖境人不会知道他们是谁。而当炸弹落下，当敌人试图冲击阵线时，他们的战斗力会让敌人措手不及。暗影军团会把他们一网打尽。"

突然间，我觉得又是冷又是热："真是独到。"

但卡尔没有扬扬自得，反而有些伤感地说："是你给了我灵感。"

"啊？"

"当你在选妃大典上从天而降时，没人知道该拿你怎么办。我想湖境人遇到类似的事情也是如此。"

我努力张了张嘴，却怎么也发不出声音。我从来就不是什么能激发灵感的人，更何况这还是战争策略。卡尔盯着我，仿佛还想多说几句，但终于还是没开口。我们都不知道应该说些什么。

其他人都在推杯换盏，觥筹交错之间，和我们一起训练的那个织风人奥利弗走过来，一只手搭在卡尔的肩膀上。他也穿着军装。他要去打仗了。

"埋伏得如何啊，卡尔？"他咯咯笑着，指了指周围的人，"要是在湖境人那儿，这丛花草可哄不了他们！"

卡尔接住我的目光，脸上泛起一阵不好意思的银光。"我总归会打败湖境人的。"他回答道，眼睛却仍然看着我。

"你也和他们一起去？"

对于一个要启程参战的男孩来说，奥利弗笑得有些太夸张了。他替卡尔回答说："一起去？卡尔领导我们！这是属于他的军团！要一直开上前线。"

卡尔慢慢地挣开了奥利弗的手，可醉醺醺的织风人没注意到这个，继续喋喋不休："卡尔将是史上最年轻的将军，是第一个亲身到前线作战的王子。"

也是第一个死在前线的王子，一个阴郁的声音在我脑海中如是低鸣。我出于本能地向卡尔伸出手，而他也没有把我推开，让我拉住了他的胳膊。现在，他既不像王子，也不像将军，甚至不像一个银血族。他就是那个酒吧里的男孩，想要救我的男孩。

我的声音很小，却很坚定："什么时候？"

"舞会之后，你们启程前往首都。你南下，"他喃喃说着，"而我北上。"

震惊带着恐惧的寒意一波波向我袭来，就像那时候奇隆告诉我他要入伍时一样。但奇隆是渔人，是小偷，是懂得如何保命、如何在战火中钻空子的人。可卡尔不同，他是战士，如果确有所需，他会慷慨赴死。他会为他的战争血洒疆场。这些为何会令我惊恐，我不知道。我又为何会如此在意，我也说不上来。

"有卡尔在前线，战争最终会结束的。有卡尔在，我们必胜。"奥利弗咧嘴笑得像个傻瓜。他又揽住了卡尔的肩膀，把他带回了人群之中——只留我在原地。

有人往我手里塞了一杯冷饮，我一口就喝干了。

"在这儿歇口气呢，"梅温低声问，"还在想着上午的事？我和禁卫军查问过了，没有人看到你的脸。"

可这已经远远不是我在乎的事了。我看着卡尔和他父亲握手，脸上带着庄重的微笑，像扣上了一张只有我能看穿的面具。

梅温循着我的视线望去，也依着我的思绪说："他想要这么做，这是他的选择。"

"这并不意味着我们就得喜欢这事。"

"我的儿子！将军！"提比利亚国王高呼着，声音压过了宴会宾客的喧闹。他把卡尔拉到身边，一只胳膊搭在儿子的肩膀上，有那么一瞬间，我忘了他是个国王。卡尔需要取悦父亲，我大概明白了。

当我一无是处只是个小贼的时候，如果老妈那样看着我，我能回报给她什么？现在呢，我又能给她什么？

这是银血族的世界，没有黑白分明，只有灰暗模糊。

当晚，晚饭过后好久了，有人敲响了我的房门。我本来希望是沃尔什送来另一张泡着纸条的茶，没想到门外站着的是卡尔。他没穿军装和胸甲，看着就是他本来的样子：才十九岁的一个男孩，不是万劫不复就是丰功伟绩——也许两者兼而有之。

我缩进睡衣里，真是万分希望手边有件长袍："卡尔？你怎么了？"

他耸耸肩，傻乎乎地笑了一下："今天在角斗场上，伊万杰琳差点儿要了你的命。"

"呃，所以呢？"

"所以我不希望她在舞池里要了你的命。"

"我是不是漏掉了什么？舞会上也要角斗？"

他笑起来，靠在门框上，两只脚却不迈进来，好像不能那么做——或者不应该那么做。我会成为他弟弟的妻子，而他就要上战场了。

"如果你能得体地跳舞，那当然就不用了。"

我想起来跟他说过我不擅长跳舞，加上博洛诺斯那糟透了的指导就更别提了。但这事卡尔能帮得上什么忙呢？而且他干吗要这么做？

"出人意料吧，我可是个好老师。"他歪着嘴笑了笑，又补充道。当他向我伸出手时，我却发起抖来。

我知道不该那么做。我知道应该关上门，止步。

但他就要上战场了，可能会死。

我颤抖着把手放在他的手心，任由他把我拉出了房间。

RED QUEEN

第十八章

月光洒下来，照亮了彼此。在银色的光晕里，我脸上泛起的微红几乎看不出来——就像个银血族一样。卡尔拖着椅子滑过木质地板，在客厅里辟出一块地方来练习。这间屋子是隐蔽的，但摄像机的嗡鸣从未消停过。伊拉王后的人一直监视着，不过没人来阻止我们。或者说，没人阻止卡尔。

他从夹克口袋里掏出一个盒子状的奇怪装置，把它摆在地板中央，然后颇为期待地盯着它，等待着。

"那东西能教我怎么跳舞？"

他摇了摇头，仍然微笑着："教不了，不过有所助益。"

突然，一串有节奏的鼓点冲了出来，我反应过来，那是个扩音器，就像干阗镇的角斗场里用的那种。只不过这个扩音器播放的是音乐，而不是角斗解说，是生机，而不是死亡。

曲子又轻又快，犹如心在跳动。在我面前，卡尔用脚打着拍子，笑意更浓。我无法抗拒般地，脚尖随着音乐摆动起来。这曲子又欢快又活泼，既不同于博洛诺斯在教室里放的那种冷冰冰的金属般的音乐，也不同于在家时常听到的伤感歌曲。我的双脚犹豫着，努力回忆着博洛诺斯夫人教我的舞步。

"别纠结舞步，只要一直动起来就好。"卡尔笑道。鼓点随音乐震颤，他轻声哼唱起来，仿佛卸下了肩上负荷着的沉重王冠。

我也觉得自己的恐惧和担忧被抛掉了，哪怕只有几分钟呢。这是一种全然不同的自由，就像坐在卡尔的车子后面一起飞驰。

在这一点上，卡尔比我更擅长，他看起来就像个傻瓜，而我也想象得出自己的一副蠢样。曲子结束时，一阵伤感袭来，音符消失在空气里，我又坠回了现实之中。冷冰冰的理智重新浮现：我不应该在这儿。

"这可能不是个好主意，卡尔。"

他向一侧仰了仰头，开心地反问："为什么？"

他就是想让我自己说出口。"我连单独和梅温待在一起都不行，"我结结巴巴地说着，觉得自己的脸都红了，"不知道这样跟你在一个黑屋子里跳舞行不行。"

卡尔没反驳我，反而笑着耸了耸肩。又一支曲子响起来了，节奏缓慢，调子悠扬。"在我看来，这可是为我弟弟着想。"他坏笑着说，"莫非你希望整个晚上都踩他的脚？"

"我的步法十分完美，多谢你。"我说着抱起了肩膀。

慢慢地，他轻轻牵起我的手。"在角斗场可能还不错，"他说，"但在舞池里就差远了。"我低下头看着他的脚，小心地随着音乐移动。他拉着我，让我跟上他的步子。尽管我已经很努力了，却还是步履艰难。

他笑了，很高兴地证明我说的不对。他有一颗战士的心，而战士都喜欢取胜。"这节奏和舞会上将要用的大部分曲子是一样的，而且舞步简单，很好学。"

"我总会有办法弄糟一切的。"我咕哝着。他推着我继续，两人的足迹拼合起来像个歪歪斜斜的方形。我努力不去想他是如此靠近，也不去想他手心的老茧——真奇怪，这一点我们倒很相像，都是经年干粗活儿磨出来的。

"你确实会的。"他的笑容消失殆尽。

我已经习惯了仰头看着卡尔，因为他比我高，但今晚他仿佛矮小了很多，也许是因为夜色，也许是因为共舞。他看起来就像我们第一次见面时的样子，不是王子，只是个普通人。

他的目光逡巡在我脸上，检视着早上受伤的地方。"梅温帮你弄好了。"他的声音里有种怪怪的苦涩。

"是朱利安，朱利安和莎拉·斯克诺斯。"虽然卡尔不像梅温表现得那么明显，可他的下巴也绷紧了。"为什么你俩不喜欢她？"

"梅温确实有理由憎恨她，极好的理由，"他喃喃说道，"但我的前因后果和他不一样。而且我并非不喜欢莎拉，我只是——只是不愿意想起她。"

"为什么？她对你做了什么吗？"

"倒不是对我。"他叹了口气，"他和朱利安，还有我的母亲是从小一起长大的。"提到母亲，他的声音低了下去。"她们是最好的朋友，母亲去世后，她悲伤难耐。朱利安是个没用的家伙，但莎拉……"他说不下去了。我们的步子越来越慢，最后干脆停了下来，只有音乐还响着。

"我不记得母亲的模样，"他突兀地说道，剖白着自己，"她去世的时候我还不到一岁。我所知道的就是父亲，还有朱利安告诉我的那些。但他俩都很不愿意提起母亲。"

"我想莎拉一定愿意跟你聊聊她，因为她们是最好的朋友嘛。"

"莎拉·斯克诺斯不能说话，梅儿。"

"天生哑巴？"

卡尔慢言慢语，声音就像他父亲所用的那样平直、冷静："她说了不该说的话——可怕的谎言，而这就是她所得的惩罚。"

一阵恐惧渗入全身。不能说话。"她说了什么？"

只是一瞬间，卡尔彻底冷了下来，我的手指感觉得到。他向后退开，躲开了我的手臂，而音乐也停止了。他迅速地把那个扩音器装进了口袋，周围一片寂静，只能听见心脏跳动的声音。

"我不想再提起她了。"他喘着粗气说。他的眼睛异常明亮，来回打量着我和满是月色的窗户。

我的心猛然揪紧了，他声音里的痛苦让我心伤："好吧。"

他向门边走去，步子快而谨慎，好像努力克制着不要跑起来似的。但当他转过身，在房间的另一端看着我时，他又恢复了原样——冷静、镇定、超然物外。

"好好练习。"他这话和博洛诺斯夫人说的一模一样，"明天同一时间再见。"然后他就走了，把我一个人扔在这空荡荡的屋子里。

"我到底在干什么啊？"我喃喃自语。

我正要爬上床，突然觉得房间里有点儿不对劲：摄像机关上了。那些冲着我嗡嗡叫、盯着我、记录我一举一动的电眼都无声无息了。但这和以前遇到的停电不同，因为周边其他地方的嗡鸣还在响。墙壁里面、电线之中，电流依然穿梭着——除了我的房间。

法莱。

然而，从黑暗里走出来的不是革命领袖，而是梅温。他拉开窗帘，让月光洒进屋子，好看见彼此。

"夜游去了？"他苦笑着问。

我张口结舌地勉强说道："你知道，你不该待在这儿。"我挤出个微笑，努力让自己冷静下来。"博洛诺斯夫人反感这个，她会惩罚咱们俩的。"

"母亲的人还欠我一两个人情呢，"他说着指了指藏着摄像机的地方，"博洛诺斯不会有证据发难的。"

这话可没让我觉得安慰，反而觉得一阵寒战席卷全身。不过，这颤抖并非源自恐惧，而是一种预感。它沁入身体深处，像那些闪电一样激活了我的神经，而梅温正审慎地靠近我。

他看到我脸红了，似乎颇为满意。"有时候我都忘了……"他喃喃自语，一只手来来回回地抚摩着我的脸颊，仿佛能感受到血管中奔流的颜色。"真希望她们不要每天给你化妆。"

在他的手指之下，我的皮肤吱吱作响，但我选择忽略它。"我也是这么想的。"

他的嘴唇紧紧抿着，想做出微笑的样子，可是终究没有成功。

"怎么了？"

"法莱又送信儿来了，"他后退几步，把手插进口袋里掩饰着手指的颤抖。"你不在房间里。"

幸亏不在。"她说什么？"

梅温耸耸肩膀，踱到窗子旁，向外凝视着夜空："她几乎都在提问。"

目标。她一定又向他施压了，要求知道更多信息，而梅温并不想知无不言。他的肩膀耷拉着，声音颤抖着，我能肯定，他说出的讯息比他原本想说的要多，多得多。

"是谁？"我回想着在这里遇到的银血族，其中有些以自己的方式对我展现了善意。他们之中会有人成为法莱革命的牺牲品吗？谁会成为他们的目标？

"梅温，你要放弃的人，是谁？"

他转过身来，眼睛里闪烁着我从未见过的残忍。有一瞬间，我很怕他会变成一丛烈火。"我原来不想这么做，可她是对的。我们不能干坐着，我们必须行动起来。如果这意味着我要把什么人交给她，那么我便从命。我并不愿意，但我会的，而且我也已经那么做了。"

像卡尔一样，梅温也用哆哆嗦嗦的呼吸让自己尽量冷静："我随同父亲在议会中，帮着处理税收、安保、防御等事务，知道谁死后会被我的——被银血族怀念。我给了她四个名字。"

"谁？"

"雷纳尔德·艾若、托勒密·萨默斯、埃琳·麦肯瑟斯、贝里克斯·来洛兰。"

我暗暗叹息，可仍然点了点头。这些人若真的死了，是怎么也掩盖不住的。伊万杰琳的哥哥、上校——他们确实会被怀念无疑。"麦肯瑟斯上校知道你老妈在撒谎，她知道其他那些袭击——"

"她统率着一半军团，还是军事委员会的领袖。她不在了，前线会乱上好几个月。"

"前线？"卡尔，还有他的军团。

梅温点点头说："这事一出，我父亲就不会派他的继承人去打仗了。这次袭击近在咫尺，恐怕他都不会让他离开首都。"

所以，上校的死能救卡尔，也能助红血卫队一臂之力。

谢德就是为此而死，他的事业现在也是我的。

"还真是一石二鸟。"我吸了口气，觉得热热的眼泪摇摇欲坠。这可能困难重重，但我还是得拿上校的命去换卡尔的命，而这种事我以后还会做几千次。

"你的朋友也有份儿。"

我的膝盖抖个不停，却努力站得笔直。我沉住气，硬着心肠听完了梅温解释的整个计划，情绪在愤怒和恐惧中摇摆不定。

"如果失败了会怎样？"他说完了，而我终于大声问出了他一直回避的话。

他勉强地摇了下头："不会的。"

"如果，万一呢？"我不是王子，过去的生活毫无光鲜可言，所以知道要撇开一切事、一切人，先做好最坏的准备。"如果我们失败了，会怎么样，梅温？"

他猛力呼吸，胸膛起伏，拼命保持冷静："那样的话我们就是叛国者，你我都是。然后以叛国罪起诉、定罪，接着——处死。"

这之后在朱利安的课堂上，我完全无法集中精力，满脑子想的都是即将来临的大事。会出岔子的地方太多了，整个计划简直危如累卵。我、奇隆、梅温，我们所有人皆已命悬一线。

"虽说这真不是我该管的事，但是，"朱利安开口了，他的声音吓了我一跳，"你看起来，唔，和梅温王子走得很近。"

我差点儿松口气笑出来，但同时也觉得芒刺在背。在这毒蛇堆里，梅温是我最不会怀疑戒备的人了，所以朱利安的建议让我一下子怒火中烧。"我和他订婚了。"我回答道，尽了最大的努力好言好语。

但朱利安并没有让步罢休，而是往前凑了凑。他温和的举止向来能安抚我，今天却只让我觉得失望。"我只是想帮你。梅温毕竟是他母亲的儿子。"

这一回我真忍不住反唇相讥了："你根本不了解他。"梅温是我的朋友，他所承担的风险比我还要多。"以他的父母来评价他，就如同以我的血液来评价我。你憎恨国王和王后，这并不意味着也要因此憎恨梅温。"

朱利安盯着我，目光平静却燃着烈火。当他再开口时，那声音如同低啸："我恨国王，是因为他没有挽救我妹妹，是因为他以那蛇蝎心肠的新王后取代了她。我恨王后，是因为她毁了莎拉·斯克诺斯，是因为她夺走了我深爱的女孩，让她万劫不复。她割下了莎拉的舌头。"他的声音低了下去，犹如一曲挽歌，"她的声音曾是那么美啊。"

我心里泛起一阵恶心。莎拉痛苦的沉默、深陷的两颊突然间有了深意。怪不得朱利安会请她来为我治伤——她不可能对任何人讲出实情。

"可是，"我的话听起来邈远而沙哑，仿佛我的声音也正被夺去似的，"可是她是个愈疗者。"

"皮肤愈疗者无法治愈自己，而且也没有人胆敢反抗王后的惩罚。所以莎拉不得不那样耻辱地活着，直到永远。"他的声音随着回忆盘桓，一字一句越来越痛苦，"银血族不在意疼痛，但我们自有傲骨。骄傲、尊严、荣耀，这些都是超能力所无法代替的。"

我为莎拉所经历的一切感到惋惜，同时也忍不住为自己担忧起来。她说了什么不该说的话，所以他们割了她的舌头。他们会如何对待我呢？

"你有点儿忘形了，闪电女孩。"

这个字眼就像一记耳光扇在脸上，把我扇回了现实。

"这个世界不属于你，仅仅学会屈膝礼改变不了什么。你根本不懂我们的游戏。"

"因为这不是游戏，朱利安，"我把那本记录名册推到他跟前，在他膝上摊开写满死亡名单的一页。"这是生与死。我不是为了王座、王冠、王子而游戏。我根本不是在游戏，我和你们不一样。"

"你确实不一样，"他低语，手指抚摩着那些书页，"正是因此，你身犯险境，而危险来自所有人，甚至是梅温，甚至是我。任何人都可能背叛任何人。"

他思绪飘摇，眼睛里蒙上了一层荫翳。他看上去又老又苍白，只是个沉浸在妹妹过世、爱人毁伤中不可自拔的痛苦的男人，还被派来教导一个除了撒谎骗人什么都不会干的女孩。越过他的肩膀，我瞥见了那张记录着过去的地图。这整个世界阴魂不散。

接着，我的脑海中冒出了最糟糕的念头：纠缠我的鬼魂，已经有谢德了，还有谁会加入他呢？

"别错了主意，我的小姑娘，"他最后深吸一口气说，"在这场游戏里，你不过是某人的棋子。"

我无心与他争论。随你怎么想，朱利安，我不是谁耍着玩的傻子。

托勒密·萨默斯、埃琳·麦肯瑟斯。当我和卡尔在客厅的地板上旋转起舞时，这两个人的面孔一直在我脑海中挥之不去。今晚的月亮渐渐亏缺，月光渐渐暗淡，然而我心里的希望却前所未有地强大。舞会就在明天，在那之后，好吧，我其实也不知道要继续走哪条路。但那一定是与以往不同的一条新的道路，能带领我们走向更好未来的道路。这确实会有些附带的损害和伤亡，但正如梅温所言，那是无法避免的。我们都知道这是一场大冒险，如果计划顺利，那么红血卫队的旗帜，将在每个人都能看见的地方升起。袭击之后，法莱会进行另一次电视演讲，详述我们的要求：平等、自由、自主。以一场全面叛乱来争取它们，这些听起来是笔好买卖。

身体沉沉下坠，滑向地面，我不禁惊叫出声。卡尔有力的手臂环抱着我，一秒钟就把我拉了起来。

"抱歉，"他略带尴尬地说，"我以为你准备好了。"

我没准备好。我害怕。我强迫自己保持微笑，遮掩着不能告诉他的真相："不，是我的错，我又走神了。"

但卡尔没那么好糊弄，他微微低下头，凝视着我："还在为舞会担心？"

"被你言中。"

"一次就跳一种步子，我看你就这么做最好了。"他自己笑笑，带着我重新跳起了最简单的舞步。"我并不总是最好的舞伴，这很难以置信吧。"

"真是让人吃惊啊，"我配合着他的微笑，"我还以为王子生来就会跳舞，就会闲谈聊天呢。"

他咯咯笑了起来，随着舞动加快了步子："我可不是那样的。如果有的选，我会去机库或者兵营，制造武器或参加训练。我不像梅温，他简直是王子中的王子。"

我想起了梅温，想起了他温和的言语、完美的举止、无懈可击的宫廷知识——而这一切都是为了掩盖他的真心。王子中的王子，确实如此。"但他只能是王子，"我低声说道，几乎一想到这些就悲伤不已，"而你将成为国王。"

他的声音低了下来，和我的声音汇合在一起，而他的目光也蒙上了一层黯淡的阴影。他身上有一种悲哀，一日比一日浓重。也许他并不像我认为的那样喜爱战争。"有时候我希望不必如此。"

他语气轻柔，他的声音却充斥着我的脑海。尽管舞会已经攀上了明天的地平线，我发现自己更多地想着他，想着他的手，想着他身上如影随形的树木燃烧的淡淡烟味。那让我想起温暖，想起秋天，想起家。

我暗自责备自己狂跳不止的心，这一定是因为音乐太过欢快了。今晚让我回忆起了朱利安的历史课，他曾讲过我们之前的那个世界。那是个帝国争霸、人性堕落、战火不断的世界——它确实拥有多过我想象的自由。但那时的人已经不在了，他们的梦想也毁于一旦，留下来的只有硝烟和灰烬。

这是我们的本性。朱利安这么说。我们破坏毁灭，这是我们族群的恒常。无论流着什么颜色的血，人终究会坠落。

就在几天前，我还完全弄不懂这些话，但现在，卡尔牵着我的手，以最轻微的触碰引领我舞蹈，我开始明白朱利安的意思了。

我能感觉到自己正在坠落。

"你真的要和军团一起走吗？"只是这几个字都让我胆战心惊。

卡尔微微点头："将军理应和他的士兵在一起。"

"王子理应和王妃在一起，和伊万杰琳在一起。"我脱口而出。干得好，梅儿，我的思绪怒吼着。

四周的空气由于热量而厚重起来，但卡尔根本没动："她不会介意的，我想。她并没有多爱慕我，我也不会想念她。"

我捉不到他的目光，便只好盯着眼前的东西。不幸的是，那刚好是他的胸膛，只覆着薄薄的衬衣。而在我头顶之上，我听到他粗粗地吸了一口气。

他用手指抬起我的下巴，让我仰起头与他目光相接，金色的烈焰闪耀在他的双眸中，映出了那压抑着的热度。"但我会想念你，梅儿。"

我多希望这一刻能就此静止，时间止步，直到永恒，但这是不可能的。不管我怎么想，怎么感觉，我与之订婚的人不是卡尔。而更重要的是，他属于另一阵线。他是我的敌人。卡尔，不能碰。

于是我迟疑而勉强地向后退，退出了他的怀抱，退出了我已然习惯的温暖。

"我不能。"除了这三个字，我什么都说不出，但我知道我的眼睛出卖了自己。我感觉到了混合着愤怒和歉意的泪水，而我原本发誓绝不落泪。

也许是因为即将出发上战场了，卡尔表现出从未有过的大胆和鲁莽。他双手揽住我，把我拉向他。他正在背叛他唯一的弟弟，而我正在背叛革命的事业、梅温，还有我自己。可我并不想要停下来。

任何人都可能背叛任何人。

他的双唇压了下来，烈烈的，暖暖的。这触碰激起一股电流，却和以往的大不相同。那火花不是源自毁灭，而是预示着生机。

尽管我想要脱身离开，却做不到。卡尔如同悬崖峭壁，而我正踏在坠落的边缘，根本无法去思考这对我们两人意味着什么。早晚有一天，他会意识到我是他的敌人，这一切都只能是深深埋藏的回忆。只不过现在还没到那一天。

RED QUEEN

第十九章

描眉画眼，抹粉施脂，花了好几小时才打扮停当，而我只觉得时间才过了几分钟。当侍女们请我站到镜子前，静默地等候着我的认可时，我盯着面前的那个女孩什么也说不出，只是点了点头。她看起来很漂亮，却为即将发生的事情恐惧不已，身上的绸缎也如同枷锁。我必须把这个吓坏了的女孩藏起来，我必须微笑，起舞，看起来就像他们中的一员。我尽了最大的努力将恐惧赶走。这恐惧会让我送命。

梅温在大厅另一端等着我，他穿着礼服，炭黑色的衣料和苍白的皮肤越发衬托出他那充满活力的蓝色眼睛。他看上去没有一丝害怕，当然了，他是王子，是银血族。他不会畏缩不前的。

他朝我伸出胳膊，我很高兴地挽住了，满心期待他能令我感觉安全或强壮或两者兼有，但他的触碰只令我想起了卡尔，还有我们的背叛。昨晚的一幕幕愈见清晰，直到那每一呼每一吸都在我脑海里盘桓不去。这一次，梅温没有注意到我的不安，他正想着更重要的事情。

"你看上去很美。"他轻声说着，低头看看我的裙子。

这我可不敢苟同。这裙子傻透了，过分地装饰着紫色的珠宝，只要一动就会闪个不停，让我活像只发光的虫子。但今晚我得装成淑女，未来的王妃，所以就只是点点头，愉悦地微笑着。我无法控制地一直想着，此刻对着梅温微笑的这双嘴唇，昨晚才被他哥哥吻过。

"我只想这一切赶快结束。"我说。

"今晚并不是结束，梅儿，在很长一段时间内，这些都不会结束。你明白的，对吧？"他说话的方式像是某个更年长，更睿智的人，根本不像个十七岁的男孩。我犹豫不决，不知道究竟应该做何感受，这时他收紧了下巴。"梅儿？"他碰碰我。我能听出他声音里的颤抖。

"你怕吗，梅温？"我的话低如耳语，"我怕。"

他的眼神坚硬起来，如同蓝色的钢铁。"我怕失败。我怕错过这次机会。我还怕这世界无所改变继而发生的一切。"他的臂弯温热起来，那源自内心的坚定。"那比死亡更令我惧怕。"

我很难不被他的这番言语所打动，于是冲他点了点头。事到如今我怎能往后退呢？我不会畏缩不前的。

"揭竿而起。"他压低声音，我几乎听不到后半句：*血红如同黎明*。

我们来到电梯前的大厅里，他的手臂收紧了。一队禁卫军护送着国王和王后，正在等我们。卡尔和伊万杰琳还不见踪影，我真希望他们一直不要现身。只要不用看着他俩站在一块儿，我就能高兴一点儿。

伊拉王后穿着一身光芒四射的奇装异服，红色、黑色、白色和蓝色分别代表着她和她丈夫的家族。她挤出微笑，目光穿过我，盯着她的儿子。

"开始吧。"梅温松开我的手，站到他老妈旁边去了。离开他的臂弯，我的皮肤觉得怪怪的发冷。

"所以我得在这儿待多久？"他在声音里强加了些抱怨和撒娇，极好地扮演着他的角色。如果他能让王后分心，我们就有更多机会。因为她一旦侵入我们的脑袋，那一切可就都玩儿完了，还要搭上我们的小命。

"梅温，你可不能想来就来、想走就走。你身负义务，这里需要你待多久，你就得待多久。"王后很是关心地帮他整一整领子，理一理徽章，拉直了袖子，这一瞬间让我有些措手不及。这个女人曾侵入我的思维，强迫我离开原有的生活，我恨她。但即便如此，她身上也有些许好的东西。她爱她的儿子，而就算她一无是处，梅温也爱她。

提比利亚国王却没理会梅温那一套，他甚至连瞥都没瞥一眼。"这孩子只是太无聊了，他现在的日子没什么兴奋点，和前线可不一样。"他一边说，一边用手指梳理着整齐的胡子，"你需要的是一项事业，小梅。"

有那么一瞬间，梅温胡闹的面具掉了下来——我也有这样一个面具。他的眼睛在怒吼，嘴巴却闭得紧紧的。

"卡尔已经有了自己的军团，他知道自己正在做什么，知道自己想要什么。你也得弄明白你自己将来要怎么办，嗯？"

"是的，父亲。"尽管梅温极力掩饰，但他的脸还是蒙上了一层阴影。

我知道这一切看起来都还好。曾几何时，我也戴着这样的面具，老爸老妈总是暗示我要向吉萨多学学，尽管这压根儿不可能。那时我都是怀着讨厌自己的心情入睡的，我希望自己能有所改变，变得像吉萨那样安静、聪明、漂亮。没有什么感觉比这更伤人了。但是国王根本没发现梅温受到了伤害，就像爸妈也没注意到我的痛苦。

"我想，帮我适应这里已经堪称梅温的事业了。"我想转移国王不满的视线，当他看向我时，梅温松了口气，朝我高兴地笑了起来。

"那么他的'事业'完成得如何？"国王上下打量着我。我知道，他一定想起了那个拒绝向他低头的红血族女孩。"据说你现在已经距离文雅的淑女不远了？"

但他完全是皮笑肉不笑，他的眼睛里无疑写满了猜忌。那天在正殿他就想杀了我，以保护他的顶上王冠和国家的平衡。我敢肯定这冲动一直都不会散去。我是个威胁，但是，我同时也是个投资。他想利用我便利用我，必需之时便会杀掉我。

"我得到了很好的助益，国王陛下。"我俯下身子，假意奉承，但我根本不在意他究竟怎么想。他的想法还不及我老爸轮椅底下的一块铁锈。

"我们准备好了吗？"卡尔的声音打破了我的思绪。

我的身体先做出了反应，一转身就看到他走进了大厅。我的胃里一阵翻搅，但那既不是兴奋，也不是紧张，也不是其他傻姑娘们谈论的感觉。我为我自己感到恶心，为我准许发生的事——为我希望发生的事，而感到恶心。尽管他想抓住我的目光，我的视线却一直闪躲，看着挽着他的伊万杰琳。她又穿起了金属铠甲，而且嘴唇也不动一动就挤出个冷笑。

"国王陛下。"她低语道，行了个完美得让人疯掉的屈膝礼。

提比利亚冲着儿子的未婚妻微微一笑，一只手拍了拍卡尔的肩膀："就等你了，儿子。"他得意扬扬地大笑起来。

当他们并排站在一起时，家族的共同之处便是无可争辩的了——同样的头发，同样的金红色眼睛，甚至站姿也一模一样。而梅温在一旁看着，他的蓝色眼睛温柔而多思，胳膊上挽着他的母亲。卡尔站在他父亲和伊万杰琳中间，无法再搜寻我的目光。但他轻轻地点了点头，那是只有我才接收得到的问候。

除了装饰之外，这个大厅和一个多月之前没什么两样。那时，王后第一次把我拖进了这个奇异的世界，我的姓名和身份被公之于众。他们在这儿给了我一拳，现在轮到我还击了。

今晚会血溅当场。

但我现在还不能想这些，我必得和其他人站在一起，必须得和上百位豪门贵族谈笑风生，和王室成员唇枪舌剑，以及和一个爆发的红血族骗子斗嘴。我向下扫视，搜索着那些已被标记的人——梅温提供给红血卫队的目标，燃起燎原之势的星星之火。雷纳尔德、上校、贝里克斯——还有托勒密，伊万杰琳银发黑眼的哥哥。

他是首先和我们打招呼的人之一，跟在严肃的父亲后面，而父亲正在催促着女儿。当托勒密走上前来的时候，我忍不住感到一阵恶心。他就像个会走路的死人，没什么比跟他对视更难的了。

"祝贺您。"他的声音就像岩石一样生硬，伸出的手也十分僵冷。他没穿军装，而是穿着一身由黑色金属连缀而成的、平整而闪烁的盔甲。他是武士，却不是战士。和站在前面的父亲一样重权在握，托勒密执掌着阿尔贡城的卫戍防务，以他手下的警卫队保护首都的安全。他是毒蛇之首，梅温曾经这样说过，把他先砍掉，其余的自然也就解决了。尽管他握着我的手，那鹰隼般的眼睛却看着他的妹妹。他很快放开了我，草草走过梅温和卡尔，拥抱了伊万杰琳，罕见地流露出爱意。我很好奇他们怪异的盔甲竟然不会刺伤对方。

如果一切按计划进行，他就再也无法拥抱自己的妹妹了。伊万杰琳将失去她的哥哥，正如我一样。尽管我对此有着切肤之痛，但仍然不会为她感到难过，特别是她紧抓着卡尔的方式让我尤为不爽。他们看起来天差地别，他只穿着简单的军装，可她满身锋利的尖刺活像天上的星星一样闪闪发光。我想杀了她。我想取代她。但我没什么可做的。今晚，伊万杰琳和卡尔不是我要关注的问题。

托勒密走了，更多的人带着冷笑和刻薄的寒暄来来去去，这让我更容易忘记自己。接下来向我们行礼的是艾若家族，带领他们的是步履轻巧、懒洋洋的"黑豹"成员艾尔拉。让我吃惊的是，她深深地向我鞠了一躬，还面带微笑。我觉得这有点儿不对劲，像是她知道了什么不该打听的事。

她一句话都没说就走了，连个疑问句都没浪费在我身上。

桑娅跟在她祖母后面，跟她手挽手的是今晚的另一个目标、他的表兄：雷纳尔德·艾若。梅温说这人是个金融顾问，在以税收和贸易支持军队方面极有天赋。如果他死了，钱就续不上了，战争也就结束了。用一个税务员做这种交换我是很乐意的。当他抬起我的手时，我不禁注意到他冰冷的眼神和柔软的手掌。这双手再也不会碰到我的手了。

麦肯瑟斯上校走过来了，我很难视而不见。在今晚，人人都打扮得光鲜靓丽时，她脸上的伤疤就显得更突兀了。她或许并没有把红血卫队放在心上，但她也不相信王后。其他人的嘴里都被填进了谎言，她只是没准备好咽下去。

她和我握手时力气很大，丝毫不像别人那样担心我像个玻璃杯似的碎掉。"祝你永远幸福，梅瑞娜小姐。看来这位跟你很相配。"她冲着梅温努努嘴。"可别学贵气十足的萨默斯，"她玩笑着小声说，"她会成为悲伤的王后，你却是快乐的王妃。记着我的话。"

"记着了。"我努力吸气，挤出笑容。上校的生命就快到头了，不论她说什么和善的话语，她的时间也是过一秒少一秒了。

她转向梅温，握着他的手，邀请他一两周后和她一起检阅部队，这一刻我敢肯定梅温也颇为动容。上校走了以后，他紧握住我的手，想让我安心。我知道他提名上校作为目标也很不忍，但就像雷纳尔德和托勒密一样，她不是白死的。她付出的生命是值得的，最终是值得的。

由于出身较低阶层的家族，另一个目标从稍远的地方走过来。贝里克斯·来洛兰有着快乐的笑容、栗色的头发，穿着落日余晖颜色的衣服以表明自己的家族。他看起来温暖而亲切，一点儿也不像我今晚见到的其他人，那眼神里蕴含着的微笑和他的握手一样真挚。

"很高兴见到您，梅瑞娜小姐。"他低下头，过分礼貌地问候道，"期待能长年为您效劳。"

我冲他微笑,假装真的会有什么"长年",但是随着时间分秒流逝,要撑住这场面越来越难了。这时,他的妻子走上前来,还带着一对双胞胎小男孩。我简直想大叫。这两个孩子还不到四岁,像小狗一样嗷嗷呜咽,围着父亲的脚边转来转去。贝里克斯轻柔地笑了,那是只有对自己的孩子才会露出的笑容。

梅温说他是个外交家,是我们派往南方盟国皮蒙山麓的大使。没有他,我们和皮蒙山麓的联系和军事支援就会被切断,这样诺尔塔就只能独自面对我们的血红黎明了。他是我们必须牺牲掉——换句话说,抛弃的又一人。但他还是个父亲。他是个父亲,而我们要杀了他。

"谢谢,贝里克斯。"梅温说着伸出手来,要跟他握手,好在我绷不住之前把他拉开。

我努力想说点儿什么,可脑子里想的都是自己要从那么小的孩子身边偷走他们的父亲。我回忆起过去,想起了奇隆在他父亲去世后痛哭的样子。那时候他也很小。

"我们离开一小会儿,不好意思。"梅温的声音听起来很遥远,"梅瑞娜还在适应这种宫廷的热闹气氛。"

梅温催着我离开,我都没能再看一眼那位被判了死刑的父亲。好多人一时怔住了,卡尔也盯着我,直到我们出了大厅。我跌跌撞撞,但梅温拽着我,把我推到了阳台上。通常,清新的空气都能让我心情振奋,但我想此刻什么都没用。

"看那些孩子,"我终于说出来了,"他是个父亲啊。"

梅温松开手,我无力地瘫在阳台栏杆上。他没走开,月光下的眼睛如同冰晶,目光灼灼地看着我。他把双手搭在我的肩膀上,硬把我转向他,要我仔细听。

"雷纳尔德也是位父亲，上校也有自己的孩子，托勒密现在和哈文家的姑娘订了婚。他们都有家人，都有会为他们哀悼服丧的人。"他勉强说出这些话，和我一样痛苦不堪，"我们无法选择如何为事业付出，梅儿，我们必须做我们做得到的事，任何事，只要值得。"

"我不能对他们那么做。"

"你以为我想那么做吗？"他深深呼吸，几乎是脸对脸地对我说，"这些人我全都认识，背叛他们让我痛不可当，但是必须这么做。想想他们的生命能换来什么，他们的死能成全什么，又有多少你的族人能因此获救？我以为你理解这些！"

他停住了，紧紧闭上眼睛缓了片刻。当重振精神之后，他抬起一只手，抚摸着我的脸，颤抖的手指划过我下颌的曲线。"抱歉，我只是——"他的声音支支吾吾，"你也许看不到今晚会带来什么样的结果，但是我看得到，并且知道这会改变些什么。"

"我相信你。"我轻声说，握住了他的手，"我只是希望，不必用这种方式。"

越过他的肩膀，在大厅里，不再有那么多人围着迎宾的王室成员了，握手和寒暄已经结束。今晚的大幕正式拉开了。

"但这是必需的，梅儿，我向你保证，这是我们必须做的。"

尽管让人难过，尽管心如刀绞，我还是点了点头："好吧。"

"你们俩准备整晚待在外面吗？"

卡尔的声音出奇地高，他逛到阳台上的时候清了清嗓子，目光在我脸上逡巡："你准备好了吗，梅儿？"

梅温替我作答："她准备好了。"

于是，我们一起离开了阳台栏杆，离开了外面的夜色，离开了也许是最后一点儿平静。穿过走廊的时候，我的胳膊上突然感到了若有似无的触碰：卡尔。我回过头时他仍盯着我，手都没有收回去。他的眼睛比以往更阴沉了，仿佛蒸腾着某种我不明白的情感。可是他还没开口，伊万杰琳就出现了。他牵起她的手，而我不得不闪开视线。

梅温带着我们走到了人们让开的舞池中央："这可是难办的部分。"他努力想让我冷静下来。

他的话多少奏效了，我浑身的战栗渐渐散去。

我们开始跳第一支舞。两个王子，带着他们的未婚妻，在众人面前翩翩起舞，这是以另一种形式在炫耀强大和权力，把两个得胜的姑娘展示给所有落败的家族。这是我此时此刻最不愿意做的事，但这是为了事业。当我厌恶的电子音乐哗啦啦响起来的时候，我意识到这好歹是我知道的那支舞。

看着我的双脚跟上了节奏，梅温很是不可思议："你练习过？"

跟你哥哥一起。"练过一点儿。"

"你真是时刻能给人惊喜。"他总算找到了笑的理由。

在我们旁边，是卡尔和伊万杰琳，他们看起来就像已经成为国王和王后，庄严、冷漠、好看。当卡尔握住伊万杰琳的手时，我们目光相接，千百种滋味在我心里翻腾，没有一种是让人高兴的。但我没有沉溺其中，反而更靠近了梅温。他低头看着我，睁大了蓝眼睛，音乐一刻不停。就在几英尺之外，卡尔带着伊万杰琳，跳着他曾经教过我的舞步。她比我跳得好多了，优雅、精准、美丽。我的心情又消沉了下去。

我们随着音乐，在这一小块地板上旋转舞动，周围是一群冷漠的观众。现在我能认得出他们的脸了，我知道他们的颜色、家族、超能力和历史，知道该忌惮谁，该怜悯谁。他们则虎视眈眈地盯着我们，我明白那是为什么。他们认为我们就是未来，卡尔、梅温、伊万杰琳，甚至于我。他们认为此刻看着的是国王和王后，王子和王妃，但那个未来，我根本不打算让它发生。

在我理想的完美世界里，梅温不必隐藏他的真心，我也不必隐藏自己的本来面目，卡尔不必接过王冠，也没有王座需要守护。所有这些人都不必隐藏在高墙之后。

黎明为你们每个人而来。

我们又跳了两支曲子，其他几对舞伴也加入进来。五颜六色的华服旋转飞舞，把卡尔和伊万杰琳围得密不透风，搞得我和梅温倒好像单独共舞似的。有一瞬间，卡尔的面孔浮现在眼前，代替了他的弟弟，我仿佛又回到了那个盈满月光的屋子。

但梅温不是卡尔，不管他们的父亲对此多么期待。他不是战士，他也不会成为国王，可是他更勇敢，决心去做正确的事。

"谢谢你，梅温。"我轻声说着，在震耳欲聋的音乐之中几乎听不到。

他不用问就知道我在说什么。"你根本不用感谢我，"他的声音异常低沉，就像他暗沉的目光一样，快要崩裂，"什么也不为。"

我从未如此靠近他，鼻子离他的脖颈只有几英寸，双手之下能感觉到他的脉动，和着我自己的心跳，节拍一致。梅温是他母亲的儿子，朱利安曾经这么说。他真是大错特错。

梅温引着我，边跳边挪到了舞池的边缘。达官贵人们挨挨挤挤地舞得正尽兴，没有人注意到我俩溜走。

"需要来一些吗？"一个侍从托着一盘嗞嗞冒泡的金色饮料低声问道。我正要挥手让他走开，却认出了那双深绿色的眼睛。

我咬住舌头才没大喊出他的名字：奇隆。

那身红色的制服竟然很合身，他那脏兮兮的脸也洗干净了。我熟识的那个打鱼的男孩，大概已经不复存在了。

"穿这玩意儿真难受。"他压低声音抱怨道。也许不完全是。

"哦，不用穿很久的。"梅温说，"各就各位了？"

奇隆点了点头，扫视着舞池里的人群："他们在楼上，已经准备好了。"

在我们上方的平台上，禁卫军沿着内墙呈扇形列队，但在他们上方，那些嵌在壁龛中的窗台上，那些贴近天花板的小露台里，那些人影根本不是禁卫军。

"你只需要给个信号。"奇隆举起了托盘和那些盛满琼浆玉液的无辜玻璃杯。

梅温直挺挺地站在我旁边，肩膀抵住我以寻求支持："梅儿？"

轮到我了。"我准备好了。"我低声说道，回想着几天前梅温跟我讲的计划。一阵战栗之中，我让那熟悉的电流嗞嗞嗡嗡鸣着流过全身，把每一盏灯、每一架摄像机都在脑海里迅速标的了一遍。我举起杯子，一饮而尽。

奇隆飞快地拿回了杯子。"一分钟。"他的声音听起来如此决绝。

他托着托盘消失在人群之中，不见踪影。快跑。我祈祷着，希望他足够快。梅温也走开了，只留下我，替他一尽陪伴王后左右之职。

我朝着人群中央走去。身体中的电流几乎要把我压垮，但我还不能让它消失。他们还没开始。三十秒。

提比利亚国王在视野中隐现。他正和他最喜欢的儿子谈笑风生，手里拿着的大概是第三杯酒，脸上已经现出微醺的银色。而卡尔则彬彬有礼小口抿着水。在左侧的某处，我听见伊万杰琳尖厉的笑声，也许和她哥哥在一起。在这间大厅里，有四个人已然只剩几口气。

我的心跳如同倒数计时，最后几秒嘀嗒流逝。卡尔的视线在人群之中锁定了我，露出了令我倾心的微笑，接着朝我走来。但他走不到我面前了，行动即将开始。整个世界如同放慢了速度，我能感知的只有墙壁那里传来的掀雷决电的能量。像在训练中，或是朱利安教导的那样，我学着控制身体中的电流。

头顶之上，四声枪响，四道枪火。

惊呼尖叫声振屋瓦。

RED QUEEN

—— 第二十章 ——

我随着他们一起尖叫起来，灯盏闪烁，摇摇欲灭，然后彻底暗掉。

一分钟的黑暗，这就是我要帮他们办到的事。尖叫声，咒骂声，纷至沓来的脚步声，几乎要冲散我的神志。但我强迫自己集中精力。灯光悚然明灭闪动，最终一片黑暗，让所有人都无法动弹移动。这才能让我的朋友得以顺利脱身。

"在壁龛里！"一个声音拔群而出，压过了一片混乱嘈杂。"他们要跑了！"更多的声音响了起来，没有一个是我熟悉的。可是在这疯狂的时刻，每个人的声音都和平时不一样了。"揪出他们！""拦住他们！""杀了他们！"

原先站在墙边的禁卫军举枪瞄准，但四周一片模糊暗淡，根本找不到底要追谁。沃尔什和他们在一起，我提醒自己。如果法莱和奇隆能混在沃尔什和其他侍从中进入大厅，那么他们也能混出去。他们可以藏匿，也可以逃离，总之会安然无恙。

我制造的黑暗会保全他们。

一道火光亮了起来，蹿动在半空中如燃烧的蛇。它在人们头顶咆哮着，照亮了昏暗的大厅，将半明半昧的阴影投射在墙壁上，投射在仰起的脸孔上，让整个舞池成了一场红光硝烟中的噩梦。

而我仍然坚持着，身上的每一块肌肉都紧绷、僵硬。

在火焰旁边，我辨认出国王的卫兵正推着他离开房间。他反抗着，大喊大叫地要留下来。但这次卫兵可没服从他的命令。伊拉王后紧随其后，被梅温推着远离危险之地。更多的人跟着他们，迫切地想要从这个地方脱身。

人流如潮水一般向前涌，夹杂着尖叫声和靴履重踏的声音，警卫则逆着他们往里钻。王公贵族们挤向我，力图逃离这里，但我唯有站在原地，尽最大努力坚持着。没有人想拉我走，没有人注意到我。他们害怕了。尽管他们强大有力，但仍懂得恐惧的意义。只消几发子弹就击出了他们的惊惶。

一个哭天抹泪的贵妇人冲过来把我撞倒了。我趴在地上，刚好正对着一具尸体。我盯着麦肯瑟斯上校脸上的伤疤，银色的血从她的前额流下来，滴到了地板上。弹孔有些怪异，边缘是灰色的、石头般的皮肉。她是个石皮人。要是她多留几口气，满可以长出一身石皮保护自己，但子弹是拦不住的，她还是死掉了。

我想躲开这被谋杀的女人，但银血和酒水混合在一起，让我的两手直打滑。尖叫声从我身体中喷涌而出，那是一种极为惊骇的挫败和悲哀。血沾满了我的双手，仿佛知道我干了什么。它黏腻冰冷，到处都是，就要把我淹没。

"梅儿！"

一双强有力的手把我从地上拎起来，拖着我远离那个我杀掉的人。"梅儿，求你——"那个声音恳求着，但是为了什么呢，我并不明白。

因为那声尖叫，我没能坚持住对电流的控制。灯重新亮了起来，照亮一片银色的死亡战场。我正要跟跄着站起来，确认行动是不是真的成功了，有人又把我拉住了。

我说着那些必须说的话，这是计划里我该干的："抱歉——那些灯——我不能——"上面的灯又闪烁起来了。

卡尔几乎没听我说什么就跪了下来。"你伤到哪儿了？"他咆哮着，上上下下地为我检查着。我知道这查伤的方法是训练出来的。他的手指按着我的胳膊和腿，寻找着伤口，寻找着流出这么多血的地方。

我的声音听起来有点儿怪，轻柔而哀伤："我没事。"可他根本没听到。"卡尔，我没事。"

他脸上一松，有那么一瞬间我以为他会再吻我一次。但是他的理智比我恢复得快。"你确定没事？"

我小心翼翼地抬起沾满银血的袖子："这怎么会是我的？"

我的血不是这个颜色，你知道的。

他点点头。"当然，"他低声道，"我只是——我看到你倒在地上，还以为……"他咽下了后面的话，眼中蔓起巨大的悲哀。但那一闪而过，取而代之的是坚定和果断。"卢卡斯！带她离开这儿！"

我的私人护卫从混乱的人群里冲了过来。他的枪已经上了膛。尽管他还是穿着那身制服和靴子，却已经不是我认识的卢卡斯了。他黑色的眼睛，萨默斯家族的眼睛，暗沉得如同黑夜。"我把她带到其他人那里去。"他沉声说道，把我拉了起来。

我比其他人都清楚，危险已经过去了，却还是忍不住对着卡尔脱口说道："那你呢？"

他耸耸肩，躲开我的手，以一种惊人的轻松语调说："我不会逃跑的。"

接着，他转过身，侧对着一列禁卫军。他走过那些尸体，仰头望着屋顶，敏捷地接过了抛来的一支手枪，手指放在了扳机上。他的另一只手开始燃烧，阴沉致命的烈焰噼啪作响。他的侧影映在禁卫军身上，映在地上的那些尸体上，看起来完全是另一个人。

"搜查。"他低啸着，踏上了楼梯。禁卫军和警卫们紧紧跟随，如同红黑相间的浓烟缭绕在他的烈焰之后，离开了这个鲜血四溅、笼罩着灰尘和尖叫的宴会厅。

在地板正中间，倒着的是贝里克斯·来洛兰，刺穿他的不是子弹，而是一支银枪。那是从鱼枪里射出来的，就像人们捕鱼时那样刺下去……银枪杆上垂下一条破破烂烂的红色肩带，在混乱的旋涡之中几乎岿然不动。那上面盖着一个记号——撕碎的太阳。

我们离开大厅，走进了侍从通道，两侧的墙壁黑压压的。突然，脚下的地板隆隆震颤，卢卡斯一把把我推到墙边掩护着我。惊雷般的声音响了起来，头顶的天花板摇摇欲坠，落下好几块碎石。我们身后的门向里崩开，烧得稀烂。而通道外面，宴会厅已是一片焦黑，浓烟滚滚。爆炸。

"卡尔——"我扭动着想挣脱卢卡斯，原路跑回大厅去，他却把我拽住了。"卢卡斯，我们必须去帮他！"

"相信我，一颗炸弹对王子来说算不了什么。"他沉声道，拉着我继续往前走。

"炸弹？"那并不在计划之内。"那是炸弹吗？"

卢卡斯略略退开，他的颤抖明显来自愤怒。"你看到那条血红色的带子了，是红血卫队，而那个——"他向后指了指黑乎乎还冒着烟的宴会厅说，"那就是他们的真面目。"

"这没道理啊。"我喃喃自语，回忆着我们计划中的每个细节。梅温从没跟我提过什么炸弹，一次也没有。奇隆也不会让我这么干的——如果他知道这会让我陷入险境。他们不会这样对我的。

卢卡斯把枪装进枪套，黯然道："嗜杀者不必讲道理。"

我一口气哽在喉咙里。有多少人还在那里啊？有多少孩子，有多少无辜的伤亡？

卢卡斯以为我沉默不语是因为太震惊了。他错了。此刻，我怒不可遏。

任何人都可以背叛任何人。

卢卡斯带着我往地下走，穿过少说有三道门，每道门都是用钢铁铸成的，有一英尺那么厚。它们没有上锁，但卢卡斯只是用手轻轻一弹门就打开了。这让我回想起第一次见到他的样子，那时候他也是这样为我打开了牢笼的栏杆。

未见其人，先闻其声，交谈的声音在金属墙壁之间回荡着。国王骂天咒地，言辞让我不寒而栗。他走来走去，怒火不断升级，披风随之在身后飘动着。

"去把他们揪出来，劈开他们的背，带到我面前来。我要他们像怯懦的弱鸡一样跟我求饶！"他冲着一个禁卫军嚷嚷，但那戴着面具的女警动也没动一下。"我要知道到底发生了什么！"

伊拉王后坐在椅子上，一手抚着心口，一手紧紧地拉着梅温。

梅温一见我就说："你没事吧？"他松了口气，拉过我抱了一下。

"只是有点儿慌。"我想办法尽可能地把信息告诉他。但是王后离得太近了，我连思考都不敢，更不用说讲话了。"枪击后发生了爆炸。炸弹。"

梅温紧紧皱着眉头，一脸迷惑不解，但很快就怒火中烧："混蛋。"

"野人。"提比利亚国王咬牙切齿地骂道，"我儿子怎么样？"

我看向梅温，但很快意识到国王说的不是他。他淡然处之，早已习惯了被父亲忽视。

"卡尔和狙击手在一起，他带了一批禁卫军，"我一想到他那烈焰般的阴沉和愤怒就恐惧不已。"然后宴会厅就发生了爆炸。我不知道还有多少人在——在那儿。"

"还有什么其他的吗，亲爱的？"伊拉王后开口了，她亲昵的用词让我听起来就像遭了电击。她看起来比平时更苍白，呼吸也浅而急促。她害怕了。"你还记得些什么？"

"还有一条带子，系在一支矛枪上。是红血卫队干的。"

"是吗？"她说着挑起眉毛。我真想转身逃开她和她的入侵，但还是忍住了。我已经时刻准备好让她钻进我的脑袋里，把一切真相公之于众。

但是王后没理我，而是转向了国王："看看你都做了什么？"她咧开嘴唇，露出尖牙，在灯光下莹莹如火。

"我？是你说红血卫队微不足惧，是你向我们的人民撒了谎。"提比利亚国王反唇相讥，"你的措施削弱了我们应对危险的力量，不是我。"

"可是如果你在还有机会下手的时候，在他们还没这么壮大的时候就上心处理，今天的事就不会发生！"

他们唇枪舌剑地咬着对方，活像两条恶狗，都恨不得多啃一块肉。

"伊拉，他们算不上恐怖分子。我不会浪费我的士兵和官员去对几个写传单的红血族穷追不舍的。他们弄不出多大动静。"

王后缓缓地向上指了指："这样还不算动静吗？"国王无言以对。她冷冷一笑，因为在争吵中占了上风而得意。"总有一天，你的人会学乖去注意这些人的，而整个世界都将因此动荡不堪。他们是瘟疫，是你放任的瘟疫。在哪里传播壮大，就该在哪里动手杀掉他们。"

她站起来，整理了一下，说道："那些人是红血恶魔，他们一定有内应，就在宫墙之内。"我拼尽全力站着不动，眼睛死盯着地板。"我想我得和侍从们说几句。萨默斯军官，请吧。"

卢卡斯提起精神，为她打开了地下室的拱门。王后带着两名禁卫军疾步而出，如同一阵暴虐的旋风。卢卡斯跟着她，依次打开一道道沉重的门，铿锵的声音渐远。我无意打探王后要对侍从们做什么，但我知道那少不了要伤人，而且我也知道她的发现——一无所获。按照我们的计划，沃尔什和霍兰德会和法莱一起逃走。他们早料到舞会后还留在这里太危险——他们是对的。

沉重的金属大门只关上了一会儿，就又打开了。是另一个磁控者：伊万杰琳。她身上还穿着礼服，却是一副失魂落魄的样子，首饰乱糟糟地缠在一起，烦躁不安。最吓人的是她的眼睛，湿漉漉的眼泪把黑色眼妆晕得一塌糊涂。托勒密，她在为死去的哥哥哭泣。尽管我告诉自己不要管不要在意，但还是得忍一忍才没有过去安慰她。这思绪很快就闪过了，因为另一个人也跟着进来了。

卡尔的脸上都是烟灰，干净的制服这会儿也脏兮兮的。如果是平时，我只会注意到他疲惫而充满恨意的眼睛，此刻却吓得魂飞天外。他黑色的军装上溅着血迹，手上也是。那不是银色的，而是红色的。那血迹是红色的。

"梅儿，"他声音里的温暖荡然无存，"你跟我来，马上。"

他虽是对我讲话，但其他人也跟着起身，一起穿过通道，往牢房走去。我的心怦怦直跳，简直要跳出胸膛了。不是奇隆，谁都行，但不要是奇隆。梅温一只手搭在我的肩膀上凑过来。我以为他是要安慰我，但他只是把我往后拽：他在阻止我不要跑得太靠前。

"你应该直接杀死他，"伊万杰琳使劲扯着卡尔衬衫上的血迹，"我不会让这些红血族留下一个活口。"

他。我咬住嘴唇，让嘴巴紧紧闭起来，免得说出什么傻话。梅温的手攥紧了，像爪子一样扣在我的肩上，我能感觉到他的脉动加快了。因为我们都很清楚，到这一步，事情算是彻底完了。王后会过来扯碎他们的脑袋，在残骸里翻出深藏的阴谋。

第二十章

通往牢房的台阶无甚特别，只是特别长，直通到王宫的最底层。看守们站起来向我们行礼，这儿至少守着六个禁卫军。彻骨的寒意浸入我的骨髓，但我没发抖。我简直动不了了。

牢房里有四个人，每一个都是血迹斑斑、伤痕累累。尽管灯光昏暗，我还是认出了他们。沃尔什的眼睛肿得只能闭着，但看起来还好。特里斯坦两条腿都浸透了血，只能倚着墙才站得住，伤口上胡乱缠着布条，看起来像是从奇隆的衬衫上撕下来的。至于他本人，则没受什么伤，让我大大松了一口气。他用胳膊撑着法莱，让他靠在自己身上。她的锁骨脱臼了，一只胳膊角度怪异地垂着，可即便如此也没免掉她轻蔑的嘲笑。她甚至朝栏杆外啐了一口，血混着唾沫落在伊万杰琳的脚边。

"把她的舌头给我剐下来！"伊万杰琳咆哮着，冲到栏杆前。她停住了，一只手狠狠地擂在金属杆上。尽管她抬手就能掰开那些栏杆，把整个牢房和里面的人都撕烂，可她还是克制住了。

法莱接住她的目光，面对这样的暴怒眼睛都不眨一下。如果这就是她的穷途末路，她毫无疑问也要高昂着头赴死。"身为王妃，这可有点儿暴力。"她说。

在伊万杰琳大发脾气之前，卡尔把她从栏杆边拉了回来。他慢慢地抬起一只手，指了指："你。"

我一下子提心在口，惶惶不安。他指着的人是奇隆。奇隆脸上的肌肉微微扭曲，但眼睛一直盯着地板。

卡尔记得他。他带我回家那晚，见过他。

"梅儿，解释一下。"

我张了张嘴，指望着有什么精彩绝伦的谎言可说，但什么都说不出来。

卡尔的目光越发阴沉："他是你的朋友。解释一下。"

伊万杰琳喘着粗气，一腔怒火劈头盖脸地冲着我来了。"是你把他带进来的!"她嘶叫着,蹿到我面前,"是你干的?"

"我什么也没干。"我磕磕巴巴地说道。房间里所有人都盯着我看。"我的意思是,我确实给他在这里谋了一份工。他之前在贮木场干活儿,那太辛苦了,要累死人的——"谎言就这么说出了口,比以往编得更快,"他是——他曾是我的朋友,在镇子里的时候。我只是希望他能过得好点儿。我给他谋了一份服务生的工作,就像——"我的眼睛偷瞄着卡尔。我们都记起了第一次相遇的那个夜晚,记起了那以后发生的一切。"我以为只是帮帮他而已。"

梅温朝牢房走近一步,打量着我们的朋友,仿佛是第一次见到他们。他指了指他们的红色制服说:"看起来只是侍从。"

"我原本也是这么以为的,不过他们却企图从排水管逃走,"卡尔厉声说,"我们很费了一番功夫才把他们拽出来。"

"都在这儿了吗?"提比利亚国王透过栏杆扫视着里面的人。

卡尔摇了摇头:"还有不少同伙,但他们跑到河边去了。至于到底有多少,我不清楚。"

"好啊,那我们就弄清楚。"伊万杰琳挑起眉毛,"去请王后,同时……"她转而望向国王。他的胡子下面露出一抹狞笑,点了点头。

不用问就知道他们在想什么。施刑。

四个犯人强硬地站着,毫不畏惧。梅温狠狠地咬着牙,试图想出解决这困局的办法,但他明白,没有办法。甚至正相反,这兴许已经比我们所希望的好多了。如果他们能想办法说谎呢……可是我们怎能要求他们说谎?我们怎能站在一边看着他们受刑尖叫?

对于我的两难,奇隆却似乎胸有成竹。即使身处山穷水尽的境地,他那双绿色的眼睛仍然炯炯有神。我会为你撒谎。

"卡尔,交给你了。"国王说着拍了拍儿子的肩膀。我只能干看着,睁大眼睛乞求，希望卡尔不会做他父亲命令的那些事。

他匆匆瞥了我一眼，仿佛含着某种歉意，然后便转向一个比其他人都矮小的禁卫军。那是个女人，她的眼睛在面具后面闪着灰白色的光。

"禁卫军格莱肯，我想我需要一些冰块。"

我完全不明白这是什么意思，但伊万杰琳咯咯笑道："好主意。"

"你不必看这些。"梅温低声说，想把我拉走。但我不能丢下奇隆。现在不行。我生气地甩开他，眼睛盯着我的朋友。

"让她留下来。"伊万杰琳乐于看到我的不自在。"刚好教教她如何待红血族朋友。"她转向牢房，挥手打开栏杆，伸出一根白白的手指头。"就从她开始。看看她的骨头有多硬。"

那个名叫格莱肯的女禁卫军点点头，抓住法莱的手腕，把她拽出牢房。栏杆在她身后闭合起来，关住了另外三人。沃尔什和奇隆扑过来，两人都是一脸恐惧。

格莱肯强迫法莱跪下来，等待着下一步的命令："殿下？"

卡尔走过来站在她前面，喘着粗气。他开口之前犹豫了一下，但是声音很强势："你们还有多少人？"

法莱紧闭着嘴，咬着牙齿。她是宁死也不会说一个字的。

"从胳膊开始。"

格莱肯毫不客气地扳直了法莱受伤的胳膊。她痛得大叫起来，但还是什么也不说。我用尽所有办法才忍住没冲过去暴揍那个禁卫军。

"你们倒管我们叫野蛮人？"奇隆抵在栏杆上，狠啐了一口。

接着，格莱肯扯掉了法莱浸满血的袖子，苍白残忍的手压在她的皮肤上。法莱立即叫了起来，可我还是不明白到底怎么回事。

"其他人在哪儿？"卡尔边问边跪下来，好看着她的眼睛。法莱静了一会儿，粗粝地吸着气。卡尔往前凑了凑，耐心地等着她缓一口气。

但法莱向前一冲，拼尽全力用头撞向卡尔。"我们无所不在。"她大笑着，但格莱肯一碰她她就又痛苦地叫出了声。

卡尔整了整衣服，一只手捂着被撞伤的鼻子。如果是别人，一定会还击的，但他不会。

法莱的胳膊上、格莱肯的手所到之处，现出了红色的针孔。随着时间分秒流逝，这些针孔不断扩张，锋利且闪着光的红点直刺入已然发青的皮肤。禁卫军格莱肯，格莱肯家族。我的思绪飘回了礼法课，关于家族的课程。冰楔者。

我猛然明白了，不得不转过脸，不再去看。

"血，"我呢喃着，不敢回头，"她正在冻住她的血。"梅温点点头，神色黯然，眼里满是悲哀。

在我们身后，格莱肯并未停手，她抬起法莱的胳膊，红色的冰锥如利刃一般自皮肉之内划过，削过寸寸神经。那痛苦我连想都不能想。法莱咬着牙，粗重的呼吸摩擦作响，但还是什么都不肯说。时间一分一秒地过去，我的心跳不断加速，不知道王后什么时候会来，不知道我们的计划是不是真的就此完结了。

终于，卡尔站了起来："够了。"

法莱几乎崩溃了，她茫然地盯着自己的胳膊，它们已被血液凝成的利刃割得伤痕累累。这时另一个禁卫军、斯克诺斯家族的一个皮肤愈疗者，在她身旁蹲了下来，迅速地为她施治，双手以一种训练有素的时髦样子移动着。

法莱的胳膊重新有了温度，她阴沉地哼笑着："要再来一次，嗯？"

卡尔背着双手，看了一眼他的父亲。国王点了点头。"没错。"卡尔叹着气，回头示意那个冰楔者。但她没能继续施刑。

"她！在！哪！"一个恐怖的声音怒吼着，自上而下回荡在几层楼梯之间。

伊万杰琳倏地转身，扑向楼梯，大叫着回应："我在这儿！"

托勒密·萨默斯走下楼梯，和伊万杰琳紧紧拥抱，而我只能把指甲抠进手掌的肉里，才克制住不做出什么反应。他站在那儿，活着，喘着气，怒不可遏。地板上，法莱咒骂着自己。

托勒密只待了一下就从伊万杰琳身边走开，眼睛里充满了令人恐惧的狂怒。他两肩披挂的盔甲被子弹打得粉碎，盔甲下面的皮肤却完好无损。已然愈合。他走向牢房，双手扭在一起，金属栏杆在插孔里抖动起来，剐蹭着水泥地面，发出刺耳的声音。

"托勒密，还没——"卡尔低吼着抓住了他，却一下被挤开了。尽管卡尔人高马大，强壮有力，可还是向后退了好几步。

伊万杰琳跑向哥哥，拉住他的手说："不行，我们得让他们招供！"托勒密只是一耸胳膊就甩开了妹妹——就算是伊万杰琳也挡不住他。

栏杆咔拉咔拉直响，在他的蛮力下一点点劈开。他冲向牢房，难以招架的禁卫军迅速躲开了。奇隆和沃尔什慌忙向后退，抵在石墙上。但托勒密是猎食者，而猎食者总是袭击弱者。伤到腿的特里斯坦也动不了，只能束手待毙，毫无机会。

"你们再也别想威胁我妹妹！"托勒密狂吼着，抄起牢房边的一根金属杆直插进了特里斯坦的胸膛。特里斯坦猛抽一口气，被自己的血呛住，奄奄一息。托勒密这才笑了起来。

当他转向奇隆，对准他的心脏准备痛下杀手时，我出手了。

电火花在皮肤之下生成，我卡住了托勒密的脖子，瞬间放电。电流直穿而过，闪电在他的血管中跳跃舞动，让他动弹不得。他制服上的金属抖动着冒起了烟，几乎要把他活烤了。然后他就倒在了地上，身子还一颤一颤的，被电得够呛。

"托勒密！"伊万杰琳扑了过去，想抬起他的脸。但她的手指一碰到就被电了一下，让她不得不沉着脸往后退了几步。她又转向我，勃然大怒："你竟然敢——"

"他没事。"我根本就没用什么破坏性的力量去电击他。"就像你说的，我们需要他们开口，没招供前可不能让他们死。"

其他人都以一种怪异而复杂的情绪盯着我，他们睁大了眼睛——害怕了。卡尔，那个我吻过的男孩，那个战士，那个残忍的野兽，则根本不能承接我的目光。他脸上的神情是我认得的：羞愧。是因为他对法莱施刑了，还是因为他没能让犯人开口，我却不得而知。至少梅温还有足够的礼貌来表现出一脸悲伤，看着特里斯坦仍然流着血的身体。

"母亲稍后会来处理这些犯人的。"他对国王说道，"不过楼上的人应该很想见到您，好知道他们的国君安然无恙。伤亡惨重，您要去安抚他们才好，父亲。还有你也是，卡尔。"

他在拖延时间。机智的梅温是在为我们谋取机会。

尽管我直起鸡皮疙瘩，却还是伸出手，碰了碰卡尔的肩膀。他曾经吻过我，也许此刻仍然会听我的话吧。"他说的对，卡尔，这个不急。"

伊万杰琳站在牢房边，呲着尖牙："王室需要的是真相，而不是什么拥抱！必须即刻处理这些人！陛下，我们得揪出真相——"

但是提比利亚国王也看出了梅温建议里的明智。"关着他们，"他说，"真相明天就知道了。"

我拉着卡尔的胳膊，手上用了劲儿，他紧绷的肌肉在我的触碰下松弛下来，仿佛卸下了重担。

禁卫军把法莱拖回了破掉的牢房。她的眼睛盯着我，似乎想知道我究竟在想些什么。*我也希望自己知道。*

伊万杰琳半拉半拽地把托勒密弄了出来，让身后的牢房栏杆重新闭合。"你真是弱爆了，我的王子。"她在卡尔耳边低语。

我强忍住回头去看奇隆的冲动，他说过的话在我脑海中闪现：你不必总是想要保护我。

我偏要。

一行人往正殿走，我袖子上的血迹滴滴答答地流下来，在地上滴成了一条银色的轨迹。禁卫军和警卫们守着那道大门，他们举着枪，对着走廊。我们经过时，他们一动不动，仿佛冻在了原地。必要的时候，只需一声令下，他们就会大开杀戒。巨大的厅堂里，回荡着愤怒和悲伤的声音。我想抓住一丝胜利的感觉，但一想到奇隆还在牢里，原本可能有的喜悦便一点儿都不剩了。就连上校那没有生气的眼睛也让我难受。

我蹭到卡尔身边，他没注意，只是盯着地板。"死了多少人？"我问他。

"目前为止，十一个。"他低声说，"三人死于枪击，八人死于爆炸，伤者超过十五人。"他说这话的语气像是列着购物单子，完全不像是在谈论人命，"但伤者都会获救的。"

他竖起拇指，指了指在伤员中间穿梭忙碌的愈疗者。我数了数，伤员里有两个孩子。在另一边，王座前面，放着遇难者的尸体。贝里克斯·来洛兰和他的一对双胞胎儿子躺在那儿，泪水涟涟的母亲守在一旁。

我捂住嘴才没叫出来。我根本不想这样。

梅温温暖的手拉住了我，牵着我穿过那阴森可怖的一幕幕，来到王座边我们该站的地方。卡尔站在旁边，使劲想要弄掉手上沾着的红色血液，却怎么也擦不掉。

"流泪的时刻已经过去了。"提比利亚国王怒吼着，一拳擂在扶手上。啜泣的声音、吸鼻子的声音，一下子消失了。"我们要致敬死者，愈疗伤者，为此刻的坠落而复仇。我是国王，我不会忘记，也不会原谅。过去我宽大仁慈，让我们的红血族兄弟们过着富足而有尊严的生活，他们却恩将仇报，拒绝我们的善意，将他们自己推进万劫不复的绝境。"

他咆哮着扔下那支银枪和红布，"哗啦"一声如同敲响了丧钟。那撕裂的太阳，正冲着我们所有人。

"这些傻瓜，这些恐怖分子，这些杀人凶手，将接受我们的审判。他们必死无疑。我以我的王冠、王座和我的儿子起誓，他们必死无疑！"

人群里激起低语，渐渐汇成隆隆巨响，每一个银血族都振奋起来，他们统统站起身，不管是受伤的还是没受伤的，血液中金属的气味如同掀起了滔天巨浪。

"强大！"所有人一起大喊着，"权力！死亡！"

梅温看向我，眼睛瞪得大大的，充满恐惧。我知道他在想什么，因为我想的和他一样。

我们都干了些什么？

RED QUEEN

第二十一章

我回到自己的房间，扯下蹭坏的裙子，把绫罗绸缎扔在地上。国王的怒吼夹杂着这恐怖一晚的一幕幕，回荡在我的脑海里。奇隆的眼睛亮了起来，点燃了我的决心。我必须保护他，但是该怎么办？要是能再一次用我自己、用我的自由把他换回来该多好。要是一切都那么简单就好了。朱利安在课上说过的话，从未像此刻这样尖锐地在我的思绪中闪回：此刻是过去的未来，但过去远比此刻卓著非凡。

朱利安。朱利安。

寝宫里到处都是禁卫军和警卫，每个人都枕戈待敌。我却在很长时间里完善了悄然潜行的本事，而且朱利安的房间也不远。虽然已经很晚了，可他还没睡，全神贯注埋首在书本之中。一切看起来没什么不同，仿佛什么事都没发生，也许他还蒙在鼓里呢。不过我注意到桌上摆着一瓶棕色的饮料，而通常那儿都会放一杯茶。他知道了，当然。

"鉴于最近发生的事情，我想我们的课程应该早点儿取消就好了。"他边说边翻着纸页，最终还是"啪嗒"一声合上书，凝神看着我，"不用说，现在已经晚了。"

"我需要你，朱利安。"

"和映辉厅枪击案有关吗？是的，他们已经起了个很聪明的名字。"他指了指墙角关着的屏幕，"新闻里已经播了好几小时了。国王会在早晨发表全国讲话。"

一个多月前，那个金发蓬松的女主播报道着首都爆炸案的情景仍然历历在目。案发后有不少人受伤，市场还发生了暴乱。这一回他们又会干出些什么事呢？又有多少无辜的红血族要为此付出代价？

"还是说，和此刻关在地牢里的那四个恐怖分子有关？"朱利安步步紧逼，揣度着我的反应。"不好意思，是三个。托勒密·萨默斯毕竟没有辜负他的盛名。"

"他们不是恐怖分子。"我平静地回答，极力控制自己。

"要我给你展示一下恐怖分子的定义吗，梅儿？"他的语气尖刻起来，"他们造成的后果也许不过尔尔，但那手段……算了，你怎样说根本不重要。"他再次指向显示屏。"他们自有他们关于真相的说法，而人们听到的也唯此而已。"

我紧紧咬着牙齿，痛入骨髓："你到底要不要帮我？"

"我只是个老师，是个被遗弃的家伙——也许你没注意到。我能做什么？"

"朱利安，求求你。"我觉得最后的机会正从自己的指缝里溜走，"你是个心音人，你可以吩咐警卫——你可以驱使警卫做任何事。那样就可以把他们放了。"

但是他仍然没动弹，只是平静地啜着酒，而且不像一般人那样喝一口就挤眉弄眼。酒精已然是他所习惯的。

"明天他们会接受审讯。不管他们有多强硬，能坚持多久，真相总会大白天下。"我慢慢地拉起朱利安的手，握住他因常年翻书而磨得粗糙的手指。"这是我的计划，我和他们是一伙儿的。"他不必知道梅温也有份儿，那只会让他更生气。

这半真半假的话起作用了，我从他的眼睛里看得出来。

"你？是你干的？"他张口结舌，"枪击？爆炸——？"

"那个炸弹是……是计划外的。"那个炸弹恐怖至极。

他眯起了眼睛，脑子正飞速运转，接着便猛然骂道："我有没有告诉过你！有没有告诉过你不要得意忘形！"他狠狠地一拳砸在桌子上，我从未见过他如此生气。"现在呢？"他盯着我，眼神里满是哀伤，让我几乎心碎。"现在我得看着你就这么完了？"

"如果他们逃出去……"

他一口喝干了剩下的酒，手腕一甩把玻璃杯摔在地上，吓得我跳了起来。"那我呢？就算我能移开摄像机，除去警卫的记忆，把我们俩都开脱干净，王后还是会知道的。"他摇摇头，叹着气说，"她会把我的眼睛挖出来的。"

那样的话，朱利安就再也不能看书了。我怎能要他这么做？

"那么，让我去死吧，"我的话哽在喉咙里，"我和他们一样罪有应得。"

他不会让我去死的。他做不到。我是闪电女孩，我还要改变世界呢。

再开口的时候，他的声音空洞虚渺。

"他们把我妹妹的死称为自杀，"他缓缓地用手指搓着手腕，陷入久远的回忆中。"那是个谎言，我知道。她虽然悲观，却绝对不会做那样的事。更何况她有卡尔，还有提比。她是被人谋杀的，而我什么都没说。我害怕，于是就让她那么耻辱地死去。从那一天开始，我一直为绳愆纠谬而工作，在这荒谬丑陋世界的阴影里等待着，等待着为她复仇的时机到来。"他抬眼望着我，泪光斑驳，"我想，这是个开始的好机会。"

没花多大工夫，朱利安就想出了一个计划。我们需要的只是一个磁控者以及搞瞎几台摄像机，所幸这些我都办得到。

我按铃叫了卢卡斯，不到两分钟，他就敲响了我的门。

"我能为你做什么吗，梅儿？"他比平时更警醒。我知道看着王后审讯侍从们一定很不舒服。他被弄得心烦意乱，至少完全没注意到我在打战。

"我饿了。"这些事先编好的话更容易说出口，"你知道，晚宴根本就没举行，所以我琢磨着——"

"我看起来像厨师吗？你应该按铃叫厨房的侍从来，这是他们的活儿。"

"我只是，呃，好吧，我想现在可不是侍从们四处溜达的好时候。人人都如临大敌，我真不想只是因为自己没吃晚餐就误伤了谁。你只要陪着我去一趟就行了，就这么简单。再说你也可以拿些饼干吃，谁会知道啊。"

卢卡斯像个不耐烦的小青年一样叹了口气，伸出了胳膊。我挽住他的时候瞥了一眼大厅里的摄像机，确认它们都被关上了。开始吧。

我亲身体验过被人侵入思维的感觉，本该为利用卢卡斯而感到内疚，但这是为了救奇隆的命。我们转过弯，卢卡斯还在唠唠叨叨呢，就一头撞见了朱利安。

"雅各勋爵——"卢卡斯慌忙开口，正要低下头，朱利安却抬起了他的下巴，动作之快我前所未见。卢卡斯没来得及说什么，朱利安就盯住了他的双眼，反抗都没起头就结束了。

他甜蜜的话语像奶油一样柔滑，像钢铁一样强势，灌入了卢卡斯毫无防备的耳朵："带我们去地牢。走侍从通道。避开巡逻。忘记这一切。"

卢卡斯平时都是笑呵呵、爱闹着玩儿的，此刻却坠入了一种半催眠的状态。他目光呆滞，根本没注意到朱利安解下了他的枪，但是步子没有停下来，带我们穿梭在迷宫般的宫殿里。每到一个转角我都会停下来感受那些"电眼"，然后把我们路径上的所有摄像机都关掉。而朱利安则对警卫们做着同样的事，强迫他们忘记我们自此经过。我们就这样组成了一个不可战胜的小团体，不久就来到了通往地牢的楼梯口。下面有禁卫军在，人数众多，只靠朱利安的本事是无法解决他们的。

"别说话。"朱利安对卢卡斯耳语，后者茫然地点了点头。

现在换我打头阵了。本以为自己会害怕，但昏暗模糊的灯光、夜已深沉的感觉都是如此熟悉。我属于这样的地方——潜行，撒谎，偷窃。

"谁？报出你的名字和贵干！"一个禁卫军冲着我们喊道。我认出了她的声音，格莱肯，那个对法莱施刑的女人。也许我能说服朱利安把她唱到悬崖下面去。

尽管我的声音和语调才是最重要的，但我还是挺胸抬头站得笔直。"我的姓名是梅瑞娜·提坦诺斯，梅温王子的未婚妻。"我厉声说，一边尽最大努力优雅地走下楼梯。我模仿着伊拉王后和伊万杰琳，声音冷漠而尖锐。我也有力量和异能。"至于我的贵干，就不必和一个禁卫军细说分明了。"

四个禁卫军看到我，互相交换了眼神，彼此询问着该怎么办。其中一个大个子，长着一双猪眼，甚至还极为粗鲁地把我从上到下打量了一番。在牢房栏杆后面，奇隆和沃尔什立刻警觉起来，法莱则用胳膊抱着膝盖，坐在墙角没动。有一瞬间我以为她睡着了，不过她动了动，蓝色的眼睛中反射着灯光。

"我必须知道，小姐。"格莱肯略带歉意地说道，她向跟在我身后的朱利安和卢卡斯点点头。"您二位也是。"

"我想独自欣赏这些——"我尽可能地在声音里添上厌恶嫌弃的调子，这一点儿也不难，因为那猪眼警卫站得很近，"生物的表现。有些问题他们必须得回答，有些过失他们也必须得偿还。是吧，朱利安？"

朱利安冷笑着，演得很是逼真："让他们唱个痛快很容易。"

"绝对不行，小姐。"那猪眼警卫哼哼道。他的口音坚硬而粗犷，一听就知道是从哈伯湾来的。"给我们的命令是一直守在这儿，整晚，不论谁来都不能走开。"

曾经，干阑镇里有个男孩笨拙地跟我调情，就只为了炫耀他漂亮的靴子。"你知道我是谁，对吧？我很快就会成为王妃，而王妃的喜好是一件非常重要的事。再说，这些红血老鼠必须得到教训，痛才记得住。"

猪眼警卫慢悠悠地盯着我，心里反复掂量着。朱利安在我旁边，时刻准备着动用他的甜言蜜语。我俩紧张得不行，而猪眼警卫终于点头了，冲其他人挥了挥手："我们只能给您五分钟。"

我满面笑容，扯得脸颊生疼，但那有什么要紧。"非常感谢，我会记着你们的好意的，你们所有人。"

他们排成一列，齐步走了出去，靴子拖沓地蹭在地上。他们一到上层，我就点燃了希望。五分钟绰绰有余。

奇隆几乎跳了起来，冲到栏杆边，急不可耐地想要脱身，而沃尔什也搀着法莱站了起来。但我没动弹。我并不打算放了他们，现在还不想。

"梅儿——"奇隆低声唤我，为我的迟疑而迷惑不解。但我看他一眼，就让他静了下来。

"爆炸。"浓烟和火焰席卷了我的思绪，把我带回了宴会厅被炸的那一刻。"跟我解释一下那爆炸吧。"

我以为他们会满怀歉意地低头认错，乞求我的原谅，那三个人却茫然地看着彼此。法莱靠在栏杆上，眼冒怒火。

"我对此一无所知，"她用几乎听不到的声音低语，"我从未允准授意过这样的事。我们的行动是有组织的，冲着特定的目标。我们不会毫无目的地大开杀戒。"

"那首都那次爆炸——"

"你知道那些房子里无人居住，也没人死掉——因为我们的行动死掉。"她决然地说，"我向你发誓，梅儿，宴会厅的爆炸不是我们干的。"

"你真以为我们会把最大的希望也一块儿炸死吗？"奇隆插嘴。不用问也知道，他指的是我。

我最终还是向朱利安点了点头。

"打开牢门，轻点儿。"朱利安抚摩着卢卡斯的脸，低声说道。

这位磁控者照办了。他让栏杆弯成 O 形，足以让人通过。沃尔什惊讶地睁大眼睛，第一个钻了出来。奇隆在后面搀着法莱，帮她也钻出了栏杆。法莱的胳膊仍然无力地吊着——那个愈疗者漏掉了一个关节。

我指指墙那边，他们悄无声息地跑了过去，就像老鼠蹿过石头。特里斯坦的尸体仍然留在牢房里，已无一丝生气。沃尔什回头看了看，没做什么表示，只是扶着法莱。朱利安推着卢卡斯跟在他们旁边，一直到了楼梯脚下，才让他往一边挪开，给逃脱的犯人让出地方。

我站在另一边，紧紧靠着奇隆。尽管他在地牢里，和死尸待了一整晚，却还是笑意融融，就像在家时一样。

"我就知道你会来的，"他在我耳边低语，"我知道。"

但眼下可没工夫欢欣鼓舞大肆庆祝，他们得安全离开这儿才行。

在楼梯空隙之间，朱利安冲我点了点头。他准备好了。

"禁卫军格莱肯，能跟你说句话吗？"我冲着楼梯上面喊道，为下一步逃亡之路抛下诱饵。沙沙的脚步声告诉我，她上钩了。

"什么事，小姐？"

她走下楼来，一眼就看到了牢房大开空空如也，在面具后面倒吸一口冷气。但朱利安的动作也极快，即便面对的是禁卫军。

"你出去了一趟，回来就看到了这些。忘记我们。叫一个你们的人下来。"他的声音仿佛一首骇人的歌。

"禁卫军泰尔斯，下来。"她干巴巴地说。

"现在睡吧。"

话一出口，格莱肯就垂下了脑袋。朱利安抓住她，把她拖到自己的身后轻轻放下。奇隆惊讶地轻呼一声，对眼前所见叹为观止，而朱利安则只是略带欣喜地微微一笑。

泰尔斯下楼了，他不知道这是怎么回事，却立即想要采取行动。朱利安故技重施，浅吟低唱着他的命令，只消几秒钟就令对方就范。我从不认为禁卫军真能这么傻，但眼下看来，他们就是这么傻。他们从小就接受训练，格斗作战乃是主课，至于逻辑智谋，不是他们的首要任务。

最后两个人，猪眼警卫和那个斯克诺斯家族的愈疗者，却不是全然的傻瓜。当泰尔斯叫愈疗者下楼的时候，他们俩窃窃私语。

"您的事办完了吗，提坦诺斯小姐？"猪眼警卫的声音里满是警戒。

我速速一想，便回答他："是的，办完了。你的两个同伴已经归位了，你是不是也应该下来？"

"噢，这样？是吗，泰尔斯？"

朱利安以迅雷不及掩耳的速度跪到失去意识的泰尔斯旁边，扒开他的眼睛，撑住眼皮："说你已经归位了。说小姐的事情已经办完。"

"我已经归位了，"泰尔斯迷迷糊糊地说，所幸长长的楼梯间让他的声音失真了，"小姐的事情已经办完。"

猪眼警卫自言自语道："很好。"

他们的靴子踏上了楼梯台阶，两个人一起下来了。两个人，朱利安自己无法一次制伏两个人。我能感觉到背后的奇隆紧绷起来，他的拳头握紧了，时刻准备着拼命。我一手把他往后推到墙边，而其他人的脸被一道火花照得煞白。

这时脚步声停了。因为在楼梯口以外，我看不见他们，朱利安也看不见，但那猪眼警卫像狗似的喘起大气来。愈疗者也停在那儿，等着我们现身。四周一片死寂，想不听到枪上膛的声音都不行。

朱利安睁大了眼睛，但仍稳稳地站着，一只手举起了他刚才从卢卡斯那儿缴下的武器。我屏住呼吸，知道此刻已是千钧一发。四周的墙壁仿佛往里抽缩着，要把我们困死在这石头棺材里。

我冷静地站到了台阶前面，背后的一只手已经燃起了电火花。我等着子弹随时射过来，但疼痛迟迟未到。他们不会朝我开枪的，我还没好好给出个解释呢。

"有何疑问啊，禁卫军们？"我冷笑着，挑起眉毛，这动作我曾看伊万杰琳做过几百次。我缓缓地步上楼梯，两个禁卫军出现在视野之中，他们并排而立，手指双双扣在扳机上。"希望你们不会拿枪指着我。"

猪眼警卫直勾勾地瞪着我，但这丝毫也吓不住我。你是个贵族淑女，行止如是，为了活命，行止如是。"你的朋友在哪儿？"他问。

"噢，他就来。有个犯人咬出了她，她需要些额外的关照。"谎言张口就来，果然是熟能生巧。

猪眼警卫咧开嘴，笑着把枪放低了一点儿："那个脸上有疤的婊子？看来我得亲自让她好看啊。"我附和着一起笑了起来，心里思量着要是一道闪电劈在他肉乎乎的眼上会是什么样。

我想走近一点儿，但那个愈疗者一只手放在金属围栏上，挡住了我。我同样戒备着，手上的感觉冰冷而实在。别着急，我对自己说，把刚刚好的能量注入火花吧，用不着熊熊燃烧，也用不着留下伤疤，只要让这两人同时就范就够了。要像穿针引线一样，而我头一回要当缝纫专家了。

在楼梯上面，愈疗者没有和猪眼警卫一起笑。他的眼睛明亮地闪着银光，再加上面具和火红的披风，看起来就像噩梦里走出的魔鬼。

"你背后是什么？"他在面具之后低语。

我耸耸肩膀，又向上迈了一步："什么也没有啊，禁卫军斯克诺斯。"

接下来的话粗粝刺耳："你说谎。"

我们同时出手了。子弹击中了我的肚子，但我的闪电沿着金属围栏穿透愈疗者的皮肤，直刺入他的脑袋。猪眼警卫大叫起来，举起了自己的枪射击。子弹搉进墙壁，擦着边儿，距离我只有几英尺。但我没放过他，从背后甩过去一个电火花球。他们俩倒了下去，不省人事，肌肉还因为遭了电击而抽动着。

接着我便一头栽倒。

我只想知道脑袋砸到石头地面时会不会碎掉，那应该比血尽而亡更容易吧。然而，一双长长的胳膊接住了我。

"梅儿，你会没事的。"奇隆轻声说着，手捂在我的肚子上，想让血不要再流了。四周的世界渐渐褪色如坠黑暗，只有他的眼睛像碧绿的青草一样，游离于外。"这伤不要紧的。"

"穿上。"朱利安厉声说道。沃尔什和法莱从我身边冲过去，穿上火红色的披风，戴上了禁卫军的面具。"还有你。"

他把奇隆从我身边拉走，匆忙之间几乎是把他扔到了房间的另一头。

"朱利安——"我哽着呼吸，想要抓住他。我必须跟他说声谢谢。

但他躲开了，跪到那个愈疗者旁边，扒开他的眼皮，对他唱着，让他醒过来。这下我明白了。愈疗者居高临下地瞪着我，把手放在我的伤口上，只一秒钟，世界就正常了。在屋角，奇隆松了一口气，用披风兜住了脑袋。

"还有她呢。"我指指法莱。朱利安点点头，命令愈疗者走过去。只听"咔"的一声，她的肩膀恢复如常了。

"非常感谢。"她说着戴上了面具。

沃尔什站在另一边，面具还拿在手里，她盯着地上的禁卫军，目瞪口呆。"他们死了吗？"她轻声问道，就像个吓坏了的小孩。

朱利安在猪眼警卫身边抬起头来，不再对他唱歌："当然不，这家伙会在几小时后醒过来。如果你们够走运，那之前都不会有人知道你们跑了。"

"我可以撑过几小时。"法莱扇了沃尔什一巴掌，把她拽回了现实，"放清醒一点儿，姑娘，今晚我们得跑上好长一段路。"

我们没花多长时间就带着他们穿过了最后几条走廊，尽管如此，我的恐惧却随着时间流逝一分一秒地在增加，直到最后来到卡尔的车库。傻呆呆的卢卡斯像撕纸似的，在金属大门上扯开了一个洞，露出了外面的夜空。

沃尔什抱住了我，这让我很是惊讶。"虽然不知道要怎么做，"她喃喃说道，"但我希望你有朝一日成为女王。想想那样的话你都会做些什么？红血女王。"

面对这种根本不可能实现的愿望，我只能笑笑："快走吧，别让你这些胡话带歪了我。"

法莱不是会拥抱的人，但她还是拍了拍我的肩膀："我们会再见面的，很快。"

"希望不会像这次一样。"

她露齿而笑，这可真是难得一见。要不是那道疤，她还是很漂亮的。

"不会像这次一样。"她重复道，接着便和沃尔什一起没入了夜色之中。

"我知道不能要你一起走。"奇隆嘟囔着，挪着步子跟在她们后面。他盯着自己的双手，检视着那些伤疤，我太熟悉它们了，想都不用想。看着我啊，你这个白痴。

我叹了口气，强迫自己把他推向外面的自由之境："我们的事业需要我留在这儿，你也需要我留在这儿。"

"我需要的，和我想要的，完全是两件不同的事。"

我想笑话他，但是一点儿力气也没有。

"这不是结束，梅儿。"奇隆小声说着，抱住了我。他自顾自地笑了，声音在他的胸腔里震荡。"红血女王，听起来还不赖。"

"快走吧，你这傻子。"我从未笑得如此灿烂而又黯然悲伤。

他最后看了我一眼，又冲朱利安点点头，就冲进了夜色中。在他身后，金属大门重新闭合了，把我的朋友们隔绝在外，看不见了。至于他们会去哪里，我不想知道。

朱利安把我拉走了，但他没嘲笑我和朋友们的绵绵道别。我想他的心思都放在卢卡斯身上了——他正从晕眩中渐醒，胡言乱语起来。

RED QUEEN

第二十二章

那天夜里，我做了一个梦，梦见哥哥谢德在黑夜之中来找我。他身上闻起来有股火药的气味，当我眨眨眼睛，他就消失不见了。思绪中叫嚷起我早就知道的事实：谢德已经死了。

天亮了，一阵脚步声和砰砰啪啪的声音让我蓦地惊醒，在床上坐了起来。我以为会看见禁卫军、卡尔，或是杀气腾腾的托勒密，他们该为我昨晚干的好事把我撕成两半。但我只看见侍女们在换衣间那儿忙忙碌碌。她们看起来一惊一乍的比往日更甚，正不管不顾地把我的衣服往下拽。

"怎么了？"

换衣间里的姑娘们停住了，她们齐刷刷地向我鞠躬，手上还满满地拿着丝绸和亚麻。我走近了一点儿，发现她们在找的是一套皮质裤装。"我们这是要去什么地方吗？"我问。

"这是命令，小姐。"其中一个侍女垂下眼帘，答道，"我们只是服从命令，其他一无所知。"

"当然，好吧，那，我去穿衣服好了。"我伸手取下最近的一套衣服，打算自己做点儿什么，但侍女们还是抢了先。

五分钟之后，她们为我打扮完毕。我穿着怪异的皮裤和支棱的衬衫，觉得和这相比那身训练服要好得多，但显然在训练之外穿那身衣服是不"得体"的。

"卢卡斯？"我站在空荡荡的走廊里，颇想看到他从哪个壁龛里蹿出来。

可是哪儿也找不到他，我只好往礼法课所在的房间走，希望能在半路上碰到他。然而他还是没有现身，这让我心里升起一阵恐慌。朱利安让他忘记昨晚发生的一切，但也许有一星半点儿漏掉了呢。或许他遭受了审讯和惩罚，因为他记不起我们强迫他做了些什么。

不过没过多久就有人来陪我了。梅温出现在走廊里，带着愉快的微笑。

"你起得很早啊，"他凑上来，压低声音说道，"尤其是在度过了如此一夜之后。"

"我不懂你是什么意思。"我极力装出无辜的语调。

"犯人越狱了。三个人，凭空消失了。"

我一只手抚着心口，在摄像机前面做出震惊的模样："天哪！几个红血族，从我们银血族手里逃脱了？看起来根本不可能啊。"

"可是事实如此。"他仍然笑着，目光却微微黯淡下来，"当然，此事一出，处处生疑。电力故障，失效的安保系统，更不用说那些禁卫军的记忆之中有整段的空白。"他意有所指地盯着我。

我迎着他尖锐的目光，展现出自己的不安："你的母亲……审讯了他们。"

"是的。"

"那她有没有提到——"我小心翼翼地措辞，"提到和越狱有关的其他什么人？比如说官员或者警卫？"

梅温摇了摇头："不论是谁做的，都做得天衣无缝。我协助她进行了审讯，也引导她列出了所有有嫌疑的人。"引导。引导她避开我。我略略松了一口气，握紧他的胳膊，对他的保护表示谢意。"我们可能永远也不会知道是谁干的。另外，人们已经陆续离开此地，他们认为映辉厅不那么安全了。"

"经过昨晚的事，他们这么想倒也没错。"我挽着他的胳膊，把他拉近一点儿。"你的母亲对于那炸弹有何感想？"

他压低声音，近乎耳语："根本没有什么炸弹。"什么？"确实爆炸了，可那是个意外。一颗子弹刺穿了地上的输气管道，然后卡尔的烈焰击中了它……"他的声音几乎听不见了，用手比画着，"是我母亲的主意，为了，呃，助我们一臂之力。"

我们不会毫无目的地大开杀戒。"她要把红血卫队塑造成恶魔。"

他严肃地点了点头："现在不会有人站在他们一边了，即使红血族也不会。"

我的血液沸腾起来。更多的谎言。她一击即中，没用一兵一卒，也没用利刃烈焰。她所需要的就只是舆论。而现在，我即将被送往她所掌控的世界更深处——阿尔贡。

你再也见不到你的家人了。吉萨会长大，变成你认不出的样子。布里和特里米会娶妻生子，然后忘记你。老爸会困于他的旧伤，咳喘、窒息，慢慢衰败而亡。而他一走，老妈也没有多少日子了。

梅温任由我思绪纷杂，他看到我脸上浮现的情绪，也是若有所思。他总是允许我胡思乱想的，有时候，他的沉默要好过任何言语。

"我们还会在这儿待多久？"我问。

"今天下午出发。大部分王室成员在那之前就会离开，但我们得坐船——在这乱糟糟的时候还得顾着规矩传统。"

还是个小女孩的时候,我曾经坐在家里的门廊上,遥望那些漂亮的大船顺流而下,驶往首都阿尔贡。我总想着能瞥见国王,而谢德就会笑话我。当时我还没意识到,那也是粉饰太平、耀武扬威的一种方式,就像那些角斗场里的比试一样,都是为了显示我们在这庞大世界里的地位有多低。现在,我也将成为其中的一部分,只不过是站在对立的另一端。

"至少你还会再和家人见个面的,哪怕时间很短也好。"他尽可能温和地加上一句。是的梅温,那正是我想要的:眼睁睁看着我的家,我过去的生活,一去不返。

但这是我必须付出的代价。帮奇隆和其他人逃走,就意味着放弃了在卡皮塔河谷里停留的最后几天,而这样的交换,我心甘情愿。

近旁走廊里的一声巨响打断了我们。声音是从卡尔房间里传出的,梅温立即做出了反应,赶在我前面走向大厅的另一边,仿佛要保护我远离什么东西似的。

"睡得不好吗,哥哥?"他很是忧心地喊道。

卡尔走出房间,来到门廊里,他紧握着拳头,似乎只有这样才能控制住双手。他已经换掉了溅着血的制服,穿上了托勒密那样的胸甲,只不过卡尔的胸甲是红色的。

我想扇他耳光,想狠狠挠他,想冲他大喊大叫。他昨晚对法莱、特里斯坦、奇隆、沃尔什都做了些什么!电火花在我体内跳跃着,想挣脱束缚释放出来。可是,说到底,我能做何期待呢?我知道他是谁,也知道他所信仰的——红血族不值得一救。所以我尽可能谦恭地说:

"你会带着你的军团离开吗?"我知道他不会的,这从他眼睛里的怒意就看得出来。曾经我害怕他会上战场,现在却希望他去。真不敢相信我曾经那样在意,不愿他身临险境。这种想法竟然在我脑袋里出现过,简直不可思议。

他轻叹："暗影军团哪儿也不会去，父亲不会允准的。那太危险了，而我又太重要。"

"你知道父亲是对的。"梅温一只手搭在哥哥的肩膀上，想让他平静下来。我还记得卡尔对梅温做过同样的事，但现在颠倒了过来。"你是继承人，他承受不了失去你的可能。"

"我是战士，"卡尔啐了一口，甩掉弟弟的手，"我不能干坐着，让其他人为我去打仗。我办不到。"

他的话听着就像小孩为一件玩具撒娇——他必是对杀戮情有独钟。这真叫我恶心。我沉默着，让圆滑的梅温替我说话。他总是知道该说些什么。

"你可以做其他事，打造新式的车子，加倍训练，好好培养你的手下，在等待危险过去的时候让自己做好准备。卡尔，你能做的事情千千万万，可一旦你中了伏击牺牲，这些全都是空谈！"梅温看着哥哥，微微一笑，想缓和一下气氛。"本性难移，卡尔，你只是坐不住罢了。"

一阵艰难的静默之后，卡尔勉强挤出一丝笑容："本性难移。"他看向我，我却不想回应他的目光。再也不想了。

我转过脸，假装看着墙上的壁画。"好漂亮的胸甲，"我嘲讽道，"应该也是你的收藏品吧。"

他看起来像是被刺痛了，甚至有些迷惑不解，但很快就恢复如常。笑容消失了，他眯起眼睛，绷紧了下巴，拍了拍胸甲，那声音听起来就像爪子划过石头。"这是托勒密送给我的。看样子我要和我未婚妻的哥哥投身于同一项事业了。"我的未婚妻。这么说仿佛是想让我妒火中烧，或是另有他意。

梅温警惕地看着那胸甲："你这是什么意思？"

"托勒密麾下是首都的大小官员，再加上我和我的军团，我们也许能做些有用的事，即便不上战场，在城里也一样。"

一股寒意恐惧再次席卷心头，昨晚越狱成功所带来的希望和喜悦转瞬即逝。"那到底是什么？"我听见自己的呼吸急促起来。

"我是个好猎手，而他是个好杀手。"卡尔向后退去，离开了我们。

我能感觉到他沉下去了，不是到大厅的下层去，而是到一条黑暗而扭曲的路上去了。这个教我跳舞的男孩，我为他感到害怕。不，不是为他害怕，是害怕他。这比我其他所有的恐慌和噩梦都要糟。

"我们两人协力，必将根除红血卫队。我们会终结这场叛乱，彻彻底底，一劳永逸。"

今天的日程表几乎作废了，所有人都忙着离开这里，没人还有工夫上课或是训练。好吧，也许"逃离"这个词更合适些，因为以我在映辉厅入口的有利视角来看，确实如此。我曾经以为银血族是不可触碰的神，没什么能威胁到他们，他们也不会感到恐惧。现在我发现事实正相反，他们在世界顶端待得太久了，被保护着，被隔绝着，以至于都忘了自己可能坠落。他们的力量转而成为他们的弱点。

曾几何时，我惧怕这些围墙，它们的高贵美丽让我恐慌。但如今我看见它们正在开裂，就像那天市集发生的爆炸，让我意识到银血族并非坚不可摧。接着一发不可收拾——现在又是几颗子弹击碎了刚钻琉玻，揭露了它们掩盖着的恐惧和多疑。银血族逃离红血族，简直就像狮子逃离老鼠。国王和王后同床异梦，王室贵族则另有同盟，至于卡尔——完美的王子，勇敢的战士，已是伤人的、可怕的敌人。任何人都可能背叛任何人。

卡尔和梅温在向每个人告别致意，在有规律的混乱中履行着他们的义务。飞艇就停在不远的地方，发动机隆隆作响，那声音在屋里都听得到。我想近距离地去看看那些了不起的机器，可是那就意味着得勇敢面对人群，我可受不了他们拿伤心绝望的目光瞪着我。昨晚一共死了十二个人，但我拒绝知道他们的名字。我不能被沉重的内疚压垮，眼下我比任何时候都需要智慧。

没有什么可看的了，我的双脚便带着我恣意乱走，漫步在已然熟悉的走廊里。我经过寝宫，它们已经关闭了，整个淡季都会如此，直到王室再回来度假。我不会回来了，我知道。侍从们用白色的布单蒙住了家具、壁画、雕塑，整个映辉厅犹如鬼魂缠绕。

不久，我就来到了朱利安教室前的门廊上，眼前的一切让我震惊：成堆的书籍、书桌，甚至那些地图都无影无踪了。房间空荡荡的，看起来更大了，感觉上却像是压抑得缩小了。这里曾经有整个世界，现在却只剩灰尘和揉皱的废纸。我的目光逡巡在墙上，那里曾经挂着一幅巨大的地图。以前我看不懂那上面的图案，此刻却可以像记起一位老朋友似的回忆起它的样子。

诺尔塔、湖境之地、皮蒙山麓、普雷草原、蒂拉克斯、蒙弗、塞隆，以及夹杂其中的所有有争议的土地。其他国家、其他人民，都像我们一样以血的颜色被分成三六九等。如果我们有所改变，他们是否也会改变？还是会反过来想要毁灭我们？

"我希望你能记住课上学过的东西，"朱利安的声音把我从思绪中拉回了空旷的房间，他站在我身后，循着我的目光望向那曾经挂着地图的地方。"很遗憾，我不能继续教你了。"

"等到了阿尔贡，我们有很多时间可以上课啊。"

他的笑容苦乐参半，看上去却只有伤痛。大惊之下，我头一回感觉到摄像机正盯着我们。"朱利安？"

"德尔菲的档案馆要我去修复一些古老的文件。"明摆着的，这是谎言。"他们好像挖通了沃什矿，发现了什么遗址。要干的活儿堆积成山，显而易见。"

"你一定会很喜欢那工作的。"我的声音哽在喉咙里。你知道他非走不可，是你把他弄成现在这样的，你让他身陷险境，换了奇隆的命。"你会来看我吗，如果可以的话？"

"会的，当然。"这又是另一个谎言。伊拉王后很快就会知道他在整个事件里的作用，而他会就此踏上逃亡之路。只有应变在先，才能避开危险。"我给你准备了些小礼物。"他说。

如果能留住朱利安，我宁可不要任何礼物，可是尽管如此我还是极力做出感谢的表情。"是什么好建议吗？"

他摇了摇头，微笑道："到了首都以后，你自己就会看到它。"他伸出胳膊，向我招招手："我得走了，体面地跟我道个别吧。"

抱着朱利安，犹如抱着我再也不能见面的父亲和哥哥。我真不想让他走，可是他留下来的危险实在太大了，对此我们都心知肚明。

"谢谢你，梅儿。"他在我耳畔低语，"你让我想起了她。"不用问就知道，他说的是柯丽，很久以前他失去的妹妹。"我会想念你的，闪电女孩。"

此时此刻，这绰号听起来还不赖。

我没有心情对着电能驱动的游船叹为观止。黑色、银色，以及每根桅杆上飘扬的红旗，都标榜着这是一艘国王的船。

我小时候很是好奇，为什么只有国王才有权使用我们的血色，毕竟这在等级上比他低得多。现在我意识到，那些旗子的红色象征着他的烈焰，象征着破坏力，象征着人——他统治的人。

"昨晚的那几个禁卫军被重新分配了。"我们在甲板上散步时，梅温低声说道。

"重新分配"是一种奇特的代名词，"惩罚"的代名词。想到那个猪眼警卫和他打量我的样子，我一点儿都不为他难过。"他们被派到哪儿了？"
我问。

"当然是前线。他们被编入的是乌合的军团，负责指挥那些受伤的、没
有战斗力的，或是脾气差的士兵。他们通常是最先被派到战壕里去的。"看
着他眼神里的荫翳，我敢说梅温对此有着切身的体会。

"也是最先去送死的。"

他严肃地点了点头。

"那卢卡斯呢？我昨天没看见他——"

"他没事。大家按照家族重新编组了，他和萨默斯家族在一起。枪击案
让每个人草木皆兵，即使豪门贵族也不例外。"

我大大地松了口气，但同时也觉得难过。我已经开始想念卢卡斯了，
不过知道他安然无恙且远离王后的窥视，还是挺好的。

梅温咬着嘴唇，看起来低沉而压抑："用不了太久，答案就会揭晓。"

"什么意思？"

"他们在地牢里发现了血迹，红色的。"

我的枪伤已然痊愈，那剧痛的感觉却仍然不曾散去。"所以呢？"

"所以不管是你的哪一位朋友不幸受了伤，都不会是秘密。血液数据会
查出来的。"

"血液数据？"

"嗯。城区周围方圆一百英里内的每一个红血族，出生时都会留下血
样。这么做原本是为了研究出我们之间的不同之处，不过最后还是演变成
强加于你们族人的另一副枷锁。在大一些的城市，红血族是不使用身份证
明的。他们用的是血液标签，每一户都会采样，人们不论去哪儿，都会像
牲畜那样被追踪。"

我一下子想起了那天在正殿里，国王扔向我的那张旧文书。我的姓

名、照片，还有一滴血样，都在上面。

我的血。他们拿到了我的血。

"那么他们就能比对出那人是谁，是这样吗？"

"这得花些时间，一个星期或更久，不过，是的，血液数据就是这么用的。"他垂下眼睛，看到我的双手在发抖，便用自己的手握住了它们，让我刹那间冰冷的皮肤感到一丝暖意。"梅儿？"

"他打中了我，"我轻声说，"禁卫军打中了我。他们找到的血迹，是我的。"

他的手瞬间变得一样冰凉。

即使动用他所有的聪明才智，梅温也一句话都说不出了。他呆呆地愣着，因恐惧而呼吸渐弱。我看懂了他脸上的表情，因为每当我自己要和什么人说再见的时候，也是这副模样。

"真可惜我们不能再待久一点儿，"我嘟囔着，看着河水流淌，"我希望能死在离家近些的地方。"

一阵微风吹过，头发拂在脸上。但是梅温把它们撩开，猛地把我拉近。

噢。

他的吻，和他哥哥全然不同。梅温更多了些决然绝望，不光让我吃惊，他自己也惊讶不已。他知道我就像投向水面的石头那样，正在疾速下沉。而他想和我一起沉下去。

"我能处理好这件事，"他贴近我的嘴唇低语，目光从未如此明亮锐利，"我不会让他们伤害你的，我向你保证。"

我很想相信他，但是——"梅温，你无法搞定所有的事。"

"你说的没错，我做不到，"他答道，声音小得几乎听不见，"但我可以说服比我更有力量的人。"

"谁？"

这时四周的温度升高了，梅温往后退了退，下巴绷紧了，眼神闪烁着。不管打扰我们的是谁，我都有点儿希望他能把那人揍一顿。我没有转身，因为四肢已经没有知觉了，我浑身麻木，只有嘴唇上还依稀记得一丝痛感。这意味着什么，我不知道，我自己的感觉究竟如何，我也完全无法理解。

"王后要你到观礼台上去。"卡尔的声音像磨石头般的刺耳，听起来近乎愤怒，他古铜色的眼睛里却满是悲哀，甚至是挫败。"我们正在经过干阗镇，梅儿。"

是的，这河岸是我所熟识的。我认得那些乱糟糟的树，延展的河床，锯子的回声和树木倾倒的声音。这是我的家。我心痛难当，强迫自己离开扶栏，转向卡尔，而他正和弟弟进行着一场无声的对话。

"谢谢你，卡尔。"我喃喃说道，仍然极力在想办法解决梅温的吻，以及我自己迫近的厄运。

卡尔走了，往日里一向挺直的背佝偻着，脚步声声，都是踏在我心上的内疚，让我记起了那些舞、那些吻。我伤害了每个人，尤其是我自己。

梅温盯着渐行渐远的哥哥。"他不喜欢失败，而且——"他压低了声音迫近我，让我看清了他眼睛里的小小银光，"我也不喜欢。我不会失去你的，梅儿。我不会。"

"你永远也不会失去我。"

这是另一个谎言，我们都心里有数。

观礼台位于船的前部，两侧伸展出的玻璃幕墙把它包围起来。河床上显出一些棕色的暗影，山顶上的那座角斗场高出了树丛。我们距离岸边太远了，根本无法看清楚什么，但我立即就认出了我的家。那面旧旧的旗子仍然挂在门廊上，上面仍然绣着三颗红色的星星，其中一颗上面横亘着一条黑色条纹，是为了纪念谢德。谢德是被处死的，他们本应该撕下那颗星星。但他们没那么做，而是以自己的微小反抗支持着他。

我想把我家指给梅温看，跟他聊聊整个镇子。我已经看过了他的生活，现在他也该看看我的。但整个观礼台上一片沉默，随着船越来越近，所有人都只是死盯着。镇里的人不会在乎你们的，我想大喊，只有傻瓜才会停下来看，只有傻瓜才会在你们身上浪费时间。

然而，船驶近了，我却开始觉得镇子里的所有人恐怕都是傻瓜。全镇两千人都聚集到河岸边了，甚至有人站在及膝深的水里。从这样的距离看过去，他们全都一模一样：褪色的头发，破衣烂衫，斑斑点点的皮肤，疲惫，饥饿——所有这些，曾经在我身上也一样不少。

还有愤怒。即使站在船上，我也能感受到他们的愤怒。没有人欢呼，也没有人叫喊我们的名字，没有人招手，甚至没有人笑一笑。

"怎么回事？"我吸了口气，并不指望有人回答我。

王后却开口了，饶有兴致地说道："如果没有人看，这种耗费人力、顺流而下的游行就纯属白做个样子了。看来我们已经解决了这个问题。"

我意识到，这是另一种强制参加的活动，就像角斗和直播一样。官员们把病弱的老人从床上拽下来，把精疲力竭的工人从地上拉起来，就为了强迫他们来看我们。

河岸上响起一声鞭子，紧随而来的是一个女人的尖叫。"排好队！"命令回荡在人群之间。他们的目光一动也不动，只是直勾勾地看着前方，所以我也看不出他们到底怎么了。他们怎么会如此木然？他们到底遭受了什么？

泪水刺痛了我的眼睛。更多的鞭子声抽响了，几个孩子哭号起来，但是河岸上没有一个人抗议。我突然冲向观礼台边，想要冲破玻璃幕墙。

"你要去哪儿，梅瑞娜？"伊拉王后站在国王旁边，得意扬扬地说。她正闲哉地啜着酒，越过玻璃杯的边缘打量我。

"你为什么要这么做？"

伊万杰琳冷笑着睥睨着我，抱着肩膀，两手压在华贵的袍子上："你又为什么如此在意？"但是没有人去听她的话。

"他们已经知道了映辉厅里发生的事，对此大概也是支持的，所以他们需要来看看，我们是无法被打败的。"卡尔看着河岸，低声说道。至于我，这个懦夫，他看都不看一眼。"我们甚至都没有流血。"

鞭子声又响起来了，我退缩了一下，仿佛那也抽在我身上，我反问他："鞭打他们也是你下的令？"

他没理会我的挑衅，只是紧紧闭着嘴巴，咬着牙齿。但当又一个镇民喊叫出声、抗议官员时，他闭上了眼睛。

"回来站好，提坦诺斯小姐。"国王低沉的声音犹如远处的雷鸣。如果有人下令，那也是他。当我向后退，走回梅温身旁的时候，我几乎能感觉到国王自鸣得意的哼笑。"这是一座红血族村镇，你比我们其他人都要清楚得多。这些人包庇了恐怖分子，给他们吃喝，护着他们，加入他们。就像犯错的孩童一样，他们必须学会规矩。"

我张了张嘴想要争辩，但王后露出了尖牙。"也许你认识几个这样的人，可以用来杀一儆百？"她平静地说，指了指岸边。

我咽下抗议，在她的恫吓之下退缩了："不，殿下，我不认识。"

"那就老实站着，安静点儿，"她笑道，"有你说话的时候。"

这就是他们需要我做的，在这样势均力敌的时刻，我就是能让天平倾向他们的那一点儿分量。而我不能抗议，只能照她的命令去做，看着我的家消失在视野之中，就此永别。

离首都越近，两岸的村镇就越大，不久，伐木场和农庄就被干净体面的城市所替代。它们以大型磨坊为中心，环绕着砖房和宿舍，里面住着红血族的工人。和其他村镇一样，居民也站在街上，看着我们经过。官员们吠叫着，抽着鞭子，而我永远也无法见怪不怪，每次都会瑟缩起来。

接着，城市又被绵延的庄园、大厦，以及映辉厅般的宫殿所取代。它们由石材、玻璃和旋转盘绕的大理石建造而成，一座比一座更华丽壮观。草坪临着河，装饰着绿意盎然的花园和漂亮的喷泉。这些建筑巧夺天工，犹如天成，各有不同的美感。然而，所有的窗子都黑着，大门也都关着。和那些满是村民居民的村镇城市相比，这里似乎全无一点儿活力，只有高高飘扬的旗子，悬挂在每一座房舍之上，才显出确实曾有人住在里面。奥萨诺家族的蓝色，萨默斯家族的银色，罗翰波茨家族的棕色，种种色彩不能尽数。现在，这些颜色我已烂熟于心，并且在脑海里为那些空洞的房子添上了面孔。我甚至还杀掉了几户的房主呢。

"河滨大道，"梅温解释道，"当那些领主和太太想逃避城市生活时，就会住到这些乡间风情的建筑里。"我打量着艾若家族的宅子，那是用黑色大理石建成的柱形建筑，石雕黑豹守卫着门廊，仰天咆哮。即便只是雕像，也让我不寒而栗，想起了艾尔拉·艾若的那些尖刻的问题。

"没有人呢。"

"一年里的大部分时间，这些房子都是空着的，而且现在也没人敢离开市里。尤其是还出了红血卫队的事，"他冲我苦笑道，"他们更愿意躲在刚钻琉玻幕墙后面，让我哥哥替他们去打仗。"

"要是根本不必打仗该多好。"

他摇了摇头："白日梦没什么好处。"

我俩相对无言，看着河滨大道被抛在身后，而另一丛森林在岸上冒了出来。那些树模样怪异，它们高高的，长着黑色的树皮和殷红色的叶子。周围一片死样的寂静，可是哪有森林是这样的，连一声鸟鸣都没有。头顶上的天空暗了下来，却不是因为渐渐浅淡的午后阳光。乌云聚集起来，笼罩纠缠着那些树，像一床厚厚的被子。

"这又是什么？"我的声音竟然也闷声闷气起来，这么看来，观礼台上遮着玻璃幕墙还是挺不错的。但令我惊讶的是，其他人都已经走了，只剩下我俩看着这阴郁的天光。

梅温瞥着那座森林，一脸的嫌恶："那是屏绝林，是用来隔绝上游地带的污染物的。多年以前，威勒家族的万生人造就了它们。"

河水泛着棕色的泡沫，冲击着船体，在闪闪发亮的钢铁壳子上留下一层薄薄的黑色污垢。周遭的世界像是被染了奇怪的颜色，仿佛我是透过脏兮兮的玻璃在看着外面似的。那些凹陷的乌云也根本不是云，而是上千座烟囱喷出来的浓烟，把整个天空都遮住了。树木和草坪不见了——这儿是一片灰烬腐败之地。

"灰城。"梅温小声说道。

举目可及之处，是一座连着一座的工厂，肮脏、庞大，在电力的驱动下轰鸣阵阵。就像被谁打了一拳似的，我几乎一头栽倒，心脏狂跳着要跟上这些不自然的脉冲。我坐了下来，感觉到血流正在加速。

我曾经以为自己的世界是不正常的，自己的生命遭受了不公正的对待。但我从没想过会有灰城这样的地方存在。

发电站在黑暗中燃烧着，将铁青色和病恹恹的绿色输往半空中蛛网般的电线中。堆满货物的货车沿着凸起的道路移动，把货物从一家工厂送往另一家。交通混乱如麻，闹闹哄哄，车子喇叭大呼小叫，犹如暗淡凝滞的血浆慢吞吞地在灰色的血管中蠕动。最糟糕的是，每一座工厂四周，都围绕着许多矮小的房子，它们一个挨着一个，排成有序的正方形，窄小的巷道夹杂其中——那是贫民窟。

在这样乌烟瘴气的天空之下，我十分怀疑那些工人能不能看见日光。他们往返于工厂和自家之间，在换班的时候挤满街巷，如潮水般迁移。这里没有官员，没有鞭子，没有白眼，没有人强迫他们看着我们驶过。国王不需要在这个地方展示炫耀，我终于意识到，他们生来就是被驯服的。

"这些都是技工。"我哑着嗓子小声说道，想起了那些银血族轻巧谈论过的名称，"他们制造了灯泡、摄像机、视频显示屏——"

"还有枪支、子弹、炸弹、船舶、火车。"梅温接着说，"是他们让能量运转起来，是他们让水得到净化，是他们为我们做了所有事。"

但是，除了烟尘，他们一无所得。

"他们怎么不离开呢？"

梅温耸了耸肩："在他们眼里，生活只有这一种模样。大部分技工一辈子都不会离开他们的小巷，甚至都不会应征入伍。"

连应征入伍都不能。他们的生活简直太悲惨了，就连去打仗都是个更好的选择。然而就算这个他们也不被允许。

如河边的其他景物一样，工厂也渐渐看不见了，那景象却仍然留在我心里。一定不能忘记这些，我莫名就这样觉得，一定不能忘记他们。

当另一片屏绝林出现的时候，星星升了起来，在星光之下，正是阿尔贡。一开始我根本没看见首都，还以为那些光亮来自闪烁的星星。但是当我们越来越近，我的下巴都要掉了。

一座三层的大桥——阿尔贡桥横跨宽阔的河面，将两座城市连接起来。它有几千英尺长，在灯光和电力的支持下车水马龙，热闹非凡。商店和市场固定在桥体上，悬离于水面上百英尺。我恰好能看见那上面的银血族，他们喝着酒，吃着美食，在属于他们的世界居高临下地俯视着。在桥的下层，货车穿梭着，红白相间的车头灯宛若夜色中划过的彗星。

桥的两端各有大门，两座城市的防区被围墙围了起来。在东岸，金属塔楼群拔地而起，像剑一样直刺向天空，每一座顶端都冠以闪闪发光的巨型猛禽。砌着鹅卵石的街道沿着起伏的河岸铺设，连接着桥上的建筑和外城门，大多数货车和行人都在那里行驶漫步。

那些城墙和映辉厅的一样，也是用刚钻琉玻筑成的，但是周围增设了金属照明塔和其他设施。城墙上有巡逻队，但他们的制服并非禁卫军所独有的火红色，也非普通警卫所穿的乌黑色，而是暗银色和白色，几乎和四周的城市景致融为一体。他们是战士，不是会和女孩跳舞的那一类。这里是军事要塞。

阿尔贡建造的意义是抵御战争，不是享受和平。

在河的西岸，我凭着爆炸事件的新闻影片认出了皇家法院和财政厅。它们都是由耀眼的白色大理石建成的，而且尽管遇袭后才过了一个月，就已经完全修复了，看起来像是永远都坏不了似的。与它们侧翼相接的是白焰宫，我一看就立刻认了出来。我过去的老师曾经说，那是临着山坡直接凿出来的，是白色山石的一块"活体"。黄金和珍珠装点着四周的围墙，光芒四射，灼灼夺目。

我打量着阿尔贡桥的两端，试图看明白这里的门道，但就是不能彻底理解这个地方究竟是什么样的所在。在头顶上，飞艇慢慢地遨游在夜空里，而喷射机飞得更高，速度快得有如流星。我原本以为映辉厅已经是个奇迹了，不过显然我根本不懂"奇迹"这个词的意义。

然而，我却在这里找不到任何一点能称之为"美"的东西，尤其是那些烟熏火燎、乌漆墨黑的工厂就在几英里之外。银血族的城市和红血族的贫民窟，两者强烈的对比令我紧张不安。这就是我想要推翻的世界，也是想要置我于死地的世界，而我所在意的又是那么多。现在我终于亲眼得见自己将要对抗的敌人，也亲眼得见想要取胜有多么难、多么不可能。硕大无朋的阿尔贡桥正在逼近，如同要将我整个吞下，我从未像此刻这样感知到自己的渺小。

但是我必须试试看。哪怕只是为了灰城之中，那些从未见过阳光的人。

RED QUEEN

第二十三章

船在西岸抛锚，我们踏上河岸，此时刚好夜幕降临。过去在家里，这意味着要切断电源，上床睡觉，但在阿尔贡则不然。如果说有什么区别的话，那就是当其他地方都陷入黑夜时，这里反而熠熠生辉。焰火在头顶绽放，光束坠向大桥，白焰宫顶端，黑红相间的旗子升了起来——国王回城了。

　　还好这儿没有太多游行和集会需要应付，来码头上迎接我们的是装甲车。让我开心的是，我和梅温乘一辆车，除了另有两个禁卫军之外，别无他人。我们一路走着，梅温把每一处地标都指给我看，解释着街道的名字和那些雕塑的含义。他甚至还提到了他最喜欢的面包店，尽管它坐落在河对岸。

　　"阿尔贡桥及其以东住着的是市民，他们都是些普通的银血族，但有些可比贵族还要富有。"

　　"普通的银血族？"我差点儿笑出来，"还有这种东西？"

梅温耸耸肩说:"当然有了,比如商贩、生意人、店老板、军人、官员、政客、房地产商、艺术家,还有知识分子。有些人会和贵族通婚,多多少少提高了他们的社会地位,但他们本身没有贵族血统,拥有的能力也没有那么的,呃,了不起。"

并非人人都与众不同。卢卡斯曾经这样告诉过我,但我并不知道他说的也包括银血族。

"至于阿尔贡西部,则属于国王的王室。"梅温继续解释道。这时,我们途经的街道两旁都是些漂亮的石质房子和修剪得宜、开满花的树木。"所有的贵族家族都住在这儿,毗邻国王和政府。事实上,这一小块岬角可以控制整个国家,如果确有必要的话。"

难怪地形如此。西岸的倾角很大,王宫和其他政府建筑位于山顶,俯瞰着下面的阿尔贡桥。山顶另有一道围墙,护卫着这个国家的中心。进入大门,我费了好大劲儿才让自己看起来不像个呆子,因为迎面而来的是一座铺着地砖的广场,足有角斗场那么大。梅温称之为恺撒广场,得名于此朝此代的开国国王。朱利安倒是曾经提过恺撒国王,但只是一带而过,我们的课程只讲到了第一次大分裂,自那以后,银血族和红血族的不同就不仅止于血色了。

白焰宫占据了广场的南部,其余的地方是法院、财政部和行政中心。这里甚至还有一座军营,士兵们正在围着围墙的院子里演练。那是卡尔的暗影军团,他们作为先遣部队提前抵达了这里。对于达官贵族们来说,这是聊堪告慰的。梅温如是说。一旦有其他袭击发生,院子里的那些士兵就会来保护我们。

尽管时候已经不早了,广场上仍然熙来攘往。人们急匆匆地冲向军营旁边一座看起来很严肃的建筑。黑红相间的旗帜周围饰以代表军队的剑,高悬在柱子之上。我只能隐约看到那建筑前面的一个小平台,上面安置着一座矮桩，四周打着灯光，还有越来越多的人围过来。

突然间我感觉到一阵摄像机的电流脉冲，比之前的那些都要强烈，它落在我们的装甲车上，在经过那个小平台的时候一直如影随形。还好我们没有停下来，装甲车一直开进了一条拱道，来到一座小院子里。但这就不得不靠边停车了。

"这是要干什么？"我抓住了梅温。在此之前，我都还能忍得住心里的恐惧慌乱，但是那些灯光、摄像机，还有围观的人群，让我快坚持不住了。

梅温重重地叹了口气，不胜其烦地说："父亲必须发表演说，只要一些虚张声势的话就能让大众高兴起来。人们最期待的就是他们的领袖许愿会胜利。"

他站起来，拉着我一道走。尽管我化着妆，穿着绫罗绸缎，可还是觉得仿佛衣不蔽体。这可不是转播，几千几百万人都在看着呢。

"别担心，我们只要一脸坚定地站在那儿就行了。"他在我耳边小声说。

"我想卡尔会周全这些吧。"我冲着那位王子所在的地方点点头，伊万杰琳也站在那儿。

梅温却偷偷笑了："他觉得演说是浪费时间的事。卡尔喜欢行动，而不是花言巧语。"

我也如此。但我不想承认自己和梅温的哥哥有什么共同之处。也许我曾经那样认为，可今非昔比，未来就更不用说了。

一个着急忙慌的大臣向我们招手。他的衣服是蓝色和灰色相间，说明他属于麦肯瑟斯家族。也许他认识上校，也许是他的兄弟，或者表亲。不，梅儿，绝不能在这个地方勇气尽失。我们走过去站定就位的时候，他瞥都没瞥一眼。卡尔和伊万杰琳站在我们前面，再前面是国王和王后。奇怪的是，伊万杰琳并不像往常那样冷漠自我，我看见她的手在发抖。她害怕了。她想获得公众的关注，想成为卡尔的未婚妻，但是又如此惧怕。怎么会这样呢？

接着我们便提步往前，走进一座满是禁卫军和侍从职员的建筑。这里显然是功能为先的，地图、办公室和会议室取代了壁画和宴会厅。身着灰色制服的人们忙着自己的工作，但还是会在我们经过时驻足礼让。大多数的门都是关着的，不过我设法偷看了里面几眼。军官和士兵们低头看着前线地图，争论着驻军的布置。另一个房间里传出雷鸣般的声音，里面看起来像有上百个显示屏，穿着作训服的战士们人手一个操控着，冲着耳机大喊，向异地的人们发布远程命令。虽然具体的用词不同，但意思都是一样的：

"坚持，死守。"

卡尔在门前逗留了片刻，伸长了脖子想看仔细些，但门突然"砰"的一声当头关上了。他怒发冲冠，却没有抗议，反而退了回来又和伊万杰琳站在一起。她小声地冲他咕哝着什么，却被甩开了。正合我意。

然而，当我们走出去，站在门前台阶并置身于闪瞎眼的灯光之中时，我却笑不出来了。门旁挂着一块铜质牌子，上面写着：作战司令部。这里是整个军队的心脏——每一个士兵，每一支部队，每一杆枪，都由这里调动控制。慑于这里强大的力量，我的胃里一阵难受。可我不能在这里退缩，不能在这么多人面前退缩。照相机闪个不停，让我睁不开眼。当我正要缩起来的时候，我听见脑袋里有个声音。

大臣往我手里塞了一张纸，只看了一眼我就想要大喊。现在我知道他们为什么留着我了。

看你表现。伊拉王后的声音在我的脑袋里响起。她隔着梅温瞥了我一眼，极力忍着冷笑。

梅温循着她邪恶的目光，注意到我捏着那张纸抖个不停。他缓缓地握住了我的手，仿佛可以为我注入力量似的。我只想把纸条撕成两半，可他稳住了我。

"你必须照做，"他压低了声音，几乎听不见，但是只有这一句，"你必须照做。"

"我由衷悼念那些逝去的生命，但心知他们不会白白死去。他们的鲜血将激起我们的决心，激励我们战胜前方的困难。我们的国家正处于战时，而战争已然持续了一个世纪，在通向胜利的路上，我们对于沟壑屏障也已经习以为常。这些凶手会被捉拿归案，会接受惩罚，他们称之为'起义革命'的瘟疫也将永永远远地从我们国家连根铲除。"

新寝室里的显示屏犹如无底深渊，从昨天晚上开始就不停地循环播放国王的演讲，简直让人想吐。现在我都可以一字一句地把整套话背下来了，可还是没办法关掉它。因为接下来上场的那个人，我认识。

我的脸在屏幕上看起来很怪异，它极其苍白，极其冷漠。我仍然无法相信自己在念出那些演讲词的时候还能摆出一副面瘫脸。当我登上演讲台，站在之前国王站过的地方时，竟然抖也不抖一下。

"我是被红血族抚养长大的，所以一直认为自己也是红血族。我曾亲眼目睹过国王陛下的慈悲，目睹过银血族领主们正直的行事，以及他们给予我们的巨大特权：工作的权利，为国献身的权利，生存以及优裕生活的权利。"在屏幕里，梅温一只手放在我的胳膊上，一边听我讲话一边点头。"现在，我知道自己是银血族，是提坦诺斯家族的女儿，有朝一日还会成为诺尔塔的王妃。我的眼睛睁开了。我从未梦想过的世界是真正存在的，是不可征服的。这一切都是如此仁慈。而那些恐怖分子，那些罪大恶极的凶手，却妄想破坏我们国家的基石。这是我们绝不能容许的。"

寝室里是安全的，我这才能呼哧呼哧地喘着粗气：最糟糕的来了。

"智慧的提比利亚国王已经起草法案，以根除叛乱，保护我们国家的好公民。其措施如下：自今日起，对所有红血族实施宵禁，红血族村镇中所驻警卫皆倍增，道路街巷增设岗哨，并以最高限额配员。所有红血族犯人，包括违反宵禁者，将直接处死。此外——"念到这里，我的声音第一次磕绊起来，"适役年龄降低至十五岁。任何提供信息以助追捕红血卫队或揭发红血卫队的行为，都将获得兵役豁免权的奖励，可免除同一家庭内五人兵役。"

真是高明的、可怕的计谋。这样一来，为了争取兵役豁免，红血族便将自相残杀。

"我们将不惜任何代价支持这一法案，直至全面摧毁铲除红血卫队。"我死死盯着屏幕上自己的眼睛，看着自己极力撑着才没被讲稿憋死的样子。我瞪大了眼睛，希望我的族人们懂得我真正想要说的。文字和语言是会撒谎的。"吾王万岁。"

我怒不可遏。屏幕短路了，只剩下一片黑暗，但我的脑海里仍能看见那些新命令所带来的惨状。更多的官员警卫在巡逻，更多的尸体吊在绞架下，更多的母亲为她们被夺走的孩子泪水涟涟。我们杀掉十几个银血族，他们就要杀掉几千个红血族。我知道这股疾风会激发一些红血族站到红血卫队一边，更多的却会投靠国王。为了自己活命，为了孩子们活命，他们会放弃掉原本也所剩无几的自由。

我曾经以为当他们的傀儡没什么难的，这真是大错特错。可我不能被他们打倒，现在不能，即便是命悬一线厄运当头。我必须竭尽一切所能，直到我的血统大白天下，游戏结束，直到他们把我拖走，杀掉。

至少我的窗子临着河，向南望去，能看到海。至少当我盯着水面时，能暂时忽略暗淡的未来。我的目光从疾速飞奔的水流转向地平线上黑乎乎的脏斑。天空的其他地方都很清亮，只有南部笼罩着暗沉的乌云，逡巡在那片海岸禁地之上，一动也不动。废墟之城。辐射和大火一度耗尽了那座城市的气数，而后就再也没能恢复。如今，那里除了幢幢鬼影之外别无他物，是人们触不可及的地方，是旧世界的残遗。

我有点儿期待卢卡斯敲响房门，催着我遵守新的日程表，但他还没有调回来。我想，对他来说，不必陪着我玩儿命其实更好。

朱利安的礼物靠墙摆着，提醒着我另一个已然失去的挚友。那是一幅巨大的地图，镶着框子，罩着玻璃，闪闪发光。我把它拿起来的时候，有什么东西从画框后面掉了下来，重重地落在地板上。

我就知道。

我蹲了下来，心脏怦怦狂跳，期待着那是朱利安留下的什么秘密字条。可是，那只不过是一本书。

尽管有点儿失望，我还是不禁笑了起来。朱利安当然会留给我另一个故事，另一些文字，好在他不能安慰我的时候，代替他。

我翻开封面，以为里面讲述的又是新的历史知识，但跃入眼帘的是扉页上的手写字：红血族与银血族。这扭来扭去的字体毫无疑问是朱利安亲笔所写，错不了。

我能感觉到背后咄咄逼人的摄像机，这提醒着我不是独自一人。朱利安对此一定也是心知肚明。机智。

这书读来没什么特别的，无非是关于德尔菲遗址的研究。但是隐藏在字里行间，用同样字体书写的，另有玄机。我花了好长时间去搜寻那些隐匿的句子，暗暗庆幸自己早早就有所警觉，否则不知要什么时候才能看懂。而当所有字句都终于找齐时，我不禁屏住了呼吸。

*戴恩·戴维森，红血族士兵，隶属风暴军团，例行巡逻时遇袭身亡，遗体未找到，新纪296年8月1日。简·巴尔巴罗，红血族士兵，隶属风暴军团，死于友军误伤，火葬，新纪297年11月19日。佩斯·加德纳，红血族士兵，隶属风暴军团，违令处决，遗体错放，新纪300年6月4日。*字句中还有更多的名字，都是近二十年来遗体被火化、遗失或"错放"的

士兵。处以死刑的遗体怎么能"错放",真是让人百思不得其解。名单最后的那个名字让我的眼睛蒙上了一层水汽。谢德·巴罗,红血族士兵,隶属风暴军团,逃逸处决,火葬,新纪320年7月27日。

哥哥的名字之后,是朱利安亲笔手写的一段文字,让我觉得他仿佛又回到了身边,缓缓地,静静地,为我上课。

根据军法,所有红血族士兵都要安葬于窒息区的公共墓园。被处决的士兵则没有葬礼,仅被弃于乱葬岗。火葬并不常见,遗体错放更是不应该发生的。然而我找到了二十七个名字,二十七个士兵——包括你哥哥在内——罹此不幸。

所有死于巡逻途中的士兵,不是死于湖境人或友军枪下,就是因为无法证实的罪名被处决。他们都是在罹难几周之前被调到风暴军团的,遗体也都以某种方式遗失或遭损毁。为什么?风暴军团并非杀人小队——几百名红血族士兵在伊格将军麾下听令,也并没有发生离奇死亡。所以为什么只有这二十七人被这样杀害?

这是我第一次感谢血液数据的存在。尽管这二十七个士兵已经"牺牲"很久,但他们的血样仍在。现在我必须向你道歉,梅儿,因为我对你并非完完全全地诚实。你相信我是在训练你,帮助你,确实如此,但同时我也是在帮助我自己。我是个好奇的人,而你是我所见过的最奇怪的事物。我无法控制自己,于是将你的血样和这二十七人做了比对,果然找到了只属于你们的共同之处,而这一点和其他所有人都不同。

至于没人注意到这个,我倒并不惊讶,因为他们根本没有搜寻研究过。但现在我已窥见端倪,也就不难发现真相。你的血是红色的,但和其他红血族不一样。你的身体中有某种新的、从未被人发现的物质。那二十七个士兵也是如此。那是一种基因突变,是你之所以成为今天的模样的关键。

你并非独一无二，梅儿，你也并不孤独。你只是头一个在众目睽睽之下被保护起来的，头一个他们无法偷偷杀掉、而只能藏匿起来的。就像那二十七个士兵一样，你是红血族，但也是银血族，并且，比这二者更强大。

我想，你是未来，是新的曙光。

而且，既然之前已有二十七人，那么一定还有其他人，一定还有更多你的同类。

我觉得浑身冰冷僵硬，迟钝麻木，五味杂陈却又空洞迷茫。像我一样的，其他人。

我用你的血液基因和其他血液数据进行了比对，在一些血样中找到了一致的数据。我把它们统计出来了，都在这里，至于接下来的事情，要靠你去完成。

我想我不必向你强调这份名单有多重要，以及它对你、对这个世界有什么样的意义。把它告诉你信任的人，找到你的同类，保护他们，训练他们，因为那些不太友好的人也会发现这些然后展开搜捕——这只是时间问题。

他就写到这儿，后面列着一份名单。姓名、地点，很多，他们都在等着被找到，都在等着去战斗。

我觉得自己的思绪被燃了一把火。其他人。更多的人。朱利安写下的字句在我眼前浮动，浸入了我的灵魂。比这二者更强大。

我把这本小书藏在外套里面，贴身放在心脏的旁边。但我还没来得及去找梅温，把朱利安的发现告诉他，卡尔倒先来找我了。他在客厅里拦住了我，这里很像我们共舞的那间大厅，只不过月光和音乐早已荡然无存。曾经我对他给予的一切都如数家珍，但现在看到他只让我觉得反胃。尽管我已经极力掩饰自己的厌恶，可他还是看出来了。

"你在生我的气。"他并非发问。

"我没有。"

"别撒谎。"他沉声说道，眼睛里倏尔燃起了烈焰。自打我们相遇，哪天不在撒谎？"两天前你还吻了我，现在却连看都不看我一眼。"

"我和你的弟弟订婚了。"我转过身。

他挥手反驳道："以前这婚约可没拦住你。到底怎么了？"

我看到了你真实的模样，我想大声喊，你不是文雅的战士，不是完美的王子，甚至也不是你假装的那个困惑的男孩。你试图对抗，可同样的你也对这一切乐在其中。

"是因为恐怖分子？"

我痛苦地咬着牙齿，咯咯作响："是反抗者。"

"他们杀了人，杀了孩子，死者何辜。"

"你我都清楚得很，那不是他们的错。"我厉声反驳，全然不在意脱口而出的话有多残忍。卡尔微微退缩，震惊呆立片刻，看起来像是回想枪击现场——以及随之而来的意外大爆炸，让他觉得难受了。但这情绪渐渐被愤怒所取代。

"但仍然是他们导致了这一切发生，"他低吼道，"我命令禁卫军所做，是为了死者，为了正义。"

"那么你施以酷刑又得到了什么？你知道他们的名字、他们的数量，知道他们真正的诉求吗？你曾经想过要拨冗一听吗？"

他深深地呼了一口气，极力想把对话进行下去："我知道你有自己的理由去……去同情，但他们的手段不能——"

"他们的所谓手段源自你们自己的过失。你们让我们做工，让我们流血，让我们为了你们的战争、工厂以及其他微不足道的小小享乐去送死。而这一切仅仅因为我们不同。你凭什么觉得我们还能忍下去？"

卡尔坐立难安，脸颊上的肌肉紧绷着。对此，他没有答案。

"我之所以没有死在某条战壕里，唯一的理由就是你可怜我。而你此时此刻听我说话，唯一的理由就是，因为某种疯狂的奇迹，我碰巧成了另一种不同的存在。"

我漫不经心地在手中燃起电火花。我已经无法去想象身体中没有电流嗡鸣的那些过去了，但毫无疑问的是我还记得它们。

"你能终止这一切，卡尔。你会登基成为国王，你能制止战争，能拯救几千上百万人的生命，让他们从荣耀为奴的世世代代中解脱出来，只要你表态。"

仿佛有什么东西击中了卡尔，压抑住了他难以掩盖的烈焰。他踱步到窗前，把双手背到背后。渐升的太阳将曙光洒在他的脸上，而阴影却仍紧攫住他的背，看上去就像被两个世界撕裂了一般。在内心深处，我知道他确实如此。有一小部分的我仍然在意他，想拉近与他的距离，但我没那么傻，我可不是害了相思病的小姑娘。

"我曾经想过这些，"他喃喃低语，"但这会导致双方都发生叛乱暴动，而我绝不会成为毁掉国家的国王。这是我接受的传承，是我父亲给予的责任，我必须履行。"一阵迟滞的温热低低震颤，在玻璃窗上呵出片片蒸汽。"如果是你，会用几百万人的性命去交换他们的诉求吗？"

几百万人的性命。我一下子想到了贝里克斯·来洛兰的尸体，还有他的两个孩子。接着更多面孔加入了遍地横尸的景象：谢德、奇隆的父亲，以及所有死于战争的红血族士兵。

"红血卫队不会收手的，"我的声音极轻，但我知道他听得到，"他们固然罪有其名，但你们也一样。你的双手也沾着血呢，王子殿下。"梅温也是。我也是。

我丢下他走开，希望他能有所改变，但我知道那不过是微乎其微。毕竟，他是他父亲的儿子。

"朱利安不见了，是吧？"他脱口而出，喊住了我。

我慢慢转过身，仔细思虑着自己可能说出的话。"不见了？"我决定装傻。

"那次越狱在许多禁卫军的记忆中留下了漏洞，视频记录也是。我舅舅极少使用他的超能力，不过我认得出那些痕迹。"

"你认为他参与其中？"

"是的。"他看着自己的双手，痛苦地说，"这正是我留了足够时间让他逃跑的理由。"

"你什么？"我无法相信自己的耳朵。卡尔，这个战士，这个只会服从命令的人，竟然为了他的舅舅网开一面。

"他是我的舅舅，我只能为他做这么多。你以为我有多冷酷无情呢？"他伤感地冲我冷冷一笑，却并没有期待我的回答。这让我心痛难当。"我尽己所能推迟了追捕，但他们每个人都会留下蛛丝马迹，王后便能找到他。"他叹了口气，一只手撑在窗玻璃上说，"然后他就会被处以死刑。"

"你会对你舅舅做那种事？"我根本不想隐藏心里的恶心，或是那背后的恐惧。尽管他放了朱利安一马，可如果他对血缘至亲都下得了手，那么我一旦暴露，他又会对我做什么？

卡尔站直了，肩膀绷紧了，又恢复了一个战士的模样。他不会再提什么红血卫队或朱利安了。

"梅温提了个有意思的建议。"

这倒是意料之外。"哦？"

他点了点头，想到弟弟，颇为奇怪地有些烦心："梅温总是脑子转得很快，这是从他母亲那里继承的。"

"这建议会吓到我吗？"我比任何人都清楚，梅温和他老妈、和其他该死的银血族，完全不同。"你要说什么，卡尔？"

"你现在已经走入公众视线了，"他急切地说，"演讲之后，所有人都知道了你的名字和样貌，所以也会有更多人想知道你到底是谁。"

我只是皱着眉耸了耸肩："也许在你们叫我读那篇恶心人的讲稿之前就该想到这个。"

"我是战士，不是政客。你知道我对那些法令议案没什么贡献。"

"但你会服从它，毫无疑义地服从它。"

他没有反驳。因为自己的过失，卡尔不会对我撒谎，至少现在不会。"关于你的所有记录都被删除了。不论是官员还是档案管理员，没有人能找到你是红血族的证据。"他嘟囔着，眼睛盯着地板，"这就是梅温的建议。"

顾不上生气了，我大声地呼吸着。血液数据。记录。"那是什么意思？"我没有力气让声音保持平稳不颤抖。

"你的学业成绩、出生证明、血样，甚至身份证件都已经销毁了。"我的心怦怦狂跳，那声音大得快要压过卡尔讲话的声音了。

我很想冲过去紧紧拥抱他，但我必须站着不动，绝不能让卡尔知道，他又一次救了我。不，不是卡尔，是梅温，是压制住烈焰的荫翳。

"听起来确实该这么办。"我装出不感兴趣的样子大声说。

但我真的控制不了多久，所以在冲着卡尔匆匆鞠了一躬之后就溜出了房间，好藏住自己的咧嘴大笑。

RED QUEEN

第二十四章

接下来的一天里，我花了大量时间四处游逛，思绪却飘到别的地方去了。白焰宫比映辉厅更古老，围墙不是用刚钻琉玻做的，而是由石头和雕琢过的木材筑成。我估计我永远也闹不清这座宫殿的全貌，因为这里不仅是王室的居所，还有许多行政办公处、会议室、宴会厅、设备齐全的训练场，以及其他我难以理解的东西。大概正是因为如此，那个喋喋不休的大臣花了一个半小时，才在一座满是雕像的绘厅里找到闲逛着的我。不过没有时间继续探索了，我还有责任在肩，需要完成。

所谓责任，按照国王那个聒噪的大臣所说，就是除了读读法案以外，还要把它全面推进。作为未来的王妃，我得在安排好的出游途中接见民众，做做演讲，挥手致意，站在梅温旁边。最后一项倒是不太困扰我，但是像个拍卖品似的在游行中示众，可实在让人兴奋不起来。

我和梅温在车里见了面，准备前往此行公开露面的第一站。我恨不得立刻就告诉他那份名单的事，还有，要感谢他处理了血液数据，但是周围耳目遍布。

我们在首都各地穿梭，一整天就在一团喧嚣吵闹和五颜六色中飞驰而过。阿尔贡桥上市场让我想起了博苑，虽然前者有后者的三倍大。接见店主和孩子们的时候，我亲眼看着银血族殴打辱骂红血族雇员，而这些雇员明明都在努力地工作着。警卫已经要求他们有所收敛，那些骂人的话却仍让我心痛。儿童杀手、畜生、魔鬼……梅温一直紧紧拉着我的手，每当又有红血族倒在地上，他就用力握一握。我们来到下一家店铺，这是一家绘厅，总算可以暂时避开公众的视线了。但当我看到那些画的时候，这一点点的愉悦也消失殆尽了。银血族画家使用了两种颜色——银色和红色，描绘出的画面令我毛骨悚然，且厌恶至极。这些画作一幅比一幅可怕，每一笔表现的都是银血族的强大和红血族的弱小。最后一幅是灰色和银色绘成的肖像画，压在眉骨之上的王冠正滴下殷红的血。简直像是幽灵。简直让我恨不得以头撞墙。

绘厅外面的市场很热闹，充斥着都市生活的气息。很多人驻足观看，傻乎乎地盯着我们走向车子。梅温训练有素地微笑、挥手，周围的人们便大声欢呼着他的名字。他很擅长这种事，毕竟他生来就要扮演这种角色。当他屈尊降贵和几个孩子说话时，他的笑容更明亮了。也许卡尔的统治权是与生俱来的，梅温却是有志于此、目的明确的。而且梅温愿意为了我们、为了曾冲他吐口水的红血族改变这个世界。

我偷偷地摸了摸装在口袋里的名单，想着那些能帮助梅温和我改变世界的人。他们是像我一样，还是像银血族那样面目多变？谢德和你一样。他们知晓实情，所以必须杀了谢德，正如必须让你活命。我为逝去的兄长心痛。我们本可以相谈甚欢，本可以共创未来，但现在都不可能了。

可是，虽然谢德死了，还有其他人在等着我施以援手。

"我们要找到法莱。"我在梅温耳边说，声音小得自己都快听不见。但他听得清楚，并且扬起眉毛，无声地发问。"我有些东西得交给她。"我说。

"法莱肯定会自己找来，"他也低声回答我，"如果她已经用不着盯着我们了。"

"怎么——？"

法莱，盯着我们？在这个想把她碎尸万段的城市？这看似天方夜谭，但很快我就注意到，往里挤的都是银血族，红血族的仆人站在外围。有几个盘桓流连，一直看着我们，胳膊上都戴着红色的腕带。他们中的任何一个都可能受命于法莱。可能全都是。尽管周围都是禁卫军和警卫，她仍与我们同在。

现在的问题是找到那个对的红血族，说出恰当的话，在合适的地点，避人耳目谨慎行事，免得叫人知道王子和他未来的王妃正和通缉的恐怖分子接头。

如果是在干阑镇，我满可以游刃有余地穿梭在人群之中，但在这儿不行。这位未来的王妃被警卫们守着，远离围观的银血族孑然而立，肩上蛰伏着一场起义——也许还有更重要的东西，我想起了口袋里的那份名单。

当人们往里拥进来、伸长了脖子想看看我们的时候，我找到了溜走的机会。禁卫军正把梅温围在中央，他们还没习惯要连我一起护卫，所以几个转身，我就脱离了警卫和围观者的重重包围。他们继续往前穿过市场，要是梅温注意到我不见了，他会不动声色的。

那些红血族仆从不认得我，只管低着头在店铺之间东奔西忙。他们躲在巷子里或阴影中，尽可能地免于被人瞩目。我急急忙忙地搜寻着那些红血族的面孔，没注意到胳膊肘旁边就站着一个。

"小姐，您的东西掉了。"是个小男孩，十岁左右，一只胳膊上绑着红色的带子。"小姐，给您。"

接着我才注意到他递给我的东西：没什么新奇的，只是一张揉皱了的小纸片，不过我不记得那是我的。我仍然对他笑笑，从他手里接过了纸条。"非常感谢。"

他冲着我咧开嘴，露出只有孩子才会有的笑容，然后就蹦蹦跳跳地跑回巷子里去了。他几乎是一步一跳——生活的重担还没有将他拖垮。

"请这边走，提坦诺斯小姐。"一个禁卫军走过来，用毫无神采的眼睛看着我。计划到此为止。我任由他把我带回车子所在的地方，突然间觉得沮丧不已。我甚至都不能像以前那样拔腿开溜了。我正变得软弱迂回。

"出什么事了？"我回到车里的时候，梅温问道。

"没什么。"我叹了口气，透过车窗看向外面，市场正渐渐远离，"只是以为看见谁了。"

我心心念念想看一眼那纸条到底有何玄机，直到车子开向一条弯道才有机会。我把它放在膝头打开，用袖子的褶皱挡住。上面只有一行草草写就的字，小得几乎看不见：

希克萨普林剧院，下午场演出，头等座。

我愣了一下才反应过来，这些字我只认得一半，不过这一点儿关系也没有。我微笑着，把字条塞进了梅温的手里。

梅温的回应就是把我们直接带到了那家剧院。它不大，但是很豪华，绿色的圆顶上立着一只黑天鹅。这里是供人们娱乐的地方，上演戏剧、音乐会，特殊场合下还会放映资料影片。梅温告诉我，戏剧，就是人们——演员——在舞台上把一个故事表演出来。回想在干阑镇时，我们连讲睡前故事的时间都没有，更不用说什么舞台、演员和服装了。

不等我弄个明白，我们就坐进了舞台上方的封闭包厢里。下面的池座里满是观众，大部分是孩子，不过都是银血族。有几个红血族穿梭在座位和通道之间，或售卖饮料，或负责领位，但是坐下来的，一个都没有。这不是他们负担得起的奢侈。而此时此刻，我们却坐在天鹅绒椅子上，享受着最佳视野，门帘外面站着大臣和禁卫军。

灯暗了，梅温揽住我的肩膀，把我拉近，近得可以听见他的心跳。他冲着在帘幕间窥视的禁卫军冷冷一笑，拉长调子说道："别打扰我们。"然后把我的脸转向他。

身后的门"咔嗒"一声关上了，从外面锁死了，但我们都没动。也不知道是过了一分钟还是一小时，舞台上的声音把我拉回了现实。"抱歉。"我小声说着，从椅子上站起来，好跟他拉开点儿距离。现在可没工夫卿卿我我，尽管我也许希望如此。他只是傻笑着，看着我，也不看戏。我尽可能地看着别的地方，却仍然忍不住把目光投向他。

"现在我们要干什么？"

他笑了起来，眼神狡黠地闪了闪。

"我不是那个意思。"但我忍不住跟他一起干笑起来，"早些时候卡尔找过我。"

梅温抿了抿嘴，若有所思："然后呢？"

"好像有人救了我。"

他咧开嘴，笑容简直能照亮整个世界，而我只想要吻他。"我告诉过你，我会的。"他的声音有些粗糙。当他再次伸出手的时候，我毫不犹豫地握住了。

但这时，我们头顶上的装饰镶板发出声音，然后打开了。梅温跳了起来，比我还惊讶地瞪着那个黑乎乎的大洞。没有任何低语指令，我却知道要做什么。训练让我比从前更强壮，轻轻松松就能引体向上，钻进一片黑暗阴冷中。我什么也看不见，但一点儿都不害怕，兴奋已经占了上风。我笑着伸出手，把梅温也拉了上来。他在一片漆黑里踉踉跄跄，试着弄清楚自己的位置。不等我们的眼睛适应，镶板就被移回了原位，把光线、演出和其他人都隔在了外面。

"动作快，保持安静，我带你们出去。"

我不认得这声音，但我认得这浓烈的混合气味：茶、老旧的香料，还有那熟悉的蓝蜡烛。

"威尔？"我的声音一下子哑了，"威尔·威斯托？"

慢慢地，眼睛适应了黑暗，我模模糊糊地看见了他的白胡子，还是像以前那样乱糟糟的。现在确信无疑了。

"没时间感叹重聚，小巴罗，"他说，"我们有任务要完成。"

威尔如何从干阗镇长途跋涉来到这里，我无从知晓，但他对这座剧院的了如指掌更是神奇。他领着我们穿过天花板，沿着梯子、台阶和活板门爬下去，而头顶还一直传来演出的声音呢。没过多久就到了地下，砖墙和金属梁柱远远地在我们之上。

"红血族人民还真喜欢戏剧化。"梅温嘟囔着，打量着黑漆漆的四周。这里看起来像个地下室，又暗又潮，每一道影子都煞是恐怖。

威尔用肩膀撞开一道金属门，差点儿笑出来："敬请期待。"

我们又沿着狭窄逼仄的倾斜通道，向下走了好一段路。空气闻着有点儿像下水道的气味，但让我惊讶的是，通道最终通向一个小平台，只由火把照亮。破旧的墙壁上砖瓦斑驳，火光照在上面投射出怪异的黑影。墙上画着黑色的记号，像是字母，不过不是我见过的那种古文字。

我还没发问，一阵发动机的轰鸣声就震得四周的墙壁都颤了起来。声音是从墙壁上的一个圆洞里传出的，似乎连通着更黑暗，更幽深的所在。梅温被这声音吓了一跳，紧抓着我的胳膊，而我也和他一样满面惊恐。金属剐蹭着金属，震耳欲聋的声音几乎让人抓狂。隧道里亮起了一道光，我感觉到有什么东西——庞大的、电动的、强劲的——正在靠近。

现身的是一条金属"虫子",在我们面前停止了滑行。它的外壁是由不完全冶炼的粗金属焊接而成的,上面还有小孔一样的窗子。伴着刺耳的声音,一道门打开了,我们所在的小平台上立刻笼上了一股热气。

门里面的座位上,法莱向我们微笑,她招招手,要我们也加入:"上车。"

我们颤抖着坐上座位时,她说道:"技工称之为'地下列车'。它的速度相当快,源自银血族不屑一顾的古老技艺。"

在我们背后,威尔把门关上了,那感觉简直像是被塞进了一条长长的罐头里。要不是担心这地下杰作会一头撞烂,我还真会叹为观止。不过此刻我只是死死地扒住了屁股下的椅子。

"你们是在哪儿造出这东西的?"梅温扫视着拙劣的车厢,大声问道,"灰城在我们的统治之下,技工是为——"

"我们有自己的技工和科技城,小王子。"法莱说,看起来相当自豪,"你们银血族对红血卫队的了解不过是冰山一角。"

列车突然倾侧,几乎要把我从座位上甩下来,但是其他人连眉毛都不抬一下。车子向前滑行,加速,我的胃都要和脊骨挤到一起了。大家继续交谈着,主要是梅温提出一些关于地下列车和红血卫队的问题。我很高兴没人叫我讲话,否则我一定会吐出来或直接晕过去,还是一动不动地坐着就好。但梅温就不是这样,没什么事情能唬住他。

他看向车窗外面,仔细观察着那些模模糊糊一闪而过的岩石:"我们是在往南去。"

法莱坐回她的座位,点头道:"没错。"

"南部是辐射区。"他瞪着她吼道。

可法莱不过耸了耸肩。

"你要把我们带到哪儿去？"我总算挤出一句话。

梅温一不做二不休地冲向关着的车门。没人阻拦他，因为他哪儿都去不了。无处可逃。

"你知道那会怎么样？辐射？"梅温的声音听起来是真的害怕了。

法莱的脸上浮现出疯狂的笑容，掰着手指头一一列举道："恶心、呕吐、头痛、痉挛、癌症，以及，哦，死亡。很不愉悦的死亡。"

我突然间觉得一阵难受："你为什么这样做呢？我们来这儿是要帮你的。"

"梅儿，让车停下！你能让车停下！"梅温扑到我脚下，抓住我的肩膀。"停下！"

就在这时，这铁皮罐头发出一声刺耳尖鸣，让我吃了一惊，紧接着就一个急刹车停住了。梅温和我四仰八叉地摔到地板上，重重地撞上了金属桌子，痛得要命。车门打开了，一道光从外面射进来，照在我们身上，让我们看清外面也是一个火把照明的平台，但是要比之前那个大得多，通向更远的、视野之外的某个地方。

法莱看也不看一眼地从我俩身边走过，快步跃上平台："你们不来吗？"

"别动，梅儿。这个地方会让我们送命！"

仿佛有什么东西在我耳朵里哀哀低鸣，几乎盖过了法莱的冷笑声。我坐了起来，看到她正耐心地等着我们。

"你怎么知道南部、废墟之城，仍在辐射之中？"她疯了一般笑着问道。

梅温磕磕巴巴地说："我们有机器，探测器，它们能——"

法莱点点头："谁制造了那些机器？"

"技工，"梅温哑着嗓子说，"红血族。"他终于明白了法莱的意思。"探测器骗了我们。"

　　法莱笑了，她点点头，伸出手帮梅温站了起来。他盯着她，仍然充满戒备，但还是跟着她走到了平台上，而后沿着一段铁质楼梯向上走。阳光自上而下倾泻，清新的空气打着旋儿扑面而来，和地下阴沉的湿气混合在一起。

　　而后我们便重回地上，在户外的空气中眨着眼，仰头看着低垂的雾。四周皆有围墙，但它们原本支撑的天花板已然不见，只余下残垣断瓦，还隐隐可见上面的海蓝宝石和黄金。当我的眼睛适应了光线，便看见天空里有高耸的阴影，顶端直没入薄雾之中。街道上宽阔漆黑的沥青开裂了，沉寂百年的灰色野草正在萌芽。树和灌木在水泥地上蔓延，在角落和拐角里慢慢恢复，不过更多的已经清除掉了。碎玻璃在我脚下嘎吱作响，阵阵灰尘在风中飘荡，但无论如何，这个十足被忽略的地方，并无荒废之感。我了解这个地方，从历史课上，从书本之中，从旧地图里。

　　法莱用一只胳膊环着我的肩膀，笑得野性而真挚。

　　"欢迎来到废墟之城——纳尔希。"她用了人们遗忘已久的老地名。

　　这座废弃岛屿的边境设置着特殊的地标。银血族用检测器来监视他们的往日战场，却被这些地标给糊弄了。他们就是这样保护这里，保护红血卫队的家。在诺尔塔的家，至少。这是法莱说的，她暗示着在全国这样的基地还有很多。用不了多久，这些地方就会成为逃离国王惩戒的红血复仇者的避难所。

　　我们途经的每一座建筑都衰败破旧，蒙着灰尘和杂草，但是走近一些细看，就会发现并非这么简单：灰尘里有脚印、窗子后透出了灯光、下水道里散发出做饭的气味。人，红血族，在这里拥有了自己的城市和生存权利，就隐藏在平淡无奇的场景中。

　　法莱带着我们走进一座塌了半边儿的建筑。从那锈蚀的桌子和破破烂烂的火车座能看得出，这儿原来一定是个咖啡馆。窗子上的玻璃没了，但地板是干净的。一个女人正把灰尘扫到门外，在破损的人行道边堆得整整齐齐。如果是我，一定会被这活儿吓呆，因为实在有太多要打扫的了。她却微笑着，还哼着歌儿。

法莱冲她点点头，她很快就离开了，留下我们独自待着。让我高兴的是，最近的火车座上，有一张我熟悉的面孔。

奇隆，全须全尾，安然无虞，甚至还厚脸皮地眨眨眼："好久不见啊。"

"现在没时间卖萌。"法莱低声训斥，接着在他旁边坐下，又做个手势，我们便也坐进了这嘎嘎作响的火车座。"我想你们顺流而下巡游的时候看到那些村镇了吧？"她问。

我的笑容立刻无影无踪，奇隆也是："看到了。"

"那么新的法令呢？我知道你已经听说过了。"她的目光坚硬起来，好像被迫念出那些法案是我的错。

"你们要招惹一头猛兽，这是必然的。"梅温嘟囔着维护我。

"但现在他们知道了我们的名字。"

"现在他们在追捕你们。"梅温咬牙切齿地说，一拳擂在桌子上，激起一层细细的灰尘，在半空中聚成一团尘雾。"你们在一头公牛面前挥动红旗，可是除了挑衅，什么都不做。缩回你们的秘密基地是毫无用处的，这只会给国王和军队留出时间。我哥哥已经准备好开始追踪了，用不了多久你们就会被一网打尽。"梅温看着自己的双手，颇为怪异地愤怒。"用不了多久，只快人一步就不够了，这是完全有可能的。"

法莱研究着我们俩，思索着，眼睛在阳光下闪闪发亮。奇隆则心满意足的在灰尘上画着圈，无动于衷。我真想把他拉到桌子下面揍一顿好让他专心点儿。

"我完全不在意你本人的安全，王子殿下。"法莱说，"我在意的是村镇里的人，工人和士兵。他们才是立时立刻遭受惩罚的人，严苛的惩罚。"

我的思绪飞回了家，飞回了干阗镇，想起了我们经过时那几千双眼睛中的迟钝呆滞。"你们知道些什么？"我问。

"没什么好事。"奇隆猛地抬起头，手指还在桌上画着。"轮班加倍，周日绞刑，大屠杀。对于那些跟不上步调的人来说，可真不妙。"他也想起了干阗镇，和我一样。"前线的人说他们那里也没什么两样，十五六岁的孩子被送到军团里去，坚持不了一个月就得送命。"

他的手指在灰尘里画出一个 X，那是他内心愤怒的写照。

"我能制止这些，也许，"梅温像是突然想到了什么似的大声说道，"如果我能说服军事委员会把他们撤回来，让他们接受更多的训练……"

"那不够。"我的声音很小，但很坚定。那份名单仿佛灼烧着我的皮肤，乞求着大白天下。我转向法莱，"你的人到处都是，对吗？"

我无法忽视她脸上一闪而过的自得。"没错。"她说。

"那么，把这些名字交给他们。"我从口袋里掏出朱利安的书，翻到名单的开头。"然后找到这些人。"

梅温轻轻拿过那本书，扫了一眼名单说。"至少有几百个，"他低声说，目光没离开书页，"这是什么？"

"他们像我一样，既是红血族，也是银血族，而且比二者更强大。"

这下轮到我扬扬自得了。就连梅温都惊愕不已。法莱打了个响指，他便毫不犹豫地递了过去，瞪着这本隐藏着巨大秘密的小书。

"不过，别的人要发现这个，也不会花太多时间。"我补充道，"法莱，你必须先找到他们。"

奇隆怒视着那些名字，好像它们对他不恭似的："这可能得需要几个月，几年。"

梅温呼着气说："我们没有那么多时间。"

"的确如此。"奇隆赞同道，"我们得行动起来，即刻马上。"

我摇了摇头。革命可不能头脑发热。"但是如果等得起，如果能尽可能多地找到他们——你们就有了一支军队。"

突然，梅温拍了下桌子，把大家吓了一跳："我们确实有一支军队。"

"这里确实有不少人听令于我，但远远没有那么多。"法莱反驳道，她看着梅温，好像他疯了似的。

可梅温像是被某种深藏的火焰激活了，笑道："如果我能搞到一支军队，一支阿尔贡的军团，你觉得如何？"

法莱只是耸了耸肩："说实话，不过是杯水车薪。别的军团会在战场上把他们碾烂。"

我心里一个激灵，明白了梅温的真实意思。"但他们不会上战场。"我吸了口气。他转向我，像个疯狂的傻瓜一样笑道："你说的是政变。"

法莱皱着眉头："政变？"

"政变，历史性的，前瞻性的，"我解释着，想尽力扫除他们的疑惑，"一小撮人以迅雷不及掩耳之速颠覆庞大的政府。听着耳熟吗？"

法莱和奇隆对看一眼，眯起眼睛："继续。"

"你们知道阿尔贡的结构，桥，西岸，东岸。"我一边说，一边用手指在桌上的灰尘中画出一幅粗略的地图。"现在，西岸坐落着王宫、司令部、财政部、法院——整个政府。如果我们能设法抵达那里，切断西岸和外界的联系，生擒国王，迫使他同意我们的诉求——事情就成了。你自己说过，梅温，身在恺撒广场便能控制整个国家。那么我们要做的就是占领那里。"

在桌子下面，梅温拍了拍我的膝盖，骄傲得不知如何是好。法莱惯常的怀疑的神情不见了，取而代之的是真正的希望。她一只手贴在嘴唇上，盯着灰尘上画出的计划，自言自语。

"不说点儿反话就不是我，"奇隆一开口就是他往日阴阳怪气的调调，"但我实在不知道，你们打算如何找到足够的红血族去对抗阿尔贡的银血族。我们十个人才能打倒他们一个人，更不用说那里有五千银血族精兵。他们都是效忠于你哥哥的——"他瞥了梅温一眼，"每一个都训练有素，磨刀霍霍。我们这会儿说话的时候，他们可正在穷追不舍呢。"

我泄气地缩回座位上："那确实困难重重。"根本不可能。

梅温伸出手，在我的灰尘地图上划了几下，涂掉了阿尔贡西部。"军团服从他们的将军，而我恰好认识一个非常了解那位将军的女孩。"

他与我视线相接，热情一下子被苦涩冰冷所取代，闷闷地笑了笑。

"你说的是卡尔。"那个战士，那个将军，那位王子，提比利亚的儿子。我再次想起了朱利安，他是卡尔的舅舅，可在卡尔扭曲的正义观之下，也可能被处死。卡尔不会背叛他的国家的，无论为了什么。

梅温以一种丝毫不带感情、实事求是的语调说："我们给他出了个难题。"

我能感觉到奇隆的目光逡巡在我脸上，他在考量着我的反应，这让我很难承受。"卡尔不会背弃未来的王冠的，也不会与你们的父亲相抗。"我说。

"我了解我哥哥。如果事到临头，要他选择是救你的命还是守护王冠，我们都知道他会怎么选。"梅温反驳我。

"他绝不会选择我。"

我想起了那个吻，皮肤在梅温的凝视之下渐渐发烫。是卡尔把我从伊万杰琳手下救出来的。是卡尔阻止我逃跑，以免我背负上更深重的痛苦。我忙忙碌碌只顾着去救别人，却没注意到卡尔是怎样一次又一次地救了我，没注意到他是多么爱我。

突然间我就觉得喘不过气来了。

梅温摇了摇头："他永远都会选你。"

法莱冷笑一声："你们要我把整个行动，整个革命都压在青春爱情故事上面？我无法相信这能行。"

在桌子对面，奇隆的神情怪怪的。当法莱转向他，希望他给予支持的时候，他却无动于衷。

"我相信。"他轻声说道，目光一直没有离开我的脸。

RED QUEEN

第二十五章

车子跨河过桥，驶向王宫，当我和梅温经历了一整天的握手示好和秘密谋划之后，我真希望黎明今晚就降临，而不必等到明天早晨。穿过这座城市的时候，我能强烈地感受到周边的震颤：从街上飞驰的车子到嵌入钢铁水泥中的灯盏，一切都是由能量驱动的。水泉人在喷泉中表演，万生人照料着花朵，这些让我想起了博苑里的一幕幕。这一瞬间，我确实觉得他们的世界是美丽的。现在我终于懂得他们为什么想要维持原样，为什么想要强加他们的统治于世上其他万物。但是，我懂得，并不意味着我会听之任之。

庆祝国王回城的盛宴蔚为壮观，但鉴于最近发生的一系列事件，恺撒广场上要安静得多。梅温故意抱怨着这里少了盛大奇景，只不过是想说些什么填补这寂静吧。

"这里的大宴会厅要比映辉厅的大一倍。"我们进入大门的时候他这么说道。我能看到卡尔军团里的一部分士兵正在营地里训练，上千人整齐划一，踏步的声音如同鼓声隆隆。"我们通常会一直跳舞到拂晓，至少卡尔会的。女孩们不太会来邀请我，除非卡尔要她们这么做。"

"我会邀请你的。"我低声回答他，眼睛却仍然看着军营。明天，他们会成为我们的军队吗？

梅温没说话，只是在座位上动了动，接着车子便停了。他永远都会选你。

"我对卡尔没什么。"下车的时候，我对梅温耳语道。

他笑了笑，拉住了我的手。我则告诉自己，那不是一句骗人的话。

通往王宫的大门在面前打开了，这时，一阵凄厉的惨叫声突然在长长的大理石走廊里响了起来。我和梅温面面相觑，震惊不已。四周的警卫立刻剑拔弩张，握住了枪。但他们的速度不及我快。我拔腿就跑，梅温用尽全力跟在后面。叫声再次响起，还夹杂着脚步杂沓的声音和盔甲擦碰的声音。

我没命地往前狂奔，梅温紧随在后，冲进了一间圆形的屋子。这是议会大厅，装饰着抛光的大理石和黑色的木料。这里原本坐满了人，要不是及时刹住脚，我就得和萨默斯勋爵撞个满怀。而梅温一头撞上我的背，差点儿把我们都撞翻。

萨默斯轻蔑地瞥了我们一眼，他的眼神又冷又硬。

"小姐，梅温王子，"他朝着我们微微偏了偏头，"二位要来看表演吗？"

表演。议会大厅里还有其他达官贵人，国王和王后也在，他们都齐刷刷地看着前面。我挤了过去，不知道会看到什么，但肯定不是什么好事。梅温跟在后面，他的手一直扶着我的胳膊。当我们挤到前面的时候，我真庆幸他的手是温暖的、安慰的，让我不至于失态——然后把我拉走。

十六名士兵站在议会大厅中央，穿着靴子的脚扬起尘埃，蒙住了王冠。他们的盔甲是统一的，都是由鳞甲般的黑色金属制成，只有一个人除外。他穿着的，是烈焰一样的红色盔甲。卡尔。

伊万杰琳站在卡尔旁边，她的头发向后梳成一条辫子，重重地喘着气，却一脸自豪的神情。而有伊万杰琳在的地方，他哥哥也不会离得太远。

托勒密在士兵后面现身，狠拽着那个尖叫的女人的头发。我认出她的时候，卡尔转过身来，视线与我相交，那里面有遗憾和抱歉，也有无法施救的无奈。

托勒密拽着沃尔什拖过光滑的地面，把她的脸猛地掼向石头。她抬起痛苦的眼睛盯着国王，几乎一瞥也没有投向我。我还记得那个幽默的、总是微笑的侍从，是她最先向我介绍了银血族的世界。可那个人现在已经不见了。

"老鼠们趴在旧隧道里。"托勒密吼着，用脚猛踢让沃尔什翻过身来。她爬着闪躲，亏她一身伤动作还能这么快。"而这一只在河岸边的洞穴附近跟踪我们。"

跟踪他们？她怎么可能这么蠢？沃尔什不是笨蛋。不，那是奉命而为，我心里的恐惧剧增。那时她是在盯着火车隧道，以确保我们从纳尔希返回的时候不会有人察觉。现在我们一切顺利，她却没那么好运。

梅温拉着我的胳膊，手上加了劲儿，直到把我拉回他那里，才算松了口气。他知道我想冲过去，去救她，去帮她。但是我知道，我们什么都不能做。

"我们追踪到了辐射检测器所准许的最远距离。"卡尔补充道，尽了全力不去看正在咳血的沃尔什，"隧道系统相当庞大，比我们想象的要长得多，估计这一区域内有几十英里，而红血卫队比我们中的任何人都更了解它。"

提比利亚国王沉下脸，示意沃尔什靠近一点儿。卡尔抓着她的胳膊，把她带到了国王面前。我的脑袋里浮现出千百种酷刑，一种比一种更糟：

火、水、金属，甚至是我自己的闪电，都能用来让她开口。

"同样的错误我不会犯第二次了，"他劈头吼道，"伊拉，现在就让她招供，立刻。"

"乐意效劳。"王后答道，从拖曳的长袖子里伸出手来。

糟了。沃尔什一开口就会把我们都卷进来，这会毁掉一切。然后他们就会慢慢地杀死她，慢慢地杀死我们所有人。

在士兵之中有一位鹰眼，他预见到了几分钟之后会发生的事，突然向前冲出来大喊道："拦着她！抓住她的胳膊！"

但沃尔什的动作要比他的视觉更快。"为特里斯坦。"她说着就用手往嘴巴上一拍，咬住什么然后吞了下去，接着仰头跌倒。

"来个愈疗者！"卡尔狠声说道，一边掐住沃尔什的喉咙，想制止她。但她已经口吐白沫，四肢痉挛，口鼻窒息，只剩一口气了。"愈疗者，快！"

她猛力撕扯，用尽最后一点儿力气挣脱了卡尔。当她倒在地上时，她的眼睛大睁着，直勾勾地瞪着却什么也看不见了。她死了。

为特里斯坦。

而我甚至不能为她一哭。

"是自杀毒丸。"卡尔的声音柔和得像是在给一个小孩解释。也许，事关死亡与战争时，我和小孩没两样。"我们会发给前线的军官以及特工，如果他们被捕的话——"

"他们便开不了口。"我回敬道。

小心点儿。我警告自己。不管他的出现是如何让我浑身难受，我都必须忍耐。毕竟我已经把他引到阳台上了。我必须给他希望，必须让他以为自己还有机会。这是梅温的主意，光是说说就挺让他受伤了。至于我，最难的则是在谎言和真话之间的分界线上行走，尤其是面对卡尔。我恨他，这我知道，他眼睛里、声音里的某些东西却在提醒着我，自己的感觉并非那么分明。

他和我保持着距离，离我有一臂那么远。"对她来说，死了比受折磨好一些。"他说。

"她会被冷冻血液吗？还是你们会换换口味，把她放在火上烤？"

"不。"卡尔摇头，"她会被送到尸骨碗去。"他抬起眼睛，把视线从营房转向河畔。在遥远的另一边，高楼大厦之间，坐落着巨大的椭圆形角斗场，墙头钉环绕四周，如同暴虐的王冠。尸骨碗。"她会被处决，并且向全国转播，作为对其他人的警示。"

"我以为你们不会那么做了。过去十年里，我没看过一次。"我已经很难回忆起多年前、自己还是个小孩时所看过的那些转播影片。

"总会有例外。角斗场上的表演不足以震慑红血卫队，那么其他方法也许能行。"

"你认识她。"我轻声说道，试图在他身上激起一丝歉意，"我们第一次见面之后，是你把她派到我那里去的。"

他双臂环肩，仿佛这样能让自己回忆起往事不那么难受似的："我知道她也来自干阗镇，便以为能帮你更好地适应。"

"我还是不明白你为何如此在意，那时你甚至还不知道我有什么特别的。"

阳台上陷入一片沉默，只有下面广场上远远传来副官们的口令声——日近黄昏，训练仍在继续。

"对我来说，你是特别的。"他终于说道。

"真想知道那会怎么样，如果这些——"我指了指王宫和外面的广场，"如果这些没有横亘在我们之间。"

让他好好想想吧。

他把一只手放在我的胳膊上，指尖上的热度穿透袖子上的纤维，一阵温暖。

"但那永远不可能，卡尔。"

我极力往自己的眼神中注入憧憬和渴望，心里想着的却是我的家人、奇隆、梅温，以及我们正在献身的一切。也许卡尔会误解我的感受。给他一个绝不可能实现的希望，这是我力所能及的最最残忍的事情，但是为了事业，为了朋友们，为了我自己的生命，我会那么做的。

"梅儿。"他深深叹息，向我俯身下来。

我转身离开，留下他独自待在阳台，仔细咀嚼我的话，最好还能沉溺其中。

"早知今日，何必当初。"轻如耳语，但我还是听见了。

这句话让我想起了我的家，还有老爸，他很久以前也这样说过。卡尔和我老爸——一个残疾的红血族，竟然有着相同的想法，这让我迟疑了一下。我忍不住回过头，看到夕阳映着他的剪影，正在下沉。他俯瞰着训练中的军队，又抬头看了看我，仿佛被肩上的责任和对这闪电女孩的感觉撕裂了。

"朱利安说你很像她，"他若有所思地轻声说，"像她过去的样子。"

柯丽王后，他的母亲。想到已逝的王后，我未曾谋面的王后，竟然让我悲从中来。她离开得太过突然，以至于在她所爱的人的心里留下了一个洞，而我就是那个他们用来填补空洞的人。

尽管我很不愿意承认，却仍然无法责备卡尔在两个世界之间摇摆不定。毕竟，我也如此。

在我焦心的舞会到来之前，浑身紧张的人先迎来了可怕的夜晚。现在我已等不及拂晓了。如果明早我们成功了，那么太阳就会在新世界上空升起。国王会摘下王冠，把他的王权交给我、梅温和法莱。不会流血，没有死亡，只是在和平之中将政府换成了新的。如果我们失败了，等着我的就只能是尸骨碗了。但我们不会失败的。卡尔不会让我去死，梅温也不会。他俩是我的盾牌。

我躺在床上，盯着朱利安留给我的那幅地图。那是件老古董了，其实没有多少实际的用途，但仍然让我觉得安慰——它证明了世界能够改变。

怀着这样的思绪，我坠入了轻浅不安的睡眠。梦中，谢德来看我了。他站在床边，带着一种奇异的悲哀凝望着这座城市，然后转过身面对着我。"还有其他人，"他说，"你必须找到他们。"

"我会的。"我喃喃地答应他，声音因睡梦而低沉。

接着，清晨四点，我没有时间继续做梦了。

我走向梅温的房间，一路上的摄像机都像树枝遇到斧头似的退让着——我把那些"眼睛"都关上了。我踏着阴影往前走，以防有官员或是禁卫军走进大厅，但是一个都没有。他们保卫的是国王和卡尔，不是我，不是二王子。我们不重要。但是会重要的。

我只轻轻摇了一下把手，梅温就开了门。他的脸色在黑暗中很苍白，眼下青黑的一圈，好像根本没睡，但看起来仍然警醒。我期待着他能拉住我的胳膊，用他的温暖包围我，可他身上只散发出阵阵凛冽。我这才意识到，他害怕了。

我们颇费周折地花了几分钟，溜到军事委员会后面的阴影里，在这座建筑和外墙之间等待着。这个位置极佳，能看到广场和阿尔贡桥，而军事委员会的镀金屋顶却帮我们挡住了巡逻队。不用看表我就知道，我们准时就位了。

在头顶之上，黑夜正在褪去，让位给深蓝色的天幕。黎明就要来临。

这个时候，城市比我想象中的要更安静些，就连巡逻队也昏昏欲睡，慢悠悠地从一个岗哨踱到另一个。我兴奋不已，两腿直发抖。可是梅温静静站着，甚至眼睛也不眨一下。他透过刚钻琉玻围墙向外看，一直盯着那座桥。他的专注令我吃惊。

"他们迟到了。"他一动不动地轻声说。

"没有。"

假如我不了解事情始末，一定会以为法莱是个影子，能隐形地出入。她看起来仿佛融化在半明半昧中似的，正从下水道口往外钻。

我伸出手去，但她没理会，自己站了起来。"其他人呢？"我问。

"等着。"她向下指了指地面。

如果眯起眼睛，就能看见纵横的下水道里挤满了红血卫队的人，他们正准备着占领地面之上。我很想爬下隧道和他们在一起，和奇隆、和我的族人在一起。但是我的位置在这里，在梅温旁边。

"他们带武器了吗？"梅温微微动了动嘴唇，"做好准备战斗了吗？"

法莱颔首道："当然。但我不会下令叫他们上来的，除非你已确定广场是我们的了。我对巴罗小姐的个人魅力还是没什么信心。"

我也没什么信心，但我不能大声说出口。他永远都会选你。我从没有像此刻一样希望一句话是对的，同时也是错的。

"奇隆要我把这个交给你。"她说着伸出手。那是一块绿色的小石头，如他双眸一般的绿色。一只耳环。"他说你知道这是什么意思。"

我说不出话来了，心里五味杂陈。我点点头，接过那只耳环，把它和另外三只戴在一起。布里、特里米、谢德——我知道每一块小石头的意义。奇隆现在是一名战士了，他希望我记住他本来的样子：嘲笑我，戏弄我，围着我弄出各种动静，像只迷了路的小狗……我永远也不会忘记。

锋利的金属耳针刺出了血，手从耳旁收回的时候，我看见了手指上殷红的痕迹。这就是我。

我回头看着隧道，希望能看到他绿色的眼睛。但黑暗笼罩着出口，吞没了他和其他人。

"你们准备好了吗？"法莱来回打量着我们。

梅温替我回答了："我们准备好了。"

但法莱并不满意："梅儿，你呢？"

"好了。"

这位革命家平静地吸了一口气，接着用脚踏着下水道的一端。一下、两下、三下。我们一起转向那座桥，等待着世界改变的一刻。

这个时间没有什么车辆行人，甚至连车子发动的嗡鸣声都没有。商铺尚未开门，市场上空无一人。运气够好的话，今晚唯一的损失就只有钢筋水泥。阿尔贡桥的最后一段——连接起西阿尔贡和城市其他部分的那一截，看上去平静安宁。

而后它就在一股明亮的橘红色光束中被炸开了，仿佛太阳从黑银色的暗夜里跃出一般。热浪滚滚，但不是源自炸弹——是梅温。这爆炸仿佛激起了他身体中的什么东西，点亮了他的烈焰。

爆炸声震耳欲聋，几乎把我震倒，桥的末端陷进河中，低吼着，颤抖着，像是濒死的野兽，搅起熊熊水花，最终从河岸及其余桥体上完全脱落了。水泥柱和钢丝断裂扭曲，掉进水里或撞上岸边，烟尘滚滚，遮住了阿尔贡的其他地方。

桥体还没碰到水的时候，警报声就响彻了恺撒广场。在我们头顶上，巡逻队沿着围墙跑过来，急切地想细细查看损毁情况。他们互相大喊大叫，不知道何以弄成这副样子。军营里，灯亮了，五千人从床上跳起来整装待发。卡尔的士兵。卡尔的军团——运气够好的话，我们的。

我无法把视线从火光和烟尘中移开，但梅温提醒了我。"他来了。"他沉声说道，指向王宫中跑出的几个身影。

卡尔有自己的警卫，但他甩开他们冲向了营地。他还穿着睡衣，带着前所未有的恐惧。当士兵和军官在广场上集结好之后，他向他们发号施令，极力让自己的声音压过围拢过来的市民。

"荷枪守住城门！另外派水泉人同往，我们不希望火势蔓延。"

他的士兵们迅速依令而行，几乎是一字一动，毫不懈怠。军团服从他们的将军。

在我们身后，法莱背靠着墙，缓缓地向下水道靠近。一旦事出不测，她就会钻进去溜走，择日再战。但那不会发生的，这个计划一定能成功。

梅温朝前走去，想招手让他哥哥停下。但我把他拦住了。

"这事必须我去做。"我轻声说道，仿佛一股奇异的平静席卷全身。他永远都会选你。

踏上广场，暴露在军团、巡逻队和卡尔的视线中，就相当于跨过了无法回头的那一步。围墙顶端的探照灯亮了，一些照向阿尔贡桥，另一些向下照向我们。其中一盏似乎是正冲着我，以至于我不得不抬手遮住自己的眼睛。

"卡尔！"我大喊着，力图压过五千名士兵行进的巨响。他竟然听见了，猛地向我转过头来，穿过训练有素的队列方阵与我四目相交。

当他穿过人山人海向我冲过来的时候，我觉得自己快要晕过去了。刹那间我只能听见自己猛烈的心跳，而警报声、尖叫声，都被重重遮过。我害怕了，非常非常害怕。这是卡尔啊，我对自己说，喜欢音乐和机车的男孩。不是战士，不是将军，不是王子，只是个男孩。他永远都会选你。

"回来！快点儿！"他朝我咆哮，用那坚定严厉的、君威赫赫的、几乎能让群山折腰的声音朝我咆哮，"梅儿！那里危险——"

我也不知道哪里来的劲儿，一把抓住他的衬衫领子，止住他的脚步。"这些值什么？"我向后瞥了一眼烟尘滚滚、被损毁的阿尔贡桥。"不过是几吨混凝土罢了。但如果我告诉你就在此时，就在此地，你能解决所有的问题，你会如何？你能拯救我们。"

他眼神闪烁，看得出我的话引起了他的注意。"别。"他一只手死死抓住我，虚弱地拒绝着。我从未见过他的眼睛里有这样多的恐惧。

"你说过，你曾经信任我们，信仰自由，信仰平等。你能使那一切成真，只要你的一句话就够。不会有战争，也没有人会死。"他仿佛被我的言语冰冻住了，连呼吸都不敢。尽管我不知道他在想什么，却还是继续向他施压。我必须让他明白。"现在你的手里有兵权，这支军队是你的。这整个诺尔塔都等着你去占领，去解放！挥师白焰宫，让你的父亲俯首，去做你认为正确的事吧。卡尔，去吧！"

我能感觉到他的手在我双手之下，他的呼吸急促且沉重，似乎万事万物都从未如此真实、如此举足轻重。我知道他在考虑什么——他的责任，他的王国，他的父亲。还有我，闪电女孩，正要他把这一切全都抛掉。内心深处有个声音告诉我，他会的。

我颤抖着，在他唇上印下一吻。他会选我的。他的皮肤凛若冰霜，如同死人。

"选我，"我喘息着，"选择新的世界，创造更好的世界。士兵会服从你的，你的父亲也会服从你。"我的心脏绞成一团，每一块肌肉都紧绷着，等待着他的回答。探照灯在我的超能力下闪烁起来，和着我的心跳一明一昧。"地牢里的血是我的，是我帮助红血卫队越狱的。很快所有人都会知道——然后他们会杀了我。救我。"

这些话刺痛了他，他抓着我的手更用力了。

"总是你。"

他永远都会选你。

"迎接新的黎明吧，卡尔，和我一起，和我们一起。"

他的目光转向正走来的梅温。兄弟二人的目光相遇了，用我无法理解的方式交流着。他会选我们的。

"总是你。"他重复道，但这一次的声音嘶哑而幻灭，仿佛承担着上千次死亡、上千次背叛的痛苦。任何人都可能背叛任何人。我想起来了。"越狱、枪击、断电，皆是因你而起。"

我试图解释，并且想挣脱，但他无意放我走。

"你和你的黎明让多少人送了命？杀了多少孩子？牺牲了多少无辜之人？"他手上的温度升高了，热得就要燃烧起来了。"你，背叛了多少人？"

我的膝盖打着战，想溜之大吉，卡尔却不放开我。模模糊糊地，我似乎听见梅温在什么地方大声喊叫，王子正冲过来要救他的王妃。但我不是王妃，不是那个理应获救的女孩。当卡尔的眼底燃起烈焰，身体中怒火熊熊的时候，闪电也在我体内由愤怒推动着疾驰。它在我俩之间爆发开来，把我从卡尔身边弹开。我的脑袋里嗡嗡直响，悲伤、恼怒和电流混沌一片。

在我身后，梅温正声嘶力竭。我一转身，刚好看见他疯了一样地挥着手，冲着法莱大叫："快跑！跑啊！"

卡尔比我动作更快，他站起来对着他的士兵下了命令。他的目光循着梅温喊叫的方向，如一个将军所特有的才能那般把几个散点连了起来。"下水道！"他吼道，仍然盯着我，"他们在下水道里！"

法莱的身影消失了，极力躲避着背后呼啸而来的子弹。士兵们满广场地飞驰，搜寻着城门、下水道、管线，揭开了地下的秘密。他们拥入隧道之中，犹如潮水一般。我想捂住耳朵，把尖叫、子弹和流血的声音隔绝在外。

奇隆。这个名字在我的思绪中若隐若现，就像轻声耳语。但我不能一直想着他，卡尔还在我身边站着呢。他浑身颤抖，却吓不到我了。我想，现在没有什么能吓住我。最最糟糕的事情已经发生了。我们失败了。

"多少人？"我叫着反驳，"有多少人饿肚子？有多少被处决？有多少孩子被带去战场送死？多少人，王子殿下？"

我本以为在今日之前就懂得了什么叫作"恨"。但我错了。关于我自己，关于卡尔，关于一切，都想错了。这痛苦让我头痛欲裂，但我还是站住了，还是没让自己倒下去。他绝不会选我。

"我哥哥，奇隆的父亲，特里斯坦，沃尔什！"我脱口说出那些已逝的人，仿佛有几百个名字在我身体里爆发。对卡尔来说，他们无足轻重，但对我来说，他们是一切。我知道这样的人和事还有成千上万，恶积祸盈，不可尽数。

卡尔什么都没说。我以为会在他眼中看到盛怒，可除了悲哀，别无他物。他又轻声重复了一遍，那句话让我想就此倾颓，永远也不再站起来了。

"早知今日，何必当初。"

我想聚起火花，想放出闪电，但什么都没发生。当我发觉脖子上有一双冰冷的手，而手腕被套上了一副金属镣铐的时候，我明白这是为什么了。教官亚尔文，静默者，能把我们变成凡夫的人，正站在我身后。他吸走了我的力气和异能，除了哭泣的女孩之外，我什么都不是。他把一切——我所有的能量，都拿走了。我失败了。这一次我的双膝再也支撑不住了，也再没有人把我扶起。隐隐约约地，我听见梅温在被人推倒之前还在喊着：

"哥哥！"他吼着，极力想让卡尔明白自己在做什么。"他们会杀了她的！他们会杀了我的！"但是卡尔充耳不闻，他对他的一个上尉说了几句话，我完全不想去听——就算想听也听不见了。

地下的交火一轮接一轮，我身下的地面震颤不已。今晚，在下水道里，又会溅出多少鲜血？

我的头昏昏沉沉，身子虚弱无力，任凭自己重重倒在铺着地砖的地面上。它贴着我的脸颊，冰凉冰凉的，渐渐让我平静。梅温向前扑倒，他的头就在我旁边。我记起了和此刻相似的一幕。吉萨痛苦的叫喊和手骨折断的声音，像幽灵一样，微弱地回荡在我的脑海里。

"把他们带进去，带到国王那里。他会审判这两个人的。"

我认不出卡尔的声音了。是我把他变成了魔鬼。我逼他就范，逼他抉择，我太心急，太愚蠢了。我竟让自己心怀希望。

我是个傻子。

在卡尔身后，太阳升起来了，曙光照亮了他。黎明来得太耀目，太突兀，太疾迅，我不得不闭上了眼睛。

RED QUEEN

───── 第二十六章 ─────

我几乎跟不上士兵的步伐，但他扯着我戴手铐的胳膊，一直推着我往前走。另一个士兵带着梅温，让他跟在我旁边。亚尔文紧随在后，以确保我们不会逃跑。他的存在仿佛黑暗的重负，压得我的感官变得迟钝。我还能看得见经过的走廊，空空荡荡，远离了王室贵族窥伺的目光，可是我已经没有力气管这些了。卡尔走在前面，他的肩膀紧绷着，像是克制着回头看的冲动。

隧道里的枪声、叫声和血流遍地的情景在我思绪中隆隆震颤。他们死了。我们死了。一切都完了。

我以为我们会被带到地下，带到这个世界上最黑暗的地牢。但卡尔带着我们往上走，来到一间没有窗户也没有禁卫军的屋子。我们进门时的脚步声都听不见——隔音的。在这里，没有人会听见我们说什么。而这比枪战烈火或是国王的愤怒更让我恐惧不已。

他站在屋子中央，穿着他专有的镀金胸甲，头上戴着王冠。他的仪仗剑靠在身旁，还佩着一把他也许从不会用到的手枪。这些不过是华丽的虚饰，至少看起来是。

王后也在。她只披了一件白色的薄袍子，我们踏进房间的那一刻，她就看向我，用她自己的手段侵入我的思维，像是利刃割过皮肉。

我失声惊叫，想箍住自己的头，可是手被铐住了，动弹不得。

一切在眼前飞驰而过，从开始，到结束：威尔的货车、警卫、奇隆、暴乱、接头、秘密信息……梅温的脸因记忆而扭曲着，他站出来要辩护，却被王后拉住了。她不想看见我记忆中的梅温都做过什么。我的脑袋扛不住她的猛攻，思绪哀鸣着从我生命的一个时刻跳跃到另一个，每一个吻，每一个秘密，都赤裸地陈列在她眼前。

她停下来的时候，我感觉自己像死了一样。真想去死，大概等不了多久就能实现。

"退下。"王后的声音刻薄而锋利。士兵们等着，看着卡尔，见他点头，便退出了屋子，靴子踏在地上，一片纷杂。但亚尔文没走，他站在后面，仍然把我压制得浑身无力。当士兵的脚步声远去后，国王才呼了一口气。

"儿子？"他看向卡尔，手指极轻微地颤抖着，不过我并不明白他在害怕什么。"我要听你陈述此事。"

"他们参与此事有一段时间了，"卡尔压低声音，几乎话不成句，"从她来的那天起。"

"他们两个？"提比利亚国王把视线从卡尔身上移向那个被他遗忘的小儿子。他看起来很是悲哀，脸痛苦地皱成一团。他的眼神闪烁着，犹豫着要不要对视，可是梅温直直地看着他。他是不会退缩的。"你知道这件事，孩子？"

梅温点头道："此事是我协助策划的。"

提比利亚踉跄一步，仿佛这句话是重重一击："那么枪击案呢？"

"是我选定的目标。"

卡尔紧紧闭上了眼睛，仿佛想把这一切隔绝在外。

梅温的视线拂过他的父亲，望向站在旁边的王后。有一瞬间，他们目光相交彼此凝视，我想她也许正在检视儿子的思维。但我心里一个激灵，意识到她不会那么做。她无法面对看到的一切。

"您让我去找件事来做，父亲。于是我就这么做了，您不为我自豪吗？"

可提比利亚国王反倒像头熊似的冲着我破口大骂起来："是你干的！是你害了他！你害了我的儿子！"当他的泪水夺眶而出时，我看见他的心——无论多冷酷多狭隘，此刻都碎了。他爱梅温，用他自己的方式。但一切为时已晚。"你夺走了我的儿子！"

"这是你咎由自取，"我咬牙切齿地反击，"梅温有自己的心灵，他和我一样信仰着与此全然不同的世界。硬要说有什么的话，也是你的儿子改变了我。"

"你的鬼话我不信。你一定是使花招儿骗了他。"

"她没说谎。"听到王后竟然同意我的话，我一口气都喘不过来了。

"我们的儿子一直渴望改变，"她看着她的儿子，声音里竟有些许恐惧，"他还是个孩子，提比利亚。"

救救他。我默然无声地喊道。她能听见的。她必须救他。

在我身旁，梅温吸了一口气，等待着我们的终审判决。

国王低着头，他比任何人都清楚法律条款，卡尔却更勇敢地与弟弟目光相接。我能看得出，他在回忆兄弟二人共处的时光、共有的生命。烈焰与荫翳，谁也无法独自存在。

在一阵闷热而令人窒息的静默之后，国王把一只手放在了卡尔的肩膀上。他摇了摇头，眼泪从腮边滑过，落在了胡子上。

"是不是孩子，梅温都必死无疑。还有这——这条毒蛇——"他颤抖的手指指向我，"他犯了重罪，对他自己，对我，对你们。他背叛了我们的王权。"

"父亲——"卡尔快步走上来，站在国王和我中间。"他是您的儿子，一定有别的办法的。"

提比利亚一动不动，从父亲恢复成了国王。他轻轻一抹，擦掉了眼泪。"当你戴上我的王冠，你就会懂得这一切了。"

王后眯起眼睛，犹如蓝色缝隙。她的眼睛，和梅温的一样。

"所幸的是，那永远也不会发生。"她直白地说道。

"什么？"提比利亚向她转身，但半道中就停住了，身体仿佛被冻结了一般。

我以前见过这一幕。那是很久以前，在角斗场上，耳语者制住铁腕人的时候。王后也对我用过这一招儿，让我变成了提线木偶。现在，她故技重施。

"伊拉，你这是干什么？"国王咬牙切齿地说道。

王后的答案我们听不到，她是直接对着国王的耳朵说的。但国王显然根本不喜欢。"不行！"他喊道，但这时耳语者迫使他跪了下去。

卡尔立即剑拔弩张，双拳已燃起了烈焰。但王后伸出一只手，把他也定住了。她竟能制住父子二人。

卡尔挣扎着，牙齿咬得咯咯作响，却仍然挪动不了一寸，甚至连话也快要说不出了："伊拉。亚尔文——"

我们的教官却一动不动，静静地站着，欣赏一场好戏，仿佛他效忠的并非国王，而是王后。

她是在拯救我们。为了她自己的儿子，她要把我们都救下来。我们原本把改变世界的希望赌在卡尔对我的爱上面，看来应该依靠王后才对。我想要开怀展颜，想要巧笑嫣然，但卡尔的神情让我对放心轻松喊了停。

"朱利安警告过我，"卡尔咆哮着，仍然设法挣脱她的控制，"我以为他在说谎，关于你，关于我的母亲。我以为你对我母亲做的那些事不是真的。"

跪在地上的国王失声哀号起来，那声音如此惨痛，我闻所未闻。"柯丽，"他看着地板悲叹，"朱利安知道，莎拉也知道，是你为了掩盖真相而害了她。"

王后的额头沁出了汗珠儿，同时控制住国王和卡尔，她坚持不了多久。

"你必须把梅温救出去，"我对她说，"不必管我，只要保他安全就好。"

"噢，别操心了，闪电女孩。"她冷笑道，"我根本没管过你的死活，不过你对我儿子的忠心不二还是挺感人的，是不是，梅温？"她回头向仍戴着手铐的儿子投过一瞥。

梅温应声伸开胳膊，轻而易举地扯开了金属镣铐，让我吃了一惊。手铐从他手腕上滑下来，融成一团灼热的铁块，把地板烧了个窟窿。当他站起来的时候，我期待着他维护我，拯救我，像我拼尽全力救他那样。我意识到亚尔文依然压制着我，因为那熟悉的火花、电流还没有回到我身体里。他束缚着我，却把梅温放了。

当卡尔的视线与我相接，我便明白他比我懂的更深刻。任何人都可能背叛任何人。这句话在我耳中盘桓，声音越来越大，犹如飓风呼啸。

"梅温？"我必须仰起头才能看见他的脸，但那一瞬间，我觉得自己不认识他了。他还是那个男孩，那个安慰我、吻我、给我力量的男孩。他是我的朋友——比朋友还重要。但是他现在怎么了，哪里变了，我说不上来。"梅温，帮帮我呀。"

他甩了甩胳膊，缓解一下肩膀的疼痛，动作怠惰而怪异。当他站起来，两手叉腰的时候，我觉得仿佛是第一次认识他。他的眼神冷漠至极。

"不。"他说。

"什么?"我的声音像是从另一个人嘴里发出来的,像是个小女孩。我不过是个小女孩。

梅温没回答,但接住了我的目光。我所认识的那个男孩,隐藏着,躲闪着,在他眼底。如果我能感动他——但梅温比我动作更快,一下子把我推开了。

"泰尔斯上尉!"卡尔咆哮道,他还可以说话,伊拉还不能完全控制住他。但是没有人跑进来,没人能听到我们。"泰尔斯上尉!"他一遍遍喊着,却只是求告无门。"伊万杰琳!托勒密!来人啊!"

王后任凭卡尔大喊大叫,心满意足地欣赏着,但梅温不自在了。"我们非得听这个?"他问。

"不,我想用不着。"王后叹了口气,轻轻一点头,卡尔就随着她的思维控制转向了国王。

卡尔痛苦不已地睁大了眼睛:"你要干什么?"

在他脚下,国王的脸上阴沉一片:"这不是显而易见的吗?"

我完全无法理解这一切。我不属于这里。朱利安是对的,这是我理解不了的游戏,是我不知道如何参与其中的游戏。真希望朱利安此刻在这儿,解释给我听,帮我,救我。但什么人都没出现。

"梅温,梅温——"我乞求着,求他看我一眼。可是他转过身去,看看王后,看着他背叛过的血族。他是他母亲的儿子。

王后不在乎我的记忆中有他,不在乎他参与了这一切行动,她甚至连惊讶都没有。唯一的答案让我不寒而栗:她早就知道这些。因为他是她的儿子,因为这些根本都是她的谋划。这想法仿佛要把我千刀万剐,痛苦却让一切更加真实。

"你利用我。"

这次梅温总算屈尊回头看了看我:"回过味了,是吗?"

"你选择的目标——上校、雷纳尔德、贝里克斯，还有托勒密——他们不是红血卫队的敌人，而是你的敌人。"我想把他撕碎，不管有没有闪电，都想让他碎尸万段。

现在，我才又学到了一课：任何人都可能背叛任何人。

"而这一次，是又一个阴谋。是你蛊惑我如此行事，而你明知道这不可能成功，明知道卡尔不可能背叛他的父亲！你让我相信了你，你让我们所有人相信了你！"

"你傻得让人耍个团团转，这可不是我的错。"梅温答道，"现在，红血卫队玩儿完了。"

仿佛有人给了我致命一击。"他们是你的朋友。他们如此信任你。"

"他们是我们王国的威胁，而且是一群傻瓜。"他回敬我。然后他朝我俯下身，脸上带着狰狞的微笑。"曾经是。"

王后为他残忍的文字游戏大笑起来："要把你引到他们中间简直易如反掌，一个感情用事的侍从就足够了。这些傻瓜怎么可能成为威胁，我还真不明白。"

"你让我相信了你。"我喃喃重复着，把他对我说过的每一句谎言都回想了一遍，"我以为你想帮我们。"最后这句只剩啜泣。有那么转瞬即逝的一秒钟，梅温脸上苍白冷漠的神情软化了，但并没有持续多久。

"笨女孩，"王后说，"你的白痴行径差点儿毁了我们的计划。用你自己的警卫帮你越狱，还切断所有电力供给——你真以为我傻到看不见这些线索吗？"

我麻木地摇了摇头："你故意放我那么做的。你什么都知道。"

"我当然知道，不然你以为你何以能走得这么远？我不得不掩饰住你那些蛛丝马迹，不得不替你遮掩——凡是有正常感官的人都看得出来。"她像头野兽般地扭曲着怒吼，"你不知我为你保驾护航有多久。"她脸上泛起愉悦的银光，享受着羞辱我的每一秒。"可惜你是红血族，就像其他人一样，注定必败无疑。"

这话揍醒了我，记忆里的事情渐渐清晰起来。我原本是知道的，在心底深处，知道不能相信梅温。他太完美，太勇敢，太和善。他背离自己的血族加入红血卫队，他把我推向卡尔。他恰到好处地给了我想要的一切，蒙蔽了我的双眼。

我想大喊大叫，我想号啕大哭，我看着王后："是你告诉他每一句话该怎么说。"她用不着点头，我知道一定是这样。"你知道我在这里是什么角色，你知道——"我的脑袋痛起来，提醒着我她仍在玩弄着我的思维。"你明明白白地知道，如何可以赢过我。"

没有什么比梅温空洞的神情更让我受伤的了。

"有什么是真的吗？"我问。

他摇了摇头，但我知道那也是撒谎。

"连托马斯也不是？"

那个前线的男孩，死于别人的战争中的男孩。"他叫托马斯，我眼睁睁地看着他死掉。"

这个名字穿透了他的面具，让他冷漠无情的表象裂开了一个小缝，但这没什么用。他耸了耸肩，甩掉了这个名字带来的痛感。"一个死掉的男孩而已，没什么区别。"

"有区别——"我低声自语。

"我想你可以走了，梅温。"王后插进来，把一只雪白的手放在儿子肩上。我的进攻已经很接近梅温的弱点了，但她不会让我继续的。

"我什么都没有。"梅温转向他的父亲，蓝色的眼睛闪烁着，打量着他的王冠、他的剑、他的胸甲，唯独不看他的脸。"你从不关心我，看都不看我一眼，因为你有他。"他冲着卡尔偏了偏头。

"你知道没有那回事，梅温，你是我的儿子。这是无论如何都不会改变的，就算她——"国王说着瞥了王后一眼，"不管她要干什么，也改变不了这一点。"

"亲爱的，我什么都没干。"王后敏锐地回敬道，"但是您所钟爱的儿子——"她扇了卡尔一巴掌。"完美的继承人——"又是一巴掌，更狠的一掌。"柯丽之子——"第三掌打出了血，顺着卡尔的嘴角流了下来。"我可不会为他说话。"

黏稠的银色血液流到了卡尔的下巴上，梅温看着那血迹，极为轻微地皱了皱眉。

"我们也有儿子，提比。"王后的声音带着愤怒的嘶哑，她转向国王，"不管你对我的感情如何，你也应该爱他。"

"我当然爱他！"国王叫道，极力和她的思维控制对抗，"我会爱他的。"

我知道被冷淡抛弃、站在另一个阴影里是什么感觉，眼前所见的怒火冲天、杀气腾腾、毁灭性的可怕一幕却超过了我的理解范畴。梅温爱他的父亲，爱他的哥哥——他怎么能让王后这么做？他怎么可能想要这么做？

可他就是静静地站着，看着，我也找不到话来让他动一动。

接下来，王后牵着她的傀儡所做的事，是我完全意料不到的：

卡尔在她的控制之下，颤抖着，向前伸出了手。他全力反抗，用尽了他所剩的一丝一毫力气，却只是徒劳。这是一个他不懂得如何战斗的战场。当他的手靠近了那柄镀金的剑，从他父亲腰上的剑鞘中把它抽出来的时候，谜底的最后一角揭开了。眼泪浸湿了他的脸，在灼热的皮肤上蒸腾成水雾。

"不怪你，"提比利亚国王看着卡尔痛苦的脸，无意为自己的生命摇尾乞怜。"我知道不是你做的，儿子，这不是你的错。"

没有人该受此重罚，没有人。我想象着自己呼唤闪电，它们凝聚在我手中，击倒了王后和梅温，救下了卡尔和国王。可就连我的臆想都肮脏血腥。法莱死了，奇隆死了，革命结束了。就算在自己的想象中，我也束手无策。

剑，举上了半空，在卡尔颤抖的手中摇摇欲坠。这剑身作为仪仗礼节是极好的，但它的锋刃寒光瑟瑟，锋利无比。钢铁在卡尔炽烈的抓握下变红了，镀金剑柄在他指间慢慢熔化。金、银、铁，熔化着从他手中坠落，如同眼泪。

梅温紧紧盯着剑锋，一眨不眨，因为他太害怕了，无法看着他的父亲的最后一刻。我以为你很勇敢。我错了。

"求你，不要。"这是卡尔唯一说得出的话，"求求你。"

然而王后的眼里没有遗憾也没有同情，这一刻她已经等了很久。当手起剑落、血肉横流的时候，她连眼睛都没眨一下。

国王的身体轰然倒下，头滚出几英尺远；银血四溅，在地板上聚成了镜面般的一摊，漫延到了卡尔的双脚。他扔下那把熔化的剑，落在石头上铿锵有声，接着跪了下来，把头埋在手中。王冠咔嗒咔嗒地滚过地板，沾着血迹，在梅温脚下停住，锋利尖角上闪着银色的液体，滴滴坠落。

这时王后叫了起来，号哭着扑向国王的尸身，而我差点儿为这荒谬的一幕放声大笑。她改主意了吗？她全盘失算了吗？然后我就听见那些摄像机打开了，重新开始运转。它们从墙壁中伸出来，对准了国王的尸体，拍下的画面看起来就像王后在为她死去的丈夫哀哭一样。梅温在她身旁叫着，一只手扶住他母亲的肩膀。

"你杀了他！你杀了国王！你杀了我们的父亲！"他冲着卡尔大喊。卡尔脸上隐隐有一丝冷笑，他竟忍住了把他弟弟脑袋拧下来的冲动。他是震惊得疯了，不明白这一切，也不想明白这一切。但这回，我看懂了。

真相如何并不重要，重要的只是人们相信的是什么。朱利安曾经教过我这一课，但那时我还完全不能理解。人们会相信他们看到的这一小块画面，由好演员和骗子造就的完美演出。没有哪支军队、哪个国家，会服从为了王位弑君杀父的人。

"跑！卡尔！"我叫着，极力想喊醒他，"你非跑不可！"

这时亚尔文已经放开了我，电流又在我身体内积聚起来，它们在我的血管中流动，仿佛火焰穿过冰层。我击中了金属手铐，用电火花把它熔化，直到它从我手腕上掉了下来，但这无关紧要。我认得这种感觉，认得此刻在我心里激起的本能。跑。跑。跑。

我抓住卡尔的肩膀，想把他拉起来，但这个大块头白痴一动也不动。我小小地电击了他一下，刚好让他回过神来，接着又大叫道："快跑！"

他挣扎着站起来，几乎要在血泊中滑倒。

我以为王后会跟我大战一场，让我杀死自己，或杀死卡尔。但她只是一直哭喊，在摄像机前面表演着。梅温站在她旁边，双臂燃起火焰，做出要保护他老妈的样子，甚至根本没打算拦住我们。

"你们无处可逃！"他叫嚣着。但我已经跑起来了，一边拖着卡尔。"你们是凶手！是叛国者！你们必须接受审判！"

他的声音，我曾经那样熟悉的声音，穿过门，穿过大厅，仿佛一路追捕着我们。我脑海里的声音混着他的声音，一起吼叫起来：

无知的女孩，愚蠢的女孩，看看你的希望，他都做了什么。

而后变成了卡尔拖着我，让我跟上他的脚步。滚烫的热泪夹杂着愤恨、恼怒、悲伤，蒙上了我的双眼。我什么也看不见了，除了被他拉住的我的手。他要带我去哪儿，我不知道，我只能跟着他走。

脚步声在我们身后响起，那穿靴子的踏步声如此熟悉。官员、禁卫军、士兵，他们正在四处搜捕，追踪我们。

脚下的地板从后廊的抛光的木材变成了旋转铺排的大理石——这里是

宴会厅。摆放着精美瓷器的长桌挡住了我们的路，但卡尔用一道烈焰把它们推到两边去了。烟雾触动了警报系统，喷水自上而下，和熊熊烈火搏斗着。水碰到卡尔的皮肤就变成了水蒸气，仿佛他周身笼罩着愤怒的白色云朵。他看起来就像个被剧变逆转的人生所纠缠的幽灵，而我根本不知道怎样安慰他。

在宴会厅的尽头，灰色的制服和黑压压的枪口聚集在那里，整个世界仿佛放慢了速度，我们已无处可逃。我必须战斗。

闪电在我的皮肤之下窜动，等不及想要释放。

"不，"卡尔的声音空洞而颓丧，他垂下手，收回了他的烈焰，"我们赢不了。"

他是对的。

他们从各扇门、每道走廊里拥进、围拢，甚至窗子也被穿制服的人堵死。几百名银血族，全副武装，时刻准备着痛下杀手。我们被包围了。

卡尔的目光扫过那些士兵，搜寻着他熟悉的面孔，他的部下。但从他们回敬他的目光，我能看得出可怕的王后造成了什么样的后果：他们的忠诚已分崩离析，就像他们的将军已榱崩栋折。但他们中的一个上尉，看到卡尔的时候抖了一下。令我惊讶的是，他走上前来的时候，枪没有对准我们。

"奉令拘捕。"他说着，手颤抖个不停。

卡尔和他的老朋友目光相接，点了点头："我们服从，泰尔斯上尉。"

跑。我身体的每一寸都在这样喊着。但这一回，我跑不了了。卡尔看起来五内俱焚，眼神里的痛苦是我根本无法想象的，那伤痛已然深入灵魂。

他也学到了自己的一课。

RED
QUEEN

第二十七章

梅温背叛了我。不，他从来就不是我这一边的。

我的眼睛适应了昏暗的光线，看清了四周的栏杆。低矮的天花板沉沉压下来，犹如矿井。我以前没见过矿井，但我想那就应该是这个样子。

"尸骨碗。"轻声耳语听起来如同大叫，但愿没人听见。

然而有人笑了起来。

黑暗渐渐消散，牢房越发清晰，一个凹凹凸凸的人影隔着栏杆坐在我旁边，一笑一颤犹如波浪起伏。

"我第一次来这儿的时候只有四岁，梅温不到两岁。他躲在他妈妈的裙子后面，怕黑，怕这些空荡荡的牢房。"卡尔咯咯笑着，一字一句仿佛刀戟，"我想他现在再也不怕黑了。"

"嗯，不怕了。"

我是烈焰投下的荫翳。当梅温这么说的时候，当他告诉我他有多恨这个世界的时候，我信了。现在我才明白那是个局，神机妙算的局。每一个字，每一次触碰，每一个表情，都是谎言。而我还一直以为自己是个骗子。

我下意识地伸出手，想捕捉电流的脉冲，或是能给予我能量的火花的什么东西。但是什么都没发生，虚无、干瘪、空洞的感觉让我不寒而栗。

"亚尔文在附近吗？"我记起了他"关闭"我的超能，强迫我眼睁睁地看着梅温和他妈妈把自己的家给毁了。"我什么都感觉不到了。"

"是因为牢房。"卡尔闷闷地说着，用手在脏兮兮的地上画了个——火焰。"牢房是用静默石建的。别让我解释，因为我不知道、也不想解释。"

他抬起头，向上凝望着仿佛无边无际的牢房的黑色界限。我应该害怕的，可是到底还有什么好恐惧的呢？最最糟糕的事都已经发生了。

"在角斗比赛流行之前，实施极刑都是我们自己来，尸骨碗招待过多少穷凶极恶的家伙啊。把人撕开食其肝脏的'大佬格雷科'，还有'毒师布赖德'——她是维佩尔家族的兽灵人，驱遣一条毒蛇钻进了我叔曾祖父的洞房婚床。据说因为被蛇咬了太多次，他的血都变成了毒液……"卡尔罗列出他那个世界的罪恶，听起来就像鼓励小孩要勇敢的故事。"现如今，叛国王子——他们这样叫我，说我'为了王位杀父弒君，一天都等不了了'。"

我无以安慰，但是加上了一句："'是那个小婊子让他这么干的'，他们会把流言蜚语传得到处都是。"我的脑海里浮现出那些画面——每个街角，每个视频屏幕，都成鼎沸之势。"他们会谴责我，说那个闪电女孩往你脑袋里下了毒，是我带坏了你，是我让你干出那种事。"

"差不多就是如此，"他咕哝着反驳我，"今天早上我几乎是选了你。"

几乎选了我？那不可能。我撑着栏杆挪了挪，靠在上面，离卡尔只有几英尺远。

"他们会杀了我们的。"

卡尔点点头，又笑了。我以前见过他笑，每次我试着跳舞他就要笑我。但此刻他的笑声听起来完全不同了。他的暖意已经不见了，消失殆尽了。

"国王必定会那么做的。我们会被处决。"

死刑。我不吃惊，一点儿也不。

"他们会怎么做？"我几乎忘了上一次看处决犯人是什么样了，只记得些零星画面：沙地上的银色血液、咆哮呼叫的人群，还有干阗镇的绞刑架，绳子在凛冽的风里荡来荡去。

卡尔的肩膀绷紧了。"方法多得是。一起处决，或者一次一个；用剑，用枪，用他们的超能，或是三者一起上。"他沉沉叹息，已经预见到了自己的命运，"他们会慢慢折磨，让你痛不欲生，不会快刀斩乱麻的。"

"也许我会血溅当场，那就能让其他人有得想了。"灵光一闪的想法让我笑了起来，我死了，便能竖起我自己的一杆红色旗帜，让它抛洒在这座大角斗场的沙地上。"他再也不能藏住我的真面目了，所有人都会知道我到底是什么人。"

"你认为那能改变什么吗？"

一定能。法莱有名单，法莱能找到其他人……但是法莱已经死了。我只能寄希望于她已经把消息传递出去了，传递给了某个仍活着的人。那些人仍然散落各处，一定会被找到的。他们必须继续下去，因为我已经做不到了。

"我觉得不会的。"卡尔的声音打破寂静，他继续道，"我想，他会以此为由，发布更多的征兵令，颁布更多的法案，建立更多的劳改所。他妈妈会想出另一个绝妙谎言，让世界运转如常，一切都和以前一样。"

不，绝不会一样。

"他会寻找更多像我一样的人。"我彻底了然。我已经陷落，已经失败，已经死了。这已经是棺材封盖的最后一颗钉子了。我埋头在双手中，感受自己敏捷灵巧的手指缠绕着头发。

卡尔靠着栏杆动了下，他的重量让金属杆微微一震："什么？"

"还有其他人。朱利安弄清楚了。他告诉我该怎样找到他们，然后——"我的声音一下子哑了，不想继续，"我告诉他了。"我想大叫，"他真是物尽其用。"

隔着栏杆，卡尔转过头看着我。尽管超能已经消失，被拙劣的围墙压制，他的眼睛里仍有地狱般的怒意。"感觉如何？"他咆哮着，几乎和我脸对脸，"被人利用的感觉如何，梅儿·巴罗？"

曾经，我愿意付出所有听他喊一声我的真名，现在听来，这名字却像火烧般刺痛着我。我还以为自己同时利用了两个人，梅温和卡尔。我真是太蠢了。

"对不起。"我勉强说道。我鄙视这几个字，除此之外，我无话可说。"我不是梅温，卡尔。我做这些不是为了伤害你。我从没有想过要伤害你。"我用几乎听不见的声音说，"那些并非全是谎言。"

他把头转了回去，重重地撞在栏杆上，很大一声，一定很痛。但卡尔似乎没注意到这些，他像我一样，已经失去了感受痛苦或恐惧的能力——太多的风波接踵而至。

"你觉得他会杀了我的爸妈吗？"还有我的妹妹、哥哥。我第一次为谢德已经不在了而感到庆幸，因为梅温无法拿他怎么样了。

我很惊异地感到一股暖流浸入自己打着寒战的骨髓。是卡尔又动了动，隔着栏杆和我背靠背。他的温度柔和、自然——不是源自愤怒或什么超能力，而是一个人的温度。我能感知到他的呼吸，他的心跳——像打鼓似的，搜寻着力量给我善意的谎言。"我想他有更重要的事要考虑。"

我知道他能感觉到我哭了，因为每一抽泣我的肩膀就跟着一抖，可是他什么也没说。这不是言语能表达的。他只是待在那儿，给我世界毁灭之前的最后一点儿温暖。我的眼泪是为所有人而流，法莱、特里斯坦、沃尔什、威尔、布里、特里米、吉萨、老妈和老爸。他们都是战士。还有奇隆。不管我多努力，也没能救得了他。我甚至连自己也救不了。

至少我还有耳环。这些小东西，锐利的耳针刺入皮肤，会跟着我一起直至末路，生不离，死不弃。

我们就一直这么待着，得有好几小时，然而时间流逝也没能带来什么改变。我甚至一度快要睡着了，一个熟悉的声音却一拳把我给揍醒了。

"在另一个世界里，我没准儿会嫉妒的。"

梅温的话让我整个脊骨都打战，而且是以不太美妙的方式。

卡尔跳了起来，那速度比我预计的还要快。他扑向栏杆，震得那些金属一阵响。但栏杆结实极了，把梅温——狡猾阴险的、令人作呕的、穷凶极恶的梅温，挡在了举手之遥。

"省省力气吧，哥哥。"他说道，每吐出一个字都咬得牙齿咯吱响，"你很快就会用到它了呢。"

虽然他没戴王冠，可是梅温站在那儿已然带着一种邪恶国王的气场。他的军礼服也佩上了新的勋章——那曾属于他的父亲，而我讶异于它们竟然仍沾着血。他看上去比以前更苍白了，但是黑眼圈消退了。杀父弑君让他睡了个好觉。

"踏上角斗场的会是你吗？"卡尔双手紧攥住铁栏杆低啸道，"你会亲自动手吗？你有那个胆量吗？"

我没力气站起来，否则真想冲过去徒手扯开栏杆，直掐住梅温的喉咙。可我只能看着。

梅温干巴巴地笑了笑。"我们都很清楚，凭借个人能力，我永远也无法打败你。"他说，把卡尔曾经给他的建议原样丢了回来，"所以我要用自己的智慧战胜你，哥哥。"

他曾经告诉过我，卡尔憎恨失败。可现在我意识到，意在胜利伺机而动的那个人，一直以来都是梅温。他每一次呼吸，每说一个字，都是为了这血淋淋的胜利服务的。

卡尔压低了自己的咆哮声。"小梅，"他说，这个小名此刻听来已经全无爱意，"你怎么能做出这种事来？对父亲，对我，对她？"

"一个被弑的国王，一个叛国的王子，还真是血腥。"梅温冷嘲热讽着，在卡尔够不着的地方晃来晃去。"他们站在街上为咱们的父亲哭天抹泪呢——至少是装着哭天抹泪。"他漠然地耸耸肩，接着说，"那些愚蠢的恶狼等着我犯错，聪明人却知道我肯定不会。萨默斯家族，艾若家族，他们多年来已然把爪子磨得锋利，就等着心软慈悲的国王上台呢。你知道他们看着你的时候口水都流出来了吗？想想吧，卡尔，从此往后的数十年里，父亲会慢慢地衰老，平和地死去，而你继位后会和伊万杰琳——那个钢铁和刀戟堆起来的姑娘结婚，他的哥哥在旁辅佐。你连加冕礼当晚都撑不过去，伊万杰琳会和我妈妈做同样的事，用她的儿子取代你。"

"别告诉我你这都是为了保护一代王朝，"卡尔讥讽着，摇着头说，"你做这些都是为了你自己。"

梅温再次耸了耸肩，咧开嘴尖刻而残忍地笑了："你真有那么吃惊吗？可怜的小梅，二王子，哥哥烈焰之下的阴影。弱不禁风的、微不足道的，注定要站在一旁注定要下跪朝拜。"

他转而踱到我这间牢房前面，我只能瘫在地上仰头看着他，无法相信自己竟会为他感动。他明明闻起来都冷酷到底。

"和一个姑娘订婚，却又盯着另一个，盯着他的不受重视的王子弟弟的未婚妻。"他的话语冲向了凶残的边界，裹挟着沉重的狂怒，但这里面有真相——我极努力也忘不了的严酷的真相，它让我毛骨悚然。"你夺走了本应属于我的一切，卡尔。一切。"

突然间我站了起来，浑身狂抖，但还是站住了。他骗了我们那么久，现在我不能让他再骗下去了。

"我从来就不属于你，而你也不属于我，梅温。"我恨道，"这也不是因为他。我原以为你是完美的，我以为你强壮、勇敢、善良。我以为你比他好。"

比卡尔好。这句话，梅温绝想不到有人会说出口。他退缩了一下，那一瞬间，我看见了我曾经认识的那个男孩，现在已经不存在了的那个男孩。

他伸出手，穿过栏杆揪住我。当他的手指扣住我裸露的手腕时，我只觉得反感厌恶。他紧紧地抓着我，好像我是什么救命的绳索。有什么东西在他身体里"咔嚓"一声折断了，仿佛是那个孤注一掷的、可怜兮兮的、不抱希望的孩子，想要抓住他最喜爱的玩具。

"我能救你。"

这句话让我鸡皮疙瘩都起来了。

"你父亲爱你，梅温。你看不见这爱，但他确实爱你。"

"撒谎。"

"他爱你，而你杀了他！"我脱口说道，言辞仿若鲜血从血管中喷薄而出。"你哥哥爱你，而你让他变成了杀人犯！我——我也曾爱，信任你，需要你，而现在我却要因此去死！"

"我是国王。只要我愿意，你就能活命。我会办到的。"

"你是说你还要撒谎吗？迟早有一天，你的谎言会勒死你自己，梅温国王。而我唯一的遗憾就是不能活着看到那一天。"接着换成我抓住他，我使出了全部的力气，把他拉过来压在栏杆上。我的关节抵着他的脸，他叫唤着挣开，就像一只挨了踹的狗。"爱你？我永远也不会再犯这种错。"

让我惊愕的是，他很快就镇定下来，理顺了头发："那么你选他了？"

自始至终就是这些，嫉妒，争宠，就是这些让荫翳得以击败烈焰。

我仰着头大笑起来，感觉得到兄弟二人都在看着我："卡尔背叛了我，我背叛了卡尔，你背叛了我们俩，用了几千种不同的手段。"这些话沉重得像石头一样，却是正确的。无比正确。"我谁也不选。"

这一次，我觉得自己仿佛控制了烈火，而梅温被这烈火灼烧着。他从我的牢房前磕磕绊绊地退开，竟然像是被没有闪电的小女孩打败了，被戴着镣铐的犯人打败了，被神面前的凡人打败了。

"我血溅当场的时候你要怎么说？"我追着他切齿地问，"告诉他们真相？"

他从胸腔深处挤出一声笑，小男孩不见了，杀手国王又回来了："真相是我说了算的。我可以把这世界放在火上然后称之为下雨。"

有些人会相信的。傻瓜。但其他人不会。不论是红血族还是银血族，门楣等级高还是低，总有人会看到真相。

他的声音拉高变成了咆哮，脸庞如同野兽的影子："知道我们藏匿你真实身份的所有人——哪怕只有过一丝猜疑，都会一起死。"

我的脑袋嗡嗡作响，搜索着有哪些人会察觉到我的怪异之处。梅温占了上风，很享受地列出死亡名单："博洛诺斯夫人得除掉了，这是当然的。对血液愈疗者来说，斩首最相宜。"

她是个老乌鸦，是个麻烦精——可也不值当为此受死。

"侍女们就更简单了，那些从欧德郡来的漂亮妹妹。母亲亲自解决了她们。"

我连她们的名字都不知道。

我的膝盖重重撞在地上，自己却毫无知觉："她们什么都不知道。"可是现在求饶已经没用了。

"卢卡斯也要除掉。"梅温说着冷笑起来，牙齿在黑暗中闪闪发亮，"你会亲眼看到的。"

我直想干呕："你告诉过我他没事，和他的家人在一起——"

他狂笑了起来："你什么时候才能明白我嘴里说出的每一个字都是谎言？"

"是我们逼他的，我和朱利安。他没做错任何事。"求饶的感觉太可憎了，但除此之外我不知该怎么办。"他是萨默斯家族的人，你不能杀他。"

"梅儿，你有好好注意吗？我能做任何事。"他怒道，"我们没有及时把朱利安弄来已是怜悯。我想让他看着你死。"

我用手压在嘴上，极力把啜泣咽了回去。在我旁边，卡尔想到他的舅舅，压低声音狠狠地说："你们找到他了？"

"当然。我们逮捕了朱利安和莎拉。"梅温笑道，"我打算先杀掉莎拉·斯克诺斯，把我母亲起头的事收个尾。瞧，卡尔，现在你明白是怎么回事了吧，不是吗？你知道我母亲干了什么，她侵入柯丽的思维，把她的脑袋搅得一团糟。"他走近了，眼神疯狂骇人。"莎拉知道了这事。可是父亲，甚至你，都不相信她。是你让我母亲得手的。而现在同样的事你又干了一次。"

卡尔什么都没说，只是把头靠在栏杆上。梅温对于自己为哥哥带来的痛苦和伤害感到十分满意，他转向我，在我牢房前慢慢踱着步子。

"我要让其他人为你痛哭流涕，人人有份。不仅是你的父母，你的兄妹，还有每一个跟你扯上关系的人。我会找到他们，让他们以为是和你一起去死，而这种命运是你带给他们的。我成了国王，你原本可以成为我的红血王后，但现在你什么都不是了。"

眼泪顺着脸颊往下流，我已经无意去擦掉它了。没有用了。梅温很享受地看着我痛苦万分，还嘬了嘬牙齿，好像要把我嚼了。

"再见，梅温。"我希望自己能多说几句，但是除了这些，跟这个魔鬼还有什么好说的呢。他知道自己是个什么货色，而最糟糕的是，他欣然接受，乐此不疲。

他轻轻点点头，几乎是对着我们俩鞠了个躬。卡尔看也不看，只是抓着栏杆，死死地攥着，仿佛那是他弟弟的脖子。

"再见，梅儿。"梅温的假笑消失了，令我惊讶的是，他的眼睛竟然有点儿湿。他犹犹豫豫地不想走，好像突然明白自己做了什么、明白了我们将会面临什么似的。"我曾经告诉过你要隐藏起自己的真心，可你没有听我的。"

他竟然说得出口。

我有三个哥哥陪练，所以当我一口口水吐向梅温的时候，目标十分明确，直中他的眼睛。

他飞快地转过身，几乎是跑着离开了我们。卡尔盯着他的背影，好长时间说不出话来。我则只能坐下来，慢慢磨掉心里的狂怒。当卡尔又坐下靠着我的背的时候，我们都不知该说点儿什么。

走到今天这一步，所有人都难逃其咎：被遗忘的儿子、睚眦必报的母亲、背负着漫长阴影的哥哥、奇怪的基因突变。他们合力写下了一曲悲歌。

在故事里，在老童话里，英雄该出现了。但我的英雄们不是离开了就是已经不在了，没有人来救我。

禁卫军来的时候该是第二天的早上，亚尔文亲自带队。置身于令人窒息的围墙，他的出现更让人瘫软，但他强令我们站起来。

"禁卫军普罗沃，禁卫军维佩尔。"卡尔向打开牢门的禁卫军点头致意。他们粗暴地把他拉起来。即便到了此刻，直面死亡，卡尔依然冷静如初。

他向我们经过的每一位禁卫军致意，念出他们的名字。而那些人看着他，或愤怒，或迷惑，或两者皆有。一个弑君的杀手不会如此和善。面对士兵的时候就更糟了。他想停下来，得体地和他们道别，他自己的兵看见他的时候，却变得坚硬冷漠。我想，这和其他所有的事情一样，重重地伤了他的心。不久，他默默地离开了，最后一丝信念也消失殆尽。我们往上爬出黑暗的地牢，嘈杂的人声渐渐近了。最初静了一瞬，但紧接着沉闷的咆哮声便劈头盖脸地袭来。角斗场已经坐满了人，都等着看一场好戏。

当我作为闪电的化身坠入迷旋花园时，这些人就在看着我。而现在我要在尸骨碗谢幕，变成死亡的化身——尸体。

角斗场的服务员过来了，她们都是眼神阴沉的银血族，像一大群鸽子似的呼啦啦围住了我们。她们把我拉到一袭帘幕后面，敏捷迅速却毫不温柔地为我"上妆"。我毫无知觉地任由她们推推搡搡，给我套上一件廉价的训练服。让我穿着最简单的衣服去死，这是意在羞辱，不过我喜欢化纤衣料的嘁嘁嚓嚓，胜过绫罗绸缎的柔软无声。我模模糊糊地想起了原来的那些侍女。她们每天给我化妆，知道我必须隐藏住什么，然后为此送了命。现在没人给我化妆了，甚至都想不到要掸掉我在地牢里过了一夜而蹭上的那些灰尘。这才是华丽虚饰呢。曾经我遍身绫罗、珠光宝气，漂亮地微笑着，但那和梅温的谎言不相配。一个愤怒的红血族女孩才是他们更好理解的，更易杀掉的。

当他们把我又拉出来的时候，我看见他们对卡尔做了一样的事。没有徽章，没有铠甲，但他作为燃火者的手环仍然戴着。在这个心碎的战士的身体里，烈焰从未熄灭，暗暗燃烧着。他已决定赴死，不过还要带上什么人。

我们看着彼此，因为没有什么别的可看。

"我们会怎么样？"卡尔最终将目光转向亚尔文。

这个老家伙面色惨白如纸，看着他曾经的学生，眼神里连一丝同情也没有。为了得到他的帮助，那些人许给他什么好处了？哦，我已经看见了。他胸前的徽章，嵌着钻石和红宝石的冠冕，都是卡尔的。看来他得到的还真是不少。

"你曾是王子，是将军，仁慈睿智的国王决定至少让你死得荣耀。"他笑着，露出尖利细小的牙齿。像老鼠的牙齿。"一个叛国者本不该得此好死的。"

"至于红血族的骗子嘛，"他向我投来骇人的目光，狠狠盯着，他那种令人窒息的超能力快要把我压垮了。"她不会有任何武器。魔鬼就该这么死。"

我想开口抗议，但亚尔文睥睨着我，呼出的气像毒药一样："这是国王的命令。"

没有武器。我真想大叫。没有闪电。亚尔文不会放过我，就算我死了也不会。梅温的话在我脑海里尖锐地响起：现在你什么都不是。我会就这么死掉。如果他们宣称我的超能力也不过是假的，那么自然不必掩盖我的血色。

在地牢里的时候，我还很热切地想踏上角斗场，向天空发射闪电，向大地抛洒热血，现在我却颤抖着只想逃跑。然而我那可怜的自尊，仅剩的骄傲，不允许我那么做。

卡尔拉起我的手，他也在发抖，他也怕死。可是至少他还有搏命的机会。

"我会尽最大努力尽可能久地保护你。"他轻声说。沉重的脚步声和我自己悲哀的心跳声几乎淹没了他的话。

"我不配。"但我还是紧紧握住他的手，表达了我所有的感谢。我背叛了他，毁了他的人生，而他就是这样"报复"我的。

下一个停留之地，就是结局。通向那里的是一条倾斜的走廊，微微向上，连接着一道钢铁大门。阳光滤过门缝，闪烁着洒在我们身上，整座角斗场人声鼎沸。欢呼和喊叫的声音碰到围墙便失真变形，听起来如同噩梦的咆哮。我想很快就会知道等着我的是什么了。

走进去的时候，我才看见等死的不只是我们。

"卢卡斯！"

一个警卫扯着他的胳膊，但他还是努力地回过头来。他的脸上都是擦伤，比以前更苍白了，看起来好像很久没有晒过太阳似的。他可能真的很久没见过阳光了。

"梅儿。"仅仅是他喊我名字的方式就让我畏缩不前。他是我背叛的又一个人。我利用了他，就像利用卡尔、朱利安、上校那样——原本也还想同样利用梅温。"我一直在想什么时候会再见到你。"

"非常非常对不起。"我使出了自己最严正的道歉，但这远远不够。"他们告诉我说你和家人在一起，说你很安全，不然的话——"

"不然怎样？"他慢吞吞地说，"我什么都不是，只不过是个被你利用然后扔在一边的家伙。"他尖锐的措辞像刀子一样。

"对不起，但我必须那么做。"

"王后设法让我记起了一切。"设法。他的声音里满是痛苦，"不必道歉，因为你也不是故意的。"

我想抱住他，告诉他这不是我想要的结果："不是故意的，真的，我发誓，卢卡斯。"

"北境烈焰、诺尔塔之王、卡洛雷与米兰德斯家族之光、尊敬的梅温国王陛下。"角斗场里响起了呼号声，回音穿透了那道门。周围的人欢呼叫好，这让我哆嗦起来，而卢卡斯浑身都绷紧了。他的结局近了。

"如果时间可以倒退，你还会那么做吗？"他的话尖利地刺痛了我，"你还会拿我的命冒险去救你那些恐怖分子朋友吗？"我会。我没说出口，但他从我眼中看到了答案。"我没有透露你的秘密。"

他本可以泼给我一堆羞辱，但这句话比那些让我更难受。他仍保护了我，尽管我根本不配——这让我心神俱碎。

"但是现在我知道，你没什么与众不同的，我再也不会那么以为了。"他几乎是唾弃道，"你和其他人一样，无情、自私、冷酷。他们倒是把你教得很好。"

他回过身，面向着大门，根本不想再听我的一字一句。我想走过去向他解释，可是警卫把我拉住了。我无计可施，只能干站着，等着穷途末日到来。

"同胞们，"梅温的声音和着日光一起挤过门缝。他的声音很像他父亲，也像卡尔，但是还有着某种尖刺的东西。他才十七岁，却已然是个魔头。"我的人民，孩子们。"

卡尔在我旁边冷哼一声，而角斗场上，幽魂般的死寂笼罩了下来，他唯有双手以敌。

"有些人称此为酷刑……"梅温继续说道。我敢断定这会是一番激动人心的演讲，搞不好还是出自他那巫婆老妈之手。"我的父亲尸骨未寒，银血未干，我不得不代他掌权，在如此酷烈残忍的阴霾之下继位。我们已有十年没有亲自处死囚犯，重启这可怖的传统让我心怀伤痛。但是为了我的父亲，为了我的顶上王冠，为了你们，我必须如此。我的确年轻，但我绝不软弱。这样的罪恶，这样的魔鬼，必须严惩。"

在我们上方，角斗场顶空，索具嘎吱作响，为死亡欢唱。

"萨默斯家族的卢卡斯，反抗王室，勾结恐怖组织红血卫队，我判你有罪，其罪当诛，即刻执行。"

卢卡斯走上那条坡道，独自赴死。他看都没有看我一眼，因为我不配。他此去无回，不只是因为我们迫着他做的那些事，更是因为他知道我是谁。他像其他人一样，知道我身上有些怪异之处，于是也就像其他人一样，非死不可。当他的身影消失在那道门后，我只有转过身面壁。枪响了，无可回避地响了。人群欢呼着，为这残忍暴戾的展示所大大取悦。

卢卡斯只是个开始，只是个序幕，我们才是正章大戏。

"请吧。"亚尔文推了推我们，他跟随在后，慢慢地往斜坡上走。

我不敢松开卡尔的手，免得自己蹒跚跌倒。他则浑身上下都紧绷着，准备好奋力搏命。我最后一次伸出手试了试，没有闪电，什么都没有，哪怕一丝小小的电流振动都没有。亚尔文，还有梅温，把它们夺走了。

跨进大门的时候，我看见卢卡斯的遗体已经被拖走了，银色的血在沙地上留下一条长长的痕迹。一阵恶心反胃的感觉袭来，我只好咬住了嘴唇。

伴随着吱吱嘎嘎的巨响，钢铁大门震颤着洞开，有一瞬间阳光蒙蔽了我的眼睛，让我呆立当地。但卡尔拉着我往前走，踏上了角斗场。

细白的沙子，精纯如同粉末，渗进了我的趾缝。眼睛适应了光线，我一下子屏住呼吸。这座角斗场硕大无朋，仿佛一张钢铁和巨石组成的庞然灰色大口，里面塞满了几千张愤怒的脸孔。他们居高临下地瞪着我们，一片死寂，却仿佛震耳欲聋，似要把所有恨意注入我的皮肉。我没看见红血族，我也不希望看见。这是银血族所谓的娱乐，是用以嘲讽讥笑的表演，他们才不会和异族共襄盛举。

显示屏切换到角斗场，上面映出我的脸。他们当然会记录下这一切，然后在全国转播，用又一个红血族告诉全世界，这个族群是何等低贱。这画面让我停了一下，这个我，看起来又是我原本的样子了：破破烂烂，乱蓬蓬的头发，简单的衣服，落下来激起尘雾的灰尘。我的皮肤涨红了——那是我极力隐藏已久的血的颜色。如果死亡已在等我，我宁愿笑对。

令我惊讶的是，屏幕闪烁起来，原本投映在上面的我和卡尔的脸，转换成了带着模糊雪花的——监视画面，来自所有摄像机、电子眼的监视画面。我不安地吸了口气，现在才意识到，梅温的谋划是何等的费尽心机。

屏幕上把一切都播出来了，所有我自以为躲过监视的时刻：和卡尔溜出映辉厅，一起跳舞，我们的私密交谈，我们的吻。接着是国王遇刺的极度恐怖和变态荣耀。把这些连在一起看，很容易便能相信梅温编造的谎言了——这就是一个红血族恶魔引诱王子杀父弑君的故事。观众们气喘吁吁、窃窃私语，咀嚼着这个看起来完美无缺的谎言。就算是老爸老妈，也要挣扎一阵子才能否认它。

"梅儿·莫莉·巴罗。"

梅温的声音在背后响起，我们转过身，看着那尊贵的傻瓜俯视着我们。他的包厢装点着黑红相间的旗帜，坐满了我认识的达官贵妇。为了为死去的国王守国孝，他们撇开了自己的家族色，统统穿着黑色的衣服。桑娅、伊兰，还有其他年轻贵族，全都满面憎恶地瞪着我。梅温的左边是萨默斯勋爵，右边是伊拉王后。服丧的面纱蒙住了她的脸，没准儿也蒙住了她邪恶的笑意。我以为伊万杰琳会在附近，心满意足地等着和新任国王结婚，毕竟她在意的只是后冠，但是她并未出现。至于梅温，他苍白的皮肤衬着装甲礼服的暗色微光，显得越发突兀，活像一个阴森森的幽灵。他甚至还佩着那把杀了他父亲的剑，王冠安稳地盘踞在他头顶，映着太阳闪烁。

"我们曾一度认为你就是那位为国捐躯的好臣民的遗孤、梅瑞娜·提坦诺斯。在你那些红血族人的帮助下，你以迷人眼目的谎言和诡计骗了我们，渗入了我本人的家族。"迷人眼目的谎言。屏幕上回放着迷旋花园里的一幕，浑身带着闪电的我，在这些镜头里显得很不自然。"我们给了你教育、地位、权力、力量——甚至给了你我们的爱，你的回报却是背叛，用谎言唆使我的哥哥对抗他的血族。"

"现在，我们知道你是已被粉碎的红血卫队的探子，对不计其数的伤亡要负直接责任。"屏幕上的画面跳转到了映辉厅枪击案，宴会厅血肉横飞，法莱的旗帜、飘扬的红布条和撕碎的太阳图案，在一片混乱中跳脱出来。

"你和我的哥哥——提比利亚七世、卡洛雷家族与雅各家族之子、卡尔王子，被指控犯有一系列残暴可叹的反动谋逆大罪，包括欺诈、叛国、恐怖行动，以及谋杀。"你的手也不比我干净，梅温。"你行刺国王我父，迷惑他的长子酿成大错，你就是个红血恶魔。"他把目光转向卡尔，满满的怒火几乎一点就着。"而你，是个软弱的家伙，背叛了你的冠冕，你的血，你的血色。"国王被刺的一幕反复播放，强化着梅温颠倒黑白的话。

"我宣布你们二人罪行成立，即刻处决。"嘲笑羞辱的声音立即响彻了角斗场，听起来活像是一群猪为了争食而哼哼嚷叫。

屏幕上再次切回了我和卡尔的画面，大概以为我们会痛哭流涕或跪地求饶，可是我们一动也不动，那样的一幕他们想都别想得到。

梅温从包厢里瞥着我们，恶意地眼波飞舞，等着我们破口大骂。

然而，卡尔并拢两个手指头，放到眉边，敬了个礼。这比扇他一个耳光还要爽，梅温缩了回去，颇为失望。他不再看我们，把目光投向了角斗场的另一边。我转过身，还以为会看到打死卢卡斯的那个枪手，迎接我的却是另一幕。

我不知道他们是从哪儿钻出来的，但五个人已经站在沙地上了。

"也不太糟。"我小声说着，攥紧了卡尔的手。他是习武之人，是战士，对他来说，五对一还算是公平。

但卡尔眉头紧锁，专注地看着要处决我们的刽子手。他们的意图明明白白，一股恐惧感攫住了我。我知道他们的名字和异能，比其他人知道得还清楚。他们身上一波一波地涌起力量，穿着战时才用的铠甲和制服。

罗翰波茨家族的那个铁腕人会把我一撕两半，哈文家的孩子隐形后会像个鬼似的把我掐死，奥萨诺勋爵亲自出马可以浇熄卡尔的烈焰。还有亚尔文呢，我提醒自己，他就站在大门边，两只眼睛都没离开过我的身体。

至于另外两人，是两个磁控者。

真是诗情画意，真的。穿着兄妹装的铠甲，带着一模一样的冷笑，伊万杰琳和托勒密睥睨着我们，拳头上竖起了又长又利的匕首。

我的脑袋里有一只钟嘀嗒作响，正在倒数计时。时间不多了。

在看台上方，梅温扯着嗓子叫道：

"送他们去死。"

RED QUEEN

第二十八章

像迷旋花园一样，闪着电光的玻璃构成了巨大的紫色圆顶，屏障般地撑了起来。不是为了保护我们，而是为了保护那些观众。闪电脉冲亮着火花，萦绕在鬼魅的穹庐，揶揄着我。要不是亚尔文，这闪电该是我的，我便可以应战，让全世界都知道我到底是谁。但那根本不可能。

卡尔应声而动，伸出了双臂，身上散发出的热量仿若激起涟漪般，让四周的空气也颤抖扭曲起来。他侧身对着敌人，保护着我。

"尽可能久地待在我身后。"他说着，用自己的热度把我往后推。这位燃火者唤起了火花，火焰在他指尖噼啪作响，沿着他的胳膊烧了起来。他的衬衫大概是防火的，所以织物纤维并没有化成一阵青烟。"他们突破我的火墙的时候你就跑。伊万杰琳是最弱的，但那个铁腕人动作最慢，你能跑过他的。他们会拖延着慢慢来，好让这场表演好看，"接着他的声调和缓了，"他们不会让我们死得那么快的。"

"那你呢？奥萨诺会——"

"让我来操心奥萨诺吧。"

刽子手们稳步而来，就像狼群潜近猎物。他们在角斗场中央散开，个个都做好了进攻的准备。这时不知哪儿响起了金属剐蹭的声音，地上的一块砖移开了，奥萨诺勋爵脚下出现了一汪盈盈清水。他笑了笑，引水向上形成了一道屏障，来势汹汹。我还记得他女儿蒂亚娜在训练时和梅温对阵，以完胜告终。

观众们全都轻蔑地叫着好，托勒密也跟着吼起来，宣泄着臭名在外的暴脾气。他捶着自己的胸甲，把它当钟一样地敲。在他旁边，伊万杰琳把匕首在手指之间转来转去，一边冷笑着。

"这和以前可不一样，小红血，"她嘎嘎叫着，"没有花招儿能救你了。"

花招儿。对于我的能力，伊万杰琳再清楚不过，她知道那根本不是什么花招儿。但她信了，信了那些她理解起来更容易的东西，而无视真相。

哈文家族的男孩斯特里安笑了起来，他和他姐姐伊兰一样，都是荫翳人。当他瞬间一闪消失在阳光下的时候，卡尔的动作比我想象的更快，他的胳膊以很大的角度向外甩，击出了强力的一拳。

烈焰呼啸着沿着他的双臂擦着沙子，把我们和敌人隔开。但火焰很弱，因为沙子几乎燃烧不起来。

我无法自制地回头去看梅温，想冲着他大叫，却只见他瞪着我，脸上带着让人恶心的扭曲假笑。他不只是剥夺了我的能力，而且尽其所能压制着卡尔的力量。

"混蛋。"我低声咒骂，"那些沙子——"

"我知道。"卡尔咬着牙，用手上的热流让地面燃起更多星点之火。

在我们正对面，火墙有一瞬间裂开了，紧接着就是一声痛苦的号叫。在渐弱的火墙另一边，斯特里安显形了，拍打着自己烧着的胳膊。奥萨诺懒洋洋地一挥手，扬起一股水流浇灭了斯特里安身上的火。接着他转过身，用骇人的蓝眼睛看着我们，看着卡尔的火墙，动一动就让水扑向了微弱的火苗，就像海浪拍打着岩石。水咝咝响着蒸发了，腾起厚重的蒸汽白雾。因为有玻璃穹顶挡着，白雾在角斗场半空聚积，鬼影幢幢地把我们包围了起来。四周只有白茫茫的一片，每一丝阴影都可能送我们上西天。

"准备！"卡尔叫道，伸出手想抓住我。但托勒密如钢铁血肉之躯，咆哮着劈开浓雾冲了过来。

他一拳擂在卡尔的腰上，把他击倒在地，可是还没来得及挥舞匕首大开杀戮，卡尔就一纵跳了起来，刹那间刀子几乎是同时落地，狠狠插入。而卡尔双手按住托勒密的铠甲，用高温让它熔化，烫得这位猛汉嗷嗷直叫。在卡尔忙着用铠甲干烤托勒密时，我能做的只有撒腿就跑。

"我不想杀你，托勒密。"卡尔听着他痛苦的号叫。托勒密试图刺向卡尔的每一片刀锋，每一片锐利的匕首，都被卡尔身上极高的温度熔化掉了。"这并非我意图所为。"他说。

这时，三支利刃劈开白雾刺了过来，快得几乎看不见。它们的速度太快，以至于卡尔的高热都来不及把它们熔化在半途。它们刺中了卡尔的背，划破了他的衬衫。他痛得大叫一声，一晃神的工夫衣服上就沾了几滴银色的血迹。那三只刀子太小，无法刺得更深，却还是降低了卡尔的战斗力。托勒密抓住这个机会，转瞬之间，刀子融成一柄可怕的利剑，直冲卡尔而去，想把他劈成两半。卡尔迅速闪开了，但是肚子上横擦着挂了彩。

还活着，但是时间已经不多。

伊万杰琳在浓雾中现身了，利刃飞旋，寒光闪闪。卡尔沉下身子躲过飞来匕首，并甩出爆炸的火球，震得她偏离了方向。他同时和兄妹二人厮杀，以疯狂的节奏疾速进攻，尽管两个磁控者力量强大，还是被抵挡住了。但是卡尔衣服上的血迹和身上的伤口，每一秒都在增加。托勒密不断变换着武器，从利剑换成斧子，又换成薄而锋利的金属鞭子，而伊万杰琳则一直射出她的带锯齿的星形暗器。他们这是迁延战术，要耗光卡尔的体能。虽然慢，但是再衰三竭，必定奏效。

我的闪电，我郁闷至极地思量着，回头看了看门边的亚尔文。他还在那儿，像个黑影似的死盯住我，手腕上挂着一支枪，而我连试着和他斗一斗也办不到。我什么都做不了。

这时，一大块水泥从浓雾里正冲着我扔了过来，差点儿躲不及，我前脚离开，它后脚就砸中了地上的沙子，四溅飞散。顾不上去想，另一块又追着我呼啸而来，好像天上下了一场水泥雨。我像卡尔一样，也找到了自己的节奏，在沙地上像老鼠似的东躲西藏。突然，有什么东西让我停了一下。

一只手，看不见的手。

斯特里安掐住了我的脖子，让我快要窒息。他的呼吸声在我耳畔徘徊，可我看不见他。"红血死翘翘。"他咆哮道，手上加了劲儿。

我甩动胳膊，猜测着他的肋骨的位置，屈肘撞了过去。但是他掐得更紧了，我有出气儿没进气儿，眼前一片黑点四散开来，可我还是坚持着挣扎反击。头晕目眩之中，我看见罗翰波茨家族的铁腕人慢悠悠走了过来，眼睛盯住了我。他要把我一撕两半。

卡尔还在和萨默斯家的兄妹俩缠斗，尽力躲过劈刺来的利刃。就算我想呼救也叫不出来，但他竟然往我这边扔了火球，这样罗翰波茨只好跳开后退了几英尺，为我争得了几秒钟。我抽搐着，捯着气儿，向后狠狠一抓，用指甲挠向了隐形的脑袋。没想到还真抓到了他的脸，接着是眼睛，这简直就是奇迹。他号叫起来，我则继续用力，用大拇指狠戳他的眼窝，试图弄瞎他。斯特里安哭号起来，放开了我，他跪在地上，闪烁着现了形，银色的血从他的眼睛里流了出来，亮晶晶的仿佛眼泪。

"你本来是我的！"一声尖叫。我回过头，看见伊万杰琳举起锋利的刀子，威胁着对卡尔大喊大叫。托勒密则把卡尔压在地上，两人抱在一起肉搏，卷起阵阵沙土。伊万杰琳追在后面刺向卡尔，刀子像雨点似的落在他的周围。"我的！"

不顾前后地冲向一个磁控者绝不是什么好主意，但不等我想到这些，就已经一头撞向了伊万杰琳。我和她一起倒在地上，脸蹭着她的铠甲，又刮又擦的，流血了。红色的血流了出来，当着所有人的面。我看不见屏幕，但我知道这血红的一幕已经随着转播传遍了全国。

伊万杰琳尖叫着，一把尖锋利刃甩得眼花缭乱。在我们后面，卡尔挣扎着站了起来，一道火光炸飞了托勒密。这位磁控者直撞向自己的妹妹，两人一起滚了出去。要是再晚几秒钟，伊万杰琳的刀子就会把我戳烂。

"趴下！"卡尔吼着把我按在沙地上，躲过了另一块飞来的水泥板。板子击中了远处的围墙，撞得粉碎。

这样是坚持不了多久的。"我有个主意。"

卡尔吐了口唾沫——我看见落在沙地上的银血里还混合着断牙："很好。五分钟前我就已经被他们耗得精疲力竭了。"

又一块砖扔了过来，我们不得不躲闪着分开，还真是时候。伊万杰琳和托勒密带着复仇的怒火卷土重来，围着卡尔一阵乱挥乱砍，刀子和金属弹片上下飞舞。他俩技惊四座，一片叫好声中，更多的利刃狠狠刺下，让卡尔紧盯身边脚下，自顾不暇。管道和电线的碎片从沙地底下翻了出来，在这对决金属的一战中变成了致命的障碍。

一条管子刺向了斯特里安，他原本还跪在那儿，为自己的眼睛鬼哭狼嚎。管子穿肠而过，直塞进他嘴里，这下算是一劳永逸地安静了。狼藉残骸之上，我听见角斗场边的观众们尖叫着，喘息着，因自己看见的惨状惊惶不已。就算他们残忍暴戾，异能超常，却依然是一群懦夫。

我的双脚蹬着沙子，绕着罗翰波茨，大胆地挑衅他。卡尔说的对，我动作更快，而罗翰波茨是个块儿大无脑的粗笨家伙，追着我却险些被自己绊倒。他从地上捞起带锯齿的管子，像射箭似的把它朝我扔来。但这躲闪起来太容易了，挫败感惹得他嗷嗷直叫。我是红血族，我微不足道，但我仍然可以打败你们。

急流的声音让我回过神来，想起了第五位刽子手——那个水泉人。

我转过身，刚好看见奥萨诺勋爵像掀开帘子似的拨开了浓雾，冲净了角斗场的地面。十码之外，卡尔还在艰苦地奋战，浓烟和烈焰一次次击退了两个磁控者。但随着奥萨诺披着水帘斗篷走近，卡尔的火焰弱了下去。真正的刽子手登场了，一场大秀结束了。

"卡尔！"我大叫道。但是我帮不了他。我什么都做不了。

又一条管子擦着我的脸颊甩了过去，它离我特别近，近得能感觉到冰冷的刺痛，近得让我眩晕倒地。几码开外就是大门，亚尔文就站在门口，一半身子隐在阴影中。

卡尔向奥萨诺射出一道火焰，但很快就被水遏制住了。水火缠斗之中，蒸汽唑唑尖叫，而最后的胜者是水。

罗翰波茨步步紧逼，把我往大门边赶。无路可退，我就是要让他把我逼入死角。岩石和金属压向身后的墙壁，要挤碎我的骨头是足够了。闪电快来，我暗自叫道，闪电！

但是什么都没来，只有濒死的黑暗，让我快要窒息。

周围的观众们发觉关键时刻到了，纷纷站了起来。我能听见梅温就在上面，和其他人一起欢呼叫好。

"杀了他们！"他叫道。直至此刻，我仍然惊异于他的声音里有那么多怨恨，但当我抬起头，越过玻璃屏障和雾气与他四目相接，我看见他的眼睛里只有愤懑、狂怒和恶意。

罗翰波茨瞄准了我，他手上是一条带着锯齿的长管。死期到了。

四周喧嚣一片，我听见他们喊着胜者的名字：托勒密。他和伊万杰琳从旋转的水球中退了出来，留下一个模糊的人影在水中——卡尔。水汹涌翻滚，他绷紧身体想要挣脱，但只是徒劳。他就要被淹死了。

在我背后，几乎就在我耳边，亚尔文自言自语地笑道："谁占上风？"他轻蔑地嘲讽，重复着训练时常说的那句话。

我浑身的肌肉痛得痉挛，仿佛在乞求一切快点儿结束。此刻我只想倒下去，承认失败，然后死掉。他们叫我骗子、小人，好吧，他们说对了。

我确实还留了一手。

罗翰波茨瞄准了，脚踩在沙地上走动起来，而我已经准备好应机而动。他用力投出了那根管子，力气大得快要让它在空中摩擦起火了。就在这一瞬间我放低身子，扑倒在地上。

一阵恶心人的碎裂声告诉我，计划奏效了，而重新回到我身体中的电流则告诉我，我有胜算了。

身后，亚尔文应声倒地，一条管子把他穿得透透的。

"我占上风。"我冲着他的尸体说。

当我再站起来时，惊雷、闪电、火花、电击……我有可能控制的一切都从身体之中喷薄而出。四周的观众大声惊叫起来，梅温的声音最大。

"杀死她！杀死她！"他隔着穹顶屏障指着我，"开枪！打死她！"

子弹搥进了玻璃穹顶，火花四射，爆裂开来，但那屏障把它们牢牢陷住了。这原本是保护银血族的，可它是电力的，是闪电的，是我的。现在，这屏障保护的是我。

观众们统统噤声，不敢相信眼前的一切：我的伤口里流出的是红色的血，我的皮肤之下却蹿动着闪电。这一幕向所有人宣告了我是什么样的存在。头顶上的视频屏幕黑掉了，但人们已经看到了，他们也无法阻止已经发生的事。

罗翰波茨颤抖着向后退，一口气憋在喉咙里，而我不会给他机会再喘第二口气。

既是红血族，也是银血族，而且比二者更强大。

我的闪电直射向他，煮开了他的血液，炸熟了他的神经，直到他的尸身抽搐着倒地，就像一堆烂肉。

下一个倒下的是奥萨诺，我的火花碾压而过，他的水球立刻四散流淌。卡尔精疲力竭地趴在地上，一边剧烈狂咳一边往外吐水。

带着锯齿的锋利钉子从地底竖了起来，意在刺中我，但我左躲右闪、翻转腾挪、全速冲刺。这是他们教会我的。这是他们自己的错，是他们往自己的坟墓里撒了一把土。

伊万杰琳扬起手，朝着我的脑袋甩过来一条钢梁。我沉下身子从它下面躲过，膝盖掠过地面扑向伊万杰琳，同时手上就聚起了锐利的闪电。

她把那些飞旋的金属匕首拧成一把剑，锻出了剑锋。我的闪电劈中钢铁贯穿而过，但她仍然硬撑着，将金属变化、分裂、撒向我周围，伺机进攻。就算她的铁蜘蛛曾返身抓住我，却仍不足以取胜。她不足以取胜。

另一道闪电劈掉了她手里的刀剑，也把她震倒在地。她爬着往后蹭，想逃开我的震怒。她逃不了。

"不是花招儿，"她喘息着，惊异不已，一边后退一边打量着我的两只手，仓皇地用那些钢铁碎片拼成一道盾牌挡在自己前面。"不是谎言。"

我的嘴边流着血，那红色的鲜血苦涩且有股金属味，但尝起来出奇地棒。当着所有人的面，我把它吐了。在头顶之上，玻璃屏障外的天空由蓝转暗，乌云集聚，沉甸甸地满蕴着雨水。暴风雨就要来了。

"你曾说过，如果我挡你的道，你会让我生不如死。"用她自己的话扇她一巴掌，这感觉真是太好了。"现在你有机会试试看了。"

她的胸口上下起伏，一呼一吸又沉又重。她已精疲力竭，浑身重伤，眼睛里的锋芒也已消散，只剩下恐惧。

她猛地一冲，我立即反应要防备她的进攻——可是根本没有进攻。她逃跑了。她逃开我，朝着离她最近的大门狂冲过去。我甩开步子紧随其后，要追上她来个了结。但这时卡尔挫败的吼声让我停了下来。

奥萨诺站了起来，恢复集聚起新的能量继续作战。托勒密则在周围蹦来跳去，寻找着他能切入参战的机会。卡尔不善于抵御水泉人，用火行不通。我记起了好久以前，梅温在训练里是如何被轻取的。

我抓住了奥萨诺的手腕，让电流击穿他的皮肤，好迫使他转而针对我发力。水流像个铁锤似的，一下把我击倒在沙地上。水奔流翻滚，冲个不停，让我几乎没法儿呼吸。从踏上这座角斗场的第一刻开始，冰冷的恐惧就攫住了我的心，但现在我们有了赢的机会，有了活命的机会，我反而更害怕失败。我的肺呼求着空气，不禁大张开嘴巴，但水冲了进来，呛得要命。这和被火烧没什么两样，和死差不多。

身体里最微小的火花已经够用，它击穿水流直中奥萨诺，让他大叫起来，后退几步，足以让我从水中脱身，而那些水浸入了湿乎乎的沙地。空气重新灌满了我的肺，我大口大口地呼吸着，但现在可没时间享受这些。奥萨诺又扑过来了，这次他直接掐住了我的脖子，把我往旋涡的中心使劲摁。

但我早有防备。这傻瓜可真够蠢的，竟然敢碰到我，竟然敢用他的皮肤碰到我。当我放出闪电的时候，电流击穿血肉和水花，他就像个烧开水的壶似的，号叫着向后倒了下去。水流退去，被沙地吞噬掉了，我知道他是死透了。

当我浑身湿透地站起来，因肾上腺素、恐惧和力量而颤抖的时候，我看向了卡尔。他鼻青脸肿，浑身是血，但他的双手仍然擎着耀目的火焰。托勒密匍匐在他脚边，举手投降，乞求着留他一条小命。

"杀了他！"我怒吼着，想看到他血流遍地。在我们头顶上，穹顶屏障又震颤起来，脉冲随着我的愤怒一波波涌动。"他想要杀了我们，快杀死他！"

卡尔一动也不动，牙缝里挤出深深吸气的声音。他看起来体无完肤，心痛欲裂，复仇的欲望已经被角斗的紧张消耗削弱，他也渐渐恢复成原来那个冷静、深思的模样。只是，他无法再做那个卡尔了。

但是，一个人的本性是难以轻易改变的，他退后几步，收回了烈焰。

"不。"

死寂沉沉压了下来。不多久前观众们不是还在叫着、嘲弄着，等着看我们死吗？当我抬眼向上看的时候，我发现他们没在看。他们没看见卡尔的仁慈和我的异能，他们根本不在场。硕大的角斗场空荡荡的，没人见证我们的胜利。国王把人们赶走了，掩盖了我们所做的一切，这样他就能用别的谎言自圆其说了。

在国王的包厢里，梅温站起来鼓掌。"干得好！"他叫道。

他走到角斗场边，隔着玻璃屏障凝视我们，旁边站着他的老妈。

这声音比任何刀锋利器都让我痛苦，让我畏缩，它回荡在空空如也的角斗场中，直到脚步声、靴子踏在石头和沙子上的声音淹没了它。

警卫、禁卫军、士兵，从每一扇门外拥了进来，他们有几百几千人，多得无法抵抗，也无法逃脱。我们赢了角斗，却输了这场战争。

托勒密连滚带爬地消失在士兵队伍中，无懈可击的包围圈里，只剩下我们两人。

这不公平。我们赢了，我们展示给他们看了。这不公平。我想大喊大叫，想发出闪电复仇、战斗，但是子弹会先击中我。愤怒的热泪洇湿了我的双眼，但我不会哭的，就算在这穷途末路的最后一刻。

"对不起，连累了你。"我低声对卡尔说。不论我如何看待他的信仰，他此刻都是个真真正正的失败者。我对那些冒险而为的事心知肚明，他却只是颗棋子，只是个人质，被那些玩弄着隐形阴谋的人所撕扯。

他绷紧了下巴，扭头转身四下打量，搜寻着能逃出生天的路。但是，没有。我不期望他能原谅我，因为我也不配。但他的手还是拉着我，紧紧抓住他身边留下的最后一人。

慢慢地，他哼起一首曲子，我听出那旋律里的无尽悲伤，那正是在洒满月光的屋子里，我们亲吻时的乐曲。

浓云之中雷声积聚震颤，仿佛时刻就要爆发。雨滴纷纷坠落，砸在我们头上的穹顶。带电的屏障遇水发出嗞嗞的响声，但大雨仍然瓢泼而下。就连天空都为我们的失败而流泪。

梅温倚在包厢边，向下看着我们，玻璃屏障扭曲了他的脸，看起来就像他真实的魔鬼面目。他没留意有雨滴落在他的鼻子上，但他的老妈在耳畔对他说了些什么，让他一惊之下回到了现实。

"再见，闪电女孩。"

当他抬起手的时候，我想他大概是要挥别。

我就像个小女孩那样，紧紧闭上眼睛，等着数百发子弹把自己打烂的剧痛袭来。我的思绪转向了内心，想到了很久以前的时光，想到了奇隆、老爸老妈、哥哥们，还有小妹妹吉萨。不久就会再见到他们吧？我的心告诉我，是的。他们正等着我，在某个地方，等着我。就像在迷旋花园里的那次一样，当我觉得自己必死无疑时，反而感到了一种冰冷的接纳。我就要死了，生命正在流逝，而我任由它去。

头顶的风雨之中爆发出一阵震耳欲聋的惊雷，撼动了四周的空气。脚下的地面颤动起来，尽管闭着眼，我还是能感知到炫目的闪电。紫色白色交缠，强大摄人，这是我所感受过的最强大的东西。我虚弱地想象着，要是这闪电击中了我会怎么样？一样死掉，还是会活下来？它是否会如锻造宝剑那样，把我炼成更可怕，更锋利，全新的什么东西？

我想不出来。

一道巨大耀目的闪电从天空中直劈下来，卡尔抓住我的肩膀一起躲开了。闪电击中玻璃屏障，四散开来，紫色的碎片纷纷飘落就像下雪似的。它们落在我的皮肤上，咝咝作响，一阵欢欣，一股振奋的能量脉冲唤醒了我，仿佛重获新生。

四周的狙击手退缩着，四散闪躲或抱头鼠窜，想逃离这电闪雷鸣的风暴。卡尔使劲地拽着我，但我几乎感觉不到他了。我的感官和这风暴彼此和鸣，感受着它在我头顶翻转腾挪。它是我的。

又一道闪电劈了下来，击中了沙地，警卫四散，奔向大门。但禁卫军和士兵们没那么容易被吓到，很快就回过神来。虽然卡尔把我往后拉，想两个人都能得救，但他们还是步步紧逼——无路可逃。

风雷暴雨的感觉虽好，可我的能量已经抽空了，要控制雷雨已非我能力所及。我的两膝哆哆嗦嗦，心跳如同打鼓，快得简直要跳出来了。再一道闪电，再一道。我们也许还有机会。

我踉跄着后退，脚跟已经退到了奥萨诺的空水坑。我知道结束了，没有路可以逃了。

卡尔紧紧地拉着我，把我从坠落深坑的边缘拽回来。那下面幽深黑暗，空无一物，只有水流搅动的回声，只有管道和纵横的水暖设施。而面前，是训练有素、冷酷无情的士兵。他们呆呆地瞄准，齐刷刷地举起了枪。

玻璃屏障碎裂，狂风暴雨减弱，我们败局已定。梅温在包厢里都能闻到我的挫败，他咧开嘴巴，挤出一个骇人的微笑。尽管离他这么远，我仍然能看见王冠上闪光的尖角。雨水流进了他的眼睛，但他眨也不眨一下。他可不想错过我死去的样子。

枪举起来了，这时候他们也不必再等梅温的命令了。

　　射击声轰然响起，像我所拥有的暴风雨那样，响彻空旷的角斗场。然而我什么也没感觉到。第一排狙击手倒下了，他们胸前筛子般地布满了弹孔，我完全不知所以然。

　　我看向自己的脚下，在那深坑的边缘，竖起了一排奇异的枪。每一支枪筒都冒着烟，跳动着，射击着，打死了我们面前的所有士兵。

　　我还没反应过来，就有人拉住我的衣服，把我拽进了深坑，坠向黑暗。我们落在极深之下的水面，但拉着我的那双手仍然没有松开。

　　水漫了上来，黑暗将我淹没。

RED QUEEN

尾 声

昏沉欲睡的幽暗虚空渐渐散去，生命的活力重新生发。我的身体随着什么东西一动一动的，好像那里面有个发动机？金属摩擦着金属，在高速运转下发出尖厉的声音，我迷迷糊糊地分辨出来了——是地下列车。

我的脸颊下面挨着的座位有种奇异的柔软，但同时也是紧绷的。那不是皮革、布料或水泥，我意识到，那是温暖的身体。我一动，它也跟着动了起来，迎合着我的位置。我睁开眼睛，看到的一切让我觉得自己仍然在做梦。

卡尔坐在对面，姿势僵硬而紧张，握紧的拳头放在膝上，他直直地盯着前方，盯着环抱我的那个人，而他眼睛里的烈焰，我再熟悉不过。这列车把他弄糊涂了，他的眼神偶尔闪烁，来回打量着电灯、车窗和线路。他恨不得亲自去检查一番，但坐在旁边的人让他动弹不得。

法莱。

这位革命者，伤痕累累，满身防备，正监视着卡尔。原来她在广场地下的大屠杀中死里逃生了。我想笑一笑，想喊她的名字，但是浑身上下的虚脱让我动不了。我记起了那场暴风雨，角斗场里的对决，以及所有恐怖骇人的场面。梅温。这个名字让我的心缩紧了，在痛苦和羞愧里绞痛着。任何人都能背叛任何人。

她的枪挂在胸前，随时准备着向卡尔开火。周围还有一些像法莱一样的人，紧张地看守着他。他们有的残疾了，有的带着伤，人数不多却个个疾恶如仇。他们的眼睛一刻都没有离开过这位落魄的王子，像看着老鼠似的看着他，而他原本该是猫。这时我看见他的手腕被铁手铐锁起来了，他完全可以轻易地熔化掉它，可是他没那么做，就只是安静地坐在那儿，仿佛在等待着什么。

当他感觉到我的目光时，立即看向我，生的火花重新燃起。

"梅儿。"他喃喃说着，流露出一些愤怒。一些。

我试着坐起来，但是脑袋一动就有一只温柔的手把我按回去躺好。"还在撒谎。"有人说道。这个声音，我也认出来了。

"奇隆。"我含混不清地说。

"我在这儿。"

让我迷惑的是，这个曾经的渔夫学徒代替了法莱原来的红血卫兵，站在她的身后。现在，他也有了自己的伤疤，胳膊上的绷带脏兮兮的，但仍然挺立，仍然活着。只是看到他，就让我感觉到一阵大大的轻松。

但是，如果奇隆站在那儿，和其他卫兵在一起，那……

我猛地转动脖子，去看一直抱着我的那个人。"是谁——"

这张面孔如此熟悉，我认得它就像认得我自己一样。要不是我已经躺着了，现在恐怕也要晕倒。这一下惊讶我可受不了。

"我死了？我们死了？"

他是来带我走的。我死在角斗场了。这是错觉，是梦境，是渴望，是死前的最后念想。我们都死了。

但是我的哥哥轻轻摇头，用那双我熟识的蜜糖般的棕色眼睛望着我。谢德一向是最帅气的，就连死亡都不能改变这一点。

"你没死，梅儿。"他的声音一如记忆里那样平和，"我也没死。"

"什么？"我唯一能做的就是翻身坐起来，上上下下地把我哥哥检查了个遍。他看起来还是原来的样子，没有士兵该有的伤痕，甚至棕色的头发也长长了，再不是入伍时剃短的发型。我把手指插进他的头发里，好确信他是真的。

但他是与众不同的，就像你也是与众不同的。

"基因突变，"我摩挲着他的胳膊，"他们因为这个杀了你。"

他的眼神跳跃着："他们想杀——"

转瞬之间，他就坐在了我对面，坐在了戴着手铐的卡尔旁边。他的动作快得超出了我的视觉范畴，甚至比银血族的疾行者还快。好像他是在空间里穿梭一样，从一个点跳到另一个点，快到根本没用时间。

"不过失败了。"他坐在新的位子上说完了刚才的话。他咧开嘴巴笑了，好像看见我目瞪口呆就很高兴似的。"他们说已经杀死了我，告诉队长说我已经死了，尸体也烧掉了。"又是一秒的工夫，他已经坐回我旁边，在微薄的空气里显形。隔地传动。"可是他们不够快。没有人能比我快。"

我想点头，想努力去理解他的异能，他的存在。但我此刻只能理解他环抱着我的手臂——谢德，活着，像我一样。

"其他人怎么样？老爸，老妈——"谢德的微笑让我平静了下来。

"他们很安全，而且正在等着我们，"他的声音因为激动而微微颤抖，"我们很快就能见面了。"

我一时心潮澎湃，思绪万千，但是我的幸福感，我的快乐和希望，没有持续太久。我的目光落在荷枪实弹的卫兵身上，落在奇隆的伤疤上，落在法莱紧绷的脸上，落在卡尔锁起来的双手上。卡尔承受的痛苦太多了，他逃离了一出死局，又落进另一座牢狱。

"放了他吧。"我欠他一条命。不，我欠他的比生命还多。在这里我应该可以给他一些安慰，但没人因为我的话动一动，连卡尔也没有。

让我惊讶的是，他抢在法莱之前说话了："他们不会放了我，也确实不该放。事实上，你的糖衣炮弹应该冲我来，如果你想周密行事的话。"

尽管被推翻背叛，被自己的人生抛弃，卡尔依然本性难改，他骨子里还是个战士。"卡尔，闭嘴，你现在威胁不了谁。"

他冷笑一声，点点头，冲着列车上的武装起义军打了个手势："他们可不这么想。"

"那不是冲我们来的，我想。"我缩回座位里，"虽然我把事情弄得一团糟，你还是把我从那里救出来了。而鉴于梅温对你做的那些事——"

"不要提他的名字。"他的低吼满是恫吓，让我一阵寒战，而法莱握紧了她的枪，我也都看在眼里。

她的一字一句是从牙缝里挤出来的："不管他曾经对你怎么样，王子都不可能站在我们这一边，而我也不会再把剩下的力量压在你们的浪漫逸事上了。"

浪漫逸事。这字眼让我们不禁退缩。我们之间已经不再有这种东西了。在我们对彼此、对自己做了那些不可饶恕的事情之后，这已是不可能的——不论我们曾经多么希望它存在。

"我们会继续抗争的，梅儿，但是银血族背叛我们在先，所以不能再相信他们了。"奇隆的话更柔和些，像镇痛药膏似的，帮我理解现状。但他的眼睛盯着卡尔，显然忘不了地牢里的那些酷刑折磨以及冰冻血液的可怕一幕。"他是个有价值的囚犯。"

他们不像我那样了解卡尔，他们不知道卡尔可以摧毁这一切，瞬间就可以逃脱——只要他想。那他干吗要待在这儿呢？当我和他目光相接时，他不动声色地用眼神回答了我的疑问，他身上散发出的痛苦悲伤足以令我心碎。他累了，身心俱疲，再也不想去争去斗了。

有一半的我也这么想，想屈从于铁链枷锁，甘心束缚，保持沉默。但是那样的日子我已经经历过了，在烂泥地里，在荫翳下，在监狱地牢里，在华服美衣中。我不想再屈服，也不想停止抗争。

奇隆不会，法莱也不会，我们都不会就此罢手。

"像我们一样的那些人……"我的声音颤抖着，但前所未有的坚定，"像我和谢德一样的那些人。"

法莱点点头，拍了拍自己的口袋："名单还在，我知道那些名字。"

"梅温也知道。"我平静地说道，而卡尔听见这名字就猛地一抽，"他会用血液数据追踪那些人，然后把他们解决掉。"

列车摇摇晃晃，在地下的黑暗里穿梭，我强迫自己站了起来。谢德想要扶住我，但我拨开了他的手。我必须凭自己的力量站起来。

"他不会抢在我们前面找到那些人的，"我仰起下巴，感受着列车的脉动，仿佛在给自己充电。"他休想办到。"

一股奇异的暖意包围了我，就像阳光透进了幽深的地下隧道。这感觉很熟悉，如同是我自己的闪电。它环绕着我，仿佛一个我们做不到的拥抱。尽管他们称卡尔为敌人，忌惮他，但我任由他的热量洒满我的全身，任由他的目光和我的一起燃烧。

那些共有的记忆在我眼前闪回，我们在一起的每一秒钟都历历在目。但此刻，我们之间的情谊已然不复存在，取而代之的，是另一件我们共有的东西——

对梅温的恨。

用不着成为一个耳语者我也知道，我们的想法一致。

我要杀了他。

致　谢

我列出这份"年表"，是希望将所有人囊括其中，因为我应该向太多太多的人表达感谢。首先，最重要的，我要感谢我的父母，他们毫无保留地支持我，鼓励我做自己想做的任何事。他们也是我最好的老师，给予我的一切都令我欣喜，比如在三岁时就让我看《侏罗纪公园》了。感谢我的弟弟安德鲁，所有游戏和欢笑中都有他的身影，让我的幻象世界无限扩展。感谢我的祖父母——乔治和芭芭拉，玛丽和弗兰克——他们给予我的爱永不停歇，永不消散，已远超我的理解。还有太多叔婶姑舅、兄弟姐妹难以一一列出姓名，还有朋友和邻居们，感谢你们容忍我从你们的生活中和院子里一闪而过。娜塔莉、劳伦、特里莎、金姆、卡特丽娜、萨姆，感谢你们陪我度过了粗糙崎岖的青春期，帮我解决了难搞的衣着问题。当然，还有英语课和社会课上所有教过我的老师，感谢你们总是让我别写小说了，先搞定论文再说。我还必须感谢那些以各种方式影响过我的人，虽然他们并不认识我。史蒂芬·斯皮尔伯格，乔治·卢卡斯，彼得·杰克逊,J.R.R. 托尔金,J.K. 罗琳,C.S. 刘易斯。我生长于小城镇,但因为这些人,我的世界却不受局限。

感谢南加州大学电影艺术学院录取我,完全改变了我的人生轨迹。感谢电影剧作课的教授们,他们每一个人都曾使我获益良多,助我成为今日的作家。我开始相信,讲故事的强迫症可以成真的追求,而且我也开始渐渐变成自己想要成为的人。正是电影剧作课使我抓住机会,成为一名作家,我对它的谢意难以言表。我很幸运,在南加州大学结识了很多出色的朋友——尼科尔、凯瑟琳、夏娜、珍·李、艾琳、安琪拉、巴扬、摩根、珍·R、托里、切兹兄弟、崔迪思,等等。他们让我变得更好(算是差强人意,有时是变得更糟的)。

大学毕业后,我面临着职业选择的可怕前景。所幸 Benderspink 给予我支持,特别是我的第一位经纪人克里斯托弗·科斯莫斯,鼓励我创作《红血女王》。第一部完成后,他将书稿送到了新叶文学,此举再次改变了我的人生。我进军出版界,全靠最棒的几位同人引路:普亚·夏巴席恩带领我和《红血女王1》试水娱乐业;凯瑟琳·奥尔蒂兹就像我全球同行的护照,让《红血女王1》得以走遍世界;乔·沃尔普是我们无所畏惧的领航人和最棒的朋友;丹尼尔·巴塞尔、杰达·坦珀利、杰丝·达卢、杰基·林德特忍受着我千奇百怪的要求,完全不可或缺;戴夫·可卡沃,这个乔治华盛顿和美式足球的大粉丝,竟然无比擅长数学计算。噢,我把最好的放在最后了,苏西·唐森,你一直是我在文学上的北极星。《红血女王1》现在是一本真正的书了,这得益于太多人的努力,但最应感谢的是她。每当我需要时,她就会连拖带拽地拍拍我的脑袋。

当苏西告诉我有人愿意出版《红血女王1》时,我告诉她我正在开车,简直要撞上大树了。我没有撞树,不过确实接受了卡里·萨瑟兰和哈珀青少的优先购买请求。作为我的第一位编辑,卡里手把手地领着我进入了出版世界，让手稿变成了小说。艾丽斯·杰曼，我对她的无限感谢难以言表，还有整个哈珀团队：我们勇敢无畏的领袖和主编凯特·杰克逊；异常出色的奇幻部编辑主任珍·克洛斯凯；制作编辑亚历珊德拉·阿列索和梅琳达·维尔戈；为逗号而不让分毫的文字编辑斯蒂芬妮·埃文斯；生产经理莉莲·孙；设计奇才莎拉·考夫曼、艾力森·克莱托尔、巴布·菲茨西蒙，封面绘者迈克尔·弗罗斯特，你们创造了一本非常漂亮的书；市场营销团队的克里斯蒂娜·科兰杰洛和伊丽莎白·沃德，是你们将《红血女王1》摆上世界地图；艾米丽·布彻、卡拉·布拉姆、麦迪逊·基伦，感谢你们让我上镜的模样还算能看，更不用说硬照了；感谢版权团队的吉娜·里佐和桑迪·罗斯通，你们的工作跟着全世界的时差跑，简直无可比拟；感谢阿什顿·奎因在销售上的努力和支持；感谢"史诗阅读"团队的玛格特和奥布里，你们撼动了我冷静的心；感谢克里斯汀·佩蒂特，很高兴是你勇敢地将《红血女王1》及其后续几部也带上了征程。

我不想说这是兴师动众，因为这有点儿言过其实（不过严肃地说，确实是兴师动众）。我还要感谢我的娱乐业团队，Benderspink 的所有战士们：杰克、JC、丹尼尔、常常争辩的大卫，以及太多要感谢的人。感谢我的律师史蒂夫·杨格，他也是我的西海岸老爸。感谢萨拉·斯科特和珍妮弗·哈钦森，她们是勇武的公主，要将《红血女王1》搬上银幕。然后我还要感谢那些不曾在现实世界中见过面的人，他们每天通过推特、邮件和即时通信与我沟通。出版和娱乐话题在社交媒体上非常活跃，我遇见了不少启发灵感、鼓舞人心的网友，他们热情地邀请我，接纳我。每一位作家、博主、写手和粉丝都是珍贵的，我感谢你们的片言只语和支持。尤其是艾玛·利奥特，她就像我的加拿大孪生姐妹，是出色的读者、批评家和朋友。

我是个作家，这意味着大多数时间我都是独自工作的，但我并不孤独。感谢陪伴我，接受我的所有人——尤其是卡尔弗、摩根、珍，还有和我心灵相通的巴扬，拥有神秘超能的艾琳，还有安琪拉，她从不对我品头论足。感谢我生活的"必需品"——杰克逊市场、不在意我破衣烂衫的咖啡店员、塔吉特百货、秋日美景、陶瓷谷仓、书店、瑜伽裤、黏糊糊的T恤、国家公园系统、爱国者（是橄榄球队名，也是开国元勋）、乔治.R.R.马丁，以及维基百科。我还要感谢蒙大拿，我在那里写了前两章，并且决定完成所有写作。

抱歉我太容易激动了，不过这就要写完了。再次感谢摩根，她是我最好的朋友，常常给我当头棒喝。我还是会让走廊里的灯亮着。再次感谢我的父母，希瑟和卢易斯，他们允许我搬家，好专心写作，这真是有点儿疯狂。他们帮助我读了一所很棒但也很贵的大学，这也有点儿疯狂。他们一如既往地支持我，爱我，为我做出牺牲，刹住我的傲气。他们让我成为今日的我，让这本书，这样的未来，这样的生活最终成真。这的确有点儿疯狂。